韩松
科幻作品

轨道

韩松

著

上海文艺出版社
Shanghai Literature & Art Publishing House

目录

末日的呻吟   001   **倒计时七天**

                                              一、天空是与我无关的   ... 001

                                              二、算命师   ... 011

                                              三、世界末日在静候我们   ... 018

025   **倒计时六天**

                                              四、幸亏还有外星人   ... 025

038   **倒计时五天**

                                              五、长得像我的乞丐   ... 038

                                              六、第三类接触调查   ... 045

                                              七、地窟中的异乡异客   ... 054

072   **倒计时四天**

                                              八、把死当作爱   ... 072

084   **倒计时三天**

                                              九、清醒时没有真相   ... 084

093   **倒计时二天**

                                              十、红衣人   ... 093

099   **倒计时一天**

                                              十一、在逃跑中寻找答案   ... 099

国情相对论　114　**倒计时七天**
一、排泄重要 … 114

123　**倒计时六天**
二、美的历程 … 123
三、自地狱出发 … 129
四、还魂尸 … 140
五、彩排 … 149
六、西西弗斯塔 … 163
七、黑暗超越想象 … 171
八、地心之旅 … 184
九、群星是归宿 … 197
十、女娲或精卫 … 215
十一、山寨不朽 … 229

238　**倒计时五天**
十二、X 档案新编 … 238

256　**倒计时四天**
十三、昆仑山 … 256

258　**倒计时三天**

258　**倒计时二天**

258　**倒计时一天**
十四、还是去自杀吧 … 258

宇宙的幻灭 280 **倒计时零**

一、杀人者的后代 ... 280

二、草草收场 ... 284

三、节目的高潮 ... 292

四、银河铁道奥德赛 ... 307

五、上帝之死 ... 321

六、戏必须演下去 ... 333

七、剧场那些事儿 ... 345

八、咬尾蛇 ... 357

374 **倒计时七天至零**

九、结束即开始 ... 374

386 **后记 未来难以改变**

末
日
的
呻
吟

倒计时七天

一、天空是与我无关的

我在大街上拼命走着，好像在夜空中飞行。

许多东西朝我迎面扑来。有些像蜜蜂一样的，是微成像监视器，上面有纳米雷达，与市场数据调查公司的超级计算机相连。

电磁波也金枪鱼一样扑过来。可见光是黑色的，是城市的基本色调。大白天一如黑夜。城市里所有光，都是人造的生物光。

包括看不见的合成光——紫红外线，阿伽射线，医保企业买下它们的频率，用于治疗居民的性无能。

暗红的雨丝也扑了过来，是掺了工业色素的酸雨，没日没夜地下，是城市中最潮的主流艺术。在腐败雨露的浇灌下，在布满痰迹、废纸、精液的街头，生机勃勃长出了奇花异草，是经过基因重组的热带植物。

小汽车稀稀拉拉，小鬼一般排队慢慢行走，由于石油短缺，而乙醇汽车、电动汽车和生物能汽车又很不经济，车后座上就置放着一个差转蜂窝煤炉，长年不灭，用作动力并兼照明。煤炉扑哧地释放出二氧化硫，再转化为黑沉沉的生物光。

人类像生活在大海底部一样。有钱人往脸颊上植入了麻疹一样的假鳃，以过滤污浊有毒的空气。

城市叫作 S 市。一场实验正在城市中进行。

我不知道自己出生在哪里，不清楚为什么，我以前的记忆统统没有了。

我也不知道自己是什么时候、是怎样来到 S 市的。

我隐约觉得，我以前在这里生活过一回。现在，我在重复我不记得的生命。

重复，是这个世界的主题。

城市中的一切都不属于我。我只是一个人静悄悄走着。

S 市，是取了英文 submit、sustain、survive、succumb 的打头字母，翻译过来是：顺从、承受、幸存、屈服。那时，人类的语言还分成许多种类，英文独尊⋯⋯

据我考证，以前 S 市还有过一个响当当的名字，后来不知为什么，改叫 S 市。作出决定的人或许认为——这样更有面子一些。

街上的行人在谈论世界末日。一本名叫《读书》的手册在暗中流传。上面刊载着末日来临时的逃生指南。

人们在传说，一场毁灭性的灾难将要降临这座城市。

我戴着一副黑框近视眼镜。我困难地仰望弥漫在天空中的、在上面机器恐龙一般缓缓爬行的高楼。天空是四十五度倾斜的，像一座震倒的巨大废墟。

下面的黑暗深处，闪耀着 C 饮料的霓虹广告。这是一种滋养城市一百多年的、由糖浆和碳酸水混合成的外国饮料，制成树状、管状、螺旋状、烟雾状……为年轻人最爱。

这一切似乎就要失去。失去后一切就没有了。

我听说，气象台最近测量出，在 S 市，时光流逝得比别处快些。这便是世界末日的前兆吗？我有些想笑。不知为什么，世界末日要来了，我却想要发笑。但我是一个无根浮萍般的弱小男子，面对亘古未有之大变局，没有办法。

如今，我国每座城市的时间流速，已然各自不同。对铯原子振荡节奏的度量，证明了这个事实。这使得居民们甚至无法来往，过上了彼此隔绝的生活。由于时间的异动，国家仿佛变身为一个膨胀中的小宇宙，不同地域像是彼此高速离开的星系，红移着朝四面八方飘散而去，最终将什么也看不见，一切消失于无迹。

从这个意义上讲，S 市已成了一座孤岛，像要独自应对世界末日。但这能做到吗？

有不少人举着手电、打了五彩斑斓的雨伞在排队。他们是在买船票——准备乘坐 M 国人的飞船，参加外星移民，以逃脱将要来临的灾难。街头随处可见的，是 M 国国家航空航天局（NASA）的临时办事处。

逃离，如同重复，也是此间的主题。

NASA 让等死的人们觉得有了出路。这也印证了我国与 M 国的奇妙关系。我已记不清什么时候，小学或中学老师就讲过，M 国是我们不共戴天的仇敌。不是要与 M 国打一场生死大战吗？以此决定世界的前途命运。我国将大获全胜，把人类从 M 国的奴役下解放出来。未曾想，如今，却是 M 国人来救我们了。S 市与 M

国形成了战略合作伙伴关系，简称 SM 关系。

在 NASA 售票点，大屏幕反复放映像是用电脑制作的模拟世界末日的三维动画。一只黑色大鸟飞来，吸走了宇宙中所有的星星，天空和大地像电影结束似的迅速暗淡下来。一个洋腔洋调的女声解说："见到那鸟儿了吗？是数理逻辑在量子状态下的解析叠加，代表着不明来历的强磁场聚集。它会打乱潮汐力、地磁场及太阳释放的高能粒子流向，从而对地球产生严重影响。太阳系的轨道运行周期又将处于宇宙中一个重要季交点上，这种重叠效应会加剧地磁场的激发波频。太阳系的整体磁场正在猛烈吸引月球，将导致地球偏磁性加速外露。地球东西两半球范艾伦辐射带的极端不平衡，亦将致使大西洋及其地下熔岩海洋扩张，这样的物理过程必会造成灾难性后果。地磁南北极将发生全向逆转。想要活下去吗？赶快买 NASA 船票吧！……"

恐惧降临到每个人的身上……

我一头撞上排队的人们。我斗胆打听。一个穿名牌服装、戴名牌手表的中年男人嘴唇动了动，像说梦话似的说：

"只有 M 国人才能救我们。"

"为什么？"

"因为普世价值。"

"什么是普世价值？"

"我们这里没有的。"

"……哦，这样做究竟是为了什么？"

另一个两手缀满金戒指的中年男人说："M 国科学家最早测出了灾难。只有他们能测出灾难！他们说，太阳将提前发生异变，迅速膨胀成一颗红巨星，把地球上的海洋和生命蒸干！"

"不是说来到了宇宙的重要季交点上吗？"

"那只是一种艺术化的比喻！"

"……喂，先生，你见过太阳吗？"

"太阳，天上的那个太阳吗？"

"啊，难道是地下的太阳吗？"我有种虚脱感，便抬头去看上方的黑色世界。酸雨浇淋在身，很快结成冰。我说："我没有见过天上的太阳。在 S 市，似乎从来无人见到太阳。大家对此习以为常。也就是说，没有太阳的生活，我们也这么过下去了。"

"什么事也不会有嘛。"排队者做出若无其事的样子说，转头去看屏幕上的解说员。那是一个美貌的少女。

"喂，你们是在逃跑吗？"我忽然想笑。

"没关系，没关系。"第三个挎着名牌包包的中年男人插进来，"自己知道就是了，不要讲出来。你以为买 NASA 船票是正大光明的吗？是谁都可以买的吗？别看排长队，大家却都假装是来抽签买小汽车的。这就显得正常了。船票有限，不能人手一张。额度问题哟，且要全球分配。谁都来登船的话，就谁也甭想走了。"说着他像片羽毛一样哧哧笑了。

我低头看看自己的穿着打扮，心知跟他们不是一个阶级，不禁自卑。我不由自主偷偷站在了购买 NASA 船票的队尾。我为自己的行为感到害臊，便拿出身份证，却发现写有我名字的地方，是一片空白。我丧气地说："喂，你叫什么名字啊！"

刚念叨两遍，我就被维持秩序的灰衣人揪出队列。"小子，你的购票预约券呢？"灰衣人冲我喝问。他们的正式名称是城市服务员。我才明白过来，不是骨干阶级，又没有后台和关系，是买不到 NASA 船票的。灰衣人挥拳打掉我的两颗牙齿。排队的中年男人们哈哈大笑，把舌头都笑了出来，悬挂在污浊的雨雾中，一排排整齐地飘荡。我满嘴鲜血，却如释重负。我想，灰衣人做得很对啊，是真心爱护我啊。因为，就算有了预约券，我也无钱买飞船票。像我这种人，只能一遍遍去坐地铁。

我离开 NASA 售票点，朝地铁车站走去。这儿也排着长队，幽灵一样往地下缓缓移动。飞船票太贵，地铁票便宜得多，没有钱去到太空的人们，也就是基础阶级的成员，都在设法搭乘地铁，要像甲虫一般，藏入厚厚岩层下面，据说运气好的话，这样也可以躲避世界末日。

我每天坐地铁旅行，却不知道是为什么。也许觉得，世界末日要来就来吧。这无妨。像我这样的垃圾，每天都在过世界末日。习惯了就没什么了。

人行道上有许多两腿直立的老鼠在走路。它们是城市实验的副产品，染色体经过人工改造，与普通老鼠不同。

老鼠身边，水母般飘行着一群群的漂亮女人，我却不认识她们。看上去没有一个是会跟我发生关系的。女人们逆着地铁站口而行，正在急匆匆往 NASA 售票点赶去。她们要找排队的中年男人，请他们带着逃离 S 市。

地铁风亭旁，是绿岛咖啡厅。

咖啡厅破碎的玻璃门窗上面，耀射出一位消瘦的金发美男——不，一位艳冶少妇的剪影，她似笑非笑，神情恍惚。她对面的座位是空的，她好像在等人。她高贵非凡，却心事重重。她像是属于骨干阶级。但她在等谁？她为什么不去坐 NASA 飞船？女人色彩缤纷的眉目之间，夏日湖泊般倒映出一座有着一串尖顶的建筑物斜影，却仿佛倾圮了，蒸腾出烟火缭绕的尸臭。

这个女人，我以前似乎在什么地方见过。但我怎么也想不起来。我看了一眼，着迷不已，心旌摇曳，却又自惭形秽，不敢再看。

我朝地铁站走去，就好像在重复昨天。我不知已经这样多久了。下站之前，又回头看了一眼，绿岛咖啡厅里的那个女人不见了。难道是我的幻觉？我松了口气，同时也很失落。

地铁车站纹丝不动，仿佛饱经沧桑，对一切的变化，早已见惯不惊，就好像只有它不惧世界末日，并要与NASA抗争。污血一样的雨雾中，它宛如健康向上的剧毒蘑菇，挺腰舒臂，在诱引蚁聚的市民。

从铺满绿苔的站口延伸下去的，好像不仅仅是地铁隧道。也许当初掘凿此窟时，不小心把另一世界挖通了。

这真的是世界末日来临时无法逃到天外的垃圾们的避难所吗？我沉重地想。

像多少次做过的那样，我哆嗦着迈入站口，好像木偶匹诺曹被鲸鱼吃进肚子。

还有很多人也在悄无声息走着。我混在傀儡一样的人群中，拼命而孤独地走。我觉得我比他们更像傀儡。

我以貌似复杂的之字形路线，穿过早已无人光顾的家乐福超市、麦当劳餐厅和LV专卖店，使出吃奶的力气，往自动售票机投入硬币，钱一落下就响起了灰暗的音乐声……在机器鬼哭狼嚎的掩护下，我警惕地环顾四周。身材高大的狼似的狗在游走。面无表情的地铁工作人员在防爆桶前站成一排。他们身后的墙上挂满蛞蝓般的防毒面罩。放射性物品探测系统在哗哗工作。人脸识别装置和生物识别装置也紧张运转。地铁安全宣传片在无数的电视屏幕上自动地反复播放……老鼠站在角落，正目不转睛打量人。乘客电子束一般喷涌而出——"在人群中这些面孔幽灵般显现，湿漉漉的黑色枝条上的许多花瓣"，好像是哪个死鬼吟唱过的诗句，早已无人记得。

乘客，只是电子。他们都没有名字。

一切仅仅在重复。

我像是要逃到一个地方去，但又说不出那是个什么地方。真是在逃跑吗？又不太像。我拼命走着，像在夜空中飞行。但只有下到地铁，我才明白 NASA 和它代表的天空，是与我无关的。

这时，我看到了轨道，像一条巨型的长蛇，发出青色的幽光，在前方铺陈开来，又向无明之处延伸出去。

我不禁暗暗称奇，这是多么让人惊叹的存在啊！人类为什么要制造出这种固化的有为物呢？

一列地铁沿着轨道，从黑暗深渊中驶来。待它停下，我挤上车。

我上了列车。我每天都来坐地铁，随波逐流，如一株不合时宜的水生植物。

地铁里面是幽暗的，却又间杂着刺目而破碎的闪光，像空气中挥斥着无数玻璃碴子。到处挤满衣衫褴褛的人们。一群群乞丐在低头窃笑着游走。一些年轻人展开了肆无忌惮的偷盗和抢劫。每个乘客都瞪大眼睛监视和防备对方。这是这座城市里，大多数人的生活。基础阶级的成员都簇拥在这里了。地下的轨道才是属于我的国度。

附近隧道传来"轰轰"的巨响。有列车爆炸了。世界末日还没有来临，它们就提前完蛋了。没有办法。地铁年久失修。世界末日前，更是无人照管。

不一会儿，来到人民广场站。直觉告诉我，应该下车了。我有可能在这儿找到灾难到来时的逃生路线。这是我活下去的唯一指望。但我内心又充满想死的感觉。

换乘者太多，把道途都占据了。我反而无路可走，便被人流推动，拥入这里那里，无从过问具体去向。众人榨果汁一样，把我挤至一处自动扶梯。我以为是通往地下商场。我是穷人，缺钱购物，但也只好随同人流汹涌向下。

地下比地面要明亮得多。周遭事物如蜃景变化，人影一会儿模糊，一会儿清晰，最后都纷纷消失了。原来并非商场，而是辽阔得如同高原大湖的地下车库，闪耀着淋病、房产、赛车、基因治疗和太空移民的全息广告，映照着地面上一摊摊红色、黄色或紫色的呕吐物，却杳无人迹。汽车后备箱的缝隙间，倒是能见到青郁尸块。很快，连车库也隐没了。地铁空间是暴力犯罪的渊薮。

我又往深处走去，见到在立柱与墙角处，缩头缩脑蜷曲着连续不断的灰绿色干尸，都是年轻女性，早年的城市失踪者……绕过她们，忽见一口深井，井口直径约有五米。一台电动旋梯，呼呼地转得让我眼花缭乱，滚入井下。意外的发现令我微微惊喜。这口井像是一个战略导弹发射筒。刚开始，我以为是正在施工中的某项工程。据说城市实验的主持者正在规划建设大量新的轨道交通线，以形成神经系统一样的网状功能性回路，用来更好地应对世界末日。这便是入口吧？我似有所悟，欣悦地循旋梯回转而下，很快觉出了土石的异样。它们有着韭菜般的金属色泽，像是一具具凝固的电磁波的尸体，焕发出灿然黑血般的光晕。我不觉之间提高了警惕。

光线渐渐稀少，景色变得墨绿，像坠入大洋深处，井口之灯再难照入。我抬头看看，见无人跟下来。我成为了地下世界的真正外来者。又过了一会儿，乘客倒是复现了，但人影皆在上方极其高远处渺然浮动，像是荷花水面的艘艘划艇，而我已然深潜而下，感受到愈重的气压，以及浸骨的寒意。也许在底部，沉船一般，埋葬着不明交通工具的残骸？某座沉没的古代城市？人类所不知的待解之谜？……无与伦比的美啊，虽然颇是阴诡。

我想，我的名字叫什么呢？我为什么要来这里啊？其实连这些也不知道。但比起在地面上，要踏实得多。我于是滋生了探险的些许兴致，仿佛将在这里回忆起忘掉的一切。我是谁呢？以前是做什么的呢？我的家乡在哪里、亲人又在哪里呢？……

我下到一个台面，有些累了，便石头一般蹲下。渐渐地，感到窒息。有一股血腥的臭味漾起。我想趁还没有昏迷，叫出声来，却又担心惊动以岩缝为巢穴的不明生物，就没有吱声。虽然有旋梯在侧，我并没有回返之意。我宁愿一动不动地待在这儿，好像终于找到了安全的所在。对此我实在有些耽迷。虽然是深潜于下，且危险随时会来临，却又有攀爬珠穆朗玛峰的壮美酣畅，好像要从一个意想不到的方向，逃入太空，却不用花钱从 M 国人手上购买飞船船票。我一生都没有这样惬意过呀。

慢慢地，我变得像是一个不言不语的龛中塑像。这时，我仿佛觉察到，一些肩扛瓶子的矮小黑影，正从四周围拢过来。我的神志渐渐模糊……

不知过了多久——说是千年也有人相信，耳边响起一个不甚清晰的声音。我冬眠之蛇般缓缓睁开眼，见到那旋梯的左角，井壁的平台上，泥塑一样蹲坐着一个老年男子，看样子有七十多岁，像是要饭的，穿一身满是破洞的阿玛尼西服。他岿然不动，正冲我笑，无牙的嘴里自言自语一般叽叽咕咕。他面孔红艳艳如柿子，满脸皱纹，每道褶子里都像是刻满沧桑和智慧。他手脚皱巴巴的，骨节跟瘤子似的。他给我的第一印象，仿佛是久居地底、靠吃蠕虫活下来的古老生物。

像被磁铁吸住，我爬到老头儿跟前。

"你是乞丐吗？"我有气无力问，好像在一个分岔的时间点上进退无据。

"不是。"

"那你是做什么的？"

"我是算命的。"

"你会算命？"

"我是世界上唯一的算命人。我为世界算命。"

二、算命师

我活这么大，还没有见过算命人，并且，是为世界算命。这座城市没有未来了，人们有一搭没一搭活着，没有谁信命。我想了想"命是何物"，觉得奇怪。另外，世界早已命中注定吗？我以前没有想过这种事情。像天空一样，这未免遥不可及。跟我又有何关系？我揣度，这深居地窟的老人，他莫不是骗子，便犹疑着说："算命？这种生意不太好做吧。据我所知，如今人们只顾自己，能逃的都逃了，怎会关心世界的命运？你的市场在哪里？"

"市场在于缘分。朋友，我看你有缘。"

这才看清，老头儿瘦小却结实，一头茂密绵长的白发，瀑布般披垂在桃形的双肩。他手长过膝，指甲锋利，活像一头从即将消失的原始森林中逃出的古猿。难以想象，地底竟然存活着这样一种像是未曾被登记注册的生物。他看上去不属于任何阶级。

仿佛受到命运和市场的双重挤压，我干瘪的胸腔中喷出一阵碎瓷般的假笑："你说得很荒唐也很有趣。但怎么算呢？我们好像没有未来了。世界末日就要到了。"

"不算一算又怎能知道呢？"

"知道了又有什么用处呢？"

"不是为了有用，而是为了好玩。嗯，不想玩玩？"

好玩？世界末日前，从浑身诡气的老头儿口中说出这种话来，倒是奇怪，我活了二十四岁，已经很累很乏，每天浑噩地打发日子，从没有想过好玩。我迄今的生活中缺乏的，可能就是好玩。我觉得，这样马马虎虎也说得过去。是啊，不算一算又怎能知道呢？之前，都是口口相传。再说了，不用逃跑，只是玩玩，这难道不好吗？我就试探着问："能算出世界末日哪天来吗？"

"朋友，你还想知道这个呀。"

"是啊，不死不活等着，太烦了。"

"这个小意思。"

"多少钱一算？"

老头儿笑眯眯瞪我一眼，打开两个猿脚般的鲜红巴掌："十块钱。"

"不就是世界的命运吗，怎么这么贵？"

"十块钱还贵？是市场价啊。我说的是实话。如今，谎言处处流传，只有老人还说实话。"

我点点头，心忖，管他是不是骗子，反正是世界的命运，也就值十块钱。而且，我已有很久没听到实话了。我连自己是谁、要到哪里去都不知道，算一算又有什么打紧呢？无非是为了好玩。这是我今天胡乱行走的意外收获。不枉我来坐地铁。我的牙床好像也不疼了。我在心里取笑那些排队买 NASA 船票的中年男人，就说："唉，正好无事可做，就算一算吧。"

算命师带我穿过黑沉沉的隧道，去到他住的地方。这是一段废弃的地铁残骸。老头儿独居于此，没有亲人。朽烂恶臭的车厢里满是浑水，泛起滔滔泥浆，潮湿的墙面上密密爬满蛆虫。座椅上涂着干涸的血迹。棚顶悬着一盏十二瓦白炽灯，刺痛了我的双眸。我努力适应一阵，才看见车厢铁皮上贴满残缺破损的水墨画，画工恶劣，趣味低级。千篇一律描绘的是同一座花园，重重叠叠、绵绵不绝的花儿，污水般滚滚四溢，无精打采，凋疲乏力。但在枯萎的花瓣上，却劲头十足地起舞着一只只光可鉴人的萤火虫。

"长年在地下，没有光可不行。"算命师愉快地解释。

"为什么是萤火虫呢？"我问。

"生命本身是黑暗的，只能用别的生命来照亮。"老头儿举起双手，摇头晃脑呀呀呜呜唱起来，"听过那首歌吧？'怕黑的孩子安心睡吧，让萤火虫给你一点光。'除了老鼠，还有它们在地下相伴。这样，世界末日来临，就看得见了。"

仔细看画面，在花朵之下漆黑如夜的腐泥中，有四肢蜷缩着沉睡的、面色红艳美丽的少年。这个世界没有大人。

图画四角，插花般缀满五颜六色的信息纸，把地铁车厢装点成地下植物园模样，在淤黑的深处奇妙盛开，又像为世界末日预设的种子库，喷溢出浓烈的精液气息。沿着车厢铺陈着大团黑色电线，低回着蜜蜂絮语般的电流声。靠近车门位置，悬挂了十几个电瓶似的圆形金属物件，被一堆木料、铁块、屏幕、发动机和电力机械系统团团围绕。一公一母两只老鼠，双足直立，绕着一台半人高的银色机器，跑来跑去。

这机器看上去像一座大功率冰箱。它就是算命机。机身上有一行字：神童娱乐有限公司出品。

"世界末日真的会来吗？"这异形机器令我心里一动，语气里包含了一种期许中的梦想成真。

老头儿见多不怪，没有回答，只咧开延至耳边的河马般大嘴，泼皮涎笑。在黑暗冷湿的地窟中，他开始算命。他要为世界算命，算一算世界末日哪天能来。他哗啦一声扯下一张信息纸，上面标注着像是地球在宇宙中的坐标，以及太阳、月亮、行星、卫星、小行星、大气、重力、宇宙射线等的资料。算命师稔熟而干练地一捋油腻的西服衣袖，把信息纸喂入算命机上一个金属卡口。眼前立即蹿出一个苍白色的膀胱状物体，原来是一幅全息天象图，有各星体的分布及其轨道的综合数据图形。在机器下方一块液晶显示屏上，跑表般连续闪烁跳动出年、月、日、时、分、秒的数字。

我想起 NASA 放映的末日动画，但二者在观感上又有所不同。我看得恍惚，如坠梦境。但我很久没有做过梦了。我连梦是什么、怎么做，都忘记了。不过这无妨。

老头儿得意洋洋用两根手指弹了一下我的脑门："看，时间飞逝，屁事没有，世界固若金汤。但且等——"

说话间，数字起了变化。蓦然，星宿像木偶一样，跳起奇怪的舞蹈，汇聚成一个蝴蝶形阴影，又像是显微镜下的黑色癌变。日期停在了七天之后。图像定格，不再动弹，出现了黑屏，像一张拉下来的死人脸，却貌似什么惊天动地的变故也没有发生。

"这就是世界末日吗？"看着寂然空无的画面，我难堪地笑了。

"是呀。天要塌下来。"老头儿像是心满意足地说。

"七天啊。"我喃喃。

"七天呢。"算命师确认。

"还要再等七天才能死哟。"我带着遗憾的口吻。

"是的，只能活七天了。"算命师扮了一个怪相，"朋友，觉得这不够吗？"

我摇摇头，举目望去，不见天在哪里。地铁隧道中，只是一片接一片的焦黑岩壁，大墙般障着。这就是我生活的世界。地铁中一股股吐出烟雾般的人群。婴儿尸体躺在积水里，像被窃蛋龙吃剩的同类胚胎，眼珠子被叼走了。这种氛围令我觉得不是特别好玩。一时我有些后悔跟随老头儿来这儿。

算命师说："不好意思的是，作为一个物种，人类存在了四百万年，基本过着一成不变的生活，只在最近几百年里，发生突变，仿佛经历急剧升级，眼看要从幼虫变为成虫，却只剩七天好活了。你有幸赶上了。很焦虑是吧？经查证，焦虑者的大脑回路，正跟儿童的脑部形态一样。可不可以说，这场灾难带来的结局，就叫作童年的终结呢？"

"也就是童年猝死症吗？"

"你说得很对嘛。"

"可是，听说即将宣布从幼虫变为成虫了。还要举办成年仪式呢。"

"是呀，有城市盛装游行。"

"还要阅兵……"

"只剩七天，大概来不及了。"算命师吹了一声口哨。

我尖叫起来，投降似的举起双手，又迅速落下来把自己的脸颊盖住，好像看戏时看到了扮成妖怪的演员。过了一会儿，我像是又想起什么，透过指缝，猫儿般细声细气问："这是谁安排的？"

"谁安排的？"算命师用脚踢了踢算命机，好像在装糊涂。

"是的，既然命都能算出来，那就一定是事先安排好的。"
我意识到世界末日早早就预置了，未免感到像第一次吃口香糖似
的滑稽。

算命师做出恍然大悟的样子："哦，谁安排的，有什么关系？
这不是算命师考虑的问题……说起来，世界末日是宇宙中的普遍
现象，你听说过有例外吗？我们一直活在末日边缘——不，活在
末日之中，就跟你身上的细胞，每时每刻都在死亡一样。今天的
你已不是昨日的你了。换句话说，你早已死过了。对于这个答
案，你满意了吧？十块钱真值！"

我想，他说得对。的确，我每天活在末日之中。我活得跟死
了似的。谁安排的，不都一样吗。这没有办法。

算命师大概觉得把我搞定了，便显摆似的说："朋友，我现在
可以告诉你关于世界末日的更多道理了。"

"啊。"我不能不听，便点了点头。

"一切问题，都是轨道问题。"说着，算命师伸出左右手，
抓住走圈的老鼠，把它们捏爆了。

我目不转睛直视四分五裂、体液四溅、转瞬之间就毫无预兆
迎来了自己末日的老鼠，想象这无辜生命临死前的感受，觉得它
就是我本人。"惨。"我说，捡起一只，研究起它被破坏的身体结
构。里面的粉色胚胎都被挤出来了。这样一个活生生的血肉之
躯，刹那间就化为齑粉了。

"这就是生活的本质。"算命师从我手中夺过鼠尸，轻描淡
写看了看，扔到一边，"这家伙，经历了漫长的旅行，来到这里，
跟一趟地铁列车一样，走在一条它自己也不知道去向的轨道上，
不知不觉抵达了轨道的尽头。等待它的是一只毒手。哈，哈。对

它来说，天塌下来了。它却一点也未料到。这便叫作无常，跟超新星爆炸有得一比，嘭，把附近的所有生命世界扫荡一光。瞬间就来了，想也想不到，逃也逃不掉。说到地球，诞生至今几十亿年，百分之九十九的物种灭绝了，不过是宇宙运行的轨道上被捏死的一个个小老鼠罢了。人类同样在自己的轨道上爬，现在也穷途末路了。不要以为这天不会在你还能见到时来临。一觉醒来它就到了。要想开些哟。人类是地球上微不足道的一只小老鼠，地球是宇宙中毫不起眼的一粒小石子。想想轨道上的道钉有多少吧。仅在银河系中，类似太阳的恒星就有几千亿颗，它们中有的早已燃烧干净，有的正在激烈的撞击中爆炸，向冷冰冰的太空猛抛尸骨烂肉……生生死死原本无常。这就是轨道的第一定律，叫'无常律'。"

"这就是你待在这儿，也不逃走的理由么？"我丧魂落魄说。

"在无常的世界上，也只能听天由命吧。"算命师又优美地吹了一声口哨。

"但你还是没有说明，七天之后要灭掉我们的，究竟是哪一种灾难呢？天怎样塌下来？是那谁也没见过的太阳要提前熄灭，还是星系将进入宇宙中重要的季交点？"

老头儿没有回答，却从怀中掏出一本《读书》，要卖给我。他诡秘地说："答案全在这儿哟。收好，它可是禁书。"

"禁书"一词把我吓住，我正犹豫要不要接过来，却见算命师忽然把耳朵像骡子一样高高竖立，弓起乌龟似的结实脊背，闪电般扛起算命机，拔腿"嗖"的一声，从应急出口跑出了车厢。一群戴金色臂章的灰衣人，口水长流，目光浑浊，脚踩电动滑橇，穿越岩壁和尸首，四面八方包抄过来。他们大叫："严禁预测未来！严禁预测未来！谁预测未来，把谁抓起来！"然而灰衣人就算把滑橇蹬得跟走马灯似的，也追赶不上驯鹿般在乱石间飞奔的老头儿。只剩下《读书》丢弃在地。

"喂，还没付你钱呢。"我迟疑而绝望地喊，上前把杂志捡起来。

"又不是再不能相见，还有七天时间呢！"算命师抛来一串大笑，"朋友，赶快选择一个组织加入吧！这样就可以在死之前玩玩了。"

三、世界末日在静候我们

我身带老鼠尸体余味，蹒跚爬回站台，躲进一个角落，开始研读算命师留下的《读书》，一边寻思"死之前玩玩"。杂志里的文章好像是从英文翻译过来的，理解起来比较困难，其中写道——

世界末日，在宇宙中随时发生。一切存在，终将陨毁。具体到这个星球，规模较大的世界末日，也已经上演了多次。在距今四亿四千万年前的奥陶纪末期，发生了有历史记录以来的第一次物种大灭绝，百分之八十五的物种灭亡。古生物学家认为这次世界末日是由全球气候变冷造成的。在距今三亿五千六百万年前的泥盆纪后期，再次发生了大灭绝事件，众多海洋生物消亡。接着在距今二亿五千万年前的二叠纪末期，由于火山爆发、气候变化、沙漠扩大及陨星撞击，超过百分之九十五的地球生物灭绝。其中百分之九十的海洋生物和百分之七十的陆地脊椎动物灭绝。三叶虫、海蝎以及重要珊瑚类群全部消失。占领海洋近三亿年的主要生物从此衰败并消失。然后，在距今一亿五千万年前的三叠纪末期，有百分之七十六的物种，其中主要是海洋生物，忽然消失了。这一次，世界末日没有特别明显的标志，只发现海平面下降后又上升，出现了大面积缺氧的海水。又到了距今六千五百万年前的白垩纪末期，再次发生灭顶之灾，约百分之七十五至百分之八十的物种消失，其中包括统治地球长达一亿四千万年的恐龙，以及海洋中的菊石类。据认为，这与一颗直径十公里的陨星撞击地球有关……这些事件发生时，人类尚未诞生，所以我们毫无知觉。但对于那些走过了漫长岁月、一夜之间就死掉的古老物种而言，确实便是无处可逃的世界末日了。

自打人类出现之后，特别是工业革命以来，新的大灭绝周期降临。据统计，如果没有人类干扰，过去两亿年中，平均大约每一百年只有九十种脊椎动物灭绝，平均每二十七年有一种高等植物灭绝，但由于人类的活动，鸟类和哺乳类动物灭绝的速度提高了一千倍。绝大多数物种在人类还不知道它们是什么之前，就永远消失了。有意思的是，人类不仅搞掉其他生物，还搞掉自己。这种两脚兽在晃晃悠悠存世了几百万年后，终于在最近这一百年里，急不可耐研制出了可以毁灭整个星球的高级武器，堪称神来之笔。已经发生了两次世界大战。一种新型的世界末日——人造世界末日，随时都会来临。除了毁灭性的战争，化石能源、矿物资源、水资源也都快要耗尽，还发生了剧烈的气候变化……经济和科技虽然进步了，料想中的幸福生活却没有来临。在许多国家，好处都被有权有势者霸占着，平民百姓像蝼蚁一样生不如死，毫无希望地苦苦挣扎……这不是世界末日又是什么呢。在这个小小的星球上，第一次，迎来了文明的末日。但为什么只能听天由命呢？

我很快看累了。此类说教，令我厌倦。这些我以前也曾听说，比如罗马俱乐部的警言什么的，无非老生常谈。要死就死吧，有什么好念叨的。《读书》让我失望。另外，说是要毁灭，但老也毁灭不了，原子弹只在实战中试扔了两次，就不伺弄了。跟M国的战争一直打不起来。就算再绝望再腐烂再阴暗，人们也老鼠一般苟且偷生下来，在年久失修的轨道上爬着，一天又一天重复，不知道覆灭就在眼前。那么，具体到七天之后的这个我们苦等许久的世界末日，究竟是什么呢？它真的会好玩吗？能带来些一劳永逸的新鲜感吗？

没有别的事可做，我就又强打精神看下去。《读书》中果然提到了世界末日的诸种可能——

第一种，类似六千五百万年前的 K－T 灭绝事件，小行星将再次撞击地球，造成人类等大多数生命消失。第二种，土地中的甲烷忽然喷薄而出，气候变暖加速，且再也无法逆转，导致生物大规模灭亡。第三种，地球轨道发生变化，北半球日照减少，进入新冰川时代，物种纷纷死去。第四种，出现超常规生态紊乱，蜜蜂等生物忽然消失，引发全球大饥荒、大死亡。第五种，"死亡之星"来临。太阳有一颗距其一光年远的伴星，绕主星走一圈需要两千六百万年。它运行到近日点的时候，由于引力变异作用，将给地球带来灭顶之灾。第六种，自然界出现超级病毒（也可能是生物恐怖主义组织制造的），新型传染病蔓延全球，人类无法免疫，医院失效，只在几周之内，生命就被扫荡一光。第七种，Y染色体消失，携带在男性身上的基因无法读取，因为不再有男孩出生，人类就消亡了。第八种，核物质忽然加速衰变。第九种，人工纳米材料失控。第十种，少数人利用智能机器破坏全球电力、金融及数字系统，把社会带回石器时代。第十一种，微型人工黑洞吞噬地球。第十二种，人工智能反叛，机器人消灭人类。第十三种，量子真空坍塌。……

原来，有这么多的世界末日，已经提前安排好了，在前方排着长队，布好阵形，静等旅客们走过来。一切取决于时间之河中相对应的轨道的长短、方向、周期，而不以行进者的意志为转移。

文章又以附图形式，画出了由古至今已知的自然和生命进化及湮灭的轨迹大全，密密麻麻如一片森林。这是我以前不知道的。难怪《读书》成了禁书。

千百万年来，人类都在不同的轨道间做着选择，但事实上，是轨道选择了我们。这是没有办法的事情。好不容易走到今天，轨道却到头了。

事实上，这种事情，历史上也发生过许多次。从图上看，人类的那些远古支系，如南人、海德堡人、尼安德特人等，都在他们的轨道尽头消失了。

我在书中，果然没有发现不通向末日的轨道。毁灭性事件不断发生，像拉屎撒尿一样寻常。轨道走着走着就中断了，这种情况无处不在，的确没有任何办法。

遗憾的是，在《读书》中，我没有找到我走的这条轨道。可能是因为它太微不足道。我的身世是个谜，也是坨屎，但无所谓了。

结论已经很清楚了，做什么都是徒劳。没有比"人生"这趟列车更可笑的了。看到危险，也许可以临时停车，但隧道要垮了，也就没有办法了。这回怕是逃不掉了。但究竟是末日的哪一种呢？天到底怎么塌下来呢？文章还是没有具体说明。在图画之外，不知名的神秘作者又列出了一张表（看上去像原子周期表），把世界末日分门别类划分为不同级别和类型，最基本的有九九八十一种，是为：

天上的末日，地上的末日；空间的末日，时间的末日；这个世界的末日，平行世界的末日；人类的末日，动物的末日；猪狗的末日，蘑菇的末日；惨烈而死的末日，生不如死的末日；集体的末日，个体的末日；身体殒灭的末日，心死如灰的末日；物质湮没的末日，文化灭绝的末日；被人消灭的末日，自我毁灭的末日；世俗的末日，宗教的末日；神的末日，佛的末日；他的末日，她的末日；不准上网的末日，不让说话的末日；仕途的末日，考试的末日；睡不着觉的末日，白日做梦的末日；原子弹炸出的末日，抑郁症带来的末日；婚姻的末日，爱情的末日；语言的末日，思想的末日；无法表达的末日，不能行动的末日；持续几千年的末日，分分钟完蛋的末日；看得见的末日，看不见的末日……

我终于看睡着了。待我醒来，灰衣人又现身了，把《读书》从我手中抢走，揣进自己怀里。他们用拳头揍我，嘲笑："算命了吧。那可是迷信。哪里有什么世界末日？再传谣信谣，把你抓起来！"

我挨了灰衣人又一顿暴打，身上剩下的钱也被搜走了。我想，他们做得对啊。谁让我没事干去算命呢？我便从地铁中落荒而逃，负痛回到家中。这其实称不上"家"，只是我在S市漂泊时，临时借住的一个铁皮屋，它也是一节废弃的地铁车厢，我走路走累时，暂且栖身。我忘记了我是怎么来到这座城市的，也不知道还能在这儿待上多久。不过无妨。过一天是一天吧。反正就剩区区七天了。作为垃圾一样的生物，随时随地活在末日中，按算命师说的，玩玩。

就这样，世界的命运与我发生了关系，这真让人难以启齿。

但我还是把为世界算命的事情，告诉了剧作家。

剧作家是我的房东，也是个老头儿，八十多岁了。他在这座城市生活了一辈子，写了一辈子戏。他孤身一人，据说连女人都没有碰过，也不曾有过婚姻。似乎他家以前也属于骨干阶级，后来败落了。他的生计靠父母留下的积蓄来维持。他把自己关在长满苔藓的阴湿车厢屋子里，像个修行的精怪，长年累月埋头写作，就仿佛这座喧腾热烈的城市，也成了一片荒山野岭，早就空寂无人了。

剧作家是个好心的老头儿，他收留了无家可归的我，像对待自己的孙子一样照顾我。他把好不容易搜刮到的一点儿口粮，分给我吃。他向我宣布，他已经写出了一千部戏，"我早该获得诺贝尔文学奖了！但瑞典人怎么不颁奖予我呢？这却是一桩顶顶奇怪的事情。"非但不颁奖给他，而且，他编的戏一部也没有上演过。他只好整天向我唠叨，好像我是他唯一的观众。我觉得剧作家有些天真。世界末日前夕，这座城市停止了文化艺术。唯一的艺术是酸雨艺术。灰衣人禁止戏剧演出，不准人们谈论诺贝尔奖。骨干阶级搭乘 NASA 飞船逃入天空，基础阶级钻进地铁避难，都不去看戏了。剧场早成了阴森鬼屋。这样一来，剧作家的手稿就全搁在纸箱里，被老鼠咬坏了。尽管如此，老头儿一天也没有停止写作。他像是相信有一天观众还会回来。

变成鬼回来吗？

听了我讲述的为世界末日算命的事，剧作家倒是很感兴趣。他说："这也许可以作为我下一出戏的素材。不过，就算对于世界末日，这里的人们也失去了欣赏的能力。说起来，这本是一种审美。"

剧作家的话令我哑口无言。我不禁想到，自己生不逢时。没有办法啊。

剧作家说："哪怕世界末日就在明天，也要把剧本写下去，绝不能半途而废。"

我提醒他："它不在明天，而在七天之后。我们还有一周时间可活。"

他说："没关系，戏剧可以永恒。"

我觉得这很好笑，便说："但是没有观众了。"

他说："你可不能死啊，你来当我的观众吧。"

我又问他："你加入了什么组织吗？"

"组织？戏剧家协会解散了。全城只剩下我一人在写戏。"

"据说，也只是玩玩……"

我看到，剧作家整个晚上都不睡觉。他写了一阵剧本，到了凌晨，就蜷缩着枯藤似的身体，一边啃咬手指，一边读自己的作品，有滋有味，就好像这可以充饥，又如古人说的"举杯邀明月，对影成三人"。忽然，他跳起来冲向窗户，往天上看去，又推门而出，连声吟哦："终于明白啦——什么是真正的戏剧哟！"

就在黑暗天空的高处，出现了一个微亮的东西，隐然照耀。后来我才知道，那物叫天蝎座。我连近在咫尺的太阳都没有见过，却看到宇宙中遥不可及的星座了。这真是奇怪。

剧作家返老还童一般，手舞足蹈，摇摇摆摆，鞋子也蹭掉了，一溜烟跑上大街，才看到这原本是一座车水马龙、并栋比甍的大都会，正处在从繁华走向衰亡的历史转折点上，他就在 C 饮料的广告丛林中，追逐行人，狂呼大喊，还伸手去拉扯他们。

在世界末日前夕，剧作家似乎发现什么是"真正的戏剧"了。他对着人们吼叫："一定要来看戏啊，一定要来看戏啊！毛遂自荐当演员也可以啊！"我站在一边看，觉得老人像个孩子。

童年的终结，看来是真的……

在剧作家宣布自己"开悟"的过程中，我反而听不到他的声音了，只看见他的嘴巴像朵爬满毒虫的鲜花，盛开而乱颤。

但有什么用呢？这是很危险的。我看到灰衣人走了过来……

剧作家在弄明白什么是"真正的戏剧"后，就仿佛达到了一个全新的、高深的、伟大的认识境界。"戏剧就是一株小草。戏剧就是一块石子。戏剧就是一片云彩。戏剧就是一泡狗屎。"他庄严地对我说。

他又说："只有戏剧才能拯救这个世界。"

什么，这世界还能得救？我意料之外听到一个新的说法，不禁咯咯笑了。无所谓吧。各种逃生法门，如今多如牛毛。它们大多是凭空想象出来的。

从此以后，剧作家把门窗关得严丝密缝，不再看外面的世界。他笔下的世界，便是整个世界了。其中的意味，我要等到七天之后才会明白。但那时我不是已经死了吗？真是太矛盾了。

倒计时六天

四、幸亏还有外星人

我有时也模仿剧作家，怀揣一颗诡秘与阴怖之心，踮起脚尖，悄无声息走近窗户，屏住呼吸，朝外张望。庞大的城市像底片一样在暗室中垂挂。但除了昏黑、广告和酸雨，以及面容模糊、液体般流动的人群，我什么也没有看到。

剧作家是不是产生了幻觉？他凭什么认为，戏剧可以拯救世界呢?

我读过他写的一些剧本,内容都是发生在城市中的凡人小事,既不惊动天地,也不感泣鬼神。有时他也写到人死了,不止一个人死了,但那跟真正的世界末日尚有距离。

城市里即便还有演出,我也不知道还有谁会去看这些让人打瞌睡的戏。在还有一点儿时间可活时,人们就算是天天自渎,也不会去看戏。这是一种死掉的艺术。可是,剧作家还在不停写下去,就像是打定了主意。有什么用呢。

这时,我心头便涨满一泡流光逝水、今非昔比的无力。

另外,算命师说的,真是对的吗?命为何可以被算出来呢?就因为轨道吗?我之前知道的是,一切都是不确定的。谁也把握不住命运。

剧作家也收藏着一本《读书》。我偷偷打开来,见里面写有一段话,像是引自骨干阶级的某位名人:命运最不讲理。傻蛋、笨蛋、混蛋安享富贵尊荣,不学无术的可以一辈子欺世盗名。有才华、有品德的人多灾多难,恶人当权得势,好人吃苦受难。所以司命者称"造化小儿"。"造化小儿"是胡闹不负责任的任性孩子。常说"造化弄人"。有句谚语:"如果你碰上好运,赶紧抓着她额前的头发,因为她背后没有可抓的东西了。"

但紧接着,文章又写:全不讲理的命,却可以用某种方式计算出来,这不就证明命也有"理"吗?总之,下次得问问算命师,为何能算出世界之命。无常中也有定数吗?

不过,就算世界真要终结,天将塌下来,把所有人压死,这也无妨,因为我们本来就该死。在这造化弄人的世上,人们早活厌倦了、活腻烦了。只有恐惧才能终结恐惧。

我其实也很怕死,想要逃离这座城市,却没钱买船票。这是我的错。因此我也想去死。

我有时会去想象城市外面的世界是什么，但一点感觉也没有。我国的其他城市都在时间的混乱中与S市分离了。这时候谁也顾不上谁。危难之际互相支持帮衬的许诺，都被残酷的物理现实粉碎了。

第二天，我又走上街头。我看见，暂时还没有逃掉的人们，强撑起破败身躯，孩童一样，打着手电，举起雨伞，无声无息，在腐朽而缤纷的道路上舞蹈而过。他们统统装作压根儿不相信世界末日将要来临，不认为自己在一周之内就会死掉。他们只是躲在地铁站台的角落里，才敢偷偷去看《读书》，然后痛哭流涕。

自欺欺人是人们应对世界末日的最好办法。这也是没有办法的事情。

不过，这个国家存在了几千年，不是什么时候都有机会遭遇世界末日的。这样一想，倒也觉得还算好吧。

我孤立无援站在漆黑的铁道边，观看地铁挂满蒸汽，旗鱼般匆匆窜过，好似置身钢铁水牢。我很想跳下铁轨，似乎只有这样，才能洗掉我做人的耻辱。我总是入迷地想象自己在车轮下变成肉饼的情形。我常常憧憬自杀。我觉得自己活不到世界末日那天了。其实我已尝试了几次自杀，但都没有成功。虽然活着也就相当于死了，死不死都无妨，但多死一次还是值得的吧。然而连这也很难。由此可见人生其他方面有多难。

这么一想，我就朝着地铁轨道纵身跳了下去。

我感到自己坠入一个深渊。我飞呀飞，好像要越过无际宇宙。我为此着迷。

这样不知过了多久，忽然，我停住了。

我回头看去，见是一个病病歪歪的六十多岁男人，伸手拉住了我。他身体扁平，像头陆龟，却长了一副狭小的娃娃脸，以及两双小手小脚，太阳穴上有一对鼓包凸起。

他说："年轻人，你可不能死啊。"

啊，又遇上了神出鬼没的老人。

救我的人叫龙角老师，是 UFO 研究会会长。他把我带到他家。龙角老师住在一节废弃的地铁车厢里。他的老婆（龙角太太）患有精神分裂症，独生女儿（阿娇）已经失学。生活的艰辛加上环境污染，使得龙角老师身患多种疾病，包括糖尿病、肺心病、哮喘病、高血压和美尼尔氏综合征。他一边想办法养家糊口，一边思考外星人在哪里、何时来到地球、宇宙的前途命运如何、人类怎样才能参加银河系文明联盟等重大议题。

为了吸收我加入 UFO 研究会，龙角老师请我吃土豆。一边吃，龙角老师一边向我讲述精彩纷呈、无奇不有的天外来客故事，把我的狭隘视野拓展到 S 市以外的广袤太空，打消我世界末日的悲观情绪。

"我第一次看见飞碟，还是在四十年前的梦游年代。为了抗击 M 国及其雇佣军将要发动的侵略战争，我们备战备荒，全民皆兵。现在说什么世界末日，小儿科呀，那时已经到了世界末日前夜，M 国随时会在我国国土上投下几百颗原子弹。一声令下，举行拉练——这也是在梦游状态下开展的。那时我在乡下插队。一出市区就是农田。我们分成三个排。我在一排，手捧一尊梦游神半身瓷像——当时手电不够用，唯有梦游神能够帮助我们认清方向。我们走了整整一天，天黑了。没想这时出事了。我脚下一滑，跌了一跤。梦游神塑像掉在地上，立时摔个粉身碎骨！我吓得魂飞魄散。年轻人，你可能不明白，这是杀头的罪过呀！我感到世界末日来临了。可巧，忽然，天空中闪出一道夺目亮光。我抬头看去，只见一个绿荧荧的圆盘朝我们头顶飞过来。大家不知道那是什么东西，都怔住了。还是带队的军代表反应快，大叫一声：'有敌情！准备战斗！'我们呼啦散开，趴在地上。那东西悠然飘过头顶，掉到田地里去了。有人说是 M 国空降特务，军代表便带我们去抓捕。村里民兵也出动了。我们把田地搜了一个遍，也没有见到特务一根毫毛……可是，摔碎的梦游神像怎么办呢？自然记在特务破坏的账上了。我不敢声张。梦游就这样结束了。自那时起，我便老惦着那天上的发绿光玩意儿。是它救了我。我的魂魄被天外来客牵走了。我好像大梦初醒。我从此不再参加任何梦游活动。我琢磨起了 UFO——当时还不知道这个词儿。后来才了解到，还有许多人在不同场合见到过它，也都不梦游了。你看啊，就在地球之外，还有另外的世界存在，我们在梦游年代做的那些轰轰烈烈的大事，放在浩瀚的宇宙中，是没有任何意义的。"

"但什么是梦游年代呢？"我不解地问。

"那时，年轻人往老年人脑门上打入大铁钉……"

"为什么呢？不是举国上下要跟 M 国人打仗吗？"

这实在不好理解。我想象昆虫一样布满皱褶的一排排头颅上，扑哧喷出脑浆和污血，赶紧吞了一个土豆，才把一声调笑堵了回去。我还年轻，不曾经历那个年代。这是我第一次听说，我国还有过这样一段轰轰烈烈的时期，而那竟也曾被叫作"末日"。我们到底经历了多少个末日？我又觉得，相比如今这个有气无力等死的世界，往昔的末日生活也许更活泼、更有趣、更好玩吧。我真是生不逢时。不晓得我那不知身在何处的父母为什么要不负责任地把我生下来。

于是，我就同意了加入 UFO 研究会。我对于自己竟然选择了这样一个组织而感到不可思议。我以前从不曾参加过任何组织，我连这方面的念头都压根儿没有起过。但我现在成了龙角老师组织中的一员。这应了算命师的话。其实我不太明白自己为什么要这样做。我还没学会在死之前玩玩。这一定需要高超技巧吧。也许只有老人才谙熟此道。我这样做，大概是为了练习练习。无所谓吧。

龙角老师告诉我："外星人要来了，将把人类从末日中拯救出去——不像 NASA 只救少数人，而是要救全体。咱们去迎接他们吧！"

这好像在无路可走之处，忽然间支出了一条新轨道。当天晚上，我便和 UFO 研究会的会员们一起，前往市郊迎接外星人的宇宙飞船。这是一次秘密行动，避开了灰衣人的耳目。

我们来到奥林匹斯山下。酸雨还在燃烧弹一般不停掷着。人群互相挟裹，蠕动着往山上爬。道路崎岖，耸起零碎异状、动物内脏一般的乱岩，飘出奇特的臭气。我想，天要塌下来了，我们却在不顾一切地爬到接近天空的地方去。那是一个寻常人想都不敢想的去处。或许组织真能给大家以玩玩的勇气？

奥林匹斯山是 S 市的制高点，是观察 UFO 的传统定点位置。山下有一个大湖，叫作莫愁湖，湖面翻滚着开锅的灰色浓雾，像是无数垂死的人鱼躲在水下喷吐胸腹中怨气。众人全身潮乎乎的，私家侦探一样，握紧晦暗的手电，却像是从寺庙中偷偷溜出来的小鬼，不明真相的人看了或会毛发倒竖。但这群人并非登山爱好者，也不是黑社会成员，而只是宇宙文明的爱好者，外星人的忠实粉丝。瞧，大伙儿还携带着各种专业仪器呢，包括阿尔法-贝塔沾污仪、伽玛（盖革）测试仪、摄像机、经纬测距仪、卫星定位仪、照相机、望远镜、照明灯具、录音机、录音笔、计算器、便携式电脑，等等。但他们能称作科学家吗？不能。这个国家天天讲科学，却没有货真价实的科学家。所以大家的身份在这里也不太好说。唯一能确定的是，他们也是无法乘 NASA 飞船逃往太空的基础阶级成员。

"真能见到飞碟和它们的驾驶员么？他们真能把我们从世界末日中救出去么？"队伍中一名中学生兴奋地问。

"这不容丝毫怀疑，就要梦想成真了！"龙角老师翘起尖细的脖子，用鸡叫般的声音骄然说。由于长期暴露在噪音污染中，他稀疏的头发缺少了某些微量元素，整体呈扁豆色，与红色酸雨竞相辉映。城市中幸亏还残留了一些老人。由于老人的介入，我们的生活才多少有了主心骨。

最后，大家于令人恶心的昏黑中，手脚并用爬上了山顶。才发现，这儿矗立着巍峨的国家天文台 S 市观测站，射电望远镜和天体望远镜像是巨型骷髅，探入裹尸布状的天空。

龙角老师说："本来，迎接外星人，是天文学家的职责。但他们拿着公家薪水，喝着 C 饮料，不去仰望星空，只想着倒卖望远镜换钱，好去买 NASA 船票逃之天天……"

"啊，怎能这样！不过，天上也看不见星星啊。"会员们摆动双手，发出哀叹，僵尸般伫立在淫雨弥漫、黑雾翻滚的天空下。的确，不见一颗星星。这让人泄气。

但既然来了，也就这样了。我国现状便是如此。现在，只有两种人能救我们。一是 M 国人，他们要用飞船救走有钱人；另一是外星人，他们用飞船救走所有人。

午夜十二时，奇迹般地，像是为了给大家作出一个交代，酸雨竟然不明原因地暂时消散了。嘭，溽湿的天空像一副黑光耀眼的死兽毛皮，无遮无拦打开来，裸露出它熠闪纷繁、污血密布的内脏。

我感到有些紧张。啊，期待中的外星人果真就要现身了吗？我忍住噬骨的饥饿，集中注意力看去。

轰，一道白煞煞的光焰当头打来，原来是银河，像一股强悍的马桶水，黏黏糊糊地垂直砸落，然后我昨夜见到的天蝎座也露脸了。大家"啊呀"发出难以置信的惊叫，新会员面无血色，甚至想要逃掉，但在龙角老师威严的目光下，坚持挺立住不动。我也吓了一跳，仿佛看到地铁爆炸抛出的死人肢体和器官，激流喷射，漫天飘荡，发出惨绿磷光，一如荒郊野外的坟地景象。

——这就是我活了二十四年，从这块生我养我的土地上首次看到的宇宙吗？真是羞耻，之前连宇宙都没有见过。作为人活着，实在太那个了。不过，一想到大家都这样，就觉得也没有什么吧。近年来，在我国，民众在龙角老师这样的老人的带领下，于夜深人静时，沐浴之后，悄悄走离他们默默奉献了一辈子的工作单位，双手拳在胸前，逃出动物园铁笼的野兽一样，缓缓齐步来到空旷露天处，一声令下，同时抬头，才出人意料地发现，啊，原来真的还有个宇宙，狗一样趴在上面呀！以前竟然无人说起！这座城市只知道用酸雨艺术来唬人。噢，就是这片天将会塌下来吗？外星人真能救大家于危难吗？……

"外星飞船也会沿着一条轨道前来吗？"我唐突地问。

"当然。所有航天器都有自己的专属轨道。"龙角老师专业地回答。

"但他们能够摆脱轨道的约束吗？"

"年轻人，你在说什么呢？"

"外星人走的轨道，难道不通向末日吗？"

龙角老师愣住了，好像有些生气，瞪了我一眼，但也没有说什么。

我就闭嘴了。这时我依稀听到，人群在龙角老师带领下，山呼海啸吼叫，仿佛在艳尸般壮丽的景观面前，一举忘掉了生活的忧愁烦恼。我才努力振作精神，跟上大家的节奏，假装热情地嘶鸣，不想让人把我视作连宇宙也没见过的、成天想要寻死的人。

其实，我上次看《读书》时，也了解到宇宙的一些情况。

据说，宇宙是一切空间和时间的综合，它囊括了所有的物质、能量和事件，就像一个巨大的超市。有人考证出，宇宙诞生于一百三十七亿年前一次"大爆炸"。它从一个小小的"奇点"开始膨胀，长成了今天这副模样。

在我们乏味的生活中，竟然有宇宙存在，这十分奇怪。为什么不是别的什么呢？世界末日就发生在宇宙中。这太难受了。

宇宙货架上的东西很多，包括几千亿个星系，每个星系中有几千亿颗星星，银河系只是这些星系中极普通的一个，其直径为十万光年，中心厚度为一万二千光年（光年就是光在一年里走过的路程。在真空中，光一秒钟能走三十万公里，不知道为什么是这样安排的）。银河系里有一千亿到四千亿颗恒星，以及许多星团、星云，还有各种星际气体和星际尘埃。它们都在自己的轨道上茫然运行，不知道有什么目的……宇宙为人生徒增了许多迷惘。这也没有办法。

宇宙中的大多数地方看上去一片虚空，黑暗则是它的绝对主题。不明白为什么会是这个样子。宇宙真荒诞，而我们却生存于其中。后者更荒诞。这一切看上去也像是早早就安排好的，所有事物都有自己的轨道。的确是没有办法。

根据这种莫名其妙的安排，人类定居在太阳系。太阳是银河系里一颗普通恒星，在距离银河系中心大约两万四千光年的一条轨道上，不歇气地逆时针环绕银心运行，转一圈大概需要两亿五千万年。围着太阳转圈的，则有八颗行星，它们的轨道近似圆形。而彗星的轨道常常是椭圆形的。

不知道为什么非得如此安排，有何意义。现在唯一晓得的，是世界末日之类的事情，就在这种枯燥沉闷的转圈过程中，过一阵便发生一次。

幸亏，宇宙中还有外星人。为什么会有外星人？就是为了从末日中拯救人类而安排的吗？

在世界末日降临前夕，外星人要来拯救所有地球人。这表明他们有可能是一种崇高而伟大的生物。

是的，崇高而伟大，那似乎只能存在于荒诞的宇宙中。

想到自己作为一种垃圾似的东西，如今也能观察宇宙这样荒诞的事物，我就不免感到人生无常。算命师看来是对的。

但是，宇宙究竟是什么？为什么会有宇宙？它是怎么来的？宇宙存在于哪里？宇宙之外是什么？这些问题只要想一想，就会让人丧失所有自信。我要过六天才能明白。但或许更不明白了。

龙角老师率领大家做起仪式。会员们手牵手，围成圈，过电一般，让身体里的能量形成共振。随后，龙角老师盘腿坐在一块巨岩上，用低音喇叭般的语调，先是祈祷一番，又对大家说起了此次行动的重大意义：

"外星人要来拯救我们了。善良的外星人不仅将阻止世界末日的到来，还要帮助我们管理国家，像提升 M 国一样，提升我国。人口将得到控制，卫生条件将明显改善，并由于有了清洁环境，人们的道德素质将迅速提高，'黄色的'东西将消失得一干二净，青少年将喜欢做一些好事，而不是整天捣乱，搞歪门邪道……对于为非作歹的人，外星人将通过意外事故让他们死亡。腐败将不复存在。发展生产力仍然是第一重要的，在外星人的协助下，我国生产力的改革有了突破。社会将呈现欣欣向荣的崭新局面。城市将变得美丽，在街道两旁，都有鲜花和喷泉。汽车逐渐减少，有钱人可以买一架外星人提供的飞碟，没钱人可以乘坐公共飞行器。国营商店将繁荣发达，个体商店将减少。大型企业的发展将在外星人的协调下统一进行……当然，外星人也发现了我国民众的缺点，比如'窝里斗'，于是他们就用高科技来改变我们的思想观念，根治我们涣散的毛病。谁对国家有好的建议，就启用谁；谁有本事，谁最善良，谁的贡献大，谁就可以在职称、晋级、分房和出国上得到照顾。再没有互相猜疑和嫉妒，走后门的情况也杜绝了。国际方面，M国将放弃做世界警察，人类将在日内瓦召开和平大会，建立由外星人监督的世界联盟，我国代表将进入世界联盟首席位置……"

大家听了，扬起双臂，欢声雷动。这时，龙角老师便两手腹前抱圈，双目紧闭，马步下蹲。他这并不是以特殊姿势睡觉或拉屎，而是在用意念力呼唤飞碟，嘴里念念有词：

"请君莅临吧。我们这群，是太阳系第三行星上真正的和平爱好者！请不要再降临在华盛顿和纽约了！"

我又反复看了几遍宇宙，才习惯一些。其实它更像一个缺乏锻炼的单身男性胖子，张手张脚、可笑之至地悬空飘浮，弄不好就会失足跌下来。这才是世界末日的真相吧。

我心中暗暗对宇宙说："初次见面，请多关照。"

到了半夜一点多钟，终于有了动静。山上传来厉声嗥叫。女会员纷纷搂抱在一起，鸵鸟般把头埋入对方怀中。

"是他们吗？是他们吗？"一个女孩紧张得涨红了脖子。

"不，好像是狼噢！"另一个女孩害怕地说。

"不是狼。是天文学家在跟望远镜做爱！"龙角老师呼哧带喘对大家说，还使劲拍了拍女孩的脊背。糨糊一样的星光穿过了他手背上的黑毛……

"是呀，龙角老师。外星人要知道我们把做爱当成狼嚎，多么可耻啊！"姑娘们异口同声鸣叫起来。她们中有清洁工、纺织工、楼市推销员、会计、出纳、超市售货员、地铁售票员等，崇敬地把龙角老师团团围住，像他的女儿一样，伸手去拉扯老人的胳膊。

"不过，外星人里面，也有色狼吧。"我忍不住跳出来说，其实是打算引起女人们对我的注意。

"啊，这是亵渎！"女孩们愤怒地摇着脑袋，鱼鹰般的脖颈上涨出大片红疹子，一齐伸手指向我，像要责令我反省，在这神圣时刻怎能胡说。唉，我也不知道自己怎会这样。我讨了个没趣。

最后，飞碟没有如期莅临。我好像才在不知所措中松了口气。

酸雨又下了。宇宙变脸般眨眼间隐没了，像个不守信用的孩子。除了龙角老师等研究会骨干分子坚守至天明，其余人均在岩石上铺上报纸，纷纷卧伏，姿势难看地睡去。雨水淫猥而粗暴地击打在众人身上，使他们看上去像是一条条死鱼。

虽然已对宇宙说了"初次见面，请多关照"，但它还是默默离开了。我却连表达屈辱和悔恨的机会也没有。就这样吧。我回忆自己在这颗星球上孑然一身、四处流浪的经历，想到活了二十四个春秋，都到了世界末日，还一事无成，之前连宇宙都不曾见过，现在也没有等到外星人，可以说是很失败了。是我不合时宜的言行，破坏了降落场的氛围，使天外来客疑虑丛生，最后一刻决定不在我国着陆。哦，这要妨碍大家得救的，我这是在犯罪吗……我试图按照女人的要求来谴责自己，却只是感到更加可悲。

这时我看到那个名叫小蛐老师的女孩——女会员中长得最好看的，也没有睡觉。小蛐老师本是乡下人，独身闯入 S 市来寻找发展机会，历经艰辛磨难，终于成为了一名万众瞩目的模特，穿着外国人设计的名牌时装，在 T 台上为骨干阶级的男人们表演。后来她又被电影导演看中，拍了几部影片，扮演卖光盘的都市女郎、三角恋失意者、精神病患者。但最近观众们都搭乘 NASA 飞船离开，不来看她的表演了。她经历了一阵痛苦失落，直到加入UFO 研究会，见到龙角老师，知晓了外星人的存在，精神才有了寄寓，情感才有了依托，但不幸的是，就在今夜，竟然被新入会的我给扫兴了。我的罪过岂不很大吗？说起来，小蛐老师已经成了我的偶像——既然没有见到外星人，这就好像是我加入组织后获得的唯一报偿，就仿佛她才是我真正的救命恩人……

小蛐老师二十二岁，身高一米七五，脸蛋和体型具有一种画上去的古典美。她使劲挺起野藤般多节的、被一袭青色长裙罩住的纤长躯干，冲淋浴似的，浸入滚滚酸雨，宛若刚刚开始发育的青春期神女，痴痴望定脏兮兮的夜空。后者像头猩猩，把污黑肥大的身躯冲她覆压下来。我正想象她裙裾的后面，忽见女人伸手解起自己的衣扣……我呆迷地看着她渐然展露的丰白大腿，以及皮肤上闪烁不定的密织水珠，脑海中浮现了老鼠的形象。我大口喘气，心忖，小蛐老师，你这是做什么啊？是了，她一定在想，外星人并没有计较我这小子的胡言乱语，他们已经在 UFO 爱好者的眼皮底下，不知不觉潜入 S 市，来跟大家约会了。为了招待远方的客人，女人要奉献出自己纯洁的肉体。噢，这令我颇受打击，伤心欲绝。

跟卑微矮小、儿童似的人类不一样，外星人长得高大雄壮，个个像好莱坞电影《斯巴达三百勇士》中青铜雕塑一般的古希腊武士，这才跟小蛐老师般配吧。他们目光坚定，仪表堂堂，成熟自信，身披雨衣，排着方队，踏着枯叶，迎着凉风，无声飘过漆黑的山野，行军背囊中装满刚刚采集来的动植物尸体标本。

世界末日之际，他们果然来了吗？他们真的是来拯救我们的吗？

我这其实是在嫉妒。我嫉妒外星人。我一个天天想死的人，却嫉妒起了外星人。

黑暗中，一些小小的光点在旋舞飞腾。我心生厌憎，就扑过去抓住它们。原来，是萤火虫呀。我的手心迅速被自己的汗水和虫子的尸液浸湿了。

看来，死真的是一件随随便便就可以做到的事情。

可我还死不了。

倒计时五天

五、长得像我的乞丐

由于没有在奥林匹斯山上见到飞碟，我只好失望地回到住处，这才睡了过去。我不停梦见小蛐老师宽衣解带，膘壮的外星人色迷迷趴在她身上。我正要冲上去，却忽然被酸雨声吵醒。我躺着想了好半天，才神志不清地爬下床。我看看窗外，已是上午，雨越下越厉害，S市每个毛孔中泛出奇臭，就像猪内脏腐烂了。天地间一片黏稠湿滑。房屋和车辆在昏冥波涛中沉浮。雨伞像水母一样缥缈摆动，把人头卷裹其下。商场和酒楼中怪声喁喁，潮水一样涨起。那都是老鼠的声音。我才隐约记起，一场前无古人的实验正在城市中进行，世界末日再有五天就要到了。这么一想，就明白时间过得真是太快，对此毫无办法。

我呆呆看了一会儿，听到另一种声音。原来，剧作家正在奋笔疾书。他书写的好像是一种最后的精神财富，却无法在观众面前展示。但剧作家并不因此而停止工作。难道他真的以为戏剧可以拯救世界吗？

我悄悄走到剧作家身后，去看他脖子上蛆虫般拧动的红色肉节。我想，能不能进入剧作家笔下的世界，去看看它为什么有那么大的魔力呢？但我没有办法把自己代入。我不知道我的父母在哪里，我有时会把剧作家想象成父亲。这种无能为力的错乱想法令我又有了自杀的冲动。

剧作家越写越快。自从发现"真正的戏剧"后，他就愈发变成了一台无以名状的自动写作机器。我实在忍受不了，就从剧作家的箱子中偷了一些钱带上，然后离开了。

我又在马路上乱走。废墟一样的高楼遮蔽了天幕。我看到一些人，没有购到NASA船票，绝望自杀了。尸体摆放在污浊的雨水中，无人来收。我很憎恨他们，又很羡慕他们。在我看来，城市正变得像一座夜总会似的集中营。谁也不知道那场实验是什么。我只是一个误撞进来的观众。我已经看腻了，虽然我其实什么也没看清。人们未能迎接到前来拯救他们的外星人，而这很可能是因为我的错，这让我羞愧难当。

漫天雨雾中仿若升腾着一股血腥的万丈浓烟，似是世界末日的前兆。活着的人满脸麻木地举着 C 饮料仰脖狂灌，就好像在为自己输血。在这座城市，有的人清醒地腐烂，有的人沉醉地腐烂。有的人被腐烂，有的人自动腐烂。这都是轨道上常见的情形吧。

我又想到自杀，脑海中出现了自己老鼠似的尸体模样，对这个我很是着迷，却又害怕临死前的痛苦。唉，活着就是如此矛盾。我便暂且迈过别人的尸体，又一次乘上地铁。虽然再度来到轨道上，但我还是不知道要到哪里去。

破烂的地铁车厢里，乘客黑压压的，企鹅一样，面面相觑，一脸苦相，彼此之间没有一点儿缝隙，像要凝为一体。忽然，人肉的块垒齐齐昂头，把沉寂的目光投向车载电视，用牙齿反复而拼命地噬咬他们失色的嘴唇，重新露出贪婪的表情。跟我一样，乘客们也不知道自己要往哪儿去，但电视机却似乎为大家注入了某种目的性。

一个小巧玲珑的美少女正在屏幕上演唱。她便是出现在 NASA 购票处广告屏幕上的那个做解说的姑娘。她的眼睛又黑又大，占满了半张面孔，洁白的脸蛋儿娇小而轮廓分明，火焰一样的体格坚忍不拔，浑身都像在飞，却又有一种不真实的出神入化感。她像一枚稀罕的恒星，把地底的黑暗嘭的一声照亮了。她布满味蕾的舌头底下翻滚出一阵痉挛的咆哮：

在这个跟时间拼命赛跑的年代，
谁又愿意把下一班车苦苦等待！

地铁正穿过贫民区。S市有好多贫民区。在我国，百分之五的人占据着百分之九十五的财富。MASA要救的，就是这百分之五，而不是龟缩在地铁车厢里的大多数。我常常搞不清M国人究竟是来救我们的，还是来灭我们的。但是，为NASA做末日广告的少女，此刻却来到了地铁里，这是一件不好理解的事情。

更多的人一言不发挤上车。他们营养不良，形容枯槁。女人的歌声像是集合号，把穷鬼们一串串召唤上地铁。跟我一样，众人也都从中得到了一些临时性的安慰。

一个年轻乞丐也上了车。他头戴一顶满是破洞、从垃圾桶中拾来的耐克帽，上面别着一颗红色五角星，身穿一件旧军衣，用牛皮带扎了腰，肩挂一只皱巴巴的学生用黄布书包，手拄一根两头开裂的短粗青木树枝，树枝上绑了一个从废品站捡得的麦克风，在人群中吃力行走，一对小眼睛在近视镜片后面眨动，也开口唱道：

> 苦乐悲欢生死好歹啊随随便便，
> 走街串巷一路百家哪由命听天！

电视上传来了少女满嘴热气的呼应：

> 就在拥挤不堪的地铁车厢里面，
> 人的尊严和平等终于得到实现！

听到乞丐与歌星联唱，本来怀有绝望的乘客们一齐笑了。在地下掩体里，他们把对世界末日的忧惧暂且抛到了滚滚车轮之下，有人甚至往乞丐的杯子里投入零钱。我多想告别或拥抱这样的生活呀。我也掏出一块钱来，准备递给乞丐，但最后一刻又收了回去。我对于人们在世界末日来临之际，还要加倍努力活着，不知道该说什么好，却预感到某种可怕之事即将来到。

这时，我看到，那个乞丐竟然长有一副跟我一模一样的面孔！这是幻觉吗？再看一遍，果然像照镜子一样！哦，据说，S市地下还住着三百万无主游荡鬼……我僵硬了，好像乞丐的那张脸是我毕生够不到的幻象。我恐惧地转过头，看到一个标志，上面写着：紧急出口在车厢两端……

"轰隆"一声，列车大震，倏然停下。烟火漫起，人群欢呼："世界末日来啦！快跑啊，快跑啊！"砰，砰，有乘客取下应急斧，猛砸车窗……火焰清晰地叠映在玻璃上，我的脸就在其中。但这一刻，我意识到，机会来了，我终于可以死了。我不用搭乘 NASA 飞船了，我不必迎接外星人了，我不会被灰衣人暴打了，我也不需查找自己是谁了。我已经被这些无聊的事累坏了。

死去原本如此简单。很多人已经做到了。不就是不活嘛。玩玩吧。我便向越蹿越高的火舌走去。火会把我抚慰。人不会。我怎能拒绝轨道的安排呢？在让呼吸慢下来的烟中，我渐渐什么都不知道了。我最后听到的，是女人机枪射击一般的愉悦歌唱：

上车的时候你争我夺热闹非凡，
下车的时候分道扬镳不说拜拜！

然而我又一次没有死成。这个国家就是这样。你越想做的事，就越做不到。对此习惯了就好。不习惯的人都死了。

我感觉自己被人从火海中拉了出来，又壁虎一般，踩过尸体，顺着车窗上被砸开的豁口爬了出去。我睁开眼，看到前后左右的人群，电影慢动作一样滑行。救我的人就是那个跟我长得相像的乞丐。他拽着我爬出列车。我对自己在世界末日前夕被这样一个人（而不是外星人）救了，恶心得不知说什么好。

"你为什么要救我？"我困惑地问。

"兄弟，你可不能死啊。"这口吻就像龙角老师。

我看见，列车的残骸搁放在隧道中，舞龙般喷吐出电荷、烟雾和火苗。机车的闪亮金属框架上挂着一串红渍渍、油淋淋的人类尸体。他们好不容易进入地铁躲避世界末日，却反而先死了。破碎的电视机里，女人的歌声还在长蛇一样顽强地爬出来。

来历不明的乞丐救了我。这有些出乎意料，似乎也不太好玩。他拉我爬上地面。乞丐为我的无聊人生带来一种转机似的更大无聊。但是没有办法。

湿漉漉的马路上，行人跟着老鼠奔跑。雨水把他们的五官模糊了。一个独角龙状的金属怪物飞过来，是新闻信息聚合器。

脚下的大地四分五裂开来……

很多人像开花的竹子一样从地铁车厢中朝外喷射。有的已经死了。水银般呕吐出好多残肢断臂和内脏器官……

好像又看到了肚子破裂的老鼠。我才重新感到回光返照般的亢奋，以为世界末日提前发生了。

伴随战神来临般的喧嚣，像是空降而下，大街上骤然云集了无数的无人驾驶警用车、防暴车、救护车和救火车……它们滋生的巨大热量把酸雨汽化了。它们消灭了灾难的痕迹，从外表看上去，什么也没有发生。城市一切如故。

我和乞丐在路边坐下，出神地观看这一切，就像在欣赏一样我们早已经历了百千回的事情。过了一阵，我像是想起什么，问：

"出了什么事？"

"地铁爆炸了！"

哦，地铁又爆炸了。这没有办法。我就咯咯笑了，把腰都笑弯曲了。我笑得趴仆在地上。我把自己的脑袋笑进了人行道的石缝里面……

我一边笑，一边流泪，战栗着从口袋里掏出身份证，看到照片上那个男青年，长得并不像我本人。而印我名字的地方，仍然是一片空白。我又看看乞丐。我怎么会长得跟这家伙一个样呢？这就是他救我的原因吗？我却不知道我是从哪里来的。我难堪地这么想，便和他聊起来。

乞丐说，他记得自己以前不是乞丐，而是一名大学哲学讲师。后来学校垮掉了。所有的学校都垮掉了。因为世界末日即将来临，就没有必要为未来培养人才了，并且校长也跑去弄 NASA 船票。他不知道自己是怎么来到 S 市的，一觉醒来，就在地铁里了。他找不到家，失去了熟悉的生活，饿得快死了，便开始乞讨。

听他这么说，我又笑了。乞丐有些不悦地说："兄弟，你不要笑，我们殊途同归。"

"好吧，是说在一条轨道上吗？但地铁里那个唱歌的女的是谁呀？"

"兄弟，这你都不知道吗？是冰儿噢。"

"原来是冰儿啊，我连这也忘记了。"

我才懊丧地记起，这位名叫冰儿的当红歌手，也一直是我的偶像。她经常出现在电视频道上，还上过新年联欢晚会。但是我竟连她都忘记了。

"她不是 NASA 代言人吗？为何下到地铁演唱呢？"

"是为了安抚住地下的乘客呀，否则地上那帮家伙怎能安全逃走呢。"

"哦，原来如此呀。"

"对了，兄弟，我还要告诉你一件事，也许你不会相信。但是我还是要说：我遇到外星人了！"

我的笑容一下凝固了。他也在寻找外星人吗？外星人能救这么多人吗？我醉意地看着乞丐："什么？兄弟？你遇到外星人了？真的有外星人吗？他们果然来了吗？谁都能遇到外星人吗？怎么会被兄弟你遇到呢？连 UFO 研究会的大佬，都没有接着他们哇。这不可能，这不可能！"

"我对好多人说起过，他们都不相信。但这千真万确。兄弟，你不要不信。他们真的来了！"乞丐不高兴地拉下脸。

我看着眼前这张陌生而熟悉的面孔，像是看到地狱尽头的天堂一样。我只好问："你在哪里遇到的外星人？他们长得什么样？"

乞丐把一根食指竖在嘴唇，神秘地"嘘"了一声。

没有办法。世界末日还有五天就要来了。我便挽住乞丐，带他离开列车爆炸现场，去见龙角老师。我觉得我可以将功补过，洗刷在奥林匹斯山上的耻辱了。小蛐老师，你可以宽慰了。那天我不是故意的。

六、第三类接触调查

我和乞丐找到龙角老师时，他正在一个地铁站台上，给大学生作报告。这些大学生没有地方上学了。他们的老师逃掉了。龙角老师就把失魂落魄的年轻人组织起来，准备把他们发展为 UFO

研究会会员。

龙角老师宣讲的题目是"飞碟文化与我们的未来"。他站在一个垃圾箱上，唾沫横飞对同学们说：

"广义的飞碟文化指人类在飞碟探索过程中创造的物质形态和观念形态体系的总和。狭义的飞碟文化指飞碟相关组织在其活动开展中形成的、具有自身特色的价值观念、思维方式、精神风貌和行为准则，以及由此产生的飞碟文学艺术创作等等。"

同学们正惶惶不可终日，因为他们等不到毕业，就要遭遇世界末日，他们年轻的生命就要浪费掉了，但是这时，他们看着龙角老师，像见到外星人，双目发光，心花怒放，齐刷刷对龙角老师伸出大拇指。龙角老师也双臂平行，直直前伸，向大家竖起中指，并把这种姿势保持三分钟——就好像是在演示一种自创的通过身体来进行交流的宇宙普通话。龙角老师把声音提高八度：

"飞碟文化是一种特殊的意识形态，它反映了时代的风貌，体现了时代的要求，与时代的发展保持同步甚至超前。它是未来人类的核心价值体系。可惜的是，以前它被 M 国人垄断了。UFO 研究会的基本任务，即发展我国特色的飞碟文化，并通过普及这种文化，最大限度吸引更多的爱好者投入参与，激发更多有志者的积极性和首创精神。"

看到同学们深受启发，双脚如踩在热炭上，整齐地来回搓动，一些男女学生开始当场接吻，甚至脱掉衣服爬到地铁轨道上抚摸、做爱，龙角老师又强调：

"飞碟组织是社会有机体的组成细胞。通过飞碟组织成员与外界的交往，把飞碟组织的优良作风、丰硕科研成果、全新的创造性思维辐射到整个社会，辐射到各种文化组织，对于人类文化建设和社会精神文明建设将产生有力影响。"

"只有外星人，才能把我们从世界末日中拯救出去！"他忽然振臂高呼。

当场就有很多同学表示要加入 UFO 研究会，哪怕做做外围志愿者的工作也好。有同学甚至声称，为了推动我国 UFO 研究事业的发展，放弃去 M 国留学。这时，他们像是忘掉世界末日了。

我和乞丐恰到好处来到，双胞胎一样出现在站台上，引起一阵轰动，同学们乐开了花，因为乞丐是他们原来的哲学老师。

大家捧着肚子笑个不止，许多人在地上翻来滚去。这不像世界末日还有五天就要到来的样子。我又怀疑起了自己的所作所为，觉得是不是在做梦。只有龙角老师一脸严肃。他认认真真看了一遍我，又上上下下打量一番乞丐，一本正经说：

"年轻人，你见到了外星人？"

"是的，是的！"

"那么，把情况讲一讲吧。我们没有多少时间了。"

乞丐就把他看到的讲了一下。他是在一个地铁站台上遭遇外星人的。那是一些扛着玻璃罐子的奇怪小矮人。

"他们好像是从地下过来的。"他说。

"地下过来的？"龙角老师感到奇怪。

"是的。"

"那你怎么能肯定这些怪人是外星人？怎么确定他们不是 M 国人？"

这时，在场所有人的心跳声，都嘣嘣嘣放大了，在车厢里震荡，像演戏用的锣鼓铙钹一样。

"应该……就是外星人。"

"你是怎么知道的呢？"

"我在大学教哲学课时，带领同学们看过好莱坞拍的外星人电影，有《星球大战》和《ET.》。"

"啊，了不起，你教着我国的哲学，却带领同学们看《星球大战》和《ET.》，是盗版的吗？"龙角老师激动地紧握住乞丐的手，"你说得不错，他们的确是外星人，是来拯救我们的啊！"

他原地九十度猛然转身，面红耳赤对大学生们说："我们像老鼠一样生活在暗无天日、随时就要毁灭的世界中，此时此刻，竟等来了外星人的救援！这不是我们一直渴望着的吗？是的，乞丐没有说谎，乞丐没有看错。我们正与一种陌生而伟大的文明发生接触，它与人类文明是如此不同。具体怎么不同还不清楚，比如外星人的存在需不需要依靠水？他们体内有没有蛋白质？他们长有几个胃几个肾？他们的身体是碳做的还是硅做的？他们写不写小说、写不写诗歌、演不演戏剧？……噢，不管怎样，他们都比我们高级！他们历经千辛万苦，渡过迢迢星河，不远亿万里来到地球，这意味着翻天覆地的变化就要发生！他们不仅动一根小指头就能阻止世界末日，而且还将为老百姓创造和谐幸福美好的新生活，国家的宇宙化进程也将因此大大提速！……我觉得啊，有了这一切，个人的那些困难——毕业即失业呀，买不起住房呀，上不起医院呀，领不到养老金呀，要靠在地铁里面乞讨才能活下去呀，又算什么呢？你们说对不对呀？"

人们的心跳像闹钟一样晃荡，汇聚成一股澎湃洪流。大家异口同声说："对呀，对呀！"

"接下来发生了什么呢？"龙角老师又掉头喝问。这回他面冲我，像是把我误认为乞丐了。这也难免。我跟那人长得如此相像。大学生们看着直乐。

"哦，外星人把我捉进了飞碟。"乞丐在一边说。

"什么？外星人对你做了什么？是传授你逃脱世界末日的方

法吗?"

"不记得了。不记得了。"乞丐头痛似的,双手抱住脑袋。

这时,大家都饿了。龙角老师便带领年轻人,沿着地铁隧道寻找起食物来。为了在与外星人接触时保持良好的精神面貌,必须先把肚子填饱。

我问:"真是他们吗?"不知为什么,当乞丐把长得像发育不全的小孩似的外星人一五一十具体描述出来后,我反而有些失望。

龙角老师从垃圾箱中掏出一堆呕吐物般的土豆,激动地用一种鸟叫似的啸鸣音说:"就——是——他——们——"

他又说:"但他们不是从奥林匹斯山方向来的,而是从地下来的。他们也许太谦虚、太善良、太低调了,不欲令我们兴师动众、劳民伤财。真是有爱心的外星人啊。"

我觉得惭愧。我们不辞辛劳、冒着危险爬上山巅去迎接他们,他们却从地下悄悄来了。神一般的外星人是这种性格吗?他们的飞船难道跟地铁一样吗?

"他们的时空坐标大概与我们的不同。这可以用爱因斯坦相对论来解释。"龙角老师科学地进行分析。

"毕竟没有爽约啊……"我夸张地做出如释重负的表情。

"还是直接降临在市中心哟!也就是说,单刀直入!我们经历了那么多苦难,这回轮也轮到了。他们似乎放弃了农村包围城市战略——也许觉得那样太慢了,来不及在世界末日前展开拯救行动。分秒必争哦。"

原来,与外星人接触的案例,在我国相对来说还比较少,尤其大城市就更少了。这与世界先进水平有很大差距,反映出我国宇宙化进程的落后。UFO研究者搞不懂为什么外星人偏爱光顾乡村：不少案例表明，他们不打招呼就悄悄降落在农民家，把睡梦中的主人背扛起来，在猪叫声和犬吠声中强行起飞，一飞就飞上好几千公里，再把这位乡下人搁放在一个陌生的大城市——这本来可能是一番好意，但农民醒来后却张皇失措，做出些莫名其妙的事情惹烦灰衣人，结果被收容了。所以，不像M国人，站在帝国大厦的楼顶就能一清二楚看到飞碟来来往往。这就是国情差异吧。但此番乞丐目击的外星人，却在S市的市中心活动——这或许象征着以全球观点来书写的世界史，要翻到新的一页。嗯，这不是后来居上并很荣耀的吗。已经不仅仅是末日拯救了……想到这里我又有些难受起来。

龙角老师指出，这应该是一起在我国很罕见的第三类接触案，具有重大的理论价值和应用价值。说着他又从地下挖出一些土豆。

"嗯。"我死死盯着爬满蛆虫的土豆，那上面粘附了死人的碎骨烂肉，正滴淌出腐臭的黑水。

所谓第三类接触，就是说，人类目击者在着陆现场抵近观察时，受到了飞碟和外星人的物理影响，甚至被捉上飞碟。这个概念是从M国传来的。著名的好莱坞导演史蒂文·斯皮尔伯格就此拍了一部电影，叫《第三类接触》。影片中，外星人把人类带上飞碟，去到了天堂一般的地方。

龙角老师忽然大吼一声："只要人人尽一份力，天就不会塌下来！"

他张开皮包骨头的两手并使劲挥舞。土豆都掉地上了。我心疼地俯身把它们捡起来，偷偷塞了一个在嘴里。

"年轻人，你马上去通知研究会的骨干会员吧。"说着，龙角老师用食指沾着口水，在我手心里写了一份名单。

我很快通知到了 UFO 研究会的骨干会员。我们迅速组成了第三类接触事件调查小组。核心人物是：

龙角老师，男，六十五岁，UFO 研究会会长，原 S 市科学院仓库保管员，失业，文化程度初中；

鹿牙老师，男，七十二岁，UFO 研究会常务副会长，负责目击调查和资料搜集，原 S 市机械、动物和港口工程局职工，失业，文化程度初中；

跳猿老师，男，四十一岁，UFO 研究会秘书长，原 S 市家庭规划和教养指导办公室职工，失业，文化程度初中；

麻雀老师，男，四十六岁，UFO 研究会理论部部长，国家海洋大学 S 市分校第二校区学生宿舍清洁工，文化程度小学；

飞蛉老师，男，五十八岁，UFO 研究会调查部部长，无业，文化程度小学。

至于我，虽然是新入会的，但由于介入了飞碟目击案，就迅速被提拔为骨干了。我虚度光阴二十四年，第一次受到社会的重视。对此我感到不适应。但无妨吧。重要的是，距离世界末日还有五天，竟然迎来了具有历史转折意义的重大时刻。这比城市实验更有现实意义吧。

我们押着乞丐，令他带路，乘坐地铁，前往外星人及飞碟的着陆点。深受鼓舞的大学生们也跟去了。

我有时想到，这好像是在做一个打破宿命的努力。如果成功，就要把算命师测出的结论破坏掉了吗？这不就说明算命是一件不靠谱的事情吗？轨道呢？宇宙的精心安排就不算数了？想到这里，我心里很悲凉。

在乞丐的带领下，我们这支队伍装扮成讨饭的，躲开灰衣人，来到一个站台。这其实是地铁十三号线英大马路站的利群杂货店，它的正式编号是七二一八号车厢。在乞丐指引下，龙角老师趴在地上找来找去，忽然手舞脚蹈起来。大学生也欢快地来回蹦跳。原来，发现了反常痕迹——像是乞丐所说的外星人留下的脚印。看样子他们真的是从地底爬上来的。

"果然如此呀！"龙角老师泪花闪烁，全身上下抖个不停。

这时，同学们因为高兴，就跳起集体舞。他们觉得终于不用年纪轻轻就在世界末日来临时死去了，五天之后便可以到外星人的星球上去念宇宙大学了。这让我感到失望。

忽然，龙角老师朝我走来，一把揪住我，说："年轻人，真得感谢你呀。"

"为什么？"我的喉肌一阵痉挛。

"是你，为着拯救人类，找到了外星人。我们可以战胜世界末日了，你这个功劳太大了！"龙角老师颤声说。他又伸出手，慈爱地把我的眼镜扶正，一字一句对我说："你有没有觉得，自己将要成为地球派驻外星球的大使呢？"

我眼前仿佛真的出现了一座美轮美奂、刷满绿漆的大使官邸，像个豪华公共厕所，矗立在外星球雄伟的环形山下，等待我的大驾光临。我的身体有些变硬。但我看了看在边上傻傻站着的乞丐，便犹豫了。龙角老师一定把我们弄混了。这位兄弟才是真正的外星大使吧。

见我发呆，龙角老师开导我："你是一个清纯而优秀的好青年。你是少有的不说假话的年轻人。从你做的一系列事情看，你表现出了兢兢业业、不怕吃苦、顾全大局的品质。关键时刻，你起到了中流砥柱的作用。你为我国的 UFO 研究事业作出了特殊贡献，在这场挽救人类的命运决战中发挥了决定性作用。无论如何，你可不能死啊。接下来，我们就要与外星人一起，共创宇宙的美好未来了。这样吧，我把阿娇许配给你。"说着，当着其他几位老师的面，龙角老师紧紧拥抱了我。大学生们看得口水都流下来了。

我感动得差点失禁。哦，我活了二十四岁，之前还没有人称我是一个"清纯而优秀的好青年"。我一直深以为自己肮脏卑劣。我未能活在那个轰轰烈烈的小斧头打大铁钉岁月。我连自己的来历都不明不白，我也没有见过宇宙，更无钱买 NASA 船票，牙齿还被灰衣人打掉了……但是，现在，我真的会逃脱世界末日，继续活下去吗？这并不是我的初衷。没有办法啊。但现实一些看，终于可以和一名女性相依为命了。虽然她不是小蛐老师，但这又有什么分别呢？对我来说也是奢望。因此，为什么一定要跳下地铁撞死呢？撞死了不就不知道自己是谁了吗？撞死了不就不知道女人是什么滋味了吗？果然像是玩玩啊。幸亏听从算命师的建议，加入了一个组织。但我又看看乞丐，便脸发烧了。

这时沿着地铁轨道，密密麻麻的萤火虫又开始舞蹈，就像为人们诅咒或祈祷。一组机车缓慢驶来，无声无息，像冬眠后的出洞蛇。车窗玻璃上，贴着一张张没有血色的脸。全是饿死的儿童，一动不动，集体闭眼。萤火虫停落在他们锈迹斑斑的额头上。

忽然，一个瘦骨嶙峋、长相年轻的女人跳出地铁，气咻咻站在众人面前。原来是龙角太太，我未来的岳母。她比龙角老师要小二十岁。她叫道："死老头子，我没病啊，我没病啊！你们去找外星人过好日子，不要把我落下哇！"

龙角老师一言不发瞅着女人，涨红脸，弯下身，趴在地上，狗一样喘起气来。这时，我的未婚妻阿娇也赶来了。她是龙角老师四十九岁时生的。她神气活现又着腰，跟她妈妈站在一起，像姐妹花。在她面前，我害羞地低下头。

她不是来找我的，而是来勾引大学生的，看谁有本事能把她带上 NASA 飞船。

阿娇责备似的扫我一眼，说："你又来啦？是为了到火星上去过幸福生活那类不靠谱的事儿，而在跟我那走火入魔的爸爸讨价还价吗？还是先想想办法看怎么能坐上 M 国的飞船逃生吧。其余都是假的！外星人怎么可能降落到地铁站台上？……你们就不能走走门路吗？怎么也得为我的前途考虑一下吧！"

这时，同学们停下跳舞，纷纷围上阿娇，把土豆递给她。阿娇骄傲而得意地笑了，冲青年学生们一通挤眼。我感到无地自容，就抽身逃走了。在即将获得拯救的关键时刻，我不明白我怎么会当了逃兵。

七、地窟中的异乡异客

我刚刚逃离 UFO 调查现场，就后悔了。我只好又在街上乱走。我一边拼命走，一边张望重岩叠嶂的棺材般大厦。它们在酸雨艺术的洗礼下，面目模糊，洪荒万顷，又像夜空中交错倒挂的狰狞刀刃，把 C 饮料广告的黑暗森林刺得千疮百孔。广告旁边张贴着市政府制作的标语："大力节约粮食，每天只吃一顿！"……不知为什么，我的记忆一下闪回到过去。那时我初来乍到 S 市。这座城市并不是今天这样的。它是国家创新先行示范区，是金融、贸易和航运的中心，高楼林立，车水马龙，金碧辉煌，云蒸霞蔚，形如蓬莱仙山，也被称作"未来之城"，人们把梦想投放到这里，大凡有点儿理想的年轻人都从全国各地赶来，打算在这儿创业。我记不得自己为何而来，有可能仅仅是偶然。S市太大，初到时我总是迷路，一个人虚汗滂沱，站在十字路口，瞠目结舌，呼喊求助，却无人理睬。城里的每个人太忙了。每一秒钟都意味着大把的机会和金钱。但忽然有一天，传来了世界末日的消息（好像是由《读书》泄漏的）。大家始料未及。一切变样了。人们又纷纷企图离开这座城市，却发现逃不出去。

实难想象，外星人竟把S市选作了拯救目标——而不是彼方的华盛顿和纽约（当然，它们有可能早已得救了）。我国人民何德何能，值得这样对待呢？那些自私自利的骨干阶级分子，也值得拯救吗？还有那些贪污公款强霸民女奸污杀人的家伙呢？这儿有三百万无主游荡鬼出没，空气污染严重，含氧量严重不足，能见度非常之差，不明情况匆匆而至的飞碟或有坠毁的危险吧？飘荡在大气或隧道中的大量悬浮物就能让发动机停转，至少使功率大大下降。他们有什么必要冒此风险呢？是何等迫在眉睫的事情，促使他们万不得已这样做呢？就是要来把挣动着的老鼠一样的这族人救出苦海吗？荒诞的宇宙中竟有如此宽厚、仁德、博爱而无畏的生物吗？根据乞丐的描述，外星人长得一点儿也不像《斯巴达三百勇士》中的希腊英雄。怎么着，人类的拯救者也应该是一群威仪赫赫的巨人吧，怎么竟会像没有发育好的小孩子呢？这要令小蚰老师失望了吧。对了，怎么没有让她来参加调查呢？想到这些奇怪纠结的问题，我对于人生的方向，彻底失去了主张。

我不觉间行至绿岛咖啡厅，却未见到那位神秘而美艳的少妇。门口路牌般伫立着一个漂亮女孩，一边抽烟，一边冲我莫测高深地微笑。我不由自主走过去。

女孩冲我说："喂，我还没有吃饭，你请我吗？"

我不认识这女孩，但我近来总遇到奇人，于是大胆决定请她吃饭。我们就走入绿岛咖啡厅，面对面坐下来。我还是第一次进到咖啡厅这种奢华场所，很是惶恐不安。但我又觉得我来过这儿许多次了。

女孩说："我认识你。有一次，你在地铁里迷了路，还是我把你引导出来的呢，你不记得啦？"

我有些诧异，使劲想了想，说："不记得了。"

我难堪地觉得，她说的好像是我上辈子的事情，我早已在S市生活过，在这儿度完了前生，这虽然很魔幻，却不能轻易否认。我略感困窘地打量这位好像是自天而降的女孩，见她比我还高出一头，身骨如挺拔的桦树，手足处露出的肌肉部分鼓鼓的，好似体操运动员，穿墨色长筒靴，草绿色虎皮短裙，灰色衬衣上印着立体英文字母，五官像是用小刀刻过，眼睛微翕而迷蒙，像一对飘飞的鸽子，文眉并化妆，幻影感颇强，却不像是画出来的人儿。总之，在世界末日来临之际，城市中出现了这样的异状人类。我在她面前感到自卑，便努力挺了挺无肉的胸脯。

咖啡厅里并不卖咖啡，也不出售快餐，卖的全是C饮料。"要什么样的？牛肉味还是鸡肉味？"服务员在淫雨声中快悒问道。我无法选择，就要了两杯。女孩一把拿起来。她不是在喝，而是在啃噬杯子。是的，她歪着头，猫儿嚼骨头一样，用所有牙齿响亮咬动，一边咧嘴像是惨笑。我觉这笑容似有深意，便忐忑地问："你笑什么？"

"不笑什么。"

"是因为世界末日吗？"

"啊，你也知道世界末日呀。"

"不好意思，略知一二。这消息四处流传，却被禁止公开言说。当然，这只是针对我们这些普通人，至于 NASA 怎么讲都是没人敢管的。"

"有许多种假说。比如仙女座星系将与银河系无可避免地碰撞，而这并不是发生在四十亿年之后。至于太阳，也即将烧毁。"

"是的，除了上述这两个不可改变的事件外，还有杀手级的小行星降临。"

"一颗近在咫尺的超新星将把我们照亮。"

"哦，还有与改变轨道的火星迎头相撞。"

"一颗路过的恒星或流浪的黑洞将撞上太阳……"

说到这里，我和女孩都忍不住乐了，但很快又一齐停住。

我说："据说，有九九八十一种末日……"

"你从哪里听来的？"

"《读书》上看到的。"

"《读书》嘛，老资格了。"

"总之，我们的生命只剩下五天了。你是做什么工作的？"我问。我有点想知道她的轨道。

"哦，还在念书。经济学专业的研究生。找不到工作，没有办法，就只好继续念书。你呢？"

"我刚刚从大学毕业，从事宇宙科学研究……"女孩的话让我感到不够真实，大学生现在不是都不念书了吗？我怀疑她在说谎。但这无所谓吧。

我忐忑地又问："哦，你除了啃纸杯，还有什么别的爱好吗？"我想，或许可以介绍她加入 UFO 研究会。

女孩双手举过头顶，嗖嗖地做了个小蜜蜂姿势："我对天上飞来飞去的小东西很感兴趣，比如说航空器。"

"我也是，"我急切地说，"我在 NASA 那儿排过队。"我刻意地裸露了一下被打掉牙齿的奇异嘴部。

"看来，我们都对地上的东西不感冒，不过，NASA 嘛……"
女孩略微看了看我脸庞下方的巨型空洞。

"一言难尽，的确，很难弄到船票预售券。"我冲动而犹疑
地想，要不要告诉她，外星人已经来了。但我觉得，还是待一会
儿吧。这时，我听到周围的食客都在起劲地谈论世界末日，就问
女孩："喂，提到世界末日，你还想到了什么呢？"

女孩暂停对满嘴纸杯碎屑的咀嚼，略微思考一下，吐出一个
词："别扭。"

"什么？"

"别扭。就跟宇宙一样。"

女孩冲我瞪圆没睡醒似的眼睛，也许觉得我这样问很好笑。
我想，别扭。没错。不是荒诞啊。这倒更中肯一些。可是，别扭
也有多种形式。不知她所说的别扭，属于哪一类型。女孩又慢条
斯理叼上一根香烟，像是我腹中的蛔虫，补充道：

"所谓别扭，就像是错穿了别人的内裤嘛。哈，哈。"

我心忖，世界末日原来就是别扭。的确，光是想到那个特定
的、无可回避的日子，就是这种感觉。这也是对轨道的一种形象
化描述吧。我又想到在奥林匹斯山上看到的无以名状的宇宙。这
时，周围食客都忽然闭口，一齐掉过头，奇怪地观察我们二人。
我感知到女孩的认真里面，匿藏有一层影绰的恐惧，相当于躲在
厕所墙壁深处的白色蛆虫那样一大片惊悚意境。我们共同向往的
天，怪异而压抑。这真是一种深刻的矛盾，里面或有不可告人的
秘密。我又闻到女孩身体散发出一种无法用言词形容的味道。我
本想直截了当问她，关于世界末日的类型，她具体知道一些什
么，但忽然觉得这不再是一个问题。我便多了个心眼，心想最好

还是再晚一些告诉她吧，她不需要知道外星人降落什么的，毕竟我们才见第一面，如今人心叵测。我冷静下来，与女孩飞快交换了一个意义不甚明确的眼神。然后，我们双双坠入沉寂，有些不好意思似的，把饮料大口吞进，再沿咽道滑入腹中皮囊，不安而默契地体会这个怪异的生理过程，觉得宇宙中居然进化出了张嘴就能吃东西的肉唧唧蛋白质实体，果然是很别扭。人为什么一定要活着呢？正是由于活着，才能去体验世界末日吧。

这时我看到，女孩的吃相不像人类，却无法联想或回忆起是什么生物，说是猫科动物也不完全符合。我又注意到，女孩胸前垂挂着一个绿色的十字形饰物，端部塑有一张年轻男子的脸庞。这正是今年以来，S 市女人中的流行。女孩见我看她胸口，便停下进食，装作难为情地说：

"喂，待会儿你还会去坐地铁吧？我们可以一起走……虽然说 NASA 什么的，但你是不是只有待在地下才会感到安全些呢？看得出来，你也是矛盾中的苦恼人。"

这好像命中了我的痛处。我们坐在这儿空聊，正耗去所剩不多的人生。另外，我不是还要找阿娇结婚吗？我就说："你这样说啊，那你可是有组织的人吗？"

女孩诧异地说："怎么，你还不是吗？"

我点点头，说："唉，我参加了 UFO 研究会……"我还是把这说出来了。我惭愧地看了看自己身上脏兮兮的破旧衣服。

"哦。"她像是差点乐了。

"为什么要加入组织呢？"我找话说。

"弱小的动物都是这样的，斑马、瞪羚，在危险面前，都自己组织了起来，作为群体而活动……"

"组织变强大之后呢？"

"组织里的动物比以前更弱了。"

我无法勾搭上小蛐老师，又未能与未婚妻阿娇在一起，也没机缘结识冰儿，便无奈地带着在绿岛咖啡厅新认识的女孩，穿越城市中的死尸八卦阵和 NASA 售票点前的长蛇阵，去参观 UFO 研究会。说起来，UFO 研究会多少具有一些时代性，就像当年的狮身人面像之于古埃及一样。我有些想介绍女孩也入会，却又觉得这无非是在她面前显摆。其实她已有了自己的组织。她好像比我会玩一些。我的做法很无聊。

UFO 研究会没有固定的办公地点，举办会议和开展活动都要临时找场所。所以，我实际上无法引领女孩参观什么。我就把龙角老师借我的一些资料拿给她看。不少照片拍的是巨大冰冷的宇宙和星系，停尸房一般交错匍匐，曲折混乱，其间有碟形不明发光物悠游，却注入了龙角老师微薄的老年男性体温，显得有了生气。这又令我想到了小蛐老师裙幅下裸露的大腿。我无法知道哪个女人才是我在这人生最后五天里的命定。因此，不妨多做几个备选方案吧。

女孩看着看着，就咯咯笑了，她像个童话作家一样，把劣质的烟雾喷吐了我满脸，有的直接射入了我的咽喉。

"你笑什么？"我呛得咳起来，心虚地说，想着小蛐老师、阿娇和冰儿从来没有这样笑过。我像吸毒一样把女孩传递给我的烟雾使劲咽进气管。我仿佛看到自己的肺叶正在糜烂，黄水都流了出来。

"我没有笑啊……有机会再给你说吧。"她心绪渺茫地咕哝。

"我们去奥林匹斯山吧。"我说。

我们就去爬山，仿佛是郊游，这是一件很难的事情。我要在女人面前显示，自己跟宇宙真有关系似的。终于登上山顶，却还是没有看到星辰，包括天蝎座。只有山下的莫愁湖依旧红浪激荡，像女人阴道一样，一环环重叠绽放，吐出湿滑阴冷的雾气。光线实在暗淡，什么也看不清。似乎另一端连通着传说中的太平洋，那里也有另一个世界吧，形如子宫的海底说不定缓慢潜游着蛇颈龙一类的大型史前动物……我心中又一次布满失败感，觉得来这儿毫无意义，便想跳下去，却担心惹女孩不高兴。

这时，我就决定，还是把外星人的事情告诉她吧，以表明我并没有失去自信。我就学着龙角老师，用力清清嗓子，严正地说："UFO 研究会是梦游年代结束之后，期望有朝一日能与外星人相会的市民们，自愿结成的民间团体。世界末日来临了，旧组织纷纷瓦解，想要冲出末日的人们就结成了新兴团体。其实他们是不相信搭乘 NASA 飞船就能离开地球，或者躲到地铁车厢便可以逃脱灭顶之灾的。你看啊，这些飞碟爱好者里，有兵器迷、科幻迷、瑜伽狂、音响发烧友、国标迷、草裙舞拥趸、卡通族、电脑黑客、剪纸爱好者、滑翔之友、户外旅行家、波普绘画迷、个性化非主流时装设计师、盗墓虫、火车迷、深海潜水家、业余影评人、博物志爱好者、酷话研究师、深夜观星族……神不知鬼不觉形成了组织。这样就可以拯救自己了。你也一样啊，是吧？大家觉得以前做的事情统统是无意义的。当然了，灰衣人不允许这样的组织存在。但这无妨。你瞧，我现在也是组织的人了。最近，我们已经找到了外星人降临的物质证据。你知道第三类接触吗？他们是来拯救我们的。这样一来，就可以逃脱世界末日了……"我在说到"逃脱世界末日"时，就好像这跟自杀一样，是一件可以用来在走投无路时进行夸耀的事情。

"这我明白。我也加入了名为'空中礼花'的民间航空爱好者俱乐部。噢，我们现在是一路人了。"女孩两眼像探照灯一样空洞地审视我，余光却瞟着湖水。她的模样显现了一种撼人心魄的孤独。

"是呀。"我感动地说，"天空那玩意儿，虽被天文学家亵渎，却吸引了越来越多的民间爱好者——大伙儿平时潜藏在一个淤积而窒息的湖底，如今探头浮出水面，好像终于可以自由呼吸了。包括我本人，哪怕连自己的来历都不记得了，也来投奔它了。本来，天空寂寥高远得很哪，早先我们想都不敢去想，灰衣人也不准我们去想。现在，外星人乘坐飞碟，从我们头顶上方飞过，才知道宇宙真的存在，并且对每一个人公平地展开，而不管他贫富尊卑，哪里有什么专供骨干阶级的逃命额度哪！"说到这里，我觉得很不对劲。我为什么不敢告诉女孩，外星人是从地下过来的？

"都是些什么人加入 UFO 研究会呢？"女孩装作好奇的样子问，却没有打听外星人长得像什么样。

"有好多人哟。没有料到吧，我国飞碟爱好者竟然如此众多，就像从地下嗖嗖冒出的野草！他们分布在各行各业，据不完全统计，有婚纱摄影师、炼钢工人、水泥匠、电子琴教师、服装模特、部队战士、低层白领、学生、政治经济学研究员、小商贩、大学数学系助教、国字头企业驻 S 市职员、广告公司部门经理、都市报记者、警察、菜农、渔民、船员、摇滚歌手、佛教徒……会员中至少有一半是失业者；而按照另一些标准，他们又可群分为：主妇、偏执狂、寻找惊奇的人、有志青年、窥视迷、民间科学家、渴望知识者、已婚男士、喜欢旅行的人、奇异生物粉丝、抑郁症患者、勇敢无畏的探险家……如今，噢，大家都找到组织了！男女会员的数量比例为三比一。年龄从十八岁到八十岁。入会不需笔试面试，不必打点关系，不用行贿受贿，不分职位高低，不谈背景大小……龙角老师为飞碟研究者描绘了一幅画像——这群人啊，是执迷于宇宙开发事业终生不悔的人，是跨出了生活的凡尘、与天神与魔鬼打交道的人，是集神韵与儒雅于一体的人……"

"很奇特。像一个幼儿园。"女孩吐出一个黑洞般的烟圈。

"说什么呀。这可是与地外文明直接接触、拯救全人类的大事噢！说到底，不仅是肉身获救，还关系到心灵归属，以及自由意志……把有限的生命投入到无限的宇宙中去。"我逞强一般勉为其难地说着，心里又浮出了自杀的念头。

"按你说的，好像需要重新认识这个国家的人民哟，这样才面目清楚一些。仿佛以前，他们都跟不存在似的……世界末日是一面镜子吗？它把实情照了出来？像在说，这反而显出了异状中的美妙。但实际上，都是些懦弱的人，不敢反抗，无力改变，才去找什么外星人吧。"

"也不能那么说……"

"喂，咱们脚下的火山要是即刻爆发，又会怎样呢？"女孩的神情好像变得无由的古怪起来，就仿佛我刚才说的都是些为说而说的废话。

"奥林匹斯山，是火山？"

"是的，它暂时休眠了。"

"世界末日，难道是因为火山爆发吗？"我皱起眉头，觉得更是无聊。

"咱们这个国家……叫什么来着？"她又问。

这时我才反应过来。这个，我也忘记了。

"我也忘记了。"我说。

"傻子，真难受呀，连自己国家的名字都忘记了。"

"又有什么关系呢？"

"瞧，这就是问题所在。"

"什么问题？"

"连国家的名字都记不得，去找外星人，有什么用啊。"

"让我想想……"

"不会是叫火山国吧。"她哧地一笑。

"火山国吗？"

"是呀，这个湖，就是早先的火山口。"她一本正经指了指脚下的莫愁湖。

"Crater。"我吐了一句英文。这应该是一个大写的专有名词。

"对了，你叫什么名字？"

"嗯……也忘记了。"她问到了我最难堪的事情。

"哎哟，所以嘛。"

"实在想不起来。"

"那我怎么称呼你呢？"

"唉，你就叫我 W 吧。"

"W 是什么意思呢？'未来'？'无'？"

"是'我'吧。"我难为情地说，"你呢？"

"K。"

"K？"

"啊。"

"这样就踏实了吗？"

"无聊。"

她也说无聊了。我警觉地打量一眼女孩，不知道我们在一起到底要干什么，就说："喂，要不要陪你逛逛街？"

"逛街？"女孩露出了嗤笑的模样。

"我陪你买衣服去吧……"我这时变得又不自信了，逛街什么的，只是为了消除内心的恐惧感。我为我连国家和我自己的名字都记不得，却在谈论宇宙这样的宏大叙事，潜意识里惦着当什么驻外星大使，而感到羞耻。心灵归属、自由意志什么的，的确都跟谎言一样。我不是一直想去自杀么？连这也办不到啊。为了掩饰慌乱，我赶紧说："啊，世界末日快要到了，衣服都在打折，形成了抢购场面，虚弱的内需也被刺激了起来。如果赶不上NASA飞船，大家除了吃，就是购物，好像这样就可以转移紧张心情。没有办法，我们说到底还是不能自己拯救自己，得一边消费，一边等待外星人的到来。在救援队面前，怎么也得穿得体面一些。"

"嗬，你有钱吗？"她怀疑地瞅着我。

"没关系，先去看看也好……哦，仅在银河系中就存在着十万个文明星球。"

我快哭似的竭力说着，从明暗交替的湖光山色中看到一种澹然的危险。似乎，灰衣人的眼睛正在四周缓慢游移。我又想到龙角老师，想到算命师。究竟谁对谁错？这并不是一个启蒙时代，而是一个末法时代，一切快要毁灭……石头开花，海水分裂，天空中升起丛丛怪云，梦游又要开始了，而我仍然不知道怎么玩玩。在女孩看穿一切的目光下，我不禁产生了动摇或崩溃。只要还没死掉，活着就是这么困难。没有办法啊。

"说说正经的吧。你们真的相信看到了另外一个世界？你们就是用这种虚头巴脑的方式，来介入或抗衡城市的那场实验？"

如欲与我竞争，也像是要反驳自己，K 顽强地追问。

"我不太明白你说的。你好像在说，谁都急着想要加入城市的实验。其实大部分人是被动的。它究竟是什么，谁也不清楚。"

"这就是那个问题了。哼，你们自以为看到了宇宙，但实际上并没有真的见到。天空什么的，是地铁广告公司用 LED 投影出来的。就连这座奥林匹斯山，也是用隧道施工挖出的土石方堆砌而成的假火山。莫愁湖是一个地下湖。S 市其实是一个巨型的地铁网，整个建在深深的地下。不然怎么叫 S 市呢？它取的是subway 打头的字母。傻子，你不是天天见到轨道？这冰凉冰凉而纵横交错的金属网，才是我们固定待的地方。"

"啊，是这样吗？你怎么知道的？"我怀疑她说的，却又觉得这恐怕就是实情。那天晚上，我与龙角老师和 UFO 研究会会员们一起，在奥林匹斯山上看到的那个宇宙，那个囊括了所有物质、能量和事件的超市，竟然是投影出来的吗？难怪，乞丐说外星人是从地底下过来的……

"我的前男友是交通大学研究这个的。他在了解到真相后，就自杀了。现在，我把这个秘密告诉你。我说的是实话。"K 补充道。

"那么，这儿有多深呢？"我眼前一黑，好像坠入渊底。我紧张地瞟了一眼身旁巍峨的国家天文台 S 市观测站，那庞大的射电望远镜和天体望远镜，正把陵墓似的头颅高昂，吸水一样伸入颜色乖张的"天庭"。K 却向我透露了一个关于地下世界的秘密。她不是为了显摆吧？看上去并不太像。

"至少一千米吧……我们都待在地底，接近灼热岩浆活动的区域。喂，睁大眼睛仔细看一看吧。"女孩像吐痰一样吐出烟蒂，令它噗的一声落入我的衣领。我忽然有了意外的性感一般，身体抖动起来。

"那么，真正的天空又在哪儿呢？你不也喜欢飞行器吗？NASA不是在飞吗？"我尽量用平静的语气说，心脏及其邻近的器官却在飞快变冷。

"那也许是远方的另外一个天空，我还不知道它在哪里。我加入航空爱好者俱乐部，就是为了探究它的存在，却不是为了搭乘NASA飞船。那是一个幌子了。我们是在地窟中呀。你想一下，排队的人，那些骨干阶级分子，真正有能耐的家伙，怎么会老老实实排队？……说到外星人，他们是否来了，那可真是难说啊。连宇宙都是投影出来的，飞碟又从哪儿飞来呢？像石子打水漂那样吗？你们在做一件绝顶荒唐的事情，让人笑掉大牙。把希望寄托在外星人身上，就像把希望寄托在M国人身上一样，纯属白搭。就算有外星人，你又怎么知道，外星人自己不是在末日边缘苦苦挣扎呢？退一万步讲，即便在那个我们从未见过的真正的宇宙中，外星人也是不太可能存在的。《读书》曾经介绍，宇宙中产生生命的条件十分苛刻。你我这般活着，都太难了，何况在那传说中的、连空气都没有的、布满辐射的外层空间呢？地球这种所谓的绿洲，大概是宇宙中的例外吧，也可以说是唯一的，所以才那么古怪，那么别扭，大家活得才那么难受，才要像老鼠一样躲入地底。这一切就像本来不该存在一样……"

"你不要打击我哟。"

"我只是在安慰你！"

说到这里，也没有更多共同语言了。我们就下了山，来到大街上。这时才看到，身边那些高楼，分明正在快慢不均地移动，它们都是大大小小、层层叠叠的地铁车厢，外壳覆盖着吸满污水的垃圾和苔藓。小汽车什么的，只是一些没有司机的自动玩具，是为了把整座城市伪装得像是真的，而做出来给人看的，统统安装了自动行走装置，也没有目的地，随意性地胡乱游荡。我以前竟没有注意到。我太粗心了。也许，是从来没有想过这座城市到底是怎么回事吧。这种事情想也白想。

"它们也兼任地下根茎作物收获机。"K指着奇形怪状的汽车，富有经验地说。

我想到日常作为主食的土豆，就伸出舌头舔了舔酸雨。什么都是假的，连这雨也是。我现在有些相信它的降下，果然是为了艺术，城市中一种缺乏温度的、黑暗而腐败的艺术。没有比这更耐人寻味的了。艺术没有任何用，却带给我们活着的幻觉。唉，在这种环境里，男女身体结构不同，却在世界末日之前，做着同样的事情，这也太悲观了。我心中滋生了上当受骗感，又觉得这理所当然。无所谓吧。

"就连地铁也不是属于我们的，我们没有能力发明这种东西。但它究竟是怎么产生的，这也在调查。"K说。

"像NASA一样，是吗？"我有些烦恼，一瞬间把地铁车厢误会为宇宙飞船船舱，又觉出了一种前世来过此地的感觉。

"但是，现在，我们都成了地铁人。"女孩像是淡定地补充道，"老鼠一样扭曲着生活在陌生而深邃的地窟中，寄居在凭空构思出来的金属器皿里，也算是异乡异客了。"

"怎么回事呢……"我回想着在高耸的奥林匹斯山上看到的惨淡宇宙，想到被算命师捏爆的老鼠，体悟到自己行为举止的荒唐性，这倒是跟天文学家与望远镜做爱的行为，有得一比。"我们身为这个国家的子民，却统统是异乡异客啊。"我言不由衷地附和。

"毫无差池，就是这样的。"

我又想到乞丐描述的外星人，前来拯救人类的天外来客，他们的长相和行为，的确不符合逻辑。还有那天蝎座，却像是算命师预言的世界末日景象。而经 K 这么一讲，不要说外星人，就连那个问题也变得莫名其妙了："天，究竟怎样塌下来？"我活了二十四岁，不知道父母是谁。谁也没有告诉过我天是什么，地为何物。既然天是假的，连它怎样塌下来、如何把我们压死都不知道，所以，外星人又是从何而来的呢？他们若是真要拯救人类，就不得不穿越岩层，深入地底，再从地铁隧道爬出来。将心比心，谁愿意做这样的麻烦事呢？来自传说中的银河系另一端的宇宙飞船，会摇身一变成为地心潜航器吗？这的确相当搞笑，又不是儒勒·凡尔纳写的科幻故事。难道真如 K 所说，根本没有外星人？无人能够拯救人类？……新结识的这个女人狠狠打击了我。未来的驻外星球大使只好期盼自己尽快死掉。

"接受现实吧。如今，一切都很荒诞，眼见并不为实。"女孩轻慢地说。

"有人说，重要的不是发生了什么，而是你看到了什么。"我讪讪道。

"傻子，你想通了，我就放心了。"

"也没什么，管它天上地下呢，就算是老鼠一样的异乡异客，能够活着，不错了。"我自嘲般说，仿佛为了求获女孩的谅解，做着最后的挣扎，"大家都如此的冷酷无情吗？都如此的虚无主义吗？都觉得宇宙这个超市的货架上空空如也吗？最近，我听到一句话：时间足够你爱。五天也是时间吧。可以像做梦一样想象一下宇宙吧。说什么也应该存在一个真正的宇宙啊。否则就太绝望了。"

我费了九牛二虎之力，装出勇敢的样子一通叽咕，一边偷偷打量 K，就像在描述一件见不得人的、连自己也不敢或不愿去相信的事情。我在说服自己的过程中，陷入了更大恐慌，觉得女孩掌握了世界的秘密，又担心她在欺骗我，这让我也欺骗起自己来。但她的另类气质吸引了我，因此在说到"爱"时，我的语气中流露出卑怯的苦涩，又夹杂一丝酸楚的甜蜜。女孩不是很理解地瞪了我一眼，就如我们的邂逅是一件迫不得已的意外之事。我们本不情愿待在一起，却又由于一种说不清楚的缘故而彼此接近。我们的心理距离愈大，就愈是要往一起靠。没有比这更不幸而又更幸运的了。这有了一点儿玩玩的意思，却又实在谈不上有多么好玩。我便在心里把 K 与小蛐老师和阿娇进行比照，发现她们之间存在差异，简单来讲，K 更成熟些。那么，我会不会被 K 从小蛐老师和阿娇手中夺走呢？对此我该忧该喜？我怀疑自己追求的目标又一次发生了偏移。我总是不知道自己作为一个男人，究竟需要什么。不过也就如此吧。轨道在前，就看它把我带到哪里了。这无妨。

"时间这种东西，也很奇怪，可能是利用曾经发生过的事件，重新组合包装出来的。" K 吐出这么一句。

"所以，连这也要调查吗？"我再次想到，为什么一切的行为、言谈都很熟悉，仿佛早已经历过。

"在重复。重复中略增变化。"

"太难了。我是想去死呐。"我坦承。

我告诉女孩，我见到了大批死人，躺在雨水中，如同垃圾围城。S 市已快被"死"这种怪东西淤塞。人们见多了死，都不奇怪了。地铁中许多人在讨论死。他们结成自杀爱好者小组，以车厢为总部，出发到各条线路去死。我觉得，这些人跟 K 相像，他们不信外国人，也不信外星人。选择死，是因为没有别的选择。

不料 K 说，她其实也是自杀爱好者小组的成员。航空爱好者俱乐部什么的，不过是一层伪装的外衣。知道天空是虚假的之后，热爱飞行器的人们，就想着要结伴自杀了。有什么办法呢，一切锚定在了穿越地窟的轨道上。

我才意识到，K 真的是在骗我。我忘了她也是个年轻人。她果然没有念书。她也只是一边在地铁世界游荡，一边觅寻时机自杀。她的真实身份无人知道。只在这方面，我和她或许是同路人。我才体会到些许亲切，减少了对她的戒备。但戒不戒备，都没有意义吧。为此我又想自杀了。至于阿娇、小蛐和冰儿，那只好作罢。

但 K 劝告我："W，你还是不要去死，也许可以活下去的。没有钱了，就去偷窃；没有吃的，可以忍耐；没有朋友，跟老鼠作伴好了；没有房屋，不妨住地铁车厢；没有工作，更不要紧，因为世界末日让这不再是一个问题。"

"可是，如果真的没有宇宙，怎么办呢？"

"没关系。反正，自杀了，也无法上天堂。"

"地狱呢？似乎那空间还没客满吧。"

"再等一等看。还有五天时间，真要死，来得及。"K 像食蚁兽一样拢起嘴唇，缓慢而缠绕地笑着，周身涌出毒气一样的烟臭。

"那么，你一定要去死吗？"

K 毫不迟疑地说："我是必须要去死的。但得等到弄清楚一些问题之后。我要解答心中谜题。也就是，真实的世界在哪儿呢？哪怕看到一眼也好。那样就死而无怨了。"

"你寻找它的时候，也带我去吧。"

"我不会带你的，那样有些多余。"

"你的话中含有矛盾。"我失望地心想，K 是一个特别的女孩。她要在死前，去探寻世界的真相，却不带我去。我怎么会遇上这种女孩呢。我才明白过来，活是一件更不容易的事情，比死还要不容易。而弥布在女孩心中的痛楚，是我难以体会的。到底何为真相？噢，她大概也失忆了。

"刚才说了，不是还有五天吗？"她说。

"那够用吗？"我心里没底。

"够了。嘻，时间足够你爱。"

"这样啊。走一步看一步吧……"

我想，世界末日之际，死，成了一件可以随便谈论、随便去做的事情。它就跟传说中的爱似的，廉价得惊人，却比爱自私。人们对它的迷恋，在潮热阴黑的地窟深处，是通过一条条轨道，搭乘来来往往的金属列车而传染的。

我不禁想去牵 K 的手，却畏缩了。

倒计时四天

八、把死当作爱

告别 K 后，我的心情再也好不起来，头脑里老回响着她说的"时间足够你爱"，而我居然也莫名提起这个话头，就好像事先有所约定。实在太尴尬了，也像是在重复某种既往之事，却想不起来。时间是什么呢？K 说是从旧东西上包装出来的。那也是轨道的一种表达吧。世界末日，或轨道尽头，便是时间终结。在这个被忘了名字的国度，或者叫作"火山国"的地方，之前大概无人去想时间会终结吧。只是有时觉得，时间过得格外慢。三朝三暮，黄牛如故。但最大的麻烦又是时间太少，怎么都来不及。车没等来，人就死了。而有的时候，时间又太多，包括国家存在了如此之久，还在一如既往地存在下去，本身并不正常。人们做了许多古怪事情，把大量时间浪费掉了，这从本质上造成了时间短缺。就算到了此时，还是无人去想，轨道是有尽头的，时间是会耗完的。想这个太别扭了。这也使得有的事情没有时间去做，比如爱一个人。但爱是什么呢？第一次，从 K 和我的口中，蹦出了"爱"这个字。世界末日之际，却没有时间思考它了。难道不是时间不够去爱吗？然而，死之后呢？那或许就有时间或爱了吧。

时间要到死亡之后才真正开始——这个念头压住了我。这便是真相吗？那个地窟之外的真实宇宙大概存在于时间结束之后吧。无所谓了。

告别 K 后，我欲向算命师进一步求解，却找不到他。这人或许被灰衣人抓走了。如今，一个人随时都有可能忽然消失，而不用等到世界末日来临。

我觉得，也许应该抓紧时间，就不管它真不真了。我快要死了，应该在这世界上留下一些印迹，而不仅仅来看番热闹。我想象与未婚妻阿娇待在一起，心头浮出"白头偕老"的陈词滥调，而这要挤压在四天里完成。但我已是一个快死之人，并向 K 作出了必死承诺。因此到底要不要跟阿娇结婚呢？这对我们两个会是一场考验或伤害吗？或者说，到底要不要去死呢？不管做什么，都太难了。

我昏昏沉沉继续行走。城市幽冥之间，摩天大楼天女散花一般，在分泌出赤色雨雾的半空中隐约飘舞，像一群不知老之将至的妇人，还在强迫自己来月经。超标炭烟排放把围岩染成黄褐色。在一片枕梁下，几十个男女正被灰衣人绞死，他们是列车机油偷盗者。男人先被套上绳索，女人被要求站在一旁观看，然后才轮到女人。

我想，不过是些投影。我就驻足看了一会儿。在死亡的叫声中，我看着看着，再度睡着了。我又一次醒来时，宝贵的一天又过去了。仍然一事无成。距离世界末日仅剩四天了。

龙角老师催促我赶紧跟阿娇进行实际接触。我不知道能否做到，付出的努力也不像是自愿的。但总不能在死之前什么都不占吧。无所谓了。我就尽量去做这事。

阿娇是一个浓妆艳抹的女孩，身材略胖，穿一件廉价的紫色吊带裙，头发烫得像一堆没炸好的爆米花，纯情中夹杂大蒜般的粗糙，妙龄少女却已如山楂树一样成熟，看上去没有多少天赋，被面膜覆盖的脸蛋上挂着玩世不恭的神情，活像一团乱糟糟的烟雾，手指似乎被什么东西弄得有些发黄并弯曲，胸前佩挂着流行的十字形金属饰物。阿娇对我半搭不理，似乎并不认可父亲的拉郎配。她骨子里一定瞧不起我吧，觉得我是个来路不明的乡巴佬，又不能帮助她登上 NASA 飞船。在灾难面前，女孩子们更实际了。也许只有 K 是异类吧。但谁才是我命定的女人呢？我却不敢处处押宝，因为没有时间了。

实际上，就算与阿娇结婚，我也没有能力为她提供像样的生活。四天里能做什么呢？宏大的宇宙貌似给了生命很多选择，但轨道的长短走向都确定了。然而这是宇宙的错吗？宇宙也爬行在自己的轨道上。

我于是决定放弃，从阿娇那里逃掉。我去找小蚰老师，但也没有找到。我只好重新钻入地铁。车窗玻璃映射出我的形象。我以前没有注意过自己的长相，这才发现，原来是一个丑陋的年轻男子，营养不良，矮瘦枯焦，恶汗涔涔，戴副黑框眼镜，脸皮打满皱褶，脖子竹棍一般从破旧的绿色迷彩服中探挑出来，脓水一样的黄色口涎，顺着马口铁似的嘴角滚滚淌下，湿透了前胸衣襟。我的脑门上有一个指头大小的圆形伤疤，也许是灰衣人暴打留下的印迹吧。而这张面孔竟然跟乞丐长得一模一样。这却是一个谜。我有些困惑，却觉得也没什么了不起吧。说不定，是克隆人，像无主游荡鬼和老鼠，都是城市实验的副产品。我兴许跟这些东西发生了牵连。我是否就应该跟乞丐称兄道弟呢？我憎恨他与冰儿合唱，也嫉妒他自称看到外星人，更害怕跟他争夺活着及死亡的资源。但这些无所谓了。

的确，资源空前紧张。《读书》关于世界末日的一种描述，便是说地铁生态系统进入到不可逆转的耗竭状态。车厢不再是大众避难所，而成了公共墓地。栖息地碎片化，贫民数量激增，资源过度消耗，造成不堪后果。有的时候，世界末日也被称作"生态暴死"。以为待在地铁里便可以躲避灾难，这无非是幻觉。但幻觉就幻觉吧。也就这样了。

地铁世界里的昼夜变化是人工制作出来的，也没有春夏秋冬。季节永远消失了。生命节律彻底打乱。作物的生长十分困难。不知道那些少得可怜的土豆是从哪里冒出来的。是自然生长还是人工播种的？由于缺水且少光照，它们长势极差。但无人来管此事。乡镇政权和农业合作社一类的组织也瓦解了。

很多人饥饿而死。老鼠却能吃饱。它们以死尸为食。人饿慌了也吃老鼠，但吃后便很快死掉了。这些实验室中产生的老鼠，体内含有致命病毒。我对是否要靠吃老鼠来实现自杀，还有些拿不定主意。

因此，在死亡之外，沉默便成了最好的选择，这样做不是为了避免祸从口出，而是可以减少能量消耗，让自己活得稍久一些，至少捱到世界末日那天吧。

地铁除了不时发生爆炸，还经常遭遇其他灾难：地底岩浆引发突如其来的火灾，不期而至的地震破坏了隧道，泥石流、滑坡和岩崩将列车吞没，地下河的洪水把车体冲走，机器调度失灵造成碰撞和追尾……乘客活在死亡边缘，不，活在死亡之中。时至今日，许多人才以为明白了"少壮不努力，老大徒伤悲"的道理。但这本身就很可笑。那些凄惨的结局跟努力不努力又有什么关系呢。就这样吧。

在地铁车厢，我听见有年轻乘客说："我后天的车"，"从三号线下，转乘四号线"，"我坐到站后便离开人间"！有人说："我是从派克路车站来的！我选择在十三号线死"，"我终于思考了未来，弄到买药的钱了"，"我买好了车票，后天早上的车！半夜到达人生终点"，"我活不了几小时了。结束一切！真轻松啊"……一个把自己称作"死"的学生模样的人说："我是六号站台的，我选择跳下地铁。你们等着瞧吧。"另一位叫"不活"的人说："我想我也快了。"又有人说："今天我又和那个人联系了，决定一块儿去卧轨了。""卧轨？别自个儿去啊，等等我吧。"我觉得，他们说得太多，要做就赶紧做吧。

地铁颠簸不止，那是在碾过跳下站台的自杀者。人们创造出了地铁自杀的各式花样。跳下站台只是其中一种。还有触电、撞车、夹门、滚梯、自焚……乘客的智慧是无穷的。有一次，我见到一个男青年，在地铁启动瞬间，强行挤出车门，自由落体般掉下去，立即断成两截……

都是些幸运者啊。我很羡慕，为自己没有加入 K 的自杀爱好者小组而羞惭。但这事也不必太往心里去。不能说我不向往，但我又觉得地铁自杀会很疼。我不敢多试。不过反正还有四天，我可以慢慢做这事。越急，越死不成。

那些觉得自己还活着的人，有时一个接一个睁开眼，于是看到了冰儿。这个女孩躲在无处不在的车载电视里，用母亲一样的歌声按摩大家。这让人在死前还可以想入非非。她是在诱惑更多的人前去投奔 NASA 吗？我觉得也不一定就是这样。这女孩在利用时机为自己刷存在感吧。她的粉丝数一定暴涨了。随便吧，无所谓了。

我还是决定仿照地铁同类，再度试图自杀，却不幸又被救了。救我的人自称是我的大学同学素卵。他是看在同学的面上，才救的我。这使我回忆起，我大概上过大学。这令我又一次无地自容。素卵长得肥胖油腻，穿绿西服打红领带，全身上下都是名牌。这副模样把他跟普通地铁乘客区分开来。我觉得素卵怎么也应该是买 NASA 船票的那种人，不知怎么的却也来跟我这种下三滥一起挤地铁。但素卵表示，他就是专门来找我的，要带我去一个新地方玩玩。这让我难以置信。

我无从选择，便跟着素卵，由二号线，换七号线，再换十三号线，又去了一条新线。这是我以前不知道的线路，有些不同寻常。车停下后，素卵引领我汇入像是忽然惊醒过来的乘客群，洪水般冲至一个庞大的岛式站台，它装饰得如同一座剧院，舞台中央搭起一方七八米高的不锈钢戏台，镂着复杂而古意的云纹龙纹饕餮纹，被少见的聚光灯照得雪亮。淤积已久的黑暗瞬间土崩瓦解了。我从来不知道地铁中还有这般去处。我想剧作家应该来看看。乘客们眼目中泛起焦渴的光焰。大家诈尸般迅速围拢。戏台下方有口直径三十米的大铁锅，里面沸腾着用 C 饮料熬制的土豆叶子汤。灰衣人在维持秩序并分汤。这真是破天荒，这就跟我第一次看到虚饰出来的宇宙的感觉一样。乘客们臭虫般蜂拥而上，争抢汤羹。素卵弄了一碗汤给我喝。我才多少提起精神。这时出现了更多的绿西服红领带人。素卵走过去加入他们。原来是 C 公司的职员。素卵和同事们开始向喝完汤的乘客散发 C 公司的新产品介绍。群众又展开争夺，许多人被踩倒在地。一队队老鼠从他们身上爬过去。灰衣人又把倒地的人一个个拽起来。

我朝戏台看去，见正中位置，聚光灯下，佛像一般衣冠楚楚端坐着 S 市市长和 C 公司总裁。他们就像石窟壁画上的人物。我这是第一次见到市长。他是一个头发乌黑、体形魁梧的老头儿。对于市长还没有搭乘 NASA 飞船离开，我感到无法理解。一直有传言，市政府的官员们是最早一批逃走的。我不禁有些在迷离中感动，又怀疑这是市长的替身。我又去看 C 公司总裁，觉得似曾相识，却记不得在何时何地见过。她三十岁左右，中等个子，瓜子脸，丹凤眼，柳叶眉，梳短发，化淡妆，一身深灰色名牌西服十分合体，衬得她像是非洲瞪羚，全身上下干净利落，漆木般的脖颈和玉石似的肩膀散射出爽朗之气，带有浓郁的他世界味儿，乍一看像个练体操出身的清纯美男子，浑身溢出悦人的香水味儿。但说不出为什么，她又显得虚弱，就好像衣服下面的躯体是个空壳，那身紧凑的肌肉都是粘贴上去的。

这时，市长发表讲话，大意是，他要与民众一起留下来守卫国土。政府是不会抛弃市民的。不要相信阶级划分的胡说，那是敌对势力用来搞乱我们的阴谋。更不要相信世界末日的谣言。S 市是英雄的城市，S 市人民是英雄的人民，大家团结起来，一定能够战胜任何灾难。谁说地铁是坟墓？不，那可是不断完善中的理想社会啊。崭新而美丽的未来就在这儿了。然后女人发言，语调像地下水，圆润阴冷，却充满知性的感召力，她的眼神飘忽，像一种灭绝的古代剑齿类动物："地铁本是生活在永不岛上的大不列颠白种人发明的。但是，他们不幸在上一个末日到来时灭亡了。现在要发展新型地铁，只能靠我们自己。只有先进的高速地铁才能克服城市化的弊病，为民族复兴注入新的活力……最近，我国的崛起引起了世界各地投资者的兴趣。但毕竟是发展中国家，安全性方面的问题还让人担心。就在 S 市，不久前，发生了伤亡惨重的地铁爆炸事故……在国家有关部门的大力支持下，在市长先生和各位朋友的热心关照下，C 公司决意采用世界上最好的科技手段，来破解这道难题，让大家踏上新旅程，得到真正的幸福……"

她提及上一个末日，却没有讲到我们正面临的末日，就好像装作不知道它还有四天就要来临。女人忽然停下不说了，用眼神瞟示一下，素卵便跳上台，忸怩着像是怀孕的女人，站在市长和女人身边，手执一个纪念邮票册般的烫金大本子，覆盖在油光光的圆脸盘上，嘹亮地介绍起公司的抗灾产品——数字存储示波器、逻辑分析仪、微波扫频源、彩色 B 超、卫星定位仪、动态信号分析仪、故障诊断器、大功率定向扬声器和列车脱轨自动报警系统等。他满怀信心地说："在未来城市灾害中，由于新式系统的应用，幸存者脱险的机会将大大增加，伤病员可以顺利转移到治疗环境，而不必担心因为信息传递渠道不畅受到拖延。如果地铁公司配装了这些设备，不仅不用害怕列车爆炸，就算世界末日万一来了，也不必担心。C 公司要做的，就是让大家在地下美好滋润地生活下去！"

获救的希望之光再次闪耀。这不仅比 NASA 更对大众口味，也比外星人来得实惠贴切。衣衫不整的群众捶击胸腹，欢声雷动，把刚刚喝下的汤汁呕喷出来，高呼："C！C！C！"场地一片腥臭湿滑。市长频频点头，女人平静看着。素卵趁势介绍了密封式避难舱，俗称"保命机"，乃是对抗世界末日的核心设备。这是一个桶状的大家伙，庞大的外壳上箍有一圈合金钢，内部采用耐热玻璃、石棉防护层和铅材料，足以承受高烈度冲击。通过自动控制的水平装置，即使密封舱发生倾斜，人也能在里面坐直。它有单人型、家庭型和集体型之分，家庭型可供三口之家居住一个月，舱内配备了食物、氧气、C饮料等生活必需品，能满足防震、防热、防水、防生化多种条件。集体型最大的可供五百人栖身。素卵振臂高呼："时间足够你爱！"伴随地铁群枭般轰然掠过的怪叫，全场响起经久不息的掌声，许多人感动得哇哇大哭。"时间足够你爱！"众人也喊。

素卵宣布："下一步，是降低成本！C公司的产品要进入千家万户呀。随着国民经济的快速发展，人民消费水平的不断提高，无疑，保命机将像空调、冰箱、电脑和汽车一样，成为家庭生活的必备品，特别是采用复合材料后，重量将大大减轻，可随身携带，从打娘胎出来的那一刻起，就可以一辈子待在里面啦，就什么也不用怕啦！死亡面前，人人平等！这不仅是幸福，而且是升级版的幸福！快买C公司的股票吧！"

说到这里，素卵从台上跳下，一头窜到我身旁。全场人停下鼓掌，凝固似的看我们。我又觉得羞惭，恨不得打个地洞钻进去。但我什么也没有做。也就这样吧。

"你真的是我的大学同学吗？"我问。

"是呀，我是你的大学同学素卵呢。"素卵热情地说。

我才记起，我似乎的确有过这样一个学友，住在一个宿舍。我们关系不好。素卵是乡下来的，总遭到大家嘲笑。我和同学们常常欺负他。也就这样了。毕业后我们再也没有联系过。

"那我叫什么名字啊？"我像是测试一般问。

"你叫什么名字，现在不重要了。关键是，你来了。"素卵宽宏大量地笑道。

"好吧。素卵，你混得不错呀。"我想对他表示一下歉疚，但也没有说出口。

"学友，欢迎你！在周总带领下，C公司的事业正在大发展。你不要被灾难的传言吓倒呀。你可不能死啊。"素卵转头去看他的主子。人群眼神缤纷迷乱，口里发出哼哼声，舔着长满水泡的紫色嘴唇，纷纷朝市长和女总裁跪倒。

"我像是在梦中见过她哟。"我仿佛在谈论一件充满玄学意味的事情。

"这说明学友你跟我们有缘呀！我带你来，就是希望你加盟。C公司正在招募有才华的爱国青年。国难当头，人才难得。面对世界末日，我们要实施战略转型，在稳定C饮料产量的基础上，进行多元投资，收购一切可收购的企业。"

"要推迟末日的到来吗？"

"不，是要永远避开它！"

"可是，轨道已经注定。"

"所以，要造新的轨道。"

"这个时候，新的轨道？"

我觉得他们一定疯了。怎么可能还有新的轨道？末日之际，城市的那场实验进行不下去了。但素卵的表情是严肃认真的。这让我仿若深夜见鬼了。

"C公司要把中断的城市实验继续做下去。绝不能让它停了啊。"素卵矜傲地说，"也就是说，打造一条新的地铁轨道，把断掉的轨道接续起来，延长出去。这样，列车就能继续往前跑了。

我们并不是商业行为，而是受政府的委托。"他朝市长的方向努努嘴。

"原来是义举呀。这真不容易。"

"根据与政府签订的合同，C 公司未来的主要投资方向是殡葬业，这属于灾害业的衍生产业。传统产业统统衰败了，新兴产业却大有前途——两天之后，要埋葬、焚烧和告别的东西太多啦。从死者身上，可以回笼资金，投入新轨铺设。这就是具有末日眼光的良心企业的社会责任啊！"

素卵郑重其事说着，身上喷出福尔马林气息。看上去他已经原谅了我早年在学校时对他的不恭。他把一个信封塞到我手中。我又看看台上像机器一样坐得笔直的女人，她青春飞扬的黑洞般沉寂里面有一层熟透的死感。

"不是有了坚固的炼丹炉似的保命机吗，怎么还会出现死者？听上去十分矛盾。"我不安地支吾。

"学友，这就是无坚不摧的辩证法。"素卵满脸泛光道，"C 公司，说到底是一个慈善组织。关键时刻，它代行国家职责，履行救亡使命。保命机只是基础产品。此外我们还推出了半机械老鼠。"他指指满地跑的小家伙，"它们的大脑中嵌入了微型电极，危急关头可以在废墟中救人一命并打通路径，相当于奔赴灾区的子弟兵吧。"

"但是，只剩四天了啊，来得及吗？"

"只要有自信，什么时候都来得及。"

"世界末日的真相到底是什么？快告诉我啊，快告诉我啊！"我恳切央求。我巴望赶在 K 之前知道。

"嘘，还在保密阶段。"素卵故弄玄虚说罢，拍拍我的肩，便走开了，要去跟电视台的客人洽谈合办世界末日的专题节目。

我见大厅一侧，十几个穿黑衣黑裤系黑领带戴墨镜的男人抄手站着。他们是电视台的制片人和主持人，胸牌上也打着一个 C 字。又传来吱吱声。直立着跑过一群老鼠，互相咬着滴血的尾巴。我把素卵塞给我的信封取出来看了看。里面装着三百块钱。是出场费吗？这是我在人世间活了二十四年，得到的最大一笔收入。

C 公司的招待宴会开始了。琴瑟奏鸣，歌舞升平。这回不是土豆叶子汤了。花样繁多的美食热气腾腾端了上来。C 公司从乘客中挑了一些代表，陪同电视台的贵宾宴饮。我有幸成了此中一员。满场是牙齿挫动的咔咔声。一群黑色摄影机从半空中吱吱飞过，开始为电视节目搜集素材。我做贼似的偷偷吞下一只鲍鱼——而不是吃得倒胃的土豆。C 公司是从哪里弄到这玩意儿的呢？

我想，C 公司是一个新型组织，我是不是应该答应素卵的请求，转而投靠它呢？但我并无资本。我都无法填报出自己的履历。我缺乏自信。时间不可持续，并不属于自己。新轨道能够战胜时间？虽然有素卵引荐，我也不可能攀附上那女老板。我可能走错了地方。这不是我的轨道。我怀疑素卵的意图。哪怕共迎死亡，我与他也不是一个阶级。还种事情没必要想太多吧。无所谓了。我重新记起自己要做的——自杀。C 公司无法满足我的愿望吧。但我又不舍得离开，鲍鱼太好吃了。我一着急，那滑腻的东西便直接通过口腔从食道掉了下去。它在腹中挣扎，不甘死掉，复跳进嘴中，我急忙用发臭的舌头把它压住，才没有当场出丑。鲍鱼也要挣扎着活下去呀。太悲哀了。

宴会结束，C 公司又为贵宾备上礼品。是高科技防火衣，可令人在三千摄氏度的火灾中心生存四十八小时。素卵说："三界无安，犹如火宅。用 C 牌防火衣，可保无虞！这是新型乘客的身份证明，相当于通行证吧。"他取了一件，要我试穿。我打算拒绝，但还是接了过来。穿上后，感觉像个小丑。我担心素卵故意取笑我。但他可能不是这样想的。趁电视摄像机还没有扫过来，我穿着防火衣，朝地铁出口跑去，逃出了 C 公司的领地。我见到风亭边伏着一群黑猫，皮包骨头，仰头观望，寡妇般的眼神，像被浓痰笼罩。许多老鼠则支起双脚，站在猫的身旁，发出人一样的谄笑。它们在等待把猫吃掉。我又看到一些红色的身影，在不远处一闪而过。

我才蓦然想起，舞台上的周总——周孕花，正是那映现在绿岛咖啡厅玻璃窗上的美男，不，少妇模样的女性。

倒计时三天

九、清醒时没有真相

我离开 C 公司，又后悔不迭。我也才想起，忘记了向素卵询问，国家叫什么名字，它到底是不是叫"火山国"，简称 Crater。C 公司既然在代行国家职责，那么应该知道国家的名字。这样我也好对 K 有个交代，或许对她查找世界真相有所帮助，这样她就可以带我去自杀了。但无所谓了。

这时已是次日凌晨。回程中，我遇到一名幻彩女郎。她满脸堆笑，招手示意我过去。我迫不及待，又犹豫不决，想了一会儿，才慢慢走近她。女郎带我下到站台，穿越一段隧道，钻入一节涂满蓝色荧光粉的车厢。这儿铺陈着脏破的绿色仿波斯地毯，公共澡堂般水雾弥漫，乌烟瘴气。几十名女孩，赤身裸体，表情一律，大字仰卧，被一群老朽的男人覆压着，在刺鼻的味道中，老鼠一样吱吱叫唤。看到这里，我扭头要走，但幻彩女郎将我一把拉住。

她喘着粗气对我说："快脱衣服吧。世界末日到了，来不及了。"

我想了想，觉得这样也不是不可以，正准备按她说的做，大腿却像过电的青蛙般抽搐起来。

"你怎么了？"她困惑而轻蔑地呵斥，"没见过你这样无用的男人。"说着伸手来扒我的裤子。

"我……"

"只要三十块！快，仅剩三天了。"

我摸摸口袋，里面有从 C 公司拿到的三百块钱。但关键时刻，我舍不得花。这时女人跟我撕扯起来。在这过程中，她的脸皮"哗啦"一声脱落下来，原来是一张面具。我看到了阿娇。

"是你？怎么会在这儿？"我感到一丝惊喜，同时颇为沮丧，又觉得无非是这样。

"你以为我们这种人很容易就能登上 NASA 飞船吗？又没有个好爸爸。"阿娇鄙夷地嘟哝。她的一对乳头小青豆般绷得笔直。我有些看呆了。

"我听说，就算有了钱，也买不到船票呀。"我的脸开始发烫，低头不敢再看她。

"现在有黑市了，你不知道吗？"阿娇说，"别废话，快点吧！你不会连三十块也没有吧？"

她为了逃走，连我也不放过。但她并没有让我直接去买票。我想对自己的未婚妻说，别找 NASA 了，那不可靠，连宇宙都不知道在哪里。基于同样理由，我也不想劝说她加入她父亲的事业。"你难道不想做外星大使的夫人吗？"这样的空头支票，此时说不出口。我偷看一眼阿娇。这个十六岁女孩，跟冰儿一般大，眼角却绽放出皱纹，眼窝松弛干燥，坠出暗黄的眼袋。我很难过。我想，若不是世界末日，她一定会把自己伺弄得美不胜收吧。她会天天上学，读优美的鸡汤文章，躺在校园芳草地上，憧憬一位白马王子自天而降。可是她的青春早早被莫名其妙的现实斩断了。她的轨道就要走到尽头了。然而正是她现在的这副形象，重新激起了我的欲望，使我在死活之间再次矛盾起来。我干燥地咂味着由于不敢凝视女人裸体而滋生的性感。我犹豫着是否要把死当作爱。但我克制住了，因为这种事情说到底还是跟投影一样。

阿娇冷笑："只剩三天了，抗衰老已无意义。年轻不再是资本。每个人都站在同一条起跑线上。"

我脑海中刚才还蹦出的触碰未婚妻身体的想法，被彻底打消了。难道不是这样吗？知道了人生是苦、活着短暂，明白了国运危殆、宇宙荒诞，却还不清楚男女能否相爱、生命如何结束，以及死后往哪里去、人有没有下辈子……这些，用十块钱，在两天里，大概是算不出来的吧。哪怕看到了轨道的终点，还是无法确定要干什么。因此，跟阿娇做这个，有什么用呢？她已经跟好些男人做过了。

阿娇掉下眼泪："爸爸要逃到外星球去，不管妈和我了。医院垮了。没有钱也没有地方给妈治病……"

"那些大学生呢？"我醋意地问。

"他们外强中干，是他妈些草包。"

"那你还打算搭乘 M 国的飞船吗？"

"我打算重新考虑一下这个问题。"

我不知道说点什么来安慰女人，提出为她买衣服似乎也不适宜。我觉得别扭，便转身跑掉了。我像是因为没能如约完成与阿娇的肌肤相亲，而悔恨得想哭鼻子，却咯咯笑了。我或许错失了最后的机会，而这本是我尝试玩玩的练习。我为自己连三十块钱也舍不得为未婚妻花而问心有愧。我觉得恐怕会永远失去阿娇。这是我在世界末日前的一大败笔。但也就这样吧，实在没有办法。

我回到我住的车厢，它的编号是九四〇二号，破烂腐朽，四面漏风，随时可能坍塌。它的历史不短了，原本是早年为了准备跟 M 国打仗，由政府投资兴建的，与附近的区间隧道一起，组合成防护单元。在地铁世界，每个防护单元按入住五百人计算。战时只供应饮用水，而无生活用水。饮用水箱是一只二十四吨的玻璃钢大容器，设置在站台层的饮水间内。厕所均为旱厕，设男女各一间，简陋得不能再简陋。除了灰衣人不时前来敲诈勒索，亦无人管理维护。这处车厢中，拥挤地居住着一百多个家庭，都是买不起飞船票的。距离世界末日只剩三天了，但生活还是要过下去，并不是人人都像我这样对死怀着渴望。每天早班地铁刚刚发出，各家各户的电视机收音机就打开了，一派吵闹。我了解邻居们所有的生活细节：克拉契路站台来的女售楼员未婚先孕，她父母很不高兴，老是跟她吵架，这令我十分紧张；麦琪路站台来的小两口喜欢看黄色录像，每当床戏声大作，我都会一阵阵发抖；西摩路站台来的妓女二十四小时不间断打电话，她即使在家里也穿高跟鞋，焦躁地咚咚走动，常常把嫖客带回来过夜，这时我的感觉就好像有把斧头往我的天灵盖劈下……世界末日——不管它具体是什么——所要毁灭的，无非是这样一些凡庸生命。生命就跟老鼠一样，先是莫名其妙出现在世界上，然后在预定轨道上盲目爬行。驱动这易碎之躯的是一种名叫蛋白质的物质。它构成的肉团富含能感受痛苦的神经末梢，这就是问题所在。其实痛苦并不是天然就有的，而是由某种外在力量不断施加。人们便被该力量驱使，一天接一天爬，停不下来。痛苦多了，就无所谓了。大家还以为爬在通往幸福的轨道上呢。这样便可以废寝忘食一直爬到世界末日了。

这轨道究竟是谁设计的呢？从一开始就把断头做好了吗？

有时，我又觉得，人不应该这样爬。也许，还可以有另一种爬法，有另一条轨道。但我只是偶尔这么想一下。我不知道另一个世界末日是否比时下这个更好，或者它是否会来得更早。也许我早在那个末日中死过了。

这些想法令我更加自责。我便把寻找外星人的事告诉了剧作家。

剧作家还在写剧本，他头也不抬道："你以为拿外星人来说事，就能置换我创作的主题吗？这内容过时了。"

我想说外星人是从地底爬上来的，这是新的情节。但我开口却道："那么，你听说过 C 公司吗？据说正在建设新的地铁轨道，要打造成一道抗御世界末日的、固若金汤的万里长城。"

剧作家说："我的观众，你说的这个呀，无非是官商勾结玩的一套把戏，目的是把市民诓骗到他们那里，好掏光大家的口袋。这跟 NASA 又有什么区别呢？"

"是为了应对灾难才建立的新型慈善组织哟。他们没有掏大家口袋，还送钱给乘客。他们要搞惊天动地的大名堂，目前还在保密阶段。否则，赚到钱又能怎样呢？过两天不是也要死吗？"

"这不是废话嘛。就算没有世界末日，本来大家也都要死，迟一天早一天罢了。以前国家把这当作机密，不让人们知道。"

"还有这样的事情呐。难道见死不救吗？"

"我的观众，不要气急败坏嘛。你不也在找女人吗？"

剧作家说到了我的痛处。我的确在死亡和女人之间徘徊。这颇虚伪，但没有办法。或许死亡和女人是一体的，二者给人的感觉都很阴湿。剧作家不说话了，只是悲悯而无奈地看着像个虫子一样裹缠在防火衣中的我。我也看了看他，觉得剧作家才可怜。他也行将死亡，却还在书写无人看的戏。不过为什么一定要有人看呢？

时间过得飞快。距离世界末日仅剩三天了。但这是星期几呢？也许是星期二吧。我记得法国作家保罗·萨特在《恶心》中写道："星期二，应记录事项无，但它实际存在过。"但星期几又有什么意义呢？连日历都不再需要了。这只是宇宙长河中微不足道的一刻。我不知道该如何打发这难得的三天，也不晓得自己能否如期死掉。

我觉察不到剧作家的动静了。我怀疑他死了，便走过去，发现他只是在埋头创作一部名为《末日》的新作。他蜷缩在促狭的车厢里，却好像进入了一个很宽阔的世界。他如痴如醉全神贯注，对外部之事充耳不闻，如同比赛场上的举重选手在连续失败之后要做最后一次试举。

我对自己的所作所为产生了更多疑问，便又出门，却不敢去见阿娇或小蛐老师，也又一次没能成功自杀。我于是去找龙角老师。我委屈地扑在未来岳父的怀中，哇哇大哭。哭了一阵，我又浑身颤抖着笑了。龙角老师挠着我的头发说："别这样，别这样。外星人绝不会抛下我们不管的。接下来，抓紧最后的时间，进行更深入、更精准的科学调查吧！"

龙角老师又把跳猿老师、鹿牙老师、飞蛉老师、麻雀老师等UFO研究会的骨干们召集来，并请来虎突老师和雁行老师对乞丐进行测谎和催眠。龙角老师相信，人在清醒时是没有真相的。这时测谎和催眠就派上用场了。

虎突老师是S市测谎大师。他曾经是一名报社编辑。世界末日前夕，他辞职不干，研究起了测谎术，并宣称从中找到了生命的意义。他研制出了五花八门的测谎器，还申报了自主知识产权。他把测谎器做成千姿百态，有的像香蕉，有的像闹钟，有的像方便面，有的像手榴弹，有的像男人那家什，有的像女人那玩意……一段时间以来，测谎器成了S市市民的首选馈赠礼品。人们见面时，都要掏出测谎器互相问答一番。打招呼都是这样："测了吗？"而不是："吃了吗？"雁行老师原本是地铁公司的一名会计师，日复一日为公司做假账。世界末日快来时，他对做假账感到厌倦了，于是试图自杀，却在最后一刻醒悟过来，意识到死也不能改变什么，便去接受了催眠术治疗，并迷上了它，学习和钻研它，成为业内高手。他辗转各大车站，对生活在恐惧中的乘客进行催眠，缓解大家的末日焦虑。

通过测谎和催眠，乞丐回忆起了他的经历——他被外星人捉进宇宙飞船，见到了长得像是十一二岁小孩模样的绿色矮人，没发育好似的。他们把他装进玻璃瓶，用一种光线检查他的身体。大家便问外星人是男是女。乞丐说没有看到他们身上长那玩意儿。众人讨论了一会儿外星人的生殖器问题，又问外星人有没有跟乞丐干那事。乞丐否认了。他说，外星人不是来救人类的。这出乎研究者的意料。他们说："什么？什么？"

跳猿老师说："不，这都不对。影响测谎和催眠结果的因素有很多。如果受测者并不确信自己是在说谎，如果他其实一直就在梦游，那么，测谎和催眠都无法正确记录下他的身体和心理反应。也就是说，一个杀人犯可以心安理得地欺骗测谎师和催眠师，因为他坚信自己所做的和看到的都是正确的。"

龙角老师怀疑地睨视跳猿老师，仿佛不明白他为什么要这样说，又不情愿地扭头问虎突老师和雁行老师："是这样吗？"

"从理论上讲，不排除这种可能。"虎突老师和雁行老师被迫承认，心虚地摸了摸上衣口袋里的地铁交通卡。

"可是，所有人都在使用测谎术和催眠术啊！难道我们还能把自己骗了？"龙角老师脸红了，"不，你们在胡说，你们丧失了对外星人的信仰！"

跳猿老师听了，拉下脸，扑上来，揪住龙角老师的衣领。龙角老师也用双手去掐跳猿老师脖子。大家慌乱地把目光投向我，因为这时他们发现，我跟乞丐长得太像了，也许这里面有什么奥妙吧，便都期待我发表意见。我差点想要对他们说，还是算了吧，这个宇宙是投影出来的，做这些没有意义。但我又觉得这样说更没意义，就没有说。

龙角老师和跳猿老师就这样久久抱在一起。跳猿老师身高一米五，长得像只甲鱼，平时是一副有气无力的样子，由于地铁光污染，一只眼睛快瞎了。据说他从小心地善良，容易轻信，常被人骗，次数多了，他就对遇上的所有事情都打上问号，成了一个顽冥不化的怀疑论者。他这样跟龙角老师扭缠着，对此我无能为力。探索外星人真相的活动终于没有带来好玩的感觉。

这正是世界末日前的景象吧。当然也可以说，问题并不在于测谎和催眠，而是这个世界到底有几分是真的呢？虽已不是梦游年代，但如今这个时代，却是黑暗混沌的，在不明轨道上扭曲前行，像法国文学家阿兰·罗伯-格里耶所说："是不稳定的、浮动的、不可捉摸的，外部世界与人的内心都是迷宫。"

这时，站台上传来海浪般的巨响，除了乘客的惨叫和列车员皮鞭的呼啸，还有另一种沉重而磅礴的吼声：

"要梦游，不要催眠！要梦游，不要催眠！"

车厢在隧道中蛇行扭动。似乎又要发生爆炸。一群惊慌的灰衣人脚踩滑橇逃过来。我咯咯笑起来。大家不满地看着我。这时乞丐忽然不见了。只剩下我在原地站着。龙角老师和跳猿老师才彼此松开。龙角老师疑惑地盯紧我，像要试图辨识我到底是谁。随后他把我拉进他的怀中，仿佛这才发现我并非乞丐，而是他未来的女婿。

跳猿老师说："竹篮打水一场空啊。"鹿牙老师说："生活总是希望与失望并存。"飞蛉老师说："更加扑朔迷离了。"麻雀老师说："玩笑开大了。和谐宇宙到底在哪里呢？"雁行老师说："宇宙真的是在地底吗？是无主游荡鬼带外星人过来的吗？"虎突老师叹气："我们已尽全力。噢，这人到底是谁呢？"大家再一次把愤怒抛向我，好像又是我破坏了外星人拯救人类的计划。唉，无所谓了。

龙角老师生气地说："滚出去！你，你，你，还有你们，都给我滚出去！"于是大家从摇摇欲坠的车厢里跑掉了。但我没有走。我打算留下来陪伴未来的岳父。外面又传来怒吼：

"要梦游，不要催眠！要梦游，不要催眠！"

龙角老师试图把乞丐找回来。我劝告："龙角老师，太危险了。距离世界末日只剩三天了。"

"外星人一定会来救我们的！"老人举了举右手拳头。

"为什么刚才要谈论生殖器呢？"我试图换一个容易些的

话题。

"哦，说到生殖实验，那是善良的外星人经常做的。生殖器是外星人最感兴趣的东西，因为他们没有生殖器！换言之，由于他们不是通过生殖过程诞生的，所以他们热衷于做这方面的研究。这就证明他们是来救我们的。"

"因此，乞丐说的并不是事实？"

"对。人类身上还残留着多余的性功能。这表明我们还处在幼稚的进化阶段。因此我们才遭遇了世界末日。但宇宙中的高级生物是不需要生殖的。人类要逃出世界末日，首先要解决生殖问题。"

"生殖器……可以决定轨道走向吗？"

"这要取决于对外星文明的信念……噢，年轻人，你跟阿娇怎样了？"龙角老师伸手抚摸我的脸庞。

"也就那样吧。"

"还要加紧呀。"

危险的感觉越来越强烈。我赶紧搀扶龙角老师钻入另一列地铁。

倒计时二天

十、红衣人

地铁里，乘客们好像越狱的犯人，红彤彤的脖子扭得咔吧直响。龙角老师汗流浃背，冲人大喊："外星人来了，外星人来了！……喂，乞丐，你帮我看看，站台上那些男男女女走来走去，不去迎接外星人，却都在干些什么呢？"

"他们在超市里抢购呀。他们准备把电视机电冰箱洗衣机微波炉搬到 M 国人的飞船上。购物节又开始了……不，跟 NASA 无关，像是 C 公司安排的噢。他们兴许要把物品转移进 C 公司的新型地铁！龙角老师，要不咱们也去吧。我不是乞丐……"

我又想笑，但觉得不对，那些人穿着红衣红裤，不是在抢购，而是在抢劫，还实施打砸。他们似乎在一个神秘信号的召唤下苏醒了。不，开始新一回梦游。满街红衣人无不青春年少，雨后春笋一般从地底冒出来，虽然个个骨瘦如柴虚弱不堪，眼眸中却燃烧着烤肉般的火苗，猞猁一样张牙舞爪，疯笑着追逐行人。

一队红衣人走来，剃了平头，戴着口罩，手举小斧头和大铁钉。"要梦游，不要催眠！要梦游，不要催眠！"他们齐声吼叫，"让你们找外星人！让你们找外星人！"红衣人挥动小斧头大铁钉，向路人击打过去，有人还拿出辣椒水，对准乘客喷射。他们把人们手中的《读书》抢走，当场撕碎。我便抱起龙角老师，逃向邻近车厢。

"历史即将终结！不靠外国人，不靠外星人！要创造人类的幸福，只能靠我们自己！坚守国土，绝不逃离！卖国贼可耻！"红衣人口吐新话，步伐一致，像头机械组合怪兽，膝盖不打弯，蹦跳着追来。

"梦游年代回来了……"龙角老师呢喃，身体缩成一团，仿佛蜕变为胎儿。

"龙角老师，你说什么呀。"

"我们的会员呢？在哪儿啊？年轻人，乞丐，啊，女婿，赶紧把他们找回来吧。"他用指头沾上口水，要往我手心写名单。

"他们是些叛徒，早逃了。龙角老师，咱们也走吧！"

红衣人看着面熟。原来，他们中不少人，正是听过龙角老师报告、参与了外星人着陆事件调查的大学生。他们穿的红衣是一种带拉链的连裤服，拙劣仿照宇航服式样，好像代表了那不能实现的飞天梦，胸前却印着一个大 C 字。这些人冲龙角老师嚷嚷："龙角，龙角，你骗了我们。哪有什么外星人！都是你编造出来的。末日要来了，这意味着新世界的诞生。老不死的，你究竟打的什么主意？要让我们长眠不醒吗？你太坏了，你太坏了！"

渐渐地，很多乘客像从地底冒出来，包括老人、妇女和儿童，围成同心圆，渔网般一环环兜上来，屈腿乱跳，抚掌痴笑，像是等着看我们被红衣人惩罚。我和龙角老师一筹莫展，就坐在地上。这时发现，狂欢的人群后面，升腾起潮湿的绿雾，车厢连接处，立起三米多高的怪异机器，形如透明卵石，铮亮外壳上布满阳物似的角状凸起，放电般抛射出不稳定的立体动画影像，把地铁空间映照得如同万花筒。我以为外星飞船驾到了，仔细一看是全息广告播映机，射出冰儿的形象。原来，冰儿要在 S 市十万人体育场举办个人演唱会，这是在做宣传。一群电子冰儿如同毫毛变成的猴子，在地铁车厢里乱走，壮美的歌声如同泥石流哗哗冲来，吓得围观的人群呼啸一声散去。

我和龙角老师才得以脱身。但耳边又响起奇怪而整齐划一的嚣声，好像群鸟在悲喜交加中鸣叫。是高音喇叭在播放"S 市，我爱你，就像老鼠爱上 C"的童声合唱。龙角老师脸上肌肉像泡沫一样沸腾，好似皮肤下面布满融化的胶皮线路。我不禁怀疑，龙角老师才是货真价实的外星人，只是他忘记了自己的身份。

地铁沿线都是红衣人，他们取代了灰衣人，气势汹汹盘查乘客。虎突老师和雁行老师走来，当场被截下。红衣人从他们衣袋中搜出《读书》，便扬起小斧头，把大铁钉打入两人脑门。头颅像古树一样裂开来，喷出红白的浓稠液体。然后红衣人从尸体上把钱物搜走。我看着竟有些兴奋。

次日凌晨，终于回到龙角老师家中。距离世界末日仅剩两天了。隐约看见，龙角太太昏睡在一堆垃圾中。阿娇不在。这让我失望。龙角老师把掩埋在灰尘里的飞碟研究资料找了出来。这些东西十分珍贵，是龙角老师多年搜集的，好几次外国人欲出重金收买，都被龙角老师拒绝了。他说，要捐献给未来的国家外星生命博物馆。

龙角老师拿起一本《读书》，它上面刊有关于外星人的文章。梦游年代结束后，是《读书》率先把飞碟概念介绍进我国的。龙角老师又来了精神，激动地对我说："年轻人，你瞧，那时候，不明飞行物成了最脍炙人口的话题，有关它的信息是人民的精神食粮。由于《读书》的示范，在全国形成了置换效应——大型官办企业缺乏活力，工农业生产效益不高，科技和教育投入难以到位，政府机构臃肿人浮于事，腐败消极现象蔓延，城乡差距和贫富差距拉大，说假话浮夸风盛行……便被转化成了如下话题：时间旅行佯谬与先进宇航理论，生物意念能发动机与不明飞行物轨迹，史前地球人类的去向，银河系文明的组织体系，月球背面的外星人基地，火星上的人脸和金字塔，金星上的古代城市……"

"《读书》现在不再刊登外星人的故事了。"我想到，K说了，一切是为了掩饰地窟的存在而造出的假象。龙角老师竟然还收藏禁书，这太危险了。

"我这一生最大的失误，是没能让我那不争气的女儿投身外星文明事业！年轻人，她的幸福今后就拜托你了！"龙角老师哽咽。

我累饿交困，不敢应承龙角老师的嘱托。我也不知道阿娇在哪里。她是否已靠自己的努力凑足了飞船资费呢？她没被红衣人抓住吧。我觉得她和我都很可怜。我一个成年男人，在大难临头时，无力为未婚妻提供保护，这也是没有办法的事情。

食物耗尽了。我只好和龙角老师又死死抱在一起，试图吸收对方身体的热量，来维持生命的活力。龙角太太忽然睁开眼，日暮中的猫头鹰一样，不以为然地瞅着我们。

室外传来更大喧闹，好似鼠群打架。我从龙角老师怀中挣出，凑到窗边，见到好多红衣人麇集在黑雾中，围着什么在喊叫。一个人被绑在电线杆上。酸雨把他全身浇透了。原来是剧作家。

红衣人冲剧作家吼："你写啊，你写啊！竟然写《末日》，要让大家都死吗？是在发泄对社会的不满吧。"

剧作家说："不是。我一辈子都没有写自己想写的东西，现在终于能写了。这种心情你们能体会吗？"

红衣人说："你这个两面人，民族的败类！"

剧作家说："我知道什么是真正的戏剧了。"

一名红衣人跳到半空中，狠狠打了剧作家一个嘴巴。剧作家口角流出血。众人狂笑。我看到，打人的人正是阿娇。这个转换既在意料之外也在情理之中。我百感交集，又觉得像在做梦。红衣人用煤炭在剧作家跟前点燃一堆火，焚烧了他写的剧本。剧作家流泪说："你们不可以这样，戏剧才能拯救世界呐。"阿娇又冲上前，用小斧头剁掉剧作家的十指。她满意地说："如你所愿，世界毁灭了。你救什么呢？这证明你什么也救不了。"

这时女人扭头朝我这边看来，与我的目光对着了。她指着我喊："在这里！"我吓得差点跪倒。随着阿娇一声口令，红衣人抛开剧作家冲过来。他们往上跳跃双脚，发情的野鸭一般凌空飞越。他们身佩小斧头大铁钉，叮咚作响，有人四肢挂了外骨骼，有人背负喷气推动装置。这些新梦游者很有纪律性，行动得跟一个人似的。"寄生虫，卖国贼！交出罪证，跟我们走！"在阿娇指挥下，他们边喊口号边砸车厢。龙角老师叹道："但愿外星人也能救他们。"但顾不上许多了，他带领我搬运飞碟研究资料，从车厢应急出口逃掉。"师母怎么办呢？"我看看仰躺在床上蹦脚直乐的龙角太太，她的样子就像含苞欲放的少女。龙角老师说："外星人会带她走的。"

我们抱着《读书》，穿过一条半垮塌的隧道，来到一处废弃站台，这儿有一个爬满蛇蝎的水塘，是早先的地铁配电站冷却池。龙角老师跳下去，摸到深处，揭开一块长满苔藓的铁闸，后面露出一个洞窟。这是龙角老师用了半年时间，背着人偷挖出来的。他像是早已预知了红衣人的来袭，为保护外星文明研究成果，建造了这间隐蔽所。龙角老师把《读书》送入窟内藏好。我心想，世界末日快到了，连生命都要完结，保存资料又有何用呢？但我什么话也不说。这时我看到，洞中有一些碎瓷片，正是当年梦游神的残骸，高高堆积成一个人像。

龙角老师钻进洞中，却没有叫上我。我说："只剩两天了……龙角老师？"龙角老师闭眼不答。我虽然失落，但仍然礼貌地跟未来的岳父做了告别。龙角老师用身体护住资料，蛇一样蜷缩，像是进入冬眠。我耳边又响起龙角老师说过的话："只要人人尽一份力，天就不会塌下来！"我想笑，但想到被斩掉十指的剧作家，便忍住了。无所谓了。

倒计时一天

十一、在逃跑中寻找答案

离开龙角老师后，我不再受组织约束，感觉好像轻松一些，却又更加沉重。我重新思考与阿娇的关系，心想如果认真起来，或许会有转机。毕竟我们都还没有死掉。但我无力执行龙角老师的指令，也缺乏信心去搞定那个女人。她不像她爹想的那么单纯。她最终没有搭乘 NASA 飞船，却摇身一变成了红衣人。这才是她内心的真实愿望吧。我望尘莫及。红衣人积聚起新的势力。他们横冲直撞，要做 C 市的新主人，哪怕仅剩两天了，也不甘心逃跑，要与城市共存亡。很难说这是天真还是妄想。但就这样吧。然而红衣人能够帮助阿娇实现梦想吗？我忧心如焚。但愿她不要受骗上当。

但我自己的困境更为严重。龙角老师、算命师、剧作家、素卵、乞丐不见了，阿娇、小蛐老师、K、冰儿、周孕花也找不到。世界上可以帮助我的人，关键时刻皆离开了。没有办法，我就又胡乱行走，结果不小心窜进了老鼠的队伍。只有它们不嫌弃我，亲人一样朝我打量。鼠群中有一只母鼠。从它光滑的褐色皮肤上，我仿佛看到了自己的母亲。我不知道这女人是谁。我对她没有任何可供回忆的情分。我搞不明白，那头雌兽为何把我生育在了这样一个宇宙中。这倒也罢了，但她凭什么要把我生育在地球而不是另一个星球呢？为什么没有让我做外星人呢？退一万步讲，她为什么没有把我生育在 M 国呢？那样的话，我也许就不会有现在这么多苦难了。母亲的行为是由哪条轨道决定的呢？我在心里喊："妈妈，妈妈，多么羞愧！谁让你这么做的？你也没有办法是吗？"但我就算此刻自杀了，那女人也不可能知道，一滴眼泪也不会为我掉。我想，母亲要是老鼠倒还好了。

我走来走去，无意中又睡着了，直到"S市，我爱你，就像老鼠爱上C"的声音把我吵醒。我才发现，世界末日还有一天就要到了。这便是出路所在吧。人类存在了几百万年，到了我这儿，终于等来了，应该庆贺才是。但是，仍然提不起太大情绪。另外，为什么大家都不想我死呢？

地下世界全是火光，把围岩间飘零的酸雨烤成一股股丧带般的灰烟，夹杂着烧焦的人体臭味。幸好我还穿着造访C公司时获得的防火衣，但这其实正是我的不幸。别人死了，我还活着。

在一处站台，红衣人把我截下。逮住了理想猎物，他们欢呼："终于找到你了！你这死乞丐，跟我们一起玩吧！"我猝不及防，无法反抗。打头的女孩是阿娇。她指着我的鼻子说："哈哈，找的就是你呀！"她揪住我的头发，逼迫我跪下。"跟我唱！"她眉飞色舞，摇摆屁股，高潮一般，唱道："我有罪，我该死，把我砸烂砸碎……"

我不想唱这怪异陌生的歌谣，这也不是冰儿的流行曲调。但我乞望获得阿娇的谅解，便问："为什么呢？"

阿娇使劲抽我一个嘴巴："你忘了？上次要你操我，三十块，你不干，还跑了！"她把我身上的三百块钱搜了出来。

我心疼地说："不是世界末日吗？你们要干什么啊。"

"乞丐有这么多钱呀！"众人笑了一阵，又沉下脸。阿娇说："其实，跟钱没关系，而是信心问题。"她翻动一本缴获来的《读书》，用力把它甩在我的脸上。

我忍住痛，点头称是。她又说："然后，你就可以想想，你是个什么人了。"

我想了想，想不出来。我真的是乞丐吗？我就惭愧地跪下，唱道："我有罪，我该死，把我砸烂砸碎……"

我真心实意唱，为自己没有能力帮阿娇买到 NASA 船票而赔罪，为无法让她平安度过世界末日而自责，为不能完成龙角老师的嘱托而愧疚。阿娇很不容易。无论她做什么，无论她怎样对我，我都应该体谅。但阿娇未必知会我的心情，她沉浸在暴烈的狂想之中，就好像新世界将要由她来创造。这让我难过。红衣人挥动小斧头大铁钉，作机器人舞蹈状。他们中有好几名是我认识的 UFO 研究会会员。我不禁咯咯笑了。这时小斧头和大铁钉碰到了我的脑门。

忽然，K 出现了。她换了一身蓝色制服，打扮得像一个航空乘务员，仿佛这才是她的本来身份。只是衣服破旧了，女人身体的一些部位抖露出来，像毒蕈招摇。我隐约觉得这副模样，我之前在哪儿见过。我不禁着迷地瞅着 K。这让阿娇不悦。

K 不知从哪儿弄来一支手枪，朝红衣人头顶上方开了两枪。这群人吓得散去，小斧头大铁钉弃了一地。阿娇跑走时，难以置信地回头看了我一眼，一些钱从她身上掉落，我赶紧跑过去捡起。

K 仿佛心疼地拉住我，说："太危险了，你这样乱跑。"

"没什么，请别为我担心。"我迷惑而丧气地想，紧要关头，我又被人救了。

"我只是不想看那女人对你这样。"她抖抖身子，好像在炫耀自己的新羽毛。

"到头来，还是你救我哟。"我心有余悸地说，心忖幸好子弹没有伤着阿娇。

"当然了。事实教育了你吧？傻子，不要再空想外星人了。"

"哦，你都有手枪了……"我觉得她说话有些像阿娇，但她的意思显然不同。另外我一直以为，在这个国家，枪支是受管制的，普通人不可能拥有。红衣人的武器也不过是小斧头大铁钉。

"从一位自杀的朋友身上取来的。他之前在要害部门工作。"她解释。

"你终于决定自杀了吗？"

"肯定的。我不会等到世界末日，跟大家一起死。但先要找到我要的答案。"

"答案是什么呢？一定要找到吗？"我想到过去几天的经历，觉得很灰心。

"你想一想，就会感到奇怪。算命术，测谎术，催眠术，还有不明飞行物，这些早被 M 国人玩腻丢弃的老古董，于世界末日前夕，在我国的城市流行，太刻意太虚饰了，岂不跟尼采哲学一样矫情吗？分明是用来掩饰什么的。一定有人在幕后操纵，释放虚假信息，打出烟幕弹，目的是不让我们接近真相。"

"你说得有些道理。但那是什么人在操纵呢？"我想，难道是 C 公司吗？

"不仅天空是假的，S 市的存在，也要打个问号。这只怕就是一个幻境。"

我想了一想，觉得她说的也没错吧。提到 S 市，之前我也发现，它就像是 M 国电影的片断。这比《读书》描述的更为真实。迈克尔·温特伯导演的《代码四十六》，把 S 市拍得像一座孤岛。奥林匹斯山、西西弗斯塔、凌空高架桥以及简陋小巷，使得未来的 S 市看上去与今天相比并无明显差别。主人公前往 S 市执行特殊使命，一开始便行进在没有植物的沙漠地带，而市容也时时隐现于滚滚沙尘中。这个苍白枯焦的 S 市，正如同《星球大战》中人类反叛者建立在外星上的沙漠城池，而影片的主题其实是记忆删除。最后，男女主人公决定离开 S 市，逃亡到新国度去寻找爱情和自由。在尼尔·斯蒂芬森的《钻石年代》中，也出现了二十二世纪的 S 市，那时作为"汉部落"聚居区的 S 市是一个叫新维多利亚社会的飞地。有一个名叫哈克沃思的科学家，受命为新维多利亚的统治者编写一本人工智能入门手册，用来培养上层社会的孩子，但这个叛逆者却决定把书籍走私到 S 市，用来教育自己的女儿。S 市有一个黑客，利用体内的纳米寄生物携带的信息，复制了此书。人们通过交换体液来体验阅读它的兴奋。最后，知道了真相的人们决定逃离 S 市，渡海去一个叫作新亚特兰蒂斯的地方，开创新生活……嗯，说不定这一切已经实际发生过了，这才是 S 市的真相吧。它是从 M 国的电影片段幻化而成的，只是生活在其中的人不记得了。但记住了又能怎样呢？记得住不重要，看到的才重要。

"我们好像把幻境当成真实的了。"我颇有同感道。

"只要用一种现成的技术，提高信息在时间方向上的流速，就可以不仅把物质跟物质连接起来，而且还把真实跟虚幻连接起来。于是分不清它们的界限。"女人像在深入浅出作出解释。

"这样做，有什么用呢？"

"幻境可以纾解痛苦吧。"

这倒也是，如同逃离和重复，痛苦也是这里的主题。不知怎么的，我感到害怕。但我意外地嘴硬起来："就算是人工造出的幻境吧，痛苦或不痛苦，难道就应该轻易逃走或死去吗？不管是谁设计出来的，这地铁世界不正是我们此时此刻的家园吗？这儿不是有我们的女人吗？作为乘客，不应该为保卫假相而奋斗吗？为保卫假相而奋斗的，要成为英雄哟！"一时间我仿佛阿娇附体，说出了我本人也难明其意的大话。但有可能只是当着 K 刻意这样说吧。说了我就后悔了。

她果然有些被激怒，但过了片刻，便觉察了我的虚伪和无聊，轻蔑地哼了一声。我用眼角余光看到，女人的破衣烂衫之间，隐约露出一小截白色内裤，那儿似乎衬着一条透红的月经带。我顿时蔫了。只听她说："英雄什么的，说起来可笑。号召我们做英雄的人，自己先逃掉了。那些穿红衣服的年轻人，不过是牺牲品。你是谁呢？在这个国家，你不可能知道自己是谁。所以，也不配谈论痛苦。像你，一边说死，一边还想着找女人，这算英雄啊？就算死了，难道你就不会再活一遍吗？这比保卫幻境什么的，要容易得多吧。"K 用绞索似的目光把我上下拧紧，点燃一根香烟卷入舌头，深吸一口。我无语低下头。

她又说："W，你也想过那个好多人想过的问题，对吧？也就是'我是什么'。我小时候躺在床上看天花板，想到屋脊，想到邻居，想到大街，想到城市，想到世界，想到地球、月球、火星，还有太阳系外所有的天体、星系和宇宙，于是想到这一切为什么存在，人为什么活着。我就去问别人。他们说我是疯子。大家对这个不感兴趣。没有办法，人们好像是被挑选好的，到这儿来摆个样子。这被叫作'活着'。但那些个奇怪而古老的问题仍未得到解答：我为什么是我？我为什么不是我的兄弟姐妹？我为什么不是从床下爬过的那只老鼠？我是一个血肉之躯，这是父母给予的，但我又有自我意识，难道这也是父母给予的吗？这个你一定也思考过吧，所以我们两个才能凑在一起。我为什么不能感受别人的感受？我为什么不能思想别人的思想？宇宙那么大那么久，我为什么恰恰活在此时此地？用'偶然'回答得了吗？我为什么不能体会我前世的经验？我为什么不能以平行宇宙中的那个我的眼睛去观察世界？

总之，我为什么是我？尽管到了地下，仍然受困于早先地面的问题。记得也好，看到也好，拍出来也好，演出来也好，没弄明白这个，自杀了也不知道杀掉的是谁。所以，就造成了自杀的极大困难。这才要独立自主去查找真相呀，而不再依赖书本，也不能简单归结于幻境。这就是我至今没有死成的真正原因。足见死是天下最大的不易。我早跟你说过，世界末日就是别扭。没有比这更别扭的了。可是，W，你却来为难我。"

我被女人彻底打回了原形。我大致听明白了她说的，却又愈加迷惑，于是很颓丧。我想声辩，我从来没有想过要做英雄。但现在说什么也没用。我清楚我与K之间有很大落差，与她共有的一些特质也无法弥补。我想告诉她，其实就是轨道的问题，受"无常律"支配。这样或许能挽回一些面子。但是既然K不相信算命，那么也不便泄露天机。我只好委屈地小声道："唉，我怎么可能为难你哟，只有你为难我。但又有什么办法呢？"

说到这里，我们话不投机了。我觉得不应该这样，但也不知道应该怎样，便说："谢谢你救了我。你说得都很对。但有的事情，也许只有无主游荡鬼才知道吧。现在，我们去哪儿呢？"

她明白对我说什么也没用，便闭上嘴，带我前行。这是唯一没抛弃我的人。我看着她母鲸似的饱满背影及幼豹般的高耸头颅，觉得像有疾风暴雨即将来临。

我们换乘地铁，由四号线倒十号线，在一个站台下车。这里隧道两侧堆砌着铁皮车厢搭成的高楼，参差如假山，雨雾中看不到顶。崎岖而垂直的墙上有许多蚂蚁在爬。不，不是蚂蚁，是人。这儿跟奥林匹斯山又不同。

K拉我加入爬墙大军。人们好像要竭力爬出地窟。抓紧最后的宝贵一天啊。不，大概只剩半天了，或者几小时。我对最后那一刻怀有厌倦的好奇。

"是有组织的行动吗？"我心猿意马问，愈发怀疑 K 是我上世的故人。

"自发的。地窟再不能待了。没有任何组织可依靠，只能凭一己之力。"

"是在逃跑吗？"

"是逃跑，也是寻找真相。许多人是前空中礼花俱乐部的成员。"K 的脸庞在光影中变幻出微妙的细节。

"所以这并不可耻。"

"喂，你快加入吧。要想自杀成功，这是唯一办法。"

"呃，我是想自杀的……还有一天半天来做这事。"我感激地冲她点点头。

这里有一条上行轨道，它阴沉冗长的身躯形成奈何桥一样的形状。一架恐龙般的黑色缆车骑在上面，浑身滴淌脏水和脓血，怪叫着从窟底嘎嘎升起。人群朝它汹涌而去，很快发生踩踏。人体坠下，摔成肉泥。尽管这样，谁也不退。

K 嘘了一声："算了，不乘缆车了。还是自己爬吧。"

我羞愧地说："不，不。我从来没有做过这种事。我不是攀岩手。"我又瞟了一眼 K 穿的制服，那像是用锈迹斑斑的地铁车皮做成的迷彩伪装，衬出她的飒爽英姿。我恨不能剥下自己身上的防火衣。

"你怎么换了这身衣服？"我问，心想还没有带她逛商场呢。

"不是说了嘛，是在逃跑，同时也是去查找真相。真相不明，死不透的。"

"的确，那样的话，世界末日不就白白发生了嘛。但真相到底是什么呢？"

"待会就能知道……所以，一定要学会做攀岩手。我们体内有这种基因，是祖辈遗传下来的。据说我们原本是生活在树上的动物。后来树成了记忆。没想到钻进了地底。也许先辈早料到了这一天。如果连缆车也没有了，那就只能爬，一直爬到天空中。答案一定是在地窟的上方，在那片投影之外。不做这最后的努力，便真要摔成肉酱了。"

我思量，在这一点上，她与阿娇有所不同。但摔不摔成肉酱，又有什么区别呢？我叹口气，脚下一滑，往深渊坠去。女人伸手一把勾住我。

"我不行了。"我悬在半空，身边有许多人体在流星般陨落。我吃惊地看着下面蚕豆一样变小的城市，觉得无比神奇而遥不可及。我哀求："请松手吧。我想提前进入世界末日。"

但 K 坚持不放。她说："你可不能死呀。只能不停往上爬。万一我此次没有成功，你就要接替我，继续寻找真相。不达目的绝不罢休。"

"不，我做不到。"我哀怨道，"我能做什么呢？我连死都难以做到。"

"说什么呢？我不高兴了。"

"你曾经说，不带我去的。"

"是吗？我说了那样的话吗？就算说过，现在我改主意了。"

"不是说，死了还能再活一遍吗？你又何必担心。等下一世不好吗？"

K 不再说话，抽水一样把我慢慢提上来。我又一次被女人救了。我不知道是否应该就此臣服于她。我为终于又有了去死的机会而没有抓住，感到遗憾。但这由不得我。K挽回我生命的动机和行为，就像在保护难产时胎死腹中的婴儿。

"这真的是通往地窟外的轨道吗？"我不太情愿地问K，瞄了瞄蜗牛般上升的缆车，又盯住她别在腰上的手枪。除了NASA、外星人和C公司的安排，竟然还另有一条轨道，它或许可以穿越投影出来的天空。但我清楚自己并没有探寻真相的勇气。过去几天的经历已经足以证明。

"其实轨道到处都有，只是平时视而不见或不敢去试。对从前那条路径早已厌倦，却仍然习惯性走下去，不愿找一条新的，这才是S市毁灭的真实原因吧。都井蛙般心甘情愿待在地底，除了等死，什么也不做，看不到那个更大的世界。但话又说回来，前途即末途，生路即死路。反之亦然，向死，才有生。你学过《矛盾论》吧。"K像一个熟透的女人似的说。我记得，素卵也讲到了辩证法，C公司不是宣称在修一条新轨道吗？然而它的方向并不是通往天空。我担心素卵与K之间会不会有什么关系。

女人让我拽住她的两条大腿往上爬。她的肌肉深处像有许多蛆虫拧成一股股的绳索在攒动，她双股间滑出来的红色月经带淋漓尽致挟裹着一种她所鄙视的英雄气概。

就这样，为了去死，终于开逃，本质上却不是逃，而是去觅找某个莫名的魇住所有人的所谓真相。这很滑稽，却是K在世界末日前带给我的特别礼物，比防火衣珍贵。它好像使得死亡具有了一些妖娆的色彩，也显出了近似好玩的惊悚意象。

没有办法，我只好拉住女人爬过一层又一层车厢，它们翻卷的锋利外壳把我们的体液刮了出来，鲜丽而黏稠地涂在轨道上。有的车厢上挂着生锈的站台指示牌，被缠满贝壳的苍藤覆盖，显得年代久远。可以看见"虹桥"的字样。许多破碎的液晶屏幕在飘浮，上面继续播映世界末日预告片，像攒动在阴河之上的层叠冰块。冰儿仍在引吭高歌。红衣人一群群立于峭壁，张开钢丝大网，把爬上来的人当头捕住，裹在一起，直接扔下。

K带我穿过一道宽阔而喧嚣的赤色瀑布，它从锈蚀的巨型钢梁上方浇落下来，好似花果山水帘洞。哦，这就是虹桥吗？终于来到楼顶，有一处平台，堆满垃圾和人骨。酸雨停息了，但并没有见到太阳。这里又呈现了像是天空的块状物，是黑红色的，仿佛由喷雾器喷成，薄膜般不停悸动，稍微喘口气就要破裂似的，把藏在后面的死婴吐出来。有一个斑状物在天幕后面游移，像变形的天蝎座。这跟奥林匹斯山上的天象又不尽相同。我从来不知道S市还有这样一个去处。

"终于来到了传说中的真实天空下面吗？这样就能走出幻境吗？"我再也爬不动。我观察这令人栗惧的瑰丽景象，难以置信。这世界我以前是否来过？

仿佛故地重游，K开启她那迷人的嘴唇，贪婪地扇动精致的鼻翼，神驹一样响亮而快速地呼吸。"噢，不是已经说了吗，只是为了查找真相。逃跑，不过是权宜之计。已经抵达幻境边缘。一旦找到答案，就可以自杀了。"她再次强调或声明。

"但是，看大家的样子，是拼了命要活下去啊。为了活下去，连死都不怕。"

"对。为了去死，先要幸存。这是最难的，一般人做不到。他们被生打败了。所以一死了之并不必然意味软弱。"

"唔……究竟什么是死呢？"我每天都在惦记死，却不知道什么是死。

"《读书》上写了啊。你这么高学历，不会自己看呀！"K用启罐刀似的目光狠狠捅了我一下。

才发现地上满是遗弃的《读书》，全碎了。我随便捡了一纸残页，见上面正好写到"死"：关于死，是说心跳停止，还是脑死亡呢？有不同标准。这里只说 M 国标准：至少有两种死——生理上的死，以及非生理的死或从属于所有生灵方式的死。这可不是说在死亡线上挣扎了几千年就必然有资格理解。死不死，对于我国人民来说，无所谓。人口太多了。能活下去，占点小便宜，就知足了，为什么还想死呢？死不由个人决定。末日来不来也无妨……但与时俱进，也要现代起来——哦，还是科普一下吧，根据最新的钦定版《国防学原理》，从战争数理逻辑上看，倘若把生命视为精确制导武器那样的一种自动装置，那么死亡就是弹头程序中的一个计算代码。按照指令组合运算，便形成"人生"，亦即电流涌动下的实境战场，不停地一开一关、一关一开。所谓"命运"，无非是在概率论基础上，浑身散发着电磁味儿和血腥味儿，随机产生的数字拼图。世界末日也就是代码缺失，相当于核弹头炸出来的大坑。要把它填平，搞得像什么也没有发生，超出了 I 型文明生物的计算能力，因此就只好编假话了……

我读了一遍，想努力把它记住。这跟轨道有什么关系？我便像学生面对启蒙老师一样，把祈盼的目光投向 K，希望她解释一下。只见女人的嘴唇又扫描仪一样动起来：

"傻子，没学过计量经济学，不懂吧。"

"感到脑子像是跑了马拉松一样累啊。"

"末日之际，首先毁灭的，便是大脑。"

"毁灭什么都好，但为什么是大脑呢？"

"轨道束缚了思维，神经系统萎缩了。"

"幻境什么的，就是这样滋生并蔓延开来的吗？"

"只是雪上加霜。总之，你醒醒吧。你以前做的，无非叶公好龙。我对你如此关照，可不能辜负啊。"浸没在黑光中的女孩老大不满地说，似乎表示：白救你了。

这话说得我有些心颤。但无所谓了，也来不及多想。没死成的人都爬了上来，排成长队，一个接一个把双手搭在前面人的肩上，踩着垃圾和骨头，一边舞一边走，并试图把身上的污血甩掉。像 K 一样，他们也穿着破烂航空制服，上面覆盖着中生代动物的化石暗光。

"这是要去哪里呢？"

"能够走出幻境的，只剩下一种交通工具了。"

"NASA 飞船，还是外星飞碟？"

"都不是。"

"究竟是什么呢？"

"……飞机！"

飞机？在这个世界，我没有见过飞机，我只知道轮式交通工具。但 K 说的唤醒了我的记忆。她的装束也作了提示。飞机应该是存在的。在飞船与地铁之间，还有一条中间道路。这果然难得。我魂飞魄散看着 K，这一瞬间，不禁想起传说中第一位驾机飞越大西洋的白种女人爱米莉娅·埃尔哈特。她尝试首次环球飞行，在越过太平洋时神秘失踪了，像是融化在了另一时空中，或许那才是她真正的归宿吧。

不愧是前空中礼花俱乐部的成员啊！我在心中暗暗为 K 祈祷，也为她捏一把汗。舞蹈者紧随 K 跳动不止，好像被她巫术般的力量吸附。我有些不悦，但也不能做什么。然后 K 引领众人昆虫一样簇拥着，往前行进。我终于大着胆，拉住 K 的手，像是生怕自己在有生之年走失。这样才能让女人欢喜一些吧。何必惹她不高兴呢。

　　眼前出现了棋盘状的荒凉地表，上面有残缺的英文符号和阿拉伯数字。一条银色带翅长物趴在地上，如同史前怪兽。我百感交集，又看一眼 K。她额上光焰烧灼，大步向前，如早有预谋，又流露出一种大无畏。我担心她究竟知不知道自己在做什么。

　　"瞧，这就是飞机，你见过吗？地窟世界里，唯一保存下来的一架。只有它能把人载离内层空间，去到外部世界。最后的机会终于被我们抓住了。"K 意气风发说。

　　"这飞机是哪个国家制造的？"我看看机身上涂的 C 字，怀着疑心问。

　　"这不重要。重要的是，它将把我们带向答案。"K 用眼光抽了我一下。

　　"这样就可以去死了？"

　　"还是惦记着这事呀。"

　　"不，我不去。"我预感到危险，停下脚步，哆嗦着对 K 小声说。但已经晚了。我发现自己拉着的，是一把凉透的骨头。我想到了无主游荡鬼。这是进入了更深的幻境吗？

　　人群一下炸了，队伍散开来，狂呼着冲上停机坪，很多人被踩倒。飞机里跳出两名女乘务员，大喊要查验机票。K 掏枪把她们打死。我垂下头不看。

　　K 钻进机舱。她和我的手脱钩了。我一下掉入虚无，唤了两声，没有回应。我任由自己被裂爆的人流推着前行。我看到有乘客把机长尸体上的制服剥下来，给自己穿上。

　　有人喊："最后时刻到了。这回能走掉了……"

　　扩音器中传来 K 的声音："请系好安全带，我们即将起飞……"

其他的都是妄想，只有飞机在场。对此我感到疲惫。但也就这样了。要飞向何方呢？别无选择。我本已看到了世界末日的车前灯，却好像离它渐行渐远了。亦不知此生是否还有机会死掉。我找了一个座位坐好。不少人没有位子，只得站着，像搭乘地铁那样，双手抓扶行李架。无所谓吧……被称作飞机的物体移动了，辗过跑道上的重重尸体，颠簸着扶摇直上……瞬间，来到了神话般的所在，却仍如地窟一般黑暗。如何能够确定，这回不再是投影出来的呢？……乘客们皆屏息看窗外，有进入天国之感，滋生了近似神性的体验。一缕凉水似的东西悄无声息逸出我的身体，仿佛引领我回到我曾经活过的世界，生命的片断又在翻滚……电视屏幕上的数据显示，舱外气温零下八十摄氏度，并不适合灵魂生存……在梦游吗？或许，一直是梦游，从来没有离开过吧……我又想起剧作家……我现在是观众，还是旅客呢？……飞机在浓稠的夜色中疾行……

不知过了多久。舷窗外有了亮光，像是岔路口的红绿信号灯，映照出纵横交错的轨道网，无依无托层层叠叠架在空中……

忽然，噼噼啪啪，有旅客的尸体从座椅上掉落下来。活着的人将之大卸八块，制作成排骨汤……

响起了啼哭声。客舱中有婴儿出生……

我咯咯笑着，赶紧逃进卫生间躲藏……

不知过了多久——说是千年也有人相信——有乘客喊："看外面啊！"

响起了 K 的声音："请系好安全带……"

我坐在便器上，浑身湿透，抱头默念："噢，终于可以死了……"

……

国
情
相
对
论

倒计时七天

一、排泄重要

不知过了多久。

像从一个做了千年的长梦中醒来，我睁开眼，发现自己躺在地上。四周很多人乱跑，隧道中火光熊熊，岩壁烤得赤红透亮，像一口锅炉。K，你在哪里？我在心里喊了一声。不见她人。我待在地窟中。这是怎么回事？一切安静下来。乘客没有了。飞机消失了。好像从一个梦中坠入另一个梦中。但我分明很久没有做梦了。不，应该从未做过梦。实际上，我连自己会不会做梦都不知道。或许是再度失忆？在梦中失忆也很正常……肚子疼起来。我爬到一块石头边，拉了一泡屎，才不那么紧张了。无所谓吧。我咯咯笑了。

我看到不远处有绿色磷光闪耀，就走过去。我又来到了算命师的车厢。一公一母两只老鼠抱在一起，"哎嗨"大叫正在交配。这才让我脑筋里抽了一下，隐约回忆起什么。算命师没有被灰衣人或红衣人抓走，他坐在亮铮铮的算命机旁，背靠那些笨拙怪异的画作，饶有兴致打量着我，就像在等我赴约。

"似乎，又一次没有死成。"他挤眉弄眼对我说。

"这很正常。大家都这样。"我打肿脸装胖子说。

"就知道，我们还会见面。"

"你说，要怎样才能死呢？"

"不是算过了吗？等到世界末日那一天呀。"

"还剩一天了。"

"还有七天呢。"

"不、不对吧……"

"是的，没错。"

老头儿按下算命机按钮。液晶显示屏上跳出的数字显示，果真还有七天。我难过得说不出话。但也就这样吧。

"朋友，你还欠我钱呢。"算命师涎着脸说。

我想了想，掏出十块钱给他。我又记起来了，这是未婚妻阿娇被 K 用枪赶走时，我从她身上掉下的钱中捡的。上次算命师给我算命，分明是七天以前，算出的结果是，世界末日七天后将要到来。但七天过去了，仍然还有七天。所以这事太别扭了。会不会我经历了一次时间旅行？可是，还是死不了。

"还有。"算命师掂了掂手中的钱。

我又记起，他还卖了我一本《读书》，只好再掏出五块给他。"对不起，书被灰衣人抢走了。"

他说："没事，再给你新的。学会玩玩了？"

我难为情道："没有。"

"那你都干什么了？"

他这么一说，我就快哭了，但实际上又要笑。我说："七天里，发生了许多事。"这时，消失的记忆又回来了一些。

"你怎么还在说七天？做梦了吧。"

"是不是梦，不知道。我很久没做梦了。"

"既然如此，朋友，你都看到了什么呢？"

"出事了。好像到了一个转折点。城市中发生暴乱。红衣人来了。似乎世界末日提前来临。人们都在逃命，也有去寻找答案的。仿佛不是现实中的事情，大家都是戏中角色。有一个剧作家在写戏，叫《末日》，但他的手指被红衣人砍断了，就没办法再写了。还有很多事情很奇怪，我正在努力回忆。哦，我加入了UFO研究会，要去找外星人。我见到了市长，还有 C 公司总裁，他们在修新的地铁轨道……"

还有 K。我和她，最后一刻共乘一架飞机。但现在我却独自回到地窟。就这样了。

我问算命师："究竟什么是世界末日的真相呢？八十一个末日，对应八十一个世界吗？或者如你所说，真的是梦？是一个梦中梦？越来越搞不清楚了。或者，我其实已经死过了？我现在遇到的事情，就像是死人的经历……你告诉我答案吧，我没有办法代那女人去查找真相。"

"代什么代？你四肢健全，又非乞丐。死什么死？怎么死？听你口气，找到女朋友了？跟她上床玩了吧？"算命师吹了一声口哨。

"我被指定了一位未婚妻……"我不知道算命师说的是 K，还是阿娇。她们的影子在我脑海里重叠。我又记起其他女人：小蛐老师、周孕花、冰儿以及……龙角太太。她们仿若我前世生命中的过客。另外，我到底是不是乞丐呢？

"朋友，还要再算吗？"算命师狡黠地盯住我死人一样的脸庞。

"多少钱？"我的呼吸变得急促。无所谓了。

"别紧张。因为是续上次之约，所以只收一半：五块。"

"但刚才给你的那十五块钱，难道不应该都包含了吗？"

"不包含。因为时辰不同了嘛。"

"不是仍然还有七天吗？"

"时间的流速不一样了。"

"可是，那也太贵了吧。"

"你有诚意吗？都世界末日了，还斤斤计较？"

"我一个快死或死掉的人，什么时候计较了？"

"好，那再算一算吧。不就是为了女人吗？算命比起测谎和催眠，性价比高多了。但这回不为世界算命了，不算全体人类的末日了。别人怎么死，与你何干？怎么也得自私一些吧。说到生物个体，才是宇宙精华。无论多大的历史，也是由单独一个个人的轨道运动造成的。世界末日这种难得一遇的机会，需要每个人积极参与。朋友，就来算一算你具体怎么死的吧。"说着，算命师伸出手，要我交钱。

我觉得这才可能是我想要的答案。但自打从娘胎出来，还没有人直截了当问过我"算一算你具体是怎么死的"。虽然很想知道是怎么回事，听着却不习惯。我也舍不得再出钱。"不，我不算。"我打起退堂鼓，双手捂住口袋。关键时刻，我放弃了获得真相的努力。我感到愧对 K。

"叶公好龙的家伙。这一代人都是这样吗？"算命师做出失望的样子，噘起嘴，把手收回。

我心虚地辩解："不，怎能这么说呢？跟这一代人有什么关系……我不属于他们。我只代表自己。"

老头儿像是洞悉一切地笑道:"你能代表自己?别开玩笑了。你们这伙年轻人,胆子小,缺少爱,自己毁自己。"

我才意识到,其实无法知道,我对阿娇、K、小蛐老师和冰儿,乃至对周孕花和龙角太大的感觉,能否叫作爱——在世界末日之际,那好像只是一种用来把生米做成熟饭的添加剂。在前一个周期里,我没有来得及消耗它。

"唉,怎么说呢?我不知道她到底是不是我的女朋友……"我又像是掉回梦中。漆黑的天空,斑斓的轨道,丑陋的乘客……一天变作七天,再度回到起点,重复旧时生命。要坚持走到世界末日,太难了。也就这样吧。

算命师没有解释究竟发生了什么,为何一天会重新变作七天。他只是把轨道第二定律告诉了我。那便是"随便律"。既然死亡反正要来,轨道的走向也左右不了,那就随便好了。明明看到轨道一段一段不停缩短,但每到一站,还是要庆祝狂欢。不走到轨道中断那一刻,不去想死。活着时,死还没有到来,死去后,人已经不在了,也就是说,无论对于生者还是死者,死都与他无关。还担心什么呢?天塌下来,有列车顶着,大家坐在座椅上自慰,也算是一厢情愿了。所以,从现象上看,出现了总也死不掉的奇观。

算命师说:"这也是进化论的一种表达吧。根据我的朋友国防大学李水宽博士所著《美的历程》,若要享受生的快乐,就要对真相视而不见。尽量长久地隐瞒坏消息,至多以一种伪装的形式将其传达出来。要善找借口,编造谎言。把精力用在寻欢作乐上。其他的,随便怎样。哪怕洪水滔天呢。学会把痛苦迅速从记忆中清零。七天后统统忘记。即便知道明天要死,也摆出不在乎的样子。坐在尸体边上也要喝酒吃肉。这趟车上，广告宣传多好啊，沿线的小区商圈什么的，都愿意上车，却不管轨道修到哪里，是否跟许诺的一致。无所谓。即便列车开错方向，甚至经过站台不停，也没有关系。乘客两眼一抹黑，装作什么也不知道，就可以了。就算轨道忽然断掉，列车要坠下深渊，也不必大惊小怪，继续吃喝玩乐好了。这便是八旬老人还要嫖妓的道理。冒险率先跳车的，或者冲进驾驶室去纠正行进方向的，都是笨蛋。找到真相有屁用啊。让它藏得严严实实的才好呢。看那末日来了，也不要有怨言。男女之爱，也是这样。片刻欢娱足矣，管它什么后果。对此，李博士作出了明确阐释：爱，是因为不去想明天会死，才随随便便放任去做啊。至于不小心弄出孩子什么的，让他们一出生就死，那也只能怪投错胎了。于是不停生啊生，这趟车早已人满为患。人口一多，神经系统就麻木了，痛苦的耐受力就增强了。然后循环不已。这里面，女人起到了关键作用。像老鼠一样，母亲会产生性交幻觉，以为孩子就是她生命的延续。于是不停生啊生。轨道只会越走越短，说不定下一刻就到头了。女人在未来面前是瞎子，比男人要瞎三到五倍。但这样岂不更好？"

"是的，你说得对，正是因为这样，人类才生生不息繁衍下来，并且奔向未来了。"我又想到我那不知身在何处的妈妈。原来，我不过是她幻觉的产物。她生下了我，让我七天后去死。但我不太同意算命师关于女人的看法。龙角太太也就生了阿娇一个孩子吧。其余人也还没有生育。

"未来？那只是观察时间的视角不同罢了。末日来到时，未来与过去就在不知不觉中重合了。"

"重复的机关开动了。"我想到K说过的一些话。

"所以，既然环境是如此的恶劣和诡异，大家能够存在到今天，最要紧的一条法则，就是闭上眼睛，管那轨道把你带向何方。远离真相，只靠想象。于是，活下去，无非是个信念问题。你信，你就活。”

“但是，你预测世界末日，不就是在告诉人们真相吗？你给大家讲：前面已经没有轨道了，不要再走下去了！因此，当下这些混乱，其实是你一手制造的吗？你究竟是何人？”我顽抗着，像要在死前指出算命师的矛盾和悖论。

“这好玩了，却残酷了。”算命师没有回答我的问题，只像个恶作剧的捣蛋鬼一样嬉皮笑脸，做出一副不知老之将至死到临头的表情。

“你到底看到了什么？”

“我看到的，不是真相，而是拟像——有一天，脑沟中咔嚓一响，顿然裂开。就像作家写出奇文，就像乐师奏出神曲，就像悟者开了天眼——我看见了宇宙之门。”

“宇宙之门？”

“就是一种山寨进口马桶般的玩意儿。”

算命师的那副嘴脸，就像一个耍小聪明的乡村教师。

“门后面是什么呢？”我拼命想象一种无法想象的东西。

“还是马桶啊。”

“啊！”

“死不重要，排泄重要。”

“原来如此！”我眼前出现了一个巨型马桶，它上面插满油亮亮的电缆线和开关，控制着数不清的世界。地铁轨道就是它的进水管和排泄管，一头扎入其中。列车开到尽头，就掉下去了，在嘹亮的泼泼声中，溅起一片污水。集群的乘客倾泻而入，在恶臭的马桶底部搅拌来搅拌去，完成他们的最后一次新陈代谢。K

一心查找的答案就在这儿吗？我们坐的那架飞机，不过是飞进了一个马桶吗？

"一想到马桶，就豁然开朗了。"算命师清脆地拍拍自己的脑门，又吹了一声口哨，"那可是真正的递归循环，宇宙中谜一样的风景。如果说有什么东西既是因又是果，那就探头到马桶里去找答案吧。"

一旦把自己想象成一坨屎，面对世界末日，就不那么纠结了。我想着那些通过列车上的蹲坑厕所直接掉落在轨道上的大便，又问："所以，到底什么是世界末日呢？"

"李水宽博士倒是说过，那也就是社会变革的替代物。没办法改造社会时，就祭出末日吧。很容易很轻松，成本也低得多。"

"就可以玩玩了……好吧。那么，请再算一算，世界末日过后，会有幸存者吗？"

"世界末日并不意味什么都完了，这就跟宇宙一样，是循环产生的。朋友，马桶是新陈代谢的终点，却储有生命的原汤，丰度极高，营养充沛，一抽一排，形成完美的回路控制，进化还将在那儿继续。关于什么物种会成为人类之后的世界统治者，这是一个搅拌学意义上的概率论问题，可以列举多种算法和选择：海豚，机器，章鱼，蘑菇，食蚁兽，蚂蚁，雕塑，猩猩，流行歌曲，乌鸦，蟑螂……算命机测出的结果，很可能是老鼠。老鼠是体型适中的哺乳动物，它们有着极好的空间感，最善于钻马桶。老鼠比人类更懂得利他，实验显示，关在笼子中的一只老鼠，一旦知道自己享用食物的代价是同伴必须受到电击，那么，它将放弃自己的那份食物。一只雌鼠每年可以新增一千个后代，快速占领地球这项使命，对于老鼠来讲根本不在话下。它们拥有极其坚实的肠胃，能够消化一切不可思议的东西，包括烂木、铁皮、电线和腐尸。老鼠的爪子能够操作所有已知物件。老鼠会跑、爬、游、跳。它们过着社群生活，比人更团结。它们还异常聪明。更重要的是，老鼠是一种具有艺术感的生物，它们常年在充满排泄物的下水道中跑来跑去，比人类更明白马桶的审美价值和游戏精神，它们深知世界末日并非毁灭，而是新生。恐龙灭绝的时候，哺乳动物包括人类，不就是从长得跟老鼠一样的动物进化来的吗？这不过是轨道的又一次分岔。有关结论也都得到了李水宽博士的高度认可。说到这里，你知道吧，写出《美的历程》这种一等一杰作的李博士，最初也是仇恨 M 国人的，后来却发疯般爱上了 M 国，在与 M 国深入互动的过程中，宣布了他的重大发现——M 就是马桶的代称呀。他学习忍者，厕身于厕，通过研究 M 国多维穿越旅行者的便便哲学，抵达了美的渊薮，在冲水管道中与老鼠同吃同住同乐，用老鼠的思维方式考察人类的生存之道，才发现了一切皆是在贪生中寻欢的循环真理。这便是老鼠信奉的哲学。老鼠也把李博士当作它们的精神领袖。所以，不要害怕。人类完蛋了，又有什么关系呢？说到李博士这样的人物，在地铁世界里堪称凤毛麟角，却不见容于政府的某些人，也被无知的大众鄙视，被嘲笑为公知，最后被灰衣人逮起来关入监狱，不经审判就处决了……好啦，朋友，你想看一看人类灭绝之后的新世界吗？再交十块钱吧。"

我不敢再吝啬，便掏出十块。接过钱，算命师脸上又云集起滑头而深远的笑意。他看了一眼墙上的萤火虫和熟睡的孩子，像片影子一样俯下身，把正在交配的两只小老鼠分开，抓起来握在手中，慢慢用劲，直到把它们的肚子捏爆，血淋淋的肠子溅了我满脸。算命师又把老鼠筋肉剥下，塞入嘴中，咔嚓嚼啖。难道他可以不怕老鼠体内的病毒吗？

老头儿的五官瞬间变形了。他做出长辈般慈爱而认真的样子对我说："朋友，现在，来教你怎么玩玩吧。你学会了，就或许真能试一试去死了。"

倒计时六天

二、美的历程

接下来一天，也就是世界末日到来前第六天，我遵照算命师的教导，学习玩玩。我试着测算别人是怎么死的。这竟然让人上瘾。看到相识或不相识的人们一个个死去，真是心花怒放。我很久没有这样爽了。这应该就是人的本能在发泄吧。但我仍不敢测算自己。心理势位太弱，这一关无法突破。

一个困惑我的问题是：为什么未来可以预测？这牵涉了算命机的程序，也关系到世界的构造。我回忆在大学里学到的知识。根据量子力学的测不准原理，任何物质的参数都不能被精确测量。一旦要精确测量一把尺子的长度，便发现这根本不可能。例如在万分之一原子长度的精确度内，永远不能确切知道这把尺子到底精确到万分之几个原子长度。这并非由于测量工具不够先进，而是量子力学的物理特性就是这么规定的。如果换个角度思考，这把不能被精确测量长度的尺子也可以被认为其长度是可以改变的。总之，量子力学认为，世界从本质上讲是不可能被测定的。如果知道了轨道的走向，就不能知道列车运行到了什么地方。反过来，如果知道了列车的运动轨迹，就不能看清轨道的走向。于是，一切试图预言未来的尝试都荒诞不经。就跟不可能造出永动机一样，也不可能造出算命机。算命师和他的机器的存在，就成了世界上一件绝对荒唐的事情。

那么，算命师是在欺骗我吗？他虽然测算出世界末日还有七天就要到来，但我的经历却表明，七天过后，还有七天。这不正说明他的预言不准吗？但如果按他的解释，这或许是我的记忆错误呢？是我做的一个梦呢？我跟算命师像是活在两个时空的人。或许量子力学在他那个时空里是荒谬的。或许还存在某种高于量子力学的物理法则。这是以我的智力无法认识的。所以，算命师到底是一个什么人呢？

我既想死，也希望能在算命师的车厢里多待一些时间。我想请求他收我为徒。外部环境太过险恶，世界已经陷入混乱，未婚妻阿娇带着红衣人在追杀我。在这儿我至少可以学习玩玩。哪怕仅仅练习坐马桶的技巧，也是莫大收获了。但我带的钱很快花光了，无法再算再玩。算命师的脸色就难看起来。他要赶我走。我只好告辞。算命师掏出一本新的《读书》要卖给我。我没钱，就打了欠条。先把书收下吧。

我做粪便的愿望也未能实现，这真是遗憾。没有办法。我就沿着地铁隧道，借助萤火虫的照明，向外攀爬，却找不到出口。在潮热昏昧的地窟中，我浑身布满泥水和尸液，腹股沟一片阴冷。我才意识到，肯定被算命师玩了。他在戏弄我。而我竟把这当真。但一个天天活在末日中的人，对此也不怎么愤怒沮丧。无所谓。我只是有些心疼花掉的钱。

我埋头往前爬，嘴鼻被老鼠肠子堵死，窒息得快要晕厥。慢慢地这让我兴奋起来。我就这样不停运动，最终还是没有死成，却凭靠动物本能爬了出来，才知道世界末日的确尚未发生，不由得咯咯笑了。这时，似乎上方传来轰鸣。有什么东西飞过。我抬起头，但啥也看不见。那好像是另一个世界，只偶然对我开启了一瞬。幽灵般的声音很快远去了。酸雨再次砸落下来。我看到有人影晃动。阿娇又引领红衣人追杀来了。我不明白他们为何顽固地把我当作目标。我赶紧跑开。又走了很久，才摸回自己住的车厢。我看到剧作家躺在地上，哭成泪人，这得是遭遇了多大的不幸。我爬到自己的床上，用被子蒙住头，装出要睡的样子，就好像做梦才能让我得到安慰。但我不知道怎么做梦。我就看从算命师那里买来的《读书》。

杂志上刊载有李水宽博士的《美的历程》节选。这正是国防大学公共课的基础读物。李博士藏身在破烂厕所的下水道中，用毕生精力研究这个课题。其核心论点是，轨道交通的一切问题，都是同一问题，即审美问题，审美问题就是文艺问题，文艺问题其实是军事问题。这才是灵魂性质的东西。不同国家的文艺观不同，身体里的灵魂也就不同。在 M 国的一根筋文艺体制下，好坏分明，非此即彼，黑白分离，有你无我，有我无你，能不能得救，由神决定，命运不是人能预测和决定的。而在我国的模糊论文艺学中，这样也可，那样也可，你中有我，我中有你，阴阳交错，好坏一体，万物混同，有没有出路，不由神决定，而是人说了算，最不可预测的，就是最可以预测的，这便是无坚不摧的辩证法，或称"国情相对论"，属于与地铁共存的核心价值体系。李博士用文艺问题取代了物理问题，这就粉碎了量子力学，解决了世界的可预测性难题。他解释说，我国人民是时空的强观测者，把博大的意志投射到群星间，这使得宇宙成了人心的凝聚态或晶体块，用国防大学公共课的学术语言讲，即实现了主观能动性在给定条件下的函数表达。同时考虑到参考系的差异，在预测命运时，就可以实现概率学上的全知。简而言之，这是一个被安排好的宇宙，它处于我国人民的心灵摩挲之下，是通透明亮的。这种情况下，根据唯物辩证法，宇宙越具有不确定性，就越具有确定性。在此基础上，国防科研人员不但研制成功了算命机，还设计出了圆概率命中精度为一厘米的新型战略核导弹，瞄准 M 国，瞄准一切与我国作对之国，准备在世界末日来临那一天，炸毁整个世界，与人类同归于尽……

这便是《读书》描述的算命机的基础理论。它为未来为什么是可以被预测的给出了一个有力说法。至少，在我国的给定条件下，在地铁世界的特殊语境中，在我们选定的这条轨道上，未来的确是可以预测的，因为连宇宙都是由我们的意志决定的。

但问题在于，既然宇宙已然在握，为什么我国无法阻止世界末日？

我记起在另一本《读书》中，我曾读到，世界末日的发生，取决于历史长河中轨道的长短、方向、周期决定，不以人的意志为转移。《读书》中似乎也充满互相矛盾的说法。难道有的《读书》是 M 国人写的？但这正是唯物辩证法的体现吧。

就这样了。我读累了，把书放下，往车厢中投去一眼，看见剧作家从地上爬了起来。

在这个只剩下酸雨艺术、算命艺术和死亡艺术的地下城市里，在发现了什么是真正的戏剧后，剧作家又奋力写下多部自己想写的作品。文字从他的笔端放血一般嗤嗤流淌。《末日》兴许是他最后的杰作了。但就在快要完工之际，剧作家被红衣人抓住了。他们殴打和侮辱了他，还把他写的剧本烧掉，甚至剁掉他的十指。剧作家好歹保住了一条命，却不能写了。他悲哀地晃动残肢，哼哼唧唧对我说：

"我的观众，你终于回来了。这太好了。尽管知道了什么是真正的戏剧，但我发现了一个情况：只剩你一个观众了——观众，才是最要紧的！人们散的散，逃的逃，再不看戏了。没人相信戏剧能够拯救世界。都去买 NASA 船票了。是要逃到宇宙中吗？又有谁见过真正的宇宙呢？没有。都不知道宇宙在哪里。以前没有人告诉过我们这个。哦，我也是才知道的。不，你不要对我说什么外星人。那些歌唱灿烂星空的文艺作品，全都是伪作。就算真有宇宙这玩意儿，不也是茫茫无际的黑暗大海吗？谁也渡不过去，谁也抵达不了目的地，中途更遇不上外星人。只有无穷无尽的尘埃在飘浮，飞船上也没有灯光舞台呀，那里更没有观众……我知道 S 市正在进行一场亘古未有的实验，那是要改造老鼠的基因，让它们躲在地铁车厢的死人堆里啃我的剧本，让这座城市再无戏可演。哦，既然无法获得诺贝尔奖，我为什么还要写呢？难道只是写给你一个人看的吗？可是，我的手指没有了，连写给你一个人看也不可能了。"

这让剧作家陷入绝望。于是，像古代那些不得志的优秀文人一样，剧作家最后决定用自杀来解决这个矛盾。他要制造一起像模像样的事件，来给嚣张一时的红衣人瞧瞧，他是不可以随便被欺负的。他要独自登场，自导自演，用身体的毁灭，来实现戏剧的演出。他要知其不可为而为之，通过走进自己的末日，来完成戏剧的《末日》。他终于明白，这个世界已经容不下一个剧作家了。他只有死，才下得了这条既定的轨道，去到一个新的天地，那里还有舞台，他可以从事他热爱的戏剧事业，书写人类最伟大的精神杰作，最后获得诺贝尔文学奖评委会的嘉奖。剧作家相信在另一个时空中也是有瑞典人的，他们哪怕是鬼，那也比红衣人好。

在剧作家面前，我又一次感到自卑。因为说到去死，我连一个写戏的人都不如。但我又对自己说，其实无所谓。这不过是在地铁世界里增加了一具多余的尸体而已。他看似成了自己命运的赢家，却仍然不能逃脱世界末日。剧作家去死的理由，也是红衣人赐予的。他只是走完了他的轨道。

K拼命做的，到头来，是否也是这样的呢？

死既简单又乏味，我却以为它复杂而精彩。

我为自己仍然没有自杀而想恸哭，实际上却是又咯咯笑了。

也许是听见了我的笑声，一群萤火虫飞来。我扑过去，抓住一只。虫子在我手心中抽搐两下，冒出最后一滴光，便死掉了。我想，就连这小小生物，在死到临头时，也要挣扎闪光呀。这让我的心情又有了变化。是的，我又怎能坐以待毙无所作为呢？还是应该向剧作家学习，努力让自己死掉。至于是在哪条轨道上，暂且先不管它了。这样做也是为了不辜负和背叛K。我认识了那么多女人，只有她才能称作灵魂伴侣吧。

我好像在一无所获兜了一圈后，回到了原点。那么，试一试吧。跟K一样，我不想在世界末日那天，随同待在肮脏车厢里的那些同伙去死。能提前六天死，这太棒了。这么一想，我又鼓起勇气。我为自己的决定而感动得打抖。我就用老鼠肠子，在地铁车窗上打上结，把脖子套进去。我又把两臂张开，使身子垂成一个标准的十字。

这时，车窗波动了一下，在昏迷中，我隐约看见，一团灰绿色光芒咕嘟嘟钻入，很快就洪水一样浸满房间。我好像看到一只飞碟悬停在外。噢，它是来救我的吗？怕是太迟了。在光焰中，我窒息了。我抱紧《读书》，汩汩遗精。只有以十字形上吊时，男人才能奇迹般勃起。没想到，一次喷出这么多，像把旧账都还了。但阴冷的体液好像是由 C 饮料替换来的，如此才可以滔滔不竭，以我自身力量无法做到。最后连脑子里那团脏东西也一泄而出。虽然没有天文望远镜一类的性交工具，但挂在老鼠肠子上，倒也像跟自己SM。我两腿乱蹬，喉咙咔嚓，就若大声叫床。这样，终于，我似乎只身通过了算命师提到的宇宙之门，掉进了一个马桶。

在污水迭起的高潮中，我魂魄出窍，这才看到，马桶原是多个世界，啪啪搅动不休，翻卷溽湿怪浪，有的是物质的，有的是非物质的；有的有形，有的无形……每一世界又如一只黏黏糊糊的大脑，跟一团团粪便一样……"这就是世界末日的真相吗？这就是无数豪杰义士苦苦寻觅而无法得到的那个答案吗？"我像把自己排泄掉一般叽咕，浑身涨起酸痛而委靡的快感。

老鼠肠子在脖子上越勒越紧。我在神志不清中明白过来，如同许多人一样，我早已在过自己的末日了。

耳边又回响起算命师的话："哎，玩玩吧。这样你或许就能试一试去死了。"

噢，不谢，好像终于懂得了。

我在做我自己的末日使者了。

外星人，就不等你们了。没时间躲猫猫了。

阿娇，红衣人，这下要令你们众望所归了。

最后时刻，我再次想起 K。虽然有些遗憾，我在死前未能与她再次见面，但终于可以死了。没有女人帮助，我也能做到了。我感到一丝骄傲，就好像不仅就此继承了 K 的衣钵，还终于在与她的竞争中占了上风。

三、自地狱出发

如在上个七天周期里一样，我的自杀再次没能成功。用来上吊的老鼠肠子在最后一刻断了。转基因老鼠肠子是世界上最坚固的物件之一，但它还是在要命时刻损坏了。不可能的事情又一次发生在我身上。这却不是拯救，而是有某种力量在阻止我去死，正如同红衣人拼命想杀掉我一样。我摔落在地，在自己的精液中躺着。仿效剧作家的努力失败了。在这个国家自杀真难。我死不了，也玩不好。太别扭了。K要活着，又该笑话了。难道世界末日一定要跟我过不去吗？待了好半天，我才挣扎爬起，浑身湿淋淋的，往外走去。

阿娇带着红衣人正在等我，将我捉住。他们把我与几百名乘客一起，捆绑起来驱赶前行。阿娇对我说："叫你逃，叫你逃！叛国者呀。太让我失望了。末日将至，国难深重，你竟然企图坐NASA飞船逃跑，或者不负责任地让自己死掉。白喝土豆叶子汤了！"我想解释，我只坐过地铁和飞机，却说不出口。我悲恸地觉得，女人竟忘了她自己曾经一门心思要搭乘NASA飞船。她又把我身上的钱搜走了。

红衣人已经取代灰衣人，行使管理城市的职权。他们押着"叛国者"走进一座站台，它的造型就跟教堂一样。"怎么回事？"我忐忑而期许地问阿娇，心忖她是我的未婚妻。"为死者送行！"她没好气地哼了一声，显得欢欣鼓舞。我不禁摸摸自己的身体，想验证一下我是否是活人。

C公司正在这里为"飞机事故罹难者"举办辞灵庆典。红衣人与C公司结成了同盟。果然有飞机坠毁吗？这竟然不是做梦？我记起我不久前在天上飞。在那上面乘客们可以喝到人肉排骨汤。但最后出事了……我回想K身穿破旧蓝色航空制服、腰佩烂银小手枪、英姿飒爽而阴风惨惨的形象。这活生生的女人，她的手爪是一把骨头。噢，玩玩。此刻她又在哪里呢？

"叛国者"被押进来，老老实实站在一旁，仿佛是充当观众或消费者的角色，接受国情教育和传销培训。地上有不少尸体。看样子是被红衣人的小斧头和大铁钉打死的。这些武器光辉灿烂，沾满鲜血。罪大恶极的"叛国者"已被处决。待会儿就该轮到我了吗？遗憾这却不是自杀。

教堂般的大厅里停满棺材似的列车，整装待发。正中央的高台上，C市市长和周孕花犹如雕像，整齐地端正坐着，面无表情地俯瞰大家。一架写着C字的银色飞机模型，受刑般悬挂在他们的头顶上方，机身上一行滴血的红字在滚动：

怀想圣体，期待复活！

秩序似已在这儿恢复了，与别处的混乱形成鲜明对照。仿佛安全了。场地布置得犹如电影中见过的M国西部田园风光。铺着紫红色长长地毯的自动扶梯旁，伫立着用鲜红色短裙紧紧裹装起来的礼仪小姐，明月般的额头扎了天蓝色真丝缎带，笑靥如花。接踵而来的乘客不停往她们的乳罩间塞入小费。站台四周拥簇起花圈、匾额、挽联、挽幛的丛林，亦都是红色的，弥漫着浓郁的像是刚刚烧过尸体的香气。也有冥器（纸活）的展示，细看才知是计算机制作的激光全息投影。进站口设立了一个碳化钢登记台，祭奠者只需在此购买一张磁卡，就可以让丧葬技术师为自己设计一个钛合金花圈。整个洞壁是一块球幕状的投影立体高清电视，不歇地轮番播映死者的音容笑貌。我在上面没有见到K及我自己。一支爵士乐队开始演奏C公司编曲的哀乐，旋律类似诵经。人山人海中，又见到电视台的黑衣贵宾，在流光溢彩的花圈丛中，威风八面地四处流转，跟一堆法器似的，与红衣人相得益彰。像是死者亲属的人鱼贯而入，意外相逢，起劲拍打对方肩背，互擂胸脯，作惊喜状大声交谈，地窟中跌宕着雄浑回音，好像他们已然在这个深海潜航般的过程中结成了牢不可破的生死关系，又用胳膊挟金色骨灰盒，往站台一侧蚱蜢般列队跳跃而去……又有一位头戴黑色西式礼帽、身穿明黄色长衫的男人，左胳膊上扎着红色布条，扮作牧师模样，右手执一面叉在十字架上的绿幡，上面绑一只花猫，芭蕾舞演员一般，用脚尖行走，做出引路姿势——他便是C公司的灵魂引导者，受过专业培训，婀娜多姿，容颜犹如初上路的新鲜亡灵。他走上铁轨，把司机从列车中一把拉出，后者马着脸，做出不情愿的模样。司机手执一把剪刀，把花猫的脑袋咔嚓剪掉。血流如注，猫身抽搐，很快不动弹了。"C！C！C！"观众们发出雷鸣般的欢呼。"阿门，去死吧；哈里路亚，复活啦！"灵魂引导者柔美的诵声，令地窟耸动。猫头咔咔坠落，翻滚到铁轨之间。许多老鼠从岩石间钻出来，把它玩具般抢走了。列车员抬出几十只玻璃大缸，里面盛满更多死猫的鲜血和内脏，宾客们一拥而上，争先恐后把它们捞出来，向对方身上泼撒，并大笑、呼啸、嘘叫、哭号。骤然，伴随缤纷哀乐，响起灿烂和声。一百零八名红衣舞者，南海观音般冉冉升起，这回是用唱诗班一般的腔调，在西洋乐曲的伴奏下，镇定自若唱出《众神之车》，竟是冰儿在领唱：

这一年有嘉朋贵宾从外太空莅临，
带来了超量润肠剂的亚粒子甘霖。
五十个世纪的血债全都一并洗清，
众神仙将赐福所有的罪犯和功臣！

大家浑身鲜血淋漓，一起跳脚呐喊："功臣！功臣！"冰儿又唱：

　　死后进入快车时代是件美妙事情，
　　在新天地重逢动乱中走失的情人。
　　在盛夏季节你和她必将泪如雪飞，
　　便才知晓众神之车原本无需车轮！

大家满眼热泪盈眶，共同挥手呼号："车轮！车轮！"冰儿又唱：

　　夜阑人静时避难者快把蝶翼登临，
　　涉过虫洞中的界河降入地狱之星。
　　末日检阅者早已将妇人之仁埋葬，
　　用婴儿肥料把合欢之树辛勤耕耘！

大家翘起模糊不清、犹如气团的身体，作出尖锐的机车或飞机状，叫道："耕耘！耕耘！"冰儿又唱：

　　海洋用雷电血浆化合成核酸替身，
　　四十亿年进化出了不害羞的我们。
　　鱼儿死前在洄漩中编织黑色未来，
　　外星考古者证实宇宙只剩一秒钟！

大家趴在湿漉漉的地上，躲避核爆炸似的，龟鳖状抬头嘘呵："只剩一秒钟！只剩一秒钟！……只剩一秒钟噢！"

岩浆般的巨幅诗意烧得我周身血液重新热辣并往下体涌灌，不禁也随众人一起跳脚、举手、流泪、趴下、再跃起，再趴下。我目不转睛看冰儿，进而渴望自己也能真正成为死者中一员，至少就能享受送葬礼遇，这辈子也值了。但是谁也不正眼瞧我。

这时，灵魂引导者走过来，站在我身旁。我想起什么，打算给他小费，想打探 K 的生死，同时确认自己是否在罹难者名单上，这究竟是梦境还是现实，那个纠缠人的答案到底是什么？但我想起，我的钱被阿娇搜走了。还好他也没有要我掏钱。我才发现这人是素卵。素卵用兰花手在胸前画个十字，作出神秘状，耳语："噢，是死无完尸啊，分不出谁是谁了，就做了集中处理。晚啦，没法确认啦。你须知道，家属领到的，是好多人的骨灰混合体呢。"他仙人般哀伤绵绵地轻述，却从薄如锡纸的皮肉之下透出狡诈笑意。

"真的发生了坠机事件？"

"学友，你都看到啦。"

"是什么时候的事啊？"

"就在昨天嘛。"

"但这是在地窟中呀。"

"那就不能飞行和坠落吗？"

"会不会是从另一时空中掉下来的呢？"

"学友，你太搞笑了。"

我不敢再问。我无胆冒充 K 的家属。我自己则没有家属。我又去看其他人，企盼他们说出真相，却谁也没有悲痛模样，好像这场不明来历的灾难，成了他们的福祉。众人僵尸般纷纷从地上爬起，言笑不停，大摇大摆，反客为主，喧腾鼓噪，奔跑蹦跳。这时素卵不耐烦与我说话了，他甩动一台手持式等离子鼓风机，开始抛扬冥钱——箔条制的冥币，一时间雪花翻卷，数米外看不清人，场面如鬼魅翩跹。亦有摄像机把这些记录下来。遗属们为了上镜，才游戏中的小孩一样，忸忸怩怩，装作不好意思的样子，沿了站台上的黄线，勉强站成一条直线，又在脸上戴上神佛面具，才高兴了，呱呱拍手。然后在 C 公司的合同上签字。是额外收费的服务项目，承诺在一年之内，在莫霍面的固态层上为每位死者单独建立永久性陵墓……

忽然出现新的动静。人们嚣叫着蜂拥而上。原来是市长在周孕花的陪同下，走下戏台，与遗属们逐一握手。市长号召大家，化悲痛为力量，继续为新型地铁作贡献。他又走到五花大绑着的"叛国者"面前，说原谅大家的无知，不要再企望逃到虚无缥缈无所依靠的天上去了，而应该认真思考现实的出路，踏踏实实在地底继续旅行吧。"这场了不起的实验还要继续推进。新型地铁已经研制成功，新线路正在开辟出来，沿途建起了商圈和小区，建起了廉租房，城市将比以前更加繁华和富庶，城乡差别和贫富差别将不复存在。我们没有私利，做这一切都是为了全体市民的利益。我们有信心战胜一切困难。说到世界末日，那是别有用心的人散布的谣言啊！S 市是不会被颠覆的！"市长鼓舞人心的豪言壮语，在黑暗的地窟中激荡起新一轮欢呼。人群又沸腾了。

我看到，周孕花眉目之间，浮出了教堂般的湖光山色，艳丽中带有一片绰约如玫瑰的血腥。这场丧礼因为她的讲话而有了压轴之美。我感到危险在前，想上前拉住女人，让她在关键时刻救我，却不敢行动，也不欲被她看见。我心知她一定知我在场。我与她若有隐忍的默契，却不知因何而来。我复感愧怍，就去看阿娇，她却故意把头转向一侧。这时素卵又走过来，对我说：

"学友，你看，很精彩是吧。这是 C 公司的彩排。它标志着世界末日项目即将进入实施阶段。"

"是说世界末日项目吗？"

"也就是我国建国以来最大的一单生意哟。名字都取好了，因为是实景演出，就叫'印象地铁'吧！这可是民心工程呢。"

"其实你们是想赚完这笔后，就抽身逃掉吗？"我想到剧作家对我说过的话。

"不要说得那么难听嘛。这才是真正救大家。现在是试车。再用六天时间，就要把新地铁完全建好。"

像要避免我毁灭似的，素卵解掉我手上的绳索，把我从"叛国者"阵营中拉出来。到底是老同学。他救了我。阿娇掉过头恨恨盯了我和素卵一眼。

"那么，的确是要一直在地下行驶吗？这不会又是一个阴谋吧？"我抚摸着疼痛的手，小心翼翼问。

"怎么能这样说呢？再不要讲了。学友，我不是已经告诉你了吗，这是 C 公司与市政府合作的大战略。其他都是为此作铺垫。"

"新轨道在哪儿呢？"

"你马上就能看到。"

"真了不起呀。但地铁的轨道，不是早确定了吗？"

"危急时刻，只有 C 公司是有担当的责任者。责任者可以无视平时所说的诚实和慈悲等一切道德准则，否则就无法赢得人民群众的无条件支持。二战时期，丘吉尔明明知道，如果美国不参战，英国根本无法打赢战争，可他却站在一线高喊：'胜利在我们手中！'明白？你是学友，我才说实话，但你不要向外讲哟。对于结局还没有十足把握，但我们有充分信心。这便是'印象地铁'。是为了推动伟大的实验呀。有点儿摸石头过河的意思。有人说，摸着摸着连河也不想过了。那也没有关系，说不定还能摸着河床上的金子呢。”

“这个时候，摸到金子又有什么用哪。”

“不试一试怎么知道呢？也可能会摸到头骨。”

“这也是玩玩吗？”

“可不纯是玩玩，而是为了信仰。这就跟呼吸一样。”

“呼吸，呼吸……现在是午夜吗？”我觉得喘不过气。

“说什么呀。在地底，从来都是夜长梦多，你少见多怪啊。”

我见到整个地窟极昼般熠熠闪光起来，好像无主游荡鬼就要穿过岩石列队走入。原来是无数萤火虫在飞舞盘旋。这些昆虫的基因被改造了，用于地下的全方位照明。它们也循着特定的轨迹飞翔，无法控制自己不这么做。但越是辉光鉴人，就越是晦暝不清。我仿佛又看到了马桶的轮廓。我竟然陶醉了，迷恋上这阴阳难分的人造景象。周孕花正带领幸存下来的人们踏上新轨道。这里面具有一种人世间罕见的美不胜收。

素卵把迎宾女郎招呼过来，从她胸罩里掏出三张百元钞票，塞入我手中，说是给我的出场费。

“啊，谢谢。我能为你们做些什么呢？”我做出讨好的样子问，感到在重复自己回忆不起的经历。

“你是学友嘛。正需要你这样有经验的乘客参与。没有你的见证，‘印象地铁’怎么能驶出站台呢。”

“过奖了呀。”

“你不能死哟。”

“我的命在你们手上。”我卑谦地捏着钱说。

“呃……说到周总，那可是女娲精卫一般的人物，你不要把什么都想象成阴谋！"素卵半是警告半是提醒。

站台上不知何时，已停好一列地铁。遗属们怀抱骨灰盒，由红衣人护送，兴致勃勃跳进车厢，跟在他们后面的，是用绳子绑得死死的"叛国者"。有的人挣扎着不想上车，就被阿娇带着红衣人推下铁轨。地面又震动起来，绽放出一道裂缝，又呈现一口深井，列车大头朝下，发出轰鸣，扎入井口，向下驶去。

"这就是新轨道吗？怎么往下走啊？是去哪儿呢？"我惊诧地看着像是陨石一样垂直坠落的车厢，在心中把这一幕与从漆黑天幕上摔下来的飞机作对比。

"去新世界呀。"素卵烂漫而暧昧地笑道，圆脸上挤出粉嘟嘟的酒窝，"仪式的高潮就要到了！"

我看到，列车车身上印着大大的红色 C 字。素卵说，这就是接头暗号，发源于 CRI，代表着"和谐号"动车组，可不是cemetery（公墓）的意思，此时更接近 Christ（基督）。此外还用明亮的黄漆涂写着始发站与终点站：地狱—天堂。

我没有听说过这两个车站。这也是新情况。"是一位程序员提出的构想。核心是以空间换时间。实验因此获得了新动力。这可不是普通的列车。"素卵像只大怪兽一样再次凑到我耳边，吐出腥臭的唾沫，"无坚不摧的辩证法，其精要就在这里。并非要埋葬大家。打算去死或者想要活下去的人又有了希望。黑暗归黑暗，希望却永在。"他补充道，"还要告诉你一个秘密。你再仔细看下列车，它像什么啊？"

我看了看，摇摇头。

素卵说："你听说过神风攻击吗？"

列车继续呼隆呼隆往下扑去，像炸弹一样要把什么砸碎。我眼前出现了大便掉进马桶的情形。

这时，电视台贵宾走过来，像是压轴或押车的角色。素卵便抛下我，点头哈腰，朝矜持的黑衣人迎去。这帮家伙像是《星球大战》中的帝国武士。黑衣人举起摄像机，对准市长。周孕花木偶般怔住了。我忽然看见一幕奇景：素卵是一副 X 光透射出来的骨头框架，如同一只剔尽血肉的玩具海兽。他必然也经过了生物工程学的改造。这家伙似乎受到了无与伦比的诱惑，左歪右斜使劲乱走，呱呱鸣叫着掠过黑气腾腾的水面。电视台客人整容过的精致脸庞上，偶尔闪耀出讥讽的表情，他们向素卵慢动作般伸出幻肢似的丛丛手爪，若要将他一把攫走。有个高个儿的鬈发家伙还附在素卵光怪陆离的巨蛋形头骨边，情人一样诡秘地窃窃私语，好像在吸走他的魂魄。素卵却高兴坏了。从他塑料制品般的骨缝间爆发出钢丝绷断般的爆笑，又如冷利仙乐，从虚空飘下，竟使我心旷神怡。我竭力保持镇定，不动声色，半边脸上却释放出对于美感的惮畏笑意，就仿佛李水宽博士附体了。

我感到，周孕花瞥了我一眼。我不知是否应该向她表示谢意。这一瞬间，我看到她的坚毅眼神中隐含凄楚，甚至有一种求助感。这令我心中生出恻隐。

音乐又奏响了。还没有搭车离开的人们，在圣像下跳起集体舞，幢幢红影交错成妙曼仙境。冰儿扯开嗓门高唱《末日之歌》。聚餐又开始了，为列车饯行，教堂或灵堂什么的，摇身一变成了宴会大厅。我混迹于群魔般的人群中，就着 C 饮料噬吃鲍鱼，才略感安慰。食物的美味使我忘记了追查 K 的下落和我自己的死活。时间真的不多了，这样的免费大餐不知还能享受几次。下次要不要叫 K 来呢？前提是她还活着。这虚荣、敏感、矛盾而执拗的女人必定喜欢这场面吧。但我又拿不定主意，因为这是周孕花的领地。我怕得罪了她——那就一切完了。

想到这里，我心虚起来，对新轨道的去向缺乏信心，又怕被阿娇重新捉住，就从 C 公司的宴饮现场逃掉了。我又一次重复我曾经经历的人生。

四、还魂尸

在黑气弥漫前程难辨的地铁出口，我遇上一个年轻女人。刚开始她如雾里看花，随后渐然变得清晰。我一眼瞧见，她手头多出一张冰儿演唱会的票。她打算高价出售。我这时忘记了要去自杀，就讨价还价一番，买了下来。我才发现这个票贩子是 K。"你竟然没有死呀。"我尴尬而激动地说。她没有去 C 公司的发车现场，却忽然出现在这里，这或许是她的个性使然吧。世界末日之际，我们均觉意外，又想，无非如此。好像真的经历过一场生死，但不知道现在究竟是在天上还是地下、在此世界还是彼世界、在人间还是冥界、在前世还是现世……但这无妨。只是似乎需要彼此重新认识。这是一个繁琐艰难的过程，却必定要去经历。我们像陌生人一样，充满戒备和好奇地互相打量一下，然后努力放下心理包袱，聊了起来。

"你还想去死吗？"仿佛复活过来的 K，眼神里飘荡出黑色闹钟般的警醒，在我的骨髓深处回响，又像是极大嘲讽。她没有再穿那件让人看了难受的蓝色航空制服，而是换了一身紫色带花牛仔衣裤，重新拥有了一种妩媚。

"你说什么呀！这不过是 C 公司赞助的演唱会吧，目的是为了吸引更多人到新轨道的地铁去。"我想说，我现在也算是 C 公司一员了。但我其实想问的是：你已经死了吗？死之前你找到答案了吗？

瞧着我假惺惺的样子，K 就随便笑了一笑。她说她其实是冰儿的粉丝。对此我也不怎么相信。但我既已买了票，便不得不跟随 K 前往 S 市十万人体育场。

"像梦游一样，仿佛就在昨天晚上，我和你一起，到了那片谁也没见过的天上。你的真实身份是航空乘务员吗？"途中，我终于忍不住道出了心中疑问。

"你说什么呀，傻子。在地底待太久了吧。有一次，你在地铁里迷了路，是我把你引导出来的。但我什么时候带你去了天上呢？"她不满地说。不知是忘却了，还是故意隐瞒。她摇摇晃晃的样子就像一片纸在飘，这使她看上去与以前一样而又不同。

"哦，连你也失忆了吗？我可记得，你忽然现身，从红衣人手中救了我，我就情不自禁跟着你，爬上一个叫作'虹桥'的高处。表面上在逃跑，实际上却是要找答案！找到答案就可以自杀了，这是我们共同的目标哇……但我们没有乘上 NASA 飞船，却钻进了一架来历不明的飞机，有那么一阵子，似乎真的快要飞出这个毁灭中的世界了。跟梦游一样，还看见了天空中的轨道网。但后来、后来……"我疑心重重地盯着女人。

"你记错了吧。"她皱起眉头。这样子也十分好看。

"那么，到底怎么回事呀？乱透了。越来越糊涂了。因为理解不了，就更加难受。不知道自己是一个什么人，也不知道世界是怎么回事……还有，你又是谁？你真的救助和带领过我吗？"有句话我没有说出来，那就是：世界末日其实已经发生过了吗？

"难道会有别人来救你吗？每个人都是无助的。"K 可怜而失望地瞅着我，"你和你的老师，使尽浑身解数，不是连外星人也没有找到吗？太搞笑了。"

"是的……"我觉得愧对于 K。

"不是那样简单。"

这时，我想到，K 曾说过，天空是投影出来的。那么，我们作为乘客，是否也是投影？

"所以，还是应该再去自杀呀。这方面，你千万别抛弃我。"我说。

"只有男人抛弃女人，女人怎会抛弃男人！"

"谁说是这样的？喂，你和你的……前男友，为什么没有好下去呢？就因为他先你一步自杀了吗？这属于谁抛弃了谁呢？"

"不。我们好不下去，就如同你跟你的未婚妻一样。想到男人这么高级的动物，也要进行生理上的排泄，伟大形象就一瞬间崩溃了。坐在马桶上的男人，那模样极为可笑，就跟瘸腿骡子一样。由于我的这种想法，他羞惭垮掉了，在愧疚中自杀，提前迎来了自己的末日，却不是谁抛弃了谁……"K 一口咬定。

"也真是的。"我的脸发烧了，心想她也知道马桶啊，但我试图辩解，"但李水宽博士不是这样，他坐在马桶上，总结出了关于宇宙的理论。外星人也不会如此吧。据说，他们连生殖功能都取消了……"我眼前浮现出马桶的标准形制，跨骑在上面的男人的确很像瘸腿的骡子。死不重要，排泄重要。K 大概也明白这个道理，却猥亵了它的意象。说实话，我很羡慕 K 的前男友。但我不知道怎么才能把话说清楚。我越说越缺乏主张。无所谓了。

这时，地窟的阴潮气息使我的性腺产生了悸动。我觉得受了女人的戏弄。她越是搭救我，就越是忽悠我。像算命师一样，越是告诉我真相，就越是对我隐瞒真相。但或许她自己也并不确然知道这是怎么回事吧。她也经历了梦游吗？地底氧气太少，指向答案的能量和信息均不充分。这害得我和她都无法成功逃跑或自杀，只能无谓地互相猜忌。也就这样了。

太难了。我不禁想把女人杀掉，奸她的尸。我的问题，皆由她而起，却解决不了。我和她的存在及相遇成了不解之谜。我把残牙咬得格格作响，身体一阵阵滚烫，却无力勃起。我连自杀都做不到，就更谈不上杀人了。这方面我从来没有高估过自己。

K好像感受到了我身上骤然聚集的恶意气场，不禁退却一步，略显歉疚地说："其实也不完全是这样……我不管走到哪个地方，都会看到一条不会显形的直线，把一些人划拉在一边，把另一些人划拉在另一边。别看平时大家都好像集体待在一起，其实就这么深刻地分割开来了。我和我前男友不在同一边。因此我们的问题很大。W，我试图走近你，却不知你在哪一边。线在你这儿好像断掉了。"

"你说的直线，也就是轨道吧。我可能不在任何一边。"我为难地说，"世界本身已经失去了方向，连算命也只是玩玩。所以，C公司才要修新轨啊。"

K换出一只手，取出香烟抽起来，说："既然如此，我啊，就告诉你一个秘密吧。本来不忍心给你讲的，但现在是时候了，因为连你也变得不相信我了。权当刚才我没说过那些话吧。"

"好，姑且听听你再讲些什么吧。"我做出认真的样子。

K一边抽烟，一边回忆："关于天空，的确是有的，存在于局部，是人工造出来的，就在第七十八号隧道的尽头，那其实是一个礼堂一样的地方，尺度超出想象，从上地幔的软流圈附近生长出来，实际上是一个巨型风洞。最初，不是每个人都可以去，只有骨干阶级成员才能前往。算是地窟中的机密。但是后来乱了，任何人都能去了，只要冒险爬上悬崖而不在中途摔死，就都有机会挤进机舱。但与MASA版本不同，乘客实际上被装进了一批特制飞机——而不是一架，也被称作星际客机。飞机被投入鼠皮袋囊一样的风洞里，速度与地铁的行驶同步，像地底的风筝一样，不停地飞，永不着陆。心存侥幸的乘客还以为进入了宇宙空间呢，就可以移民半人马座比邻星什么的，一劳永逸逃脱世界末日了，但其实连地窟也没有出得去！听上去很古怪、很有趣、很迷人是吧！我此番终于查清了。这件荒唐的事情已经反反复复持续了不知多少年。总之，没有一个人能够去到被许诺的外星殖民地。都被骗了。这就是我以生命为代价找到的答案。"

"啊，一会儿地铁，一会儿飞船，一会儿飞碟，一会儿飞机，一会儿风筝……到底哪个才是真的呢？到底哪个才是我们经历过的呢？我不会再相信了！"我歇斯底里喊道。

我又一次回想通过舷窗看到的萤火虫般的星星，以及闪着红绿灯的轨道网，觉得格外虚幻。按照 K 更早的说法，机舱里的乘客，不都是要找答案的吗？谁想去外星殖民地了？另外，风洞真的有吗？或者，根本就没有起飞过，而是整个过程都发生在一个飞行模拟器中？我需要有一个证人，来证实 K 说的这些话。但我的生活中好像不存在这样一个人。没有办法，就这样了。

"信不信，由不得你。这方面你还真像我死去的前男友。"

"别说了。我觉得你才是矛盾中的苦恼人……"我发现自己其实很讨厌 K 老是说到她前男友，"那么，如果你说的是真的，是谁搞出来的呢？"

"我还在调查。"

"好吧。为什么要这样做呢？"我想，不会又是 C 公司吧。我记得那飞机上有 C 的符号。

"可能是一个经济学问题，由经典物理学衍生而来。为了节约成本吧。一切荒诞活动的最终指向都是为了少花钱。中学生都知道，在那个谁也没有见到过的宇宙中航行，单是达到每秒十一点二公里的地球逃逸速度，就需要耗费巨大能量，这谁也负担不起。这个世界上，资源如此短缺，即便强大如 M 国，怎么可能造出一批飞船来救援我国人民呢？他们自顾不暇。"

"既然无法逃脱，那这样做的目的何在？"

"这就是要深入思考的问题了。"

"其实是波音飞机吗？"我再次小心翼翼提出问题。我记得，这家公司，曾经搞出过星际客机，并做过试验。

"不，它被起名叫作 C911。C 在这里是 cheap 或 corrupt 也就是廉价和腐败的意思。"

"911"这几个音节仿佛勾起了我的一些深层记忆，多少属于恐怖片的感受，我很久以前在电影中看过，却不太清楚它究竟代表了什么，似乎也与某个世界末日有关吧。无所谓了。

"会不会跟 C 公司有什么牵连？"

"表面上，C 公司并不造飞机。"

女孩像老妪似的诶笑一声，惩罚或培训我似的，固执地接着说下去。她说，其中一架飞机，后来坠落了。它大概是忽然觉醒了，识破了幌子，不想再在这个设定的局里飞下去。它认识到，这世界根本飞不出去，所以离开风洞，扑向岩石，自杀了，携带乘客集体自杀。这便是发生在昨夜的那起空难，通过调查事故原因，或能从中获得与惊天骗局幕后情况有关的线索，这难道不是比世界末日更要紧的吗？

K 的目光变得像一对燃烧的起落架，仿佛为终于接近了某个真相而暗自庆幸。我又想到了那黑暗中的漫长飞行，萤火虫般的群星，人肉排骨汤，闪烁的轨道网……原来，这些都是真的，一旦说出来，又假得不行，万难置信。

我怕冷似的把双手插进裤裆。K 皱起眉头，用口叼住香烟，腾出手，把它们轻轻取了出来。

"那么，我经历的到底是什么呢？"我问，"为什么我也在那架飞机上？"

"这只是你的感觉。傻子，你无法知道自己究竟在不在那架飞机上。感觉都是可以伪装的。地铁世界的既有逻辑已经崩溃。一切不能按正常思路来考量。不过，交通圈传说的分身术什么的，在物理学意义上也并非不可能。《读书》记载了这样的案例：一个人的身体还在那儿，魂魄却出游了。他在别处度过了一生，但在身边人看来，只是一秒钟的事情，不，连一秒钟都不到，他还木头一样待在原地一动不动，但他实际上已在其他世界生活过了，经历了完全不一样的事情。打个比方，你可以说他的身体一半是粒子，一半是波，可以在既定物理法则下同时存在……哈，哈！这只怕是十分诡异哟，在当下的情境中却分外真实。谁说不可能发生呢？我们的世界已变得跟从前大为不同。我的前男友发现，我国有可能正与一些平行世界发生交叉、穿插和重组。从肉体到精神，从言语到行动，人民在不知不觉中分裂了，他们自己却无法把握和确定……哈，哈！大概存在一种异次元衍生体，跟地下时空结构的断裂和交错有关，属于量子力学或者多重宇宙范畴，或者类似于波粒二象性，也可能涉及大规模的瞬间移物……W，并不仅仅你遇上了，说到分裂的情况，人人难免。连时间本体也发生了器质性突变，除了飞行模拟器导致的扰乱，这也跟地铁线路的麻花状扭曲有关，它形成了大尺度的莫比乌斯环，导致引力异化，甚至连某些自然常数都更改了。不得已啊。这个时代是自组装、自定义的，是安排好了的，却又处处失控。根据我前男友的研究，每个乘客体验到的事件流程都不一样，记忆被狠狠打乱，无法形成统一、连贯和完整的世界观，前一分钟看到的，和下一分钟记得的，很难衔接上。不使用 M 国的时间缓冲器来调整，根本不行。但 M 国是不可能向我国出口这种高技术的。所以很多事都怪诞离奇。W，你有时是不是能够记起你并不曾经历过的呢？如今，你体验到的，坐飞机什么的，发生在过去。而过去就是现在，现在就是未来。我们大概是在好些个时间的片断中旅行。有的车已经进化成了时间机器。像变异的神经系统一样，地铁世界呈现了一种不以人的意志为转移的新型逻辑关系，需要我们去适应。你明白吗？"

"所以，七天倒计时才重新开始了吗……"我学着从电影中看到的 M 国人模样，耸了耸肩膀。

K 难看地勉强笑了，就像一团厕纸受潮。她说："我说的句句是实话。我本人也有一本难念的经。在适应新型逻辑关系后，要找到答案，只能锲而不舍逆向探索。这就需要冒险反复爬上传说中的天空，前往装扮成诱捕网一样的风洞或机场。我已初步查明一些情况。给你讲，我以前的确是做空姐的。我在飞机上真真切切干过啊。所以，我知道内幕，只是暂时忘记了。现在，重新搞清楚了一些情况。我在昨夜——噢，这个时间已经没有意义——发生的一起空难中死去了。我通过未来世界的一套量子转世系统——也叫作非线性子宫，借助一副人工肉体，经由时间线的微调适配，重新上载自我意识，加入备份记忆，才还魂一般来到这个时代这个节点，遇上了你这家伙。说到转世，这也是 M 国人发明的技术。知道斯坦福大学的时空实验室吧？M 国人活跃在时间的各个节点上。时间大概是由他们来定义和安排的。倒计时一天，倒计时七天，还是跟 M 国人有关系。他们有可能掌握了世界末日的时间阀门。他们不想让我国人民马上统统死掉，他们需要市场，他们需要乘客。否则，谁来买他们的国债呢？因此包括我在内，乘客们便在意外的坠机事故中，从一个地窟坠入另一个地窟，从一个时空掉进另一个时空，来度这新的人生。"

"所以，还是 M 国人在操控这一切？"我倒吸一口凉气。

"这是我的推测和猜想。"

"他们是怎么做到的呢？"

"只要掌握一些大质量的物质，就可以支配时间了，包括让时间弯曲起来，或者改变它的长度和方向。"

"M 国人也太用心良苦了吧。"我觉得这事有点复杂，不符合奥卡姆剃刀原理。但也许就是这样子的吧。

"这就是要调查的。还有，那架飞机的自杀，还有什么深意呢？或许它想要启示什么吧。是否打算冲破 M 国人的时间防线？我此刻要做的，是在你的协助下，探寻这起灾难的深层次原因。如果是 M 国人，那么他们为什么要做这个？值得吗？我为什么恰好在今天活着，又恰好在昨晚死去？这是关系历史真相的谜题。弄清这个，就可以自杀了。但不巧的是，赶上世界末日又一次来临，时间只剩六天，怕来不及了。"

我屏住呼吸，满脸冷汗，瞅着女孩——她还活着，却死去了。一个死人，不停高喊自杀口号，来诱惑男人，要我陪她。她的话中，充满矛盾。我想大骂：混蛋，你来救我，带我爬上天，就是为了帮你查找你是怎么死掉的答案吗？女人太自私了。男人不过是道具。真别扭呀。但我什么也不敢说。就这样了。

我又去想那架奇怪的飞机——如果真有那么一回事情，就是昨晚才发生的，然而按照 K 说的，这个时间的概念，什么都说明不了。时间并不是想象的那样。在 M 国人的安排下，它可能是昨夜，也可能是前夜，也可能是过去的任何一个晚上，甚至是未来的某一天。我们习以为常的"一夜"之间，就足以发生翻天覆地的变化，让生活在其中的人也无法明白，到底是怎么回事。因此，自称为 W 的这个生物，现在是活着还是死了？我是否也是还魂来到这个世界的？这意味着国情相对论破产了吗？对于如此荒诞不经之事，外星人为什么还不着手进行干预呢？但我又想，如果死去还能复活，又有什么必要害怕世界末日呢？由 M 国人随便安排吧。无所谓。玩玩呀。我又想到算命师说的，"女人在未来面前是瞎子，比男人要瞎三到五倍。但这样岂不更好？"的确，K 口无遮拦，她真的知道自己说的是些什么吗？想到这里，我就壮起胆来，寻衅似的看着她。

女人漠然而凶狠地继续抽烟，像是掩饰一般陷入苦苦沉思，仿佛对她刚才说的话，也不自信起来。她开始自我怀疑。越是走向答案，就离答案越远。当然了，这一切也可能是在死人的大脑里构想出来的。死人的想法跟活人的还是有一些距离。因此我们的末日征途可能跟 M 国人并无关系。

冉冉上升的浓烈毒雾把我和 K 逐渐吞没。我只能和她一起待在逼仄的地底，在地铁车厢中，在预设轨道上，好像这儿才是浩阔天空，成了我们别无去处的避难所。既然我们已无法彼此相信，都疑心对方在欺骗，那么，走投无路之际，就把这当作一种恰如其分的互相安抚吧。

这么一想，我就跟上 K，钻进列车，向 S 市十万人体育场行去。

五、彩排

这时，车厢外面的岩石发出病人似的呻吟，并且开始肌肉一般变形。我和 K 强忍着，不去看它。不知过了多久，列车终于到站。我们手牵手，像要给彼此鼓劲似的，来到 S 市十万人体育场。这是地下世界又一个超级洞窟，从一座特大型中转车站上像鸟巢一样生长出来。随着世界末日临近，在某些隐蔽力矩的自动调节下，地铁社会的每一个区域都如同有机体，发生着无法测度的新陈代谢和自主演化。

凭演出票在入口处领到一张 C 公司的保命机预售券。环绕体育场，铁签般站了一排红衣人，在检查观众，把可疑之人捉住并杀死，在尸体上插上"叛国者"标签，但看到我拿着演出票和保命机预售券，就把我放过了。进到场内，见看台爆满，歌迷们——大多是从僻远隧道和站台赶来的年轻人，有一多半也穿上了统一的红制服，在阿娇带领下，双手高举冰儿肖像，鬼哭狼嚎，地动山摇。他们都是没钱买 NASA 船票的基础阶级分子，是 C 公司的标准目标对象。看到他们脸上拼贴的幸福表情，我又自卑了，幼儿一样，死死拉住 K 的衣袖，就好像她是我的妈妈。不管你是谁，不管你是死是活，不管你是人是鬼，不管你是冷是热，不管你用什么态度对待我，现在，只剩下你了，你不要也离我而去啊，更不要欺骗我啊。我在心里暗暗对她央告。她却只顾打量那些红衣人，像是要继续她未竟的调查。

体育场上空投影出锈蚀金花似的斑驳星宿。为了演出顺利进行，C 公司的视觉艺术家暂时让酸雨停歇了。城市服务部门的充气滑橇像海底乌贼一群群冲上去，不停地仰俯跌宕。聚光灯啪啪暗下来，又喳喳闪亮。C 公司的图腾四处飞扬。全场观众排成团体操的队形欢呼雀跃。冰儿现身。我又一次见到她，不禁七窍焦热，身体也湿了。冰儿身披一袭袈裟般的赤色太空服，像 M 国科幻片中的圣女战士，叉开合成橡胶般的双腿，挺立在足球场中圈区内，粉白色的一道激光在她的卵形光头上投射出一个 C 型图案，而跟阿娇及 K 一样，她颀长的脖颈上，也佩戴着一个十字形饰物。一股刺鼻的鸭蛋气味向看台荡来。红彤彤的歌迷们前后左右晃荡，像汹涌海波中倒立的漂流瓶。我又瞄一眼 K，见她像是变作一只双翅戟立的化石蝉，做爱般发出腹腔共振的呜呜嘶鸣。她近在咫尺，却远在天边。我不禁偷偷把手又伸进了自己的裤裆。

像打开马桶盖子一样，冰儿微启艳厚的嘴唇，第一声歌唱，便挑破夜幕，把看台北端的一个聚光灯震落，跌得粉碎。那些广告一下都换上了新的图案。这是天塌下来的前奏吗？冰儿的歌声犹如无数心跳声、点钞声、列车声、唱和声、飞机声、脱衣声、拒绝声、洗浴声、死亡声、电视声……又如棋局、如海妖、如画符、如喜鹊、如飞机、如核弹，顷刻，我被缴械，被这毫无破绽的歌声俘获，丢盔卸甲。冰儿的每一首歌势如破竹，百万军中取上将首级一般，闯入写字楼、办公室、汽车、豪宅、农舍、车间、酒店、军人守卫的大院、各式各样的车厢……冰儿好似一个氨基酸多频脉冲振荡器，音乐台完全中了她的魔法，每期排行榜前三首必由这位十六岁女孩占据。她是地下世界的粘合剂，是黑暗混乱的福佑品，使一盘散沙而逃无所逃的居民们不再觉得被抛弃，并重建了信仰。

我不敢看冰儿，也不敢看阿娇，又扭头看 K。她两眼喷火，和大堆沙子般的年轻人一样，双臂平直伸向前方，举着画像和杂志猛摇。我畏怖地掏出身份证，对着上面的照片说："喂，你到底叫什么名字啊……"我把身份证举在眼前，拼命摇晃，仿佛要吸引 K 的注意力。她却根本不顾。

冰儿唱了几首老歌后，歌迷们便咆哮："《地铁》！《地铁》！"这是 C 公司的广告歌。冰儿的嘴部像弹簧一样来回闪动，面无表情唱起来：

我下了城际高铁又上 S 市地铁，
它拉我到人民广场站让我下车。
我花的时间总共不到一个小时，
却好像走过了大半个古老帝国！

歌迷们海啸般欢呼："帝国！帝国！"冰儿又唱：

我看见各地逃难来的父老乡亲，
肩扛着大包小包人人面带喜色。
本埠青年却阴沉着脸一言不发，
黑暗的眼神里面满是冷漠不屑！

歌迷们继续喧嚷："不屑！不屑！"冰儿又唱：

要说起 S 市地铁那可真是可爱，
车厢里面傻站着好多白相老外。
轱辘辘满载着城里人原地转圈，
乡下人坐过了站还愣是不明白！

歌迷们一阵爆笑："不明白！不明白！"冰儿又唱：

就在拥挤不堪的地铁车厢里面，
人的尊严和平等终于得到实现。
头挨头啊脚踩脚啊又肩并着肩，
没有了地位身份也不存在特权！

歌迷们纷纷竖起大拇指，排山倒海把双臂向上反复举起："特权！特权！"冰儿又唱：

上车的时候你争我夺热闹非凡，
下车的时候分道扬镳不说拜拜。
在这个跟时间拼命赛跑的年代，
谁又愿意把下一班车苦苦等待！

歌迷们又整齐划一跺动右下肢，汽笛般拉了长声，悲怆地轰鸣："等待！等待！"冰儿又唱：

新型地铁开辟了一条不归路线，
全力打造万有毁灭的终极虚幻。
借助三百万游荡鬼的精神能量，
不惜性命也要到新世界去冒险！

歌迷们的欢腾达到鼎沸的白热化："冒险！冒险！"

我想知道，这些孩子也是由死人复活过来的赝品吗？吸引他们不惜性命也要去冒险的新世界，于我而言，却成了未知之境。而这只有 C 公司倾力打造的全新地铁系统才能做到，它此时此刻比飞船或飞机更牢靠、更稳定、更玄魔，起着坚韧、实际而强悍的控制作用，使这个失去前途的社会重新有了希望，从而可以再次走上正轨。

又有十几座大灯被歌声摧灭，广告却更多姿夺目，鱼群般旋舞，黑浪滔滔。渐渐看不清冰儿了。她的位置上只剩下一个乌红的光斑，像一团幽灵等离子火球。滑橇被声浪拍得上下翻滚，一只接一只跌落，坠向岩壁，发生爆炸和燃烧。我头痛难忍，哇的一声呕吐了，又慑于女人威势，不敢独立离场。我在如刀似剑的歌声中甘拜下风，俯首称臣。但我仅仅是人海中看不见的一个小点。冰儿根本不知道我来了。这女孩又唱了几首大家熟悉的曲目，包括《温室效应》和《众神之车》。最后，是《末日之歌》。黑衣人把这一幕拍摄下来。在场边形如果冻胡乱颤动的五千名红衣人，也整齐地挥舞盾牌和电棍，高踢毛茸茸的长腿，加入合唱。红衣人成了群众演员。冰儿用歌声把形神俱疲、无处可去的年轻人团结过来，安抚下来，管理起来，好像要让他们成为拯救世界的中坚力量。

"你怎么了？紧张？哦，没关系，见到偶像，都是这样。"K见我昆虫一般挣扎，大概怕我死去，才不太情愿地转头劝慰。她说话时，捂住口鼻。K对我讲，冰儿已是 C 公司的签约歌手。C公司雇用了一批计算机专家和神经生物学家来设计歌谱。一首歌之所以能流行，需要其节拍旋律与人体生物节律形成亚粒子层面的谐振。科学家用基因计算机描绘出冰儿的身心数字地图，在此基础上用智能机器自动谱曲。冰儿的身体也被改造。她的皮下嵌入了可辅助演奏的纳米粒子。她唱的每一首歌，其节拍、节奏、时长、响度等元素，乃至和弦、和声的复杂性等细节，都符合人体内在生理冲动，都遵循物理学、生物学、化学和应用数学的既定定律。哦，未经证实的一种说法是，那架飞机的坠毁，就是她用海妖塞壬般的歌声给唱下来的。有人又说，她的每一首歌，都具有水的特征。水就是那种占人体百分之七十的神秘物质。由此，艺术成了一种制造业，它重塑人类的脑组织，使大家忘掉死的可怕，便能以昂扬的心态，在 C 公司的带领下，踏上新的末日旅程了。

"越是世界末日，越要引吭高歌。谁唱得响亮，谁就死得漂亮。C 公司要把蝉一般蛰伏在幽黑燠热或猩红冰冷地底的人们，用液体一样的歌声解放出来、联合过来、统一起来，积聚人气，提升士气，提高劳动生产率和消费水平。这是继测谎术和催眠术之后推出的最新技术，是民族企业的创新。说到底就是审美呀。据说只要有了艺术，这世界就还可以得救。明年电视台春节联欢晚会的音乐舞美，都要由 C 公司来设计。黑衣人就是来商谈此事的。"K 对我解释，斜眼看了看我的呕吐物。

"明年？距离世界末日不是只剩下六天了吗？"我看看体育场，见黑衣人布满各个制高点。我继续呕吐，喷出在 C 公司宴会上吃到的鲍鱼，它竟还活着，爬上 K 的裤脚。

"傻子，你好天真。C 公司不是打算冲破时间罗网，要永存于世吗？"K 遗憾地藐视着我，弯腰伸手捡起鲍鱼，送入口中吞掉，"你没有读过最新一期《读书》吧。你个性太软弱，不招女人喜欢，读后就会好一些，让自己立起来。"

说着，她掏出一本《读书》给我看。上面有篇文章讲到，在 C 公司的带领下，新一轮保卫世界和平的浪潮正在勃然兴起。运动的目的是重建地下乌托邦。这是一场真正的革命，以艺术为母题。革命，是为了对抗世界末日，也是为了获得解放和自由，这样就可以把列车从将至的暴死中拯救出来，打破 M 国人的安排。除了铺设新轨，并无其他选择。阻挡这一历史进程的人，都要从肉体和精神上被消灭。于是，从幽暗深渊中射出的投枪匕首，像杂技舞台上的道具一样，随时随地刺向"叛国者"。年轻人穿上红衣，投身运动，兴风作浪，今天揭发这人，明天打击那人，随兴所至的言论，都成了确凿罪证。人人都有可能被打成新型地铁的破坏者。坏分子被划分为九大类八十一小类，以方便惩处。集体梦游又开始了。科学地讲，梦游的成因来自染色体上的缺陷——不，不是缺陷，而是天然优势，每个人的身上都具备，时机成熟就表达出来，成为生存和发展的法宝。在 C 公司喝了土豆叶子汤的年轻人相信，世界末日不可怕，它意味着新世界的开始。死亡即新生。不要被外星人和 M 国人吓倒。为此，C 公司请冰儿担任了新世界的形象代言人。

"他们要的到底是什么呢？真是信仰吗？看上去好空虚。"

"是信仰，更是权力。他们真正想要的是权力。权力让人不怕死。咦，你总在喊死，难道不晓得吗？"女人的语气有些夸耀而做作。

"果然，是最后的疯狂啊……看这架势，真的只有 C 公司能够拯救我国了。这就是希望所在吗？"我把从胃中源源不断涌进口腔的东西努力吞咽回去，就好像害怕自己在如火如荼的运动或革命的浪潮中被边缘化。这也是受"随便律"的支配吧。

"喂，除了疯狂和希望这种陈腐的套话，你就找不到新词儿了吗？虽然身体不行，但你不要白白浪费这次看演出的难得机会啊，否则，怎么积攒自杀的勇气呢！我们不辞辛苦到这儿来听歌，对外宣称是冰儿的粉丝，但实际上是来找答案的，要为达到我们的目的而不懈努力。我们跟他们不同。"K 高傲地冲我甩起脸，瞬间又显摆出死人独有的冷漠，似在提醒我注意与她的真实关系，并保持与 C 公司的距离。

这时，头顶那片污脏的天空在歌声中共振起来，歪曲着扭晃两下，便砰然瓦解了。四周的看台，伴随《末日之歌》，一段段坍塌。嚣叫和崩溃中，歌迷被压死、砸死、踩死。冰儿视若无睹，高歌不歇。砖瓦、泥土和金属，暴雨般从她身旁滚滚陨落。幸存者昆虫般从死尸堆里爬出来，身上布满血糊糊的伤口，绽露出破损的骨头，在阿娇带领下，朝冰儿继续欢呼。冰儿像是达到目的，施虐般狞笑。这是她最美丽、最性感、最有女人味的时刻。我看呆了，看傻了，看得一动不动。反倒是 K 拉着我离开。这死人又一次把我救了。

"你为什么又要救我啊？"我恼火地冲 K 喊叫，好像责怪她——她妨碍了我去死。好不容易又迎来了机会。她不是自称冰儿的粉丝吗？

"咦，傻子，我不救你，你不就要死了吗？"

"可你不就是一个死人吗？"

"话没你这样说的。W，在女性面前，你就不能含蓄些吗！"

"K，你是因为不知道自己是怎么死的，才这么说的吧！"

"我是为了弄清我是怎么死的，才这么说的啊！"

"嗬，你不是早知道自己是怎么死的了吗？"

"我知道我是怎么死的，跟我想弄清楚我是怎么死的，这是两回事！"

我们好像要吵起来。对此我十分害怕，只好乖乖跟着 K，从体育场废墟中逃出，却把未婚妻阿娇扔在了里面。酸雨又哭坟般降下来，把我们从头到脚浸湿，将寒潮之气注入心底。逃啊逃，却在混乱中走散。不料很快在另一站台重逢。我们有些尴尬，只好再去坐地铁。乘客们尽是些惶恐不定却又喜悦不已的年轻人，也是逃出来的，衣裤撕烂，在重要部位显露出湿漉漉的扭曲如鬼魅的肉体形状。他们的躯干和动作就像印象派的画作一样影影绰绰。

"你们活得真有型呀。"我做出倾慕的样子，冲这些仿佛正在破壳之蝉般竭力发育的新人类说。

"是 C 公司组织的彩排嘛，具有很高的技术和艺术含量。难道可以毫无准备、两手空空去迎接世界末日这样的辉煌盛典吗？细节决定成败，科技加文化是第一生产力！喂，喂，你们还没有加入 C 公司吗？赶紧去申请吧！那可是令人自豪的民族企业哟！月薪比外资企业高多了，还有福利呢，也就是转世的承诺和保障，这就可以突破 M 国的时间封锁，到新世界去了！"他们异口同声，语气中充满鄙夷，就好像我和 K 是乡下人。

"彩排，彩排，正是这样！你们是在为冰儿祈祷吗？作为领唱者，她多不容易呀，就像一个临盆的女人，未来的希望都寄托在音道上了。这个时候，不是谁都敢出来牵头的。在这一点上，我倒是服了她。据说，为了让社会上的普通人有幸福感，哼，她连个人的私生活都没有了！"

听到 K 如此说，我不知她是什么用意，觉得她陷入了新的矛盾，只好点点头。但我实际上想着的，是周孕花冷艳、孤傲而凄美的面目。

唉，为什么宇宙会安排女人这种让人左右为难的生物出场呢？也就这样了。

地铁车厢里悬挂着一排排电视机，也在播出冰儿的演唱。K 却换了频道，玩起"蜀山外传之再造帝国"的游戏——在灭顶之灾中，世界毁灭了，一群粗莽的男侠客在一个女人的带领下投入拯救与重建工程。K 把自己代入这个女人。她咬紧牙关，耸动双眉，全身较劲，像要用这游戏来转移注意力。她太辛苦、太劳累了，也没有找到她想要的答案。她沉迷进去，不理我了。她一下一下认真打怪，杀得血肉横飞。这就像是她在转世的疲乏中找到机会休息。我看着女人与电视机交为一体，有些愤愤不平，又怕被她抛弃，便问："你这是神风攻击吗？"

"什么？"

"看上去很像啊，我也是刚刚听说。仿佛要去完成危难险急的任务，与天堂什么的有关。到底什么是天堂呢？"

她斜我一眼，像嫌我多话，没有回答。

"喂，你最喜欢她今晚哪首歌呢？"我只好换个话题。我害怕言谈中断下来，变成勾魂索命的永默。

"《众神之车》吧。"

"这我知道啊！"我急忙接上话茬，"这最早不是一首歌曲，而是瑞士人冯·丹尼肯写的一本书。他是个业余考古学家。他考证出上帝即外星宇航员。上帝乘坐宇宙飞船，也就是'众神神车'，降临地球，为人类送来文明。"

说到"上帝"，我周身血液像被电了一下。我想到被改造的教堂，以及列车上的 C 字符号。我朝 K 胸前的十字形饰物看去，见它正围绕中轴自行转动。

K 再次深入游戏，又不理我了，就好像我的存在是一个玩笑。我闻到了 K 身上早熟的少妇气息，却又木乃伊一般。这表明她或许真的死了，而死亡却赋予她神性或亚神性，与冰儿的气场熔融。电荷的蓬蓬寒风从游戏机屏幕上一阵阵刮出，拂动女孩的冰凉长发，在我脸上刀剑般砍斫，令我体会到遥不可及的冷寂爱意。游戏中的人物，哈利·波特、芝仙、日本少男少女、齐金蝉、绿袍老怪，冒着蓝色暴雪，纷乱打作一团。忽然又掺入了外星人角色，让我惊喜莫名。但似乎是早期科幻电影中的三脚火星怪，只是小喽啰，算不上大牌的"神"，正邪不清，飞来飞去，到处搅局，干扰玩家的视线和意图。外星人的现身，似出乎 K 的预料，她陷入无法取胜的鏖战。但她坚持打下去。我心忖，K 与周孕花、冰儿、阿娇、小蛐老师、龙角太太，可以划入这个殊异时代的新女性之列，却各具特色，以一己之力，冲上前线，抵抗世界末日。男人则很虚弱，比猫儿还差，成了被保护者。这让我面对女人，进退维谷。

玩了一阵，K输掉了。世界未能得救，答案也没有找到。她一屁股坐在地上，低声抽泣。没想到她竟也会哭，我一慌之下，便要去扶她一把。想到K小小年纪就经历了诸种无常和生死轮转，我不禁心生怜惜。但我也不知道怎么才能帮助她。我们便离开地铁列车。刚上站台，K就急不可耐要挽我的胳膊。我往回一缩，又很不好意思。我和她已经相处一段时间了。传说，世界末日前，能跟自己心爱的人待在一起，就非常好了。我渐渐把K想象为我一直错失的那个人。而且我们能在彼此还年轻时相遇，并在未老前死去，这的确让人心动。但我觉得，我对K的感觉，大概还不能叫作爱。我对这个词本身也感到奇怪，就跟我无法明白什么叫死一样。我又为自己在混乱来临时离开了未婚妻阿娇而羞愧。我真是恨不得马上死掉。

这时，很多从体育场逃出的年轻人，挥舞冰儿肖像和保命机广告牌，喝醉酒一样，故意冲撞我们。午夜时分，这些亢奋的孩子，在站台上暴徒般狂走，尖叫着联络，重新会聚成小团体，寻找目标，用小斧头把大铁钉打入人脑。K抹掉眼泪，夸张地用身体护住我，不让我被打到。一组刷满冰儿头像的流线型列车钻出来。我想逃上去，却被K拉住。才发现车厢里塞得满满的，都是死人，手脚枝枝丫丫从车窗里伸出来，站台上候车的乘客躲避不及，被扫落铁轨下。

"是C公司的无人驾驶收尸列车啊，终于研制出来了。"仿若见到熟悉的事物，K破涕为笑，像重新拥有了主动。

"这，就是众神之车吗？"我怯怯问。

"哟，真美！是由众人造出来的神，他或她乘坐的车舆呀!"

密密匝匝的红衣人手执斧头，身携铁钉，眉头紧锁，肌肉强暴，天使般紧随列车，嘭嘭嘭齐步跑动。他们每打死一人，便把尸体塞进车厢。然后大家挤到车窗处，抱住一台印有 C 标志的乳房状机器，仰头吞噬从里面喷射出来的红色汁状物。这让我馋涎欲滴。

我急促地说："今晚全城气氛异常，不知还会发生什么。一定要把保命机的购物券捏紧哦。"

K 轻蔑地瞪我一眼："跟我一起，你何必害怕!"

"我、我不怕啊……"我担心阿娇会忽然出现。

"傻子，别这样看人。你这样看人，就好像用死尸的视角。哈，哈。"

我瞧见，K 除了嘴巴在笑，脸上别的地方都没有笑意，色泽犹如极昼。我却感受到了女性身体在寒冷到极点时所固有的温暖，不禁想与她挨近一些。

"我要加入 C 公司，你不再反对吧?"

"哼，我怎么遇上了你这个胆小鬼。"

"那，我们还能去哪里呢?"

"离了我，你什么都不行。真想知道答案吗? 这样吧，我再带你去一个地方。"K 外强中干地痉笑，就好像我是她须臾不可离的玩伴。

我们又走进地铁，好像要重整旗鼓前去戏耍，顺便试一试自己的运气。列车在自动行驶。司机都参加梦游了，驾驶的职责交给了自动机器。狂欢达到顶点。地窟被一种类似极光的辉煌当头耀照，在微微蠕动，岩壁上幻化出冰儿或大或小的头像。K 用手遮住眼睛说："今夜空前热闹，我们去西西弗斯塔吧。得换个地方了。奥林匹斯山和虹桥，看来都不太灵。在西西弗斯塔上面，除了能够观赏S市的夜景，也再看一看能不能找到令我们困惑的谜题的答案。只有到最黑暗的地方去，才能看到最强的光明。只有到最绝望的地方去，才能找到最大的希望。传说《读书》编辑部设在塔中。说不定有杂志的原版呢，保存着一手的历史资料。我们现在看到的都是盗版，所以无法还原真相。另外呢，那里可是自杀的好平台哟。"

K重新欢乐不已的神情，令我惭愧而嫉妒。没有办法。我不得不随她坐下去。

在下一个车站，在阿娇带领下，一群红衣人拥进地铁，直接向我们扑来。K向他们媚娘似的献笑。他们没有还以笑容，而是把K捉住，几下剥光，当着我的面，轮奸了她。阿娇担任着现场指挥。

我遗憾或后悔地捂住眼睛。我对自己说，没什么，K只是一个死人。想到这里，我眼泪下来了。对此我像是感到羞惭，接着又开颜为笑。

发泄完的红衣人缓缓站起，朝我走来。我看了K一眼，她躺在地上，无声无息。我把求救的目光投向阿娇。但她面无表情，像是不认识我的样子。

我掉头逃入了另一节车厢，缩在角落，闭上眼睛。我听见红衣人如风般从我身边跑过。周围响起乘客的惊叫。阿娇下令，把乘客杀死。

过了许久，声音没有了。我睁开眼，发现又只剩下我一人。我小便失禁了。这也没什么吧。闹腾的人群幻影般消散了。我又遭到遗弃。

我看了看周围的死尸，略微想了想，匆匆站起身，走回刚才

K被轮奸的车厢，看到地板上有一摊污血。一群老鼠围着血在舔。我把老鼠赶开，俯下身嗅了一遍，身上才好像重新有了些力气。

地铁停下。我走出去。四面八方异常安静。"K，你在哪里呢？"我像走失的儿童一样絮叨，"你不保护我了吗？"我又一次把女孩想象为妈妈，咯咯笑了。

没有办法，我只得一个人往前走。我想，我怎么抛弃K了呢？这不是我要做的，也不是我能做的。

我看到一些残败的景致，像是断续的庭院和浮桥。我浑身臭烘烘的，边走边睡去。我醒来时，发现自己还在走，来到了一个以前从未抵达过的地方。

六、西西弗斯塔

我站在通天河西岸，看到对面便是S市新城。曾几何时，城市繁荣昌盛时，全世界的一流建筑设计师云集于此，独角兽一般，一群群簇拥在高峻的河堤上，互相搂抱着喘息，在对方汗渍渍的脊背上落下钢针，描画出妖娆古怪的楼宇图形，再借助S市的雄厚财力，把宏大的规划付诸实施。如今新城已沦于荒芜，颇似南美洲的纳斯卡荒原——经冯·丹尼肯考证，那便是外星飞船来到地球的最早着陆场。眼前似乎出现了K的身影。她像仙女一样迎风飘舞，在波涛间袅袅起伏。我犹豫一下，跳进通天河的波涛，朝东岸新城游去。

河水肮脏，绿藻麇集，呼吸淤塞。过了不知多久，我像肺鱼一样登上彼岸。堤坝上竖立着一块铝合金铭牌，用红漆书写着"未来"字迹。沿牌子指示的方向，我向前走去。群山矗立于前。但并不是山，而是林立的高楼，却像积木玩具，没有亮一盏灯，黑色的魔鬼一样遮蔽天际。渺无人迹。红衣人灰衣人黑衣人都没有来过。送风机吹起亿万张《读书》残页，鹅毛大雪般潮涌掀腾。植物都体毛一样被剪除干净。楼群脚下，正立斜支的，是筋骨毕露的暗赤色废旧金属雕塑，由淘汰的军队装备改造而成，有原子弹外壳、核潜艇潜望镜、第五代坦克火控系统、自行加榴炮基座、强击机火箭发射器……皆做成凝固的水流一样的西洋时钟形状，上面攀爬着黑色不锈钢蜘蛛，每座雕塑前立有"禁止拍照"的黄底红字牌，基座上镂刻了很大的 C 字。高层建筑都是宝塔状架构，塔身上有眼熟或陌生的标志，隐约可见"联合国"及世界各国图腾。这些塔都是中空的，里面没有住人。它们又好似航空控制塔，却有摇摇欲坠感。塔的下部潮湿肮脏，浸泡在瓦砾和垃圾中。

塔群中最高者，便是 S 市地标西西弗斯塔，一座灰白色佛教制式莲花宝塔，被无数黑色电线像古藤一样缠绕，霸主般跃于众塔之上，倾斜着向西方天庭伸拉出去，擎天柱般要独撑危局。我疑心，西西弗斯塔对准的方向，才是外星飞船将要驶来的航道吧？此塔不也正是机场导航主塔吗？这寸草不生的巨擘，上半截隐没在滚滚酸雨中，如同伟人被砍掉头颅。

K 的身影似乎又出现了，若隐若现，在前方引导。我跟着她，潜入塔中。我想起上一回她带领我爬虹桥峭壁的情形。我想，要是能爬到塔顶，再从上跳下，就太好了。只有死去，才能拥有平时得不到的女人。因为，这样她们就该明白我的须臾不可或缺了。

售票口无人，只伫立着一台 C 饮料自动贩卖机。阴宅似的空塔，似已闲置千年。外观宏美圆满，腔中却布满积尘，没过小腿。我缓缓蹚过，像在骨灰的沼泽中跋涉。除了可载数千人的巨型液压升降梯空驶发出的嘎嘎声，亦不闻其余声息。我走进礼堂般的朽破轿厢，觉得自己是一只小得看不见的虫子。垂直上行约一小时，到达宝塔观光层。这儿立有"极司非而站"指示牌，外壁上挂着一个地铁车头。又依稀看到 S 市漂浮在下，大海一般，瘴气蒸腾，微微泛动，节奏凶险，又如一头搁浅而死的鲸鱼正在腐烂。海滩上各式宝塔扭曲着朝四面八方长出来。癌细胞一样的雕塑纠结丛生，形成好莱坞电影中的机器岛屿景致，其间起伏着赛车跑道般的路轨，如乙状结肠从半空中交织穿过，但不见车辆。除了代表各国的塔柱外，滩涂上还倒伏着一片片"世界五百强"广告牌，诸如"沃尔玛"、"埃克森美孚"、"通用"、"丰田"、"大众"、"西门子"、"三星"等。

　　忽然，半空中，一些球形、矩形、三角形的光团飞来。"众神之车！"我叫出声。但仔细看，却不是飞碟，而是新型地铁车厢，里面坐满浑身惨白、神情木然的万千乘客，正凌空飞越。但眨眼之间，乘客都消失了。列车是全空的。它们没有在极司非而站停靠。这也没有一个解释。就这样吧。我咯咯而笑，犹豫着要不要从塔顶跳下，目光却滑向地面一堆印有外文字母的纸盒。我俯身打开一个，见里面装满浮点式超薄避孕套。我如获至宝，取出一只，含在口中，吹成气球，再把尾端扎紧，走到宝塔一角，迎风放出。这就成了有史以来第一枚"W 制"飞碟。我高喊："S 市，我爱你，就像老鼠爱上 C！"然后，吹了第二只、第三只……第十只……第二十只……我的神车们春雨般飘向海洋般的太空，像是拯救世界的奇兵，外文商标闪射出萤火虫似的五彩光环。在这过程中，我扒下裤子，对准夜暗中的万国宝塔群，发力喷射起来。我想象自己是一名大洪水制造者。我竟然罕有地勃起了。我不可置信地连连摇头，像是进入毕生最大的兴奋和苦恼。这至少证明了我自己不是外星人。

令人头晕目眩的天地，纠合成一支芜杂的黑色旋律，飓风般迎面扑上。我害怕起来，赶紧掏出《读书》来读。书中摘录了古代苏美尔人《吉加美士史诗》的片断——女神阿鲁鲁创造的人物安吉杜声称，他被一只奇异的巨鹰抓入天空，随着高度增加，神不断问他：大地像什么？大海像什么？安吉杜依次回答：大地像山，大海像湖；大地像花园，大海像水槽；大地像粥糊，大海像水盆……据冯·丹尼肯考证，《吉加美士史诗》的记载，显然是人类第一次宇宙航行中随高度上升见到的变化着的地表景观。女神阿鲁鲁就是外星人。

我再去看天空，期盼救世主降临。好歹见上一面吧。但依旧没有任何动静。宇宙慢慢被污秽的浓稠雨云挡住，但最高处却有极光似的光斑隐约浮动，似乎还是天蝎座吧。这时，我已把《吉加美士史诗》读完，也喷射毕，就虚脱了。这好玩吗？西西弗斯塔毫无反应。我提前把自己浪费掉了。我徒劳地想了一下 K，以及阿娇等女人，又看看下方，心想现在跳下去的话，没有人见证，算是白跳了。这样，女人们并不会想念我。在她们看来，我算什么呀。我就没有跳。这跟飞机坠毁不是一回事。我不会被当作英雄。我为自己仍然缺乏自杀的力量而懊丧。我想，如果 K 带我跳，说不定就跳下去了。但她被轮奸了，泥菩萨过河自身难保。所以，这是没有办法的事情。

我有些难过，便休息了一会儿。空中又出现了 K 的幻影。我想到《读书》原版，就继续往上爬。不知过了多久，我来到接近塔顶的地方。这儿有一道腥脏的红色水帘，像是什么哺乳动物的血管破裂了，热浪滔天，蒸汽弥布，腐臭刺鼻。我踩着及膝的积水，踽踽而行。洪水似乎已经发生过了，我是来得晚的。我跌跌撞撞穿越雨幕，看到一节孤零零的地铁车厢，从黑暗中棺材一样升出来。我壮胆走入，见它的内部倾圮了，浸泡在污水中。岩壁上长满一层层奇形的灰白色植物。后面有颜色脱落的油画，描绘裸露生殖器的天使。这也不是外星人。画幅后方有一组齿轮。我试着转动它，岩壁打开来，现出一个导洞，一面路牌上写着"未来的边缘"字样，连接一段腐蚀的轨道。我爬过去，才脱离了水灾。

沿着轨道，我抵达一处新的站台，千疮百孔，看得见下面的无底深渊。这儿似乎才是真正的塔顶，K说的《读书》编辑部就在此间吗？对比周围天空，才发现是更深的地窖。赤黑金属围岩上挂满珍珠似的细小红色瀑布，汩汩涌流，好像渗入的火山岩浆。"未来的边缘"更类似于"阴间"或"冥界"。距离天空大概越来越远了。不，这里或许才是真正的天空吧。我觉得空气变稀薄了。

地上散落着几个破损的宇航头盔，沾染血迹和脑浆，印有C字，而不是NASA。我捡了一个戴上，它与我的防火衣刚好匹配。我好像成了一个登临外星的航天员。这让我疑心西西弗斯塔在早期也许才是一座真正的宇宙飞船发射塔。一颗黑色月亮透过雨雾钻出来。黑月的左上角有东西蠕动。再次猜测，这便是传说中的S市官方对应星座天蝎座，姊妹城一般守护。星座中部有一个小小光点，乍看恍若萤火虫。是众神之车，还是死亡之星？我正待细看，更多的宝塔却泡沫般从脚下瓦砾中滚涌而出，海啸一样把地平线淹没。

这些宝塔均是八角形铸铁形制，细长的蛋青色橡胶基座支撑着烂银色的刹柱、相轮和伞盖结构，貌相粗暴淫邪，在塔高一半处凸出了以电线编织、青铜浇铸的莲花平台，却再看不出国别。

塔顶的佛光状火焰直刺夜空，红红绿绿，是罂粟花的造型，塔身上亦镌了 C 字符箓，具有尚未命名的新产业气象。我猜测，宝塔搭建的森林可能是高压电塔或者垃圾蒸气塔，组合成新能源中心，要为新世界的运转提供支持吧。

我怀疑这就是城市实验的核心区域。但实验的主持者又在哪里呢？却看不到一名 C 公司职员。我似已抵达天庭，却又如潜入更深的地窟。世界有强烈的翻转感。又有响声传来。一台盾构机正在塔身中打洞。成千上万只老鼠簇拥在盾构机后面。我心念一动，加入鼠群。不一会儿，前方出现了巨型蚯蚓，头部直径两三米。它看见有人，就扑过来，我躲避不及。这时老鼠呼啸跃上，将蚯蚓肢解分食。老鼠吃饱后就钻入岩层不见了。很快，一些长有短翅的人形生物飞来，降落地面，警觉地看了看四周，飞快吃掉蚯蚓残骸。我不知道它们在生物学上的分类，也不知其从何而来。是外星人吗？

一列地铁缓慢而无声驶来。白煞煞的车灯晃得我睁不开眼。里面草木葱茏，犹如世外桃源。植物丛中，规规矩矩坐着面目全非浑身流脓的孩子。有的孩子忽然像自动机器一样向我伸出手，像要把我拉下铁轨。我跟随幽灵列车前行，来到一处车站。四周是壁立的披满藤蔓的建筑。又有涂着 C 标志的列车开至，车厢嘎嘎地自动掀起，将里面的死尸噼里啪啦倾倒在站台上。尸山边很快又聚上一些人状生物，蝗虫般收了翅，佝身垂头观看。地面滚烫，起伏不止。我紧了紧身上的防火衣。

我绕过坟墓般的站台，拐入后面的冗长隧道，看到列车残骸堆积如山。两侧兀然耸起摩崖，峡谷般夹峙屹立，破损的车窗化作洞窟无数，悬落如画框，重叠累复，扶摇直上，窟中隐现化石般造像，或单体，或群像，非兽非植，而皆若人若神，赤白玄黄，离离蔚蔚，约有十几万身，却是神态淫亵，男女老少，湿热腥臊地纠缠，形体的裂缝间，溢出滚滚臭水。应是历经诸多寒暑，才凿刻而成的吧，依稀能看出，原本是艳俗的彩雕，但随着岁月消损，颜色尽蚀，身上铭文亦不可辨识，显露森然的恐怖与衰萎，残破不堪，就像在一场大爆炸中被冲击波毁坏。唯有几处警示"危险"的黄色标志，还算勉强能辨。

众多造像中，有一尊保持了相对完好的形态。这是一座伟岸的单身像，匿于一方矩形的浅凹洞窟中。我站在造像下面，还不及它的一个脚趾。这是一名年轻男子，盘腿坐在像是用整台机车残骸改造而成的一座祭坛上，双手胸前合十。他怯怯的样子，仿佛对做自己的事情不得要领。他的脑袋上覆盖了一层灰绿色丝状菌株，像一卷卷的发髻。他的头颅低垂在胸前，虽经历了时间的摧磨，仍可略见面容如满月，五官似艳画，肌肤若温泉，洋溢着高贵气质，却隐匿不住浑身的失败感和狼狈相。造像脖子上套着一条粗大的铁锁链，把他紧紧固定在摩崖上的一个十字形金属框架上，像是怕被谁偷走。他的下体仿若陶瓷，光溜溜的，已经熏黑了，丑陋难看。

我想问造像，你是躲藏在地底的天神，还是被宝塔镇住的妖魔？或者神和妖生出的杂种？你是众神之车的驭者吗？还是城市实验的主持人？你对发生在这里的一切负责吗？是你安排了列车和飞机的轨道吗？忽然我觉得造像神情之间很像乞丐。我从他脸上好像看到了自己。我对它说："找来找去，找不到真相。算命师不告诉我，乞丐也讲不清楚。我爬上西西弗斯塔，什么也没有看到。外星人没有来与我见面。他们到底存不存在呢？他们是要来救我们，还是来毁灭我们呢？各种办法都用了。结果什么也没有得到。骗人啊！就算有了真相，也是矛盾重重，互相打架，就像心脏上叠压了几十个磨盘，碾得血都没有了。K还要死多少次呢？她又离我而去了。她要么被强奸，要么主动请求被强奸。我却连区区自杀都做不到。这真的只是玩玩吗？谁能告诉我，谁能让我相信，这还是我生活的国家吗？是谁安排的这一切？真的没救了吗？"

造像少女似的咬着浅薄的嘴唇，落寞孤寂。我绕到造像身后，才发现它整个是用垃圾堆砌而成的。它的屁股沟流露出圆润、芜杂而无味的性感。我又见到一道深谷，谷中有一泓暗红色池水，很污浊的样子，这让我想到马桶。水底的轨道织成网状，上面游动着一串串玩具或模型似的列车，长着尖尖脑袋，像是飞机或飞船。枕木上覆盖着白骨。造像高高站在它们上方，像个总调度，却疲怠得连话也不想说。

我想知道，这一切是怎么回事？但我又警告自己，不要问，什么也不要问……莎士比亚在《仲夏夜之梦》中说过："千万不可评论你所不知之事，否则，你可能会用生命的代价，来补偿你所犯下的错误。"

一个人影似的东西在岩石上摇曳一下，就消失了。似乎是K，却又像是我自己被微弱地火映照出的影子。我怀疑我原本就是一片影子——这才是总也无法自杀成功的真实原因。我似乎听见女人的声音在空气中萦响："再睡会儿吧，睡着了哪儿都是路，连地狱中都是路。"我闭上眼睛。我真的好像睡着了。但我不能确定，这是睡还是死。或许都一样吧。无所谓了。

不知过了多久，我睁开眼，看到地上扔着一本发黄的《读书》。我就捡起它，跟随萤火虫的照明往回走。虫子的光焰无非是尸体的磷火。地底的萤火虫都是靠吸食尸液发光的。

光照之下，眼前出现了一个人，一个全身苍白的男人，两腿分叉骑在一具悬挂着的死尸上，荡秋千一样摇晃。

七、黑暗超越想象

"你是谁？"我问。

"你看我是谁？"此人发出猫打呼噜般的喑哑声音，身上飘来一股焦臭的机油味。他长了一张颧骨凸现的尖脸，像个骷髅头，脸上无肉，眼窝是两只因力气耗绝而悬挂的大洞，脑袋上没有一丝毛发，头盖骨上弥布着蛛网般的纹路，其间不停闪烁密集的静电蓝光。他看上去年纪很大了，像有九十多岁。他荡一会儿秋千，又抄起一只铜壶，仰脖张口牛饮。

"你，是外星人吗？"

"外星人是什么玩意儿啊？"

"你看见了天上那星辰吗？……天蝎座。你是坐众神之车来的吧！"

"孩子，你产生了幻觉吧。外星人嘛，的确是有的，但不可按想象去塑造外星人。"怪老头儿透明见骨的皮肤上浮萍般游荡着尸斑似的色块，又仿若恐龙身上的碎鳞。他的生殖器依稀可见，像是用纸绳搓成的一个作品。

"那你到底是什么？丧尸吗？"

"地铁里面可没有这东西呐。"

"你是上帝吗？"

"上帝？你中什么毒了吧。"

"或许，你是《读书》主编？"我摇摇手中的杂志。

"这回有点靠谱哦，但我不是主编，而是主编助理。"

"主编助理？你怎么会在这里？"

"这是《读书》编辑部旧址呀。"

"但是，看样子，只有你一个人。你的组织、你的领导呢？"

"哦，组织解散了，领导自杀了。"

"所以，现在市面上流行的《读书》，都是你编出来的么？"

"不好意思，正是在下。孩子，你又是谁呢？"主编助理脸上微微露出好奇的神情，"很久以来，几乎没有人类能够来到这里。"

"我是 W。"我掏出身份证，不自信地展示。我寻思要不要告诉他，是 K 让我来的。但我只是认真地说："你能告诉我这一切的答案吗？"

主编助理大概真是很久没见到人了。他忽然间满脸充血，兴奋地拉着我，讲述起他是怎么变作无主游荡鬼的——

他年轻时，曾是梦游时代的一名铁道工程兵，参与了国内首条地铁线建设。那是无上光荣的职责。很多人报名参加，要经过严格甄选，淘汰率很高。年轻时他在各方面条件都是过硬的。家庭出身好，历史清白，思想进步，身体健康。根据上级指示，修地铁的目的是要抵御 M 国的入侵。那时我国与 M 国不共戴天，正准备进行决战。地铁既可用来运输兵员和战略物资，也能防御 M 国的导弹核武器，是民族在战争中生存的终极掩体。但地铁似乎永远也修不完，像筑长城一样，无尽无头。它成了一座超乎想象的宏大工程。亿万财富和人力投入其中。建造者甚至不知道他们修的到底还是不是地铁。而预言中的 M 国发动的侵略战争迟迟不来。

工程兵仍然忠于职守，兢兢业业，像工蜂一样埋头干活，决心把火热的生命奉献给伟大的事业。他回不了家，老婆就带孩子来探望他，却找不到他了。原来，他因为工作出色，被调到地铁总部，从事《读书》杂志的编辑工作。这其实是秘密战线的一部分。《读书》隶属于国家安全部门，它从事的工作是搜集有关 M 国和外部世界的情报。战争虽然没有爆发，但 M 国始终是最大威胁。地铁最害怕的是因为信息不灵而迷失方向，走上错误轨道，从而给 M 国以可乘之机。所以就要以文化为掩护，搜集和汇总信息。同时，也过滤有害信息，重新编码，向地铁乘客提供，用来鼓舞他们，让他们继续坐下去。

工程兵并不情愿当情报人员，而只想做修地铁的技术活，可是作为军人，他只得服从。到《读书》编辑部后，他遇上一名女编辑。她诱惑了他。她告诉他，一切不是他想象的那样。地铁根本不可能抵御 M 国人的钻地核弹。他们造的其实是民族的坟墓。

"坟墓？那为什么要修它呢？"

"噢，好玩呗，为了修而修。"

"不可思议。"

"地铁是靠惯性运行的。"

"所以就这样弄了几十年？"他想到自己用掉的青春。

"可能不只几十年。"

"那是怎么回事呢？"

"我也在找答案啊。"

听了女人的话，他很吃惊。她就带他去仓库，看储存的旧版《读书》。原来，《读书》最早时不是这样的。当时它还不是一份情报刊物，而是一种文化读物，是思考世界为何存在、历史怎样发生的平台。只是到了后来，它才被改造成了这样。这也是形势所迫吧。

工程兵和女人开始同居。发泄情欲多少可以缓解痛苦。通过与年轻异性交换体液，男人的人生观、价值观和世界观改变了。

他甚至忘记了老婆孩子。

女编辑的父母都是地铁司机，早年在事故中死去。她最初的工作，是在纽扣工厂，为地铁乘客做衣服纽扣。地铁不断发生爆炸，她把纽扣钉在一个又一个死人身上，也钉在他们的眼睛上。这样就可以锁定他们的身份。后来她结识了一名《读书》编辑，跟他好了。她从他那里，知道了很多令人吃惊的事情。他告诉她，是《读书》最早预言了世界末日。但这个男人不愿意做情报工作，不久就自杀了。她痛不欲生。

当时，地铁世界亟需情报工作者。她就申请加入了《读书》。在她看来，钉纽扣跟搞情报在技术上是一脉相承而息息相通的。《读书》是把整个地铁凝聚起来的工具，它的作用相当于往乘客的大脑里钉纽扣，编辑所做的无非是把情报和信息分门别类，定向提供给地铁管理者或者普通乘客。

她白天做情报工作，夜里则研究已故男友留下的旧版《读书》，并暗中借给叛逆的乘客阅读。关于世界末日的内容，都是从她这儿泄漏出去的。这引起了灰衣人的注意。

世界末日的信息被严密封锁了。这时她决定反抗地铁，参加恐怖组织，用人体炸弹破坏列车。

"一定要这样做吗？"工程兵问她，看着她和她的同志们把他费尽心血修建的铁路一段段毁掉，就像弄坏一道道沙堤。

"必须的。"

"难道，也很好玩吗？"

"这却不是为了好玩，而是为了信仰。"

"信仰？"

"因为这条轨道，不是我们想要的。"

"为什么？"

"哦，也不为什么。"

女人成了地铁世界的破坏者。她的信仰就是毁灭地铁。而在她看来，毁灭地铁正是为了拯救地铁。拯救一样东西的唯一办法就是毁灭它。但之后怎样呢？再建一条新的吗？重复以前做的吗？然后再来一次毁灭？她要是不在了，谁来做这个工作？这又该是一场怎样的新拯救？她没有答案。世界末日将临，无法多想了。她越来越率性而为，大搞破坏。她带着工程兵一起干。他开始时还迟疑，但很快来劲了。直到有一天，她把自己炸得粉身碎骨。他把她不忍卒睹的尸块收拾起来，埋进万人坑。

女人死后，男人继续做编辑工作，因为业绩突出，获得赏识，被提拔为《读书》主编助理。这给了他进一步探究真相的机会。通过寻找和研读更早版本的《读书》，他看到了常人难得一见的秘密，那也是女人一直探寻的。白天，他勤奋工作，搜集情报，欺骗乘客，运维地铁；夜里，他与地下组织的人们一起，共同研讨《读书》，参与恐怖行动，破坏地铁行驶。他有时觉得，这样做是为死去的女人复仇，是继承她的遗志，但有时又感到，无非让自己放松一些，逃入另一世界。毕竟，这种破坏行为也无法真的挽救地铁。然而他又无法确然松弛下来。他成了一个分裂的人，越来越压抑焦虑。

在一次爆炸中，他把前来找他的老婆和孩子杀死了。这让他的悲伤无以解脱。他也害怕他做的事被灰衣人发现，担心受不了酷刑折磨。他的精神终于垮了。

他于是自杀了，像是模仿他女友的前男友。但始料未及的是，他又活了过来。他的大脑记忆被扫描下来，上传到现在这个身体里。

"平行隧道里隐藏着许多台绞肉机，它们是不满地铁的另外一个秘密组织建造的，这个组织的骨干成员是无主游荡鬼。他们把意外死亡的乘客尸体收集起来，搅拌之后将原子重新进行拼接，利用智能微生物矿工，在流水线上再造三维躯体，并用二进制数字手段，把死者的思想扫描到重构的大脑里。这种大脑不比寻常，手指头那样大小的一块芯片上，拥有一百亿个神经元和一百万亿个突触的微处理器，相当于一侧大脑半球的神经细胞数量，而它全部是以生物活性材料为基础的，也就是说，最大限度保留了蛋白质。所以我现在也不是什么机器。"主编助理像是轻描淡写一般说着。

就这样，他被复活了，却不像十九世纪玛丽·雪莱在《弗兰肯斯坦》里创造的怪人那样简单复活，而是被改造成了负有特殊使命的人，加入了无主游荡鬼的组织。他被派去查找最早的《读书》原版，它也被称作"鲸骨"。

"所以，你现在是无主游荡鬼。"

"也可以这么说吧。"

"无主游荡鬼的组织为什么要这样做呢？"

"也是为了信仰。"

"就是马桶吗？"

"说什么呀。"

"哦，没什么……"

"无主游荡鬼认为，《读书》中保留了地铁的记忆，如果能找到它，就能还原真相，重掌列车，改变命运。"

"不再破坏地铁了？"

"破坏了它，也救不了它。"

"你现在的任务很了不起。"

"组织说，这个民族总是被他们中最伟大的人保护得很好。"他显出自矜的样子。

"无主游荡鬼，据说有三百万啊？"

"那是对外号称。实际只有五万。"

"你自己还有什么变化呢？"

"作为鬼，视角从此与众不同了。"

"换脑思维吗？你都看到了什么？"

"利用新的大脑，或者大脑中植入的新记忆，我进入了更早的《读书》版本，终于看到了这场行程的缘起。"

主编助理带我绕到造像身后，去看万人坑。地铁世界中有很多万人坑。骷髅重叠骷髅，像山一样，像海一般，无边无际。原来，我们一直住在死人身上。在这个世界，各种原因造成的死亡，随时随地都在发生。

主编助理从万人坑里抄了一些腐肉和碎骨，扔入壶中，摇了摇，又有滋有味喝起来。他的身体和器官似乎还保有人类的某些属性。

"在无主游荡鬼这儿，美酒都是这样制作出来的。"他仰脖咕嘟灌了几下，把壶传递给我，"这才是真正的酒，而不是含酒精的 C 饮料。后面那种是骗人的。"

我喝了一口。壶中的液体剧烈扭荡，发出一道尖碎的声音，好像女人在痛苦呻吟，在这种地方听来，格外撕心裂肺。不知道这里面有没有主编助理前女友的因素。

我们在万人坑边坐下，不停喝酒。主编助理像才重新找回了自我。他很长时间没见人了。他比我更不幸。世界末日前，无主游荡鬼的组织也遭到灰衣人打击，他们不得不转入更秘密的活动状态。主编助理需要隐藏自己。他从怀中取出一本《读书》给我看。

"孩子，你不是想找答案吗？真相就在这里。"他说，"上面这篇文章是我写的。我把探索的发现记录了下来。"

我接触到的《读书》版本已经太多。对此我感到厌倦。但我还是看了起来。主编助理写下了一些匪夷所思的事情。

我终于找到了《读书》早期的版本。据"鲸骨"记载，这列地铁原来是有两名人类司机的。他们互相不服，都想夺取地铁的控制权，其中一名司机就把另一名司机谋杀了，他自己与计算机融合，进化成新的车控系统，称作地铁 AI，全面控制了列车。

地下的恶劣环境，大家也都看见了。可以想见，地铁 AI 受到的压力有多大！为减轻压力，它就把自己的神经中枢与每一名乘客的大脑相联，这意味着每个人的大脑，都是车控系统的神经末梢。在此基础上，整个地铁形成了一颗集体大脑。可以说，人人都是司机，都是驾驶单元，这是一趟全民所有的列车。列车即乘客，乘客即列车。人人对列车负责。乘客的一言一行，都关系到列车的安全运行。地铁 AI 以此分解任务和压力，同时它又牢牢控制住每个乘客。这样，大家都绑定了。谁要觉得这趟旅程有问题，那你就参与进来解决问题，而不是在一旁发牢骚。最初，这是很有效率的。

但是，随着时间流逝，乘客们开始分化，有人龟缩起来，变得懒惰，无所作为，不愿与系统同步思考。有人看不到前途，眼睛里只是无尽的空虚，却难以找到自我了结的理由，怎么死，何时死，都不由自己作主。有人变得躁狂激进，加入了娱乐团队，在少女的歌声中让自己麻醉……"集体"营造的幻象开始瓦解。乘客变作群氓，只是盲目随大流涌动，自私的本性也暴露无遗，许多人甚至把车厢占为己有并加以拆解，营造个人的安乐窝。他们结成许多小团体，追逐一己私利，而不是列车的利益。还有一些人，则试图与地铁 AI 脱钩，发起反叛，甚至连情报机关《读书》杂志的一些编辑，也蠢蠢欲动，企图毁坏列车。

这对系统形成了威胁。地铁 AI 对此气急败坏，但它没有采取更有效的措施，而只是简单把怒火发泄在乘客头上。它怀疑和憎恨所有人，认为人人有罪。乘客是卑劣的、昏庸的、滥情的、无理智的、无定力的、不可靠的。地铁 AI 再也不相信乘客。它与乘客日益对立，它自己则愈发独断。它把算法升级为暴君模式。它组建了灰衣人军团来做打手。不少乘客被它认定为叛逆者而遭处死——死刑的种类有很多，除了地铁 AI，谁也想不出。死不打紧，死的方式才有意义。有的温和一些，有的残忍一些。还有一些乘客被作为开辟新轨道新车站的实验品，送入危险的环境自生自灭。没有一个人是自杀的。这个世界上只有作为处罚性质的他杀。说到自杀，这是对地铁 AI 的亵渎和冒犯，有损它的尊严和权威。但正因为如此，怀疑并看破这些的乘客开始结成自杀者组织，试图挑战底线。

这使得地铁 AI 更加暴怒。它杀掉更多乘客，并相信这是在清理坏掉的大脑神经元。它疑神疑鬼，它快要疯了。它觉得只有把乘客杀光，自己才能安全。但这实际上严重伤害了它。它的神经元越来越少。行程进行不下去了。世界末日逼近了。

那些清醒的乘客为了躲避地铁 AI 的迫害，要逃脱世界末日，就在自杀后把自己改造成无主游荡鬼。他们不想再做人了，不想再以乘客身份活着。噢，说到这些游历在地下的鬼们，也就是所谓的医学再生人。有的，是大脑被拷贝入新的合成躯体；有的，直接变形为僵尸，禀受地下纳米植物的支配，身体由超级细菌构成，在地底活动，靠吸收岩层中的铀元素为生……在地铁的某个生物资料库中，保存着生产无主游荡鬼的完整数据模板，直接脱胎于地上世界的虚拟现实游戏，名为"蜀山外传之再造帝国"。这一定是先辈中的高人，预知到会有这么一天，而提早准备的吧。无主游荡鬼结成秘密组织，以此摆脱地铁AI的控制，试图重新掌握列车的前进方向。有的人看着是人，其实也是鬼……

"我们这趟车，一半是人车，一半是鬼车。这样也许能推迟或避免倾覆。"主编助理耐心等我看完，醉醺醺地说。

"但这些都是真的吗？"

"鬼不打诳语。"

"好吧，我相信你。但我想问的是，在这之前，发生了什么？"

这是一个愚蠢的问题。我想我要是死人，之前发生了什么，又有何意义？我看着万人坑中的尸骨，想判断自己的原件是不是也在里面。但我忘记我的身份了，又与组织失去了联系。我想到了K和她的前男友。他们也是无主游荡鬼吗？嗯，一半人车，一半鬼车。但无主游荡鬼操控的绞肉机系统与K提到的M国量子转世系统，其实是一回事吗？说不定也应用了外来技术吧。

"说起来，那是很可怕的一幕景象。无主游荡鬼的组织，冒着被灰衣人剿灭的危险，一直在查找答案。"主编助理又喝了一口酒，语气凝重低沉下来。

"找到了吗？"我紧张地问。

"经过对早期《读书》版本中线索的拼合，发现了有关传说中的地上世界的记录。"

"传说中的地上世界啊，那儿是……"我感到酒气冲上头脑，仿佛看到K正被一群怪兽强奸。

主编助理说，在那传说中的地上世界，无边无际、无休无止下着蓝色暴雪——从没见过这么大的雪，跟酸雨不同，它并非自然界的雪，也不是艺术作品，不知道它究竟是什么，没日没夜，老那么下，停不下来。暴雪覆盖的天地中没有一个活的生命，一片洪荒，就跟外星球似的，也像恐龙刚刚灭绝时的远古地球。

"这便是上一次世界末日后的景象。地面的生活不复存在。我们建在那儿的国家已经覆灭。我们不知道自己的先辈是谁。乘客再也不能回到那个世界。我们从前的节奏和韵律都丢失了。几千年的文明传承也断裂粉碎了。我们对地上世界的记忆，也许只剩下了酒——但就连它也要无以为继了。"主编助理哀怜地说，肮脏的几滴眼泪洒到酒壶里。他就像一个老年丧子的人。

"原来，我们以前，果真是生活在地上的。"我哀怨地说。那便是K一直孜孜以求要去的地方。但K却没有能够来到这里。也就这样了。

"所幸，在灾难来临之际，少数待在地下的人，幸存了下来，把地铁改造成了逃难的工具。活下来的乘客从此居住在地底，不停在黑暗中旅行。谁也不敢回到地面。一旦回去，看到天空，就统统见光死了。乘客无法承受蓝色暴雪。谁也不知道它是什么，谁也不知道它有多么危险。它并不是自然界真实的雪，因为连地球大气层也消失了。毁灭我们家园的，是超级病毒，是核冬天，是纳米武器，还是时间本身？总之，它是我们尚不清楚的某种神秘至极的巨灾。我们对故国究竟是怎么灭亡的一无所知。

但我们在地铁上重建了国家。这是一场全新的实验。你须知道，地铁要是没有了乘客，便会立马崩溃，实验也就进行不下去了。认命吧，能够作为上一个末日的幸存者逃到地下，躲入有岩层和铁皮防护着的、仍然在以国家名义运行的列车中，已是莫大福分。"

"这就是真相呀。"不知怎么的，我有些失望。

"孩子，我告诉你，整个国家就是一列地铁。确切来讲，是一列新型的超级地铁，它是一个活体。它拥有智能，根据先辈设计的鬼魂程序，它可以在原子层面控制物质，发生自主演化，通过随时调整，适应全新环境。每节车厢都是它的组织器官，处于不断的生长、死亡和再生中。"

"它要开往哪儿呢？"

"它是在垂直向下行驶，要穿过地心，开往地球另一面的 M 国，到那儿去寻找终极避难所。这就是事情的真相。"

我想，这不就是 C 公司做的吗？所谓的冲破 M 国的时间封锁，原来是要到 M 国去。这就是受先辈的鬼魂程序控制的地狱至天堂之旅呀。我把手放在主编助理肩上，咯咯笑了。我觉得这不可能，我国不会这么做的，听上去，多么像在黄泉路上啊，无异于自杀……自杀之念一起，我就自卑起来。我想到了埃米尔·迪尔凯姆的《自杀论》。这位作者认为，当个体与社会团体或整个社会之间的联系发生障碍或产生离异时，便会发生自杀现象。自杀有利己型自杀、利他型自杀、失范型自杀和宿命型自杀四种类型。一个国家的自杀，属于哪一类型呢？我又觉得，这正是我国做得出来的事情。这里的人都喜欢下贱，喜欢自虐，喜欢 SM。自杀是大家不二的选择。所以主编助理讲的有可能是真的。只是，这个世界，比我想象的更黑暗。我缓缓伸手摸了一把自己的腋窝。那儿湿淋淋的，就仿佛臆构中异性的裆部。

我又瞄了一眼手中的《读书》。我这个人哟，不过是错印在字里行间的一个符号。也就这样了。

地铁车厢又震动起来。但还有另一种离奇声音。我看过去，见主编助理手执一条土坯似的死人小腿，满脸贪婪地啃噬，嚼上几嘴，喝一口酒。

老头儿醉眼蒙眬地说："说起列车的目的地 M 国，一提起来就心情矛盾。不是说要跟他们生死决战吗？这才修的地铁哇，把它当作终极掩体，抵抗导弹核武器。但实际上却是利用地铁的特性，打穿地层钻到 M 国去。这是先辈们走投无路时的艰难决定。早年的《读书》编辑部作为智库，也为先辈提供了决策咨询。说到这里，我想到'五月花'号航船，据说从欧洲驶到美洲，才让 M 国人生存繁衍到了今天。我们如今的旅程，多像当年 M 国人的先人，远渡重洋去到新大陆哩，仿佛一个美好的未来就要呈现在眼前。但真的是这样吗？我之前的女朋友是反对去 M 国的。她说信谁也不能信 M 国人。不管怎样，这是先辈的决定。据说其实也有争议。仅在《读书》编辑部内部，七名编委吵得脸红脖子粗。最后实行民主集中制，进行投票，又由主编拍板。这事过后不久，编委会成员便在一起列车事故中死了……这是地铁 AI 采取的灭口措施。只有我侥幸自杀了，才逃脱这一袭击。可怜噢。"

我觉得主编助理也是个矛盾中的苦恼人。他其实便是先辈的一员吗？工程兵什么的，不过是用来做掩护的身份。他已经转世了好几遍吧，而他也无法完整记起来了？我想到那些不时发生的列车爆炸。原来是主编助理这样的地铁破坏者制造的，相当于一种独立从事的、具有美学意义的艺术活动，与酸雨艺术相映成趣，也是试图让乘客保持清醒的一种选择吧，从而与地铁 AI 抗衡。但他最终成了无主游荡鬼，就转而从事另一项不可思议的事业了。他要保障这列地铁，按照先辈们的遗愿，在正确的方向上稳定行驶下去，直到它平安抵达地球彼岸的 M 国。

我听累了，不禁站着睡着了。睡梦中我又犹疑起来。主编助理跟我说这些，究竟是什么意思呢？

八、地心之旅

待我醒来，主编助理就带我参观地铁。他说如果感到紧张的话，不妨把这当作一趟工业旅游。世界末日之际，还能享受旅游的人和鬼都已不多。谁也不知道，何时才能到达 M 国。先玩玩吧。他愿意陪陪我。

我们去到西西弗斯塔更高的地方，或更深之处，好似跃上海底，亦如潜入天空。我看到了主编助理前世的一个身体，背部及肋下插满胶皮管子，置放在盛满绿液的玻璃瓶里。这大概是他当工程兵之前的情况吧，甚至是更早的情况。原来是一个鳄鱼模样的动物，看上去也就是那种处于进化早期阶段的生命形态，周身披鳞，脑袋硕大，眼睛很小，四肢萎缩，胸部有一处枪伤创口，卧伏着一动不动。主编助理把这种东西称作"人"。而现在呈现在我眼前的这具会走动的老年躯体，只是那玩意儿的人工义身，也叫作"用户幻象"，简称"无主游荡鬼"。

我看到这个，才明白地铁世界中至少存在三种生命：地铁乘客，鬼，曾经掌控《读书》编辑部的、鳄鱼一般的动物或"人"。

那么，我是什么呢？唉，无所谓了。

主编助理说，还有别的生命形态。地窟深处，因为时间流发生变化的关系，再加上先辈们孜孜不倦的主观设计，生命进化的方向和程度已经大为不同。更不要说在以前的次文明更替周期中，生命已衍生出无数的千奇百怪形态，这样或有一些能够通过淘汰而幸存。

"比如你，"他说，"目前这种像你我一样的，雌雄异体、缺乏体毛、长着四肢、双足直立的生物，其实是一种变异产物。在前世界，我们的先辈不是这般模样。所以关于究竟什么是'人'，他们原本长得什么形状，实际上一点儿也不知道。你看到的这鳄鱼状生物，可能也是中间态，是一种过渡版本。从地面撤离之时，走得太急，连个化石也没能运下来。文献资料都销毁了。《读书》最早的版本也遗失了。但这又有什么关系呢？干嘛一定要晓得人是什么呢？"

主编助理装作不认识似的盯着那玻璃瓶里的怪物，说了这么一番话。看着这东西，我不由想到主编助理破碎的家庭，他死去的妻子和孩子，还有他的情人，腋下暗暗浸出更多苦汗。

主编助理又说："缺失链条的那个年代，究竟发生了什么呢？是什么毁灭了地上世界？跟中生代恐龙灭绝或者寒武纪生命大爆发一样颇是费解。不过，这倒也没有关系。虽然生活在地底，我们仍然称自己为宇宙的精华，万物的灵长。至于自诩为'人'，干的是不是人事，也无从计较，便不用背负任何思想负担了。"

我点点头，心想他说得不错哇。

西西弗斯塔的顶端，有一个碟形舱，便是地铁驾驶室。但没有司机，只是一排排的监控器，屏幕眼花缭乱闪烁不停。主编助理说，这表明地铁 AI 还活着。

"这是无数驾驶室中的一个。地铁 AI 不断设计出一个又一个新车头。至于它平时藏身在哪儿，谁也不知道。它已经厌倦了这趟旅行。它越来越感到无聊。所以它总在一心一意设计新车头。它认为一个好的车头能够改变时空结构，为旅行增添趣味。这样很好玩喔，可以减轻它的无聊。说是狡兔三窟也可以啰，其实也就是自欺欺人的躲猫猫游戏。地铁 AI 的能力十分强大，但它越来越像个胆小鬼。然而，心血来潮时，它也很专横，到处杀人。在这方面它心狠手辣，跟魔王一样。无主游荡鬼的组织就是要跟地铁 AI 抗衡的，要来纠偏。在与灰衣人的斗争中，我们从地铁 AI 那里夺取了资源。"

在与驾驶室相邻的几节车厢里，堆积着更多玻璃瓶，有些已破碎。里面盛装着一些像是动物胚胎的东西，身上涂满黏液。大都不会动弹，造型却更古怪。有的仿若曾经出现于志留纪晚期的头足类生物，有的看上去仿佛昆虫，有的类似蛛形纲，有的像是身上长出了短翅的始祖鸟，有的是额上有六十只眼的怪物。它们都不是古代的生物，而是在地底由人工造出来的、具有思考能力的智慧生物。主编助理说，为了适应地铁进入的特异环境，必须设计出新物种，也就是乘客的加强版变异类型。他们都是不具备个性的，用机器打印出来。

"改动很大啊。"我感叹，不禁低头往自己身上看了看。

"没什么，怎么改都可以，只要技术允许。记得《读书》早年曾刊登一篇文章，讲生物不过是基因的载体和基因传递的媒介，也就是说，生物本身没有意义，它只是为了某种突发奇想般的目的而临时组装起来的工具。凑合吧。没什么了不起。"

"但为什么不让大家干脆统统死掉呢？这样就简单了。活着没有多大意义。"我想着自己在地铁里过的那些苦日子。

"的确，很矛盾。但矛盾才是世界的真谛。虽然没有意义，却还是要活下去。至于为什么要活下来，这也没有意义。正是没有意义，才要活下去。"主编助理一本正经的话语中蕴藏着我所不能理解的深意，也是一种辩证法吧。国情相对论作为指导思想，并没有失去应用价值。这反映了先辈开拓的哲学，哪怕他们死了，还顽固地行使着统辖权。

他又说："也许，这无非是为了让未来的每个人都变得彼此不同。有迹象表明，先辈们试图把每个生命设计成一个单独物种。这是一种未来理想状态。极端环境下，人与人最好不要沟通，更不能交配。没有必要组成家庭，自然谈不上一夫多妻制一妻多夫制什么的。这是社会麻烦的根源。活在地铁中，生存是第一要义，就不要搞得那么繁琐了。这样一旦有人死了，也不必苦痛忧伤。作为人的友谊和仇恨都自动消除了。人多了，成为'我们'，成群结伙搞在一起，就要互相感染，会出大问题。最差的情况是自我毁灭。亚当和夏娃便是失败的先例。这大概是先辈们冥思苦想出来的应对世界末日的一种方法吧。主旨是，必须消灭'关系'。最好是一人等同于一个文明，这样占有资源还少。不要相信什么合作，这是进化中落后的形式。新人类只用克隆方式繁衍后代。但身体的极限进化还在其次，更要紧的是智力水平提升。个体优异者能达到平均数的七万倍以上，也就可以独立承载文明了。机会好的话，通过竞争淘汰，他们中的一些也许会成为超人种族，像古代先贤预言的那样，建立和谐社会，把秩序颠倒过来，把法庭变为仁爱殿堂，让军队做清洁、种树和搞建设，使工作艺术化和娱乐化，将反常变态之事化作社会进步的动力……当然，前提是干掉可能构成挑战的对手。他们彼此间不会也不能建立信任关系。这是一件好事。他们是有史以来最冷漠的物种。这是连神也嫉妒的物种。他们是在地铁世界里成长起来的新生命。他们看人，不再将其视为一个人，更不会把他看作一条命。由于有了这些禀赋，他们中的一些才有可能在这次艰辛而漫长的旅途中存活下来，最后到达目的地 M 国，一劳永逸逃出世界末日。但这事眼下说不准了。因为实验的资源不够用了，时间也不充足了。计划有可能流产。地铁 AI 把乘客以一种新的方式组合在一起，同时又毁灭他们。这样超人永远不能产生。但他们残留下来的最后一种，就算半途而废，也将见证地铁的覆灭。"

主编助理难看地咧嘴笑起来。这像是发自内心的假笑，是那种把残酷的真相向无辜的观众透露后，怅然而生的由衷之乐。他把自己当作那最后一种超人的过渡版吧。这一刹那，我想到了我那从未谋面的父母。这种似是而非的回忆让我也哭泣一般咯咯笑了。

接下来我看到，有些物种，身体大致还接近人类，但是，头部外形却千差万别。还有一些，从体形、肢干到脑袋，都看不出与地球上曾经存在过的生物有任何联系。它们的生殖器官，先进化出的是形状，然后才是大小。有的干脆没有生殖器。

本来，它们将代替我们，作为超级乘客，在无主游荡鬼的组织下，统治这个世界，修正或替换发疯的地铁 AI。但它们现在却沉默不语。这就代表了实验的中断吧。我身处此间，孤立无援。我这时想，乞丐看到的"外星人"，会不会就是从实验室里逃逸出来的生物变异体呢？

主编助理说："最初，所有进入地铁的乘客，都是幸存的先辈们精心设计和挑选的。"

包括我的父母吗？我似乎正在接近自己的来历。这让我不知该喜该忧。接下来我又看到一些"人"，尚未变异，而保持着"正常"的"人形"，成千上万，赤裸着装在一个大金属盒子里。那是低温箱。青色的人体盘根错节，密密的树枝一样，互相覆压，看不出个体的差别，处于冷冻状态。

主编助理说："旅行刚开始时，世界上人口比较多，很多人是通过'走后门'上车的，这造成了混乱。先辈们把一多半乘客冷冻了，令其冬眠，否则，由于食物和能源问题，各个车厢会迅速崩溃。"

但是现在，我看到，冷冻者中的一些正被复苏过来，身上滴淌着冰碛污水，在机器的帮助下，穿上皮革的红衣红裤，连蹦带跳走出盒子，排队拥上站台……

"把这些人复活过来，也是无主游荡鬼设置的程序，是要形成足够力量，去应对地铁AI。地铁AI见到他们，便要将其杀掉。它杀掉的人已经太多，好些车厢都空了，这最可怕。要是所有乘客死光，列控系统也就崩溃了。地铁AI无人可杀，它就该自杀了。这会让世界末日提早到来。所以，既要对付它，又要维持它，做法便是为它补充可杀之人。这样就为我们赢得时间。总之，一切与最初的设计有了差别。走上了歧路呀。我们做的，是为轨道纠偏。"主编助理像吸食液体似的缓缓说。

"所以这就是你的使命吗？"

"噢，要做的事情有很多。"

在一大排巨型冷藏柜中，储存着世界上所有的被子植物和裸子植物的种子。有的被机器提取出来培养，正茂盛地进入繁殖阶段，形成海藻一样的绵延群落，在车厢里飘荡、覆盖、挤压、扩张。乘客走路不小心，就会被它们缠死。

海藻中，也生出了杏树一样的植株，在酸雨中舒展华盖，却非雨伞。它们不再遵循地面树木生长的一般原则，比如树干直径之平方等于其直接分权直径平方之和，树木主干直径平方等于其全部末端树枝直径平方之和。因为封闭的地铁世界已经远离大自然。许多树木看似妖异，却被赋予初级智力。这正是为了适应不再有季节变化的环境。它们中的一些被培养为食物，有的则被用于制造氧气或过滤地底的有毒气体。

此外，地铁 AI 还利用那亿万的根茎及其连结的枝叶，构建出平行计算机，来帮助上传和运行数据链。

在一些地域，出现了原始生物，类似埃迪卡拉生物群，不知有什么用途。

除了少数自行进化而来的，大部分生物身上都印有 C 标志。主编助理说，地铁运行的日常资金支持、管理工作及科技开发，主要依靠 C 公司。它是《读书》编辑部的执行单元。

另外，C 在这里又代表中央情报局，也就是 CIA。轨道体系最早都是模仿 M 国的。地铁 AI 的控制中枢仿制的是中央情报局的人机系统。《读书》编辑部相当于中情局的信息搜集和分析中心，其存储量最大的，是三种密级的内部卷宗，以杂志形式，记载了地铁及其进入的环境的秘密。但编辑部被地铁 AI 毁灭后，这些也不知所终了。

"C 公司，NASA，中情局，构成一级操作平台。C 公司维持新型地铁的经济基础，NASA 起到对外宣传作用，中情局负责情报、内保和观测，并直接与地铁 AI 的大脑中枢相联。这个平台，我们称之为 CNC。"主编助理说。

"飞船移民，还有飞机或风洞什么的，就是宣传体系的一部分吧？"

"是要让乘客们相信，真理跑得过谎言。"

"这玩笑开大了。"我想到 K，觉得她很无辜。但她早已是无主游荡鬼了吗？似乎又不像。她是独立的。

"不是玩笑。CNC 的一个用处，就是对付 UFO。"

"是说飞碟吗。"我很想笑。这玩意儿又回来了。之前我没跟错龙角老师啊。

　　主编助理拿出一台破旧的遥控器，摇晃着拍打几下。电视屏幕上涌出大片雪花。过了一会儿画面才渐变清晰。原来，是地下世界的实况，像是新闻信息聚合器从列车外部拍摄下来的——长长的地铁像一条赤色巨龙，摇摇摆摆，光熠闪闪，正在穿过熔化的液态地层，四面八方，火红炽热。

　　"这就是传说中的'太平洋'。"主编助理说。

　　"原来是'太平洋'啊。"我想，按照中学课本上的描述，这是地质结构中的哪个层面呢？看样子早已穿过岩石圈构成的地壳，至少是到达了塑性软流圈的上地幔。但会不会更深一些，甚至业已通过古登堡面，进入到铁镍熔浆组成的外地核呢？"生存环境果然无比险恶。那你说到的蓝色暴雪呢？也能让我看一看吗？"我说。心想，难怪 K 要把我国称为"火山国"。

　　"哦，那只是旧时影像，没必要看了，徒增悲情。它已经被远远抛弃在上界。进入地下后，我们就永别了那个遭到无情毁灭的地上世界。"

　　我心忖，那儿才是我的故乡，存留着我的真实来历——它又一次离我远了。我已无法回去。回不回去，都无所谓。

　　"孩子，没有必要回去。过去的都已过去，连扭头再看一眼，都毫无兴致。那只会平添滑稽。滑稽和伤感一样，都是无用的情绪。人类是越走越低的，当年从树上下到地面，现在又从地面来到地下，成了地心动物。向老鼠学习，把自己变作鬼，面对现实。向下向下向下，我们的队伍向黑暗！"主编助理火车鸣笛一般鬼哭狼嚎起来，仿佛要用这军歌般的调调来鼓舞斗志。他到底还是不忘自己的工程兵身份。

"我知道了。"我目不转睛凝视熔融的地下场面,"烈火焚身,炽焰熊熊,却是地底最黑暗处,比想象的还要黑暗,阳光完全照射不进来,雪花也飘洒不进来,乘客们像虫子一样在这儿煎熬,心神不定等待下一次末日的来临。"我感到一阵寒意,就伸出手,把身上的防火衣捂紧。主编助理有些不自然地瞥了一眼我。

我耳边又回响起 C 公司的广告语:"三界无安,犹如火宅⋯⋯"

我看到,列车的前部,其形状像是由盾构机改造而成的巨大锥体,它能轻而易举粉碎玄武岩的屏障。它还是耐高温的。整个车厢裹在特殊的防护材料中,就像一艘再入大气层的太空船,但说它是一艘潜水艇也很恰当。地底的密度和压力都非常之高。

我国的确是一列标准意义上的地铁,又由无数分支地铁组构而成,像一座庞大无际的垃圾山。在它内部,那状若腹腔的空间里,铁轨像肠子一样织构成网络。废弃的车厢堆砌成丘陵和山脉。无数承担交通运输任务的车组在这些附件中穿行,汇成列车的整体。有的分支列车发生了爆炸和出轨。除了有人蓄意破坏,还在于它们实在太陈旧了,经不起地底长途旅行的不断损磨。还有一些车辆的功能程序坏掉了,它们像盲肠一样不再具有实际用途,游离了大部队,孤零零行动。

在列车中部,有一个直径七十公里的涡轮机在旋转,这是人工力场制造机,它可以模拟出重力,使乘客们感觉不到列车是在垂直向下行驶,还以为在地面爬动呢。它的四周爬满蚂蚁一样的、身穿黄色服装的维修工人,有的是电子合成人,或者半机器人、生化人。

在行进中,列车会遭遇地心奇异生物的攻击。它们像龙,也似变异的老鼠；有的体型庞大，却行动敏捷；有的不那么大，但马蜂一样多；还有的是小绿人，驾着飞碟，不断朝列车扑来，构成了 UFO 现象……我惊诧莫名，以前我从不知道，地底还居住着生物。它们是如何适应高温高压的？像生活在九千米海沟热液旁的生物一样吗？看来，地心中还有另一个世界，这儿的生物也进化出了文明。乞丐说到的"外星人"，原来竟然来自这里啊。

"他们为什么要阻拦和攻击列车？"我问。

"因为我们闯入了他们的地盘吧。"主编助理说。

"可不是嘛，把人家的家园和轨道给破坏了。"我想，这真有点讽刺。

"只要是生物，便有强烈的生存意识，并由此衍生出领土和主权观念。"

"也无非是死前的狂欢吧。"

从列车头部，不时释放出一些无人浮游传感器和探测装置，与新闻信息聚合器一起，钻入火海。还有一些是载人的小型车厢，驶出去后，变形金刚般，摇身一变成了飞行器。它们执行清障任务，其实是 C 公司组织的神风攻击队，试图对抗地心深处潮涌而至的神秘生物及 UFO。激战在不断爆发。但是，清障者大部分没有成功，迅疾在热液中完结了。这是因为中情局在丧失《读书》编辑部后，它的信息不灵了，使得攻击队无法锁定目标。残余下来的清障者也失踪了。这样一来，挡在路上的"外星人"就越来越多。

看到这里，我目瞪口呆。我曾经也搭乘过这样的飞机或飞船吗？我是神风攻击队的一员吗？还有 K 呢？她是一名女战士吗？分身什么的，以及另一个世界，到底是怎么回事？我看到的太空中的轨道及萤火虫般的星星，究竟是何物呢？这些问题的答案，似乎可以从眼前这一幕中获取，但又无法真正得到。秘密之中还有秘密。先看看再说吧。

在与"外星人"的拼杀中，乘客消耗太大，幸存者又被地铁AI胡乱杀掉。好在从冷冻状态中复苏过来的红衣人，迅速补充上。当飞碟冲破神风攻击队构筑的防线，快要接近地铁时，便从列车腹部，吐出一串串吊舱，伸出密密麻麻的电磁炮和激光炮，对准飞碟展开拦射，把它们击毁。火焰中残骸和血肉一片横飞。但越来越多的大炮因为能量匮乏，喑哑而不能发射了。飞碟就像苍蝇一样，通过地铁破损的部位钻进来。

这是任何一个科幻作家都没有描写过的"星际大战"。

嗯，跟一场好莱坞电影似的。

在我眼中，列车像一艘武装到牙齿的战列舰，也犹如一座宏大而陈旧的堡垒，一脉虬曲而沧桑的山峦，老人一样，挣扎着冲破异类生物的围堵，在高温熔化的地底，颤颤巍巍地缓慢爬行。

"瞧，多难呐。我们能活到今天，真不容易。别成天抱怨了。"主编助理又喝起酒来。

"就行程的形式而言，的确了不起。"我忽然为这个像穿山甲一般顽强生存的民族感到一丝自豪，"阿扎尔·纳菲西说过，最伟大的想象之作，目的在于使读者觉得在自己家中却仿佛陌生人。现在，我就觉得自己生活在一部最伟大的想象之作之中。光是死不了，又无法评论，这简直太震撼了。"这时，我想，剧作家没死就好了。他应该把这编作新戏。没有比这更了不起的作品了。

"确实伟大，做着知其不可为而为之的事情。一代又一代，每个生命都是宝贵的，却又不值一提……列车启动后，就再也停不下来。先辈很了不起，地铁 AI 能力超凡，却不能刹住车。就算刹住了车，也会被蜂拥而上的飞碟吞噬。这承担着一个民族的命运啊。所以它半刻也不能停，也不能被破坏掉，只能一往无前。"主编助理的眼圈有些发红。

"真是让人感动啊。"我为自已在列车中无所事事而只想自杀，感到羞惭。但也就是"随便律"决定的么？

"先辈的设计本是非常精准的。看似一直往下，但到了一定阶段，大致也就是通过地心之后，就自动变成向上，利用核动力引擎，重新穿过古登堡面和莫霍面，进入对面半球 M 国的物理范围。到那时我们就可望从苦海中脱身了。这就是无坚不摧的辩证法，也是最高深的物理学，略等于最广博的地理学。不要小看空间关系，它是决定一切的。对此要坚定信心。"

"我又学到了好多知识。"我诚恳地说。

"生命嘛，本质上是一种地理现象。草木走兽无不服从盖娅意志。查理斯·罗伯特·达尔文在进化论中探讨的正是这个。他首先是个见多识广的地理学家，其次才是博物学家。没有地理就谈不上物种。说到 M 国，当年不正是利用地理区位优势，借力世界大战，才取代了老牌霸主嘛。在这方面，我们只好望其后尘。"

"听说那个国家有东西两条海岸线。我们没有啊。"

"可不。我们的土地是那么贫瘠，蕴藏的资源很少。像你一样猥琐衰弱啊。所以虽然我们跟 M 国表面上剑拔弩张，但在心理深层，它才是最值得羡慕的对象，才是最要去亲近的友邦，先辈们一直在孜孜不倦以求靠拢 M 国，力图加入它的体系。"

"听说，历史上凡是与 M 国搞好关系的国家，最后都发达了。"

"进化论高于意识形态嘛。据说，先辈们先是在地面建设高铁网，这是为了实现与 M 国主导的世界交通体系的对接，或者并轨，或者同轨。对此内部也有过争议，保守派强烈反对与曾经要用原子弹毁灭我们的敌人连在一起，但是激进派坚持这样做，他们说 M 国搞的才是文明主流。然而，仅仅从地理上讲，我们离 M 国实在太远了，另外还有精神上的巨大鸿沟，实操非常困难，一旦有点问题，保守派就马上跳出来，诅咒谩骂，乃至不惜宣称要跟 M 国摊牌，进行决战。但实际上，保守派的行动，更加吸引了 M 国的注意力，这样它就可以高看我们一眼。私下里，保守派也好，激进派也好，都花掉大笔银子，不约而同把自己的孩子送往 M 国，让他们在那儿读书、定居、入籍。"

"这真是矛盾的事情。先辈们太有趣了。但是当时高铁网还没修好吧，那么，孩子们是从其他轨道去 M 国的吧。"

"是在蓝色暴雪降临之前去的，那时的确还有许多轨道。比如，空中航线。至今在地下世界，仍然残存着飞机的记忆。最近不是还有人试图在风洞中体验航空旅行吗？那是恋旧情绪使然。遗憾的是，当年去到 M 国的人还是太少，后来也回不来了。好在，先辈们实了不起，有办法把灾难转化为机遇，由死向生，另辟蹊径，通过地心，继续朝着 M 国做全民直线运动。"

"这么说，M 国人正在那边等待我们的到来噢。"我想，不知 K 是哪位先辈的后代。她之前也是要去 M 国留学吗？但她把这彻底忘了。

"这毫无疑问。甚至可以期待，他们也派出了一列超级列车相向而行，前来迎接我们……"说到这里，主编助理的脸像变质的茄子般抽搐了。

"啊，相向而行……"我咂味着这个暧昧而感性的词。

"是的。"他掩饰般把酒壶又一次凑近口器。

"那么，还有多长时间，才能抵达 M 国呢？"

"根据《读书》披露的地理信息，这趟旅程是一万二千八百公里。因为走直线，比陆地行军缩短整整两千公里。对于一个发展中国家来说，缩短一公里都太有意义了。但由于是穿越复杂陌生的地下环境，对于超基性岩石、大型横波低速带、超级热幔柱、铁镍核心这些东西，我们在地质学上并没有做好充分准备，通过难度较大，列车的平均时速无法超过十二公里。你算算看，该多久才能抵达地球另一面呢？"

"那也应该早到了吧……"我想到，不算再生，我在地铁上已经活了二十四年，我的青春都在地底耗去了。一种惶恐攫住了我。

"的确，问题就在这里……我们像在涉渡一条看不到彼岸的大河。"主编助理空洞而乏力地说，神情一下变黯淡了。

九、群星是归宿

主编助理又拍了几下遥控器。这回通过新闻信息聚合器的眼睛，看到了另一幅图景。好像是探测器从更遥远的外部空间拍摄到的。

列车正在穿越一颗恒星——我忽然震惊地明白过来：被形容为地心的区域，并不在地球之中，而竟然是燃烧着氢氦大火的太阳内部。

这是我平生第一次见到太阳。但它并不是我在学校课本中读到的那个为地球生命提供能量的太阳，而是另一个陌生的恒星。总之，事情正变得更加离奇，这却是我不得不接受的现实——我似乎又一次见到了"宇宙"。

主编助理告诉我，这颗恒星叫作天琴座阿尔法，是天琴座的主星，又名织女星，直径为太阳的三点二倍，体积为太阳的三十三倍，质量为太阳二点六倍，表面温度为八千九百摄氏度，呈青白色，距离地球二十六点五光年。织女星仍处于所谓的主序星阶段，并通过把核心内的氢聚变成氦来发光发热。

"穿越织女星，是为了从它的内部汲取能量，才能获得继续前进的动力。这是鬼魂程序预先做好的安排。轨道早已明确了。"主编助理说。

"什么？不是说在地底么？"

"不，不，后来才知道，列车，实际上是一艘宇宙飞船。"

"不用搭乘 NASA 飞船，我们就已经在飞船上了？我们现在在宇宙中飞行？"我深觉滑稽地看了看身边褐黑色的重重岩石，整个人陷入了悲伤的自怜，"但你不是说，它的最高速度是每小时十二公里吗？"

"当……当然不会！孩子，我说过这话吗？或许是每秒十二公里吧。我记不清了。速度表坏了。"主编助理收拢嘴部的骨架，像个犯错误的小孩一样，歪头瞅着织女星，好像这也是一个他刚刚才发现的新鲜事物。看样子，他的人生也纠结在某种死活皆难的别扭中。

"好，每秒十二公里。按照这个速度推算，我们已经出发四十多万年了。我们肯定早已不在地球上了。"我心算了下，颓然地说。

"哦，四十万年，还是四万年、四千年、四百年，还是四年、四个月、四天？我们丢掉了计算时间的方法。手表、手机、日历上的时间，已经假了很久了。"

"难道就没有人知道时间是什么吗？"我想到，K 曾说，时间是由 M 国人设置并控制的。

"就如同无人知道自己是谁一样，也无人弄明白了时间的究竟。"主编助理的声音焦躁而灰暗，就像在为自己进行徒劳的辩解，"另外，我们却又没有离开地球。我说我们在进行凡尔纳式的地心旅行，这也没错。我们并没有进入真正的宇宙……"

镜头又摇到织女星之外。远方浮现了更多的恒星，以及成簇的星系。这好像是我在那梦游般的飞机之旅中，透过舷窗看到的一幕，只是图像被放大了。

这又是一个什么宇宙呢？难道也是从莫霍面上长出来的吗？

主编助理说："最初，的确觉得颇不可思议。越往地心，物质就变得越稀薄，这与经典地质学描述的完全不同。后来，中情局发现了红移现象，又探测到微波背景辐射，这就很震撼了。结合研究地底最早的一道光线和《读书》的早期版本，得出一个惊人结论：M 国人在远遁太空之前，即已探知了我国的地铁列车计划，他们很惊讶、恐惧、惶惑而蔑视。他们以为我们都毁灭了呢，竟不晓得还有人幸存，并造出了列车，要去追找他们。他们害怕得不得了，不知道十几亿人一窝蜂开过来，会发生什么。他们视我们为洪水猛兽，还管我们叫'黄祸'。这里面缺乏战略互信。但这是一个误会，真让我们伤心。然而他们是如此决绝，不欲让我们穿过地心，驶到他们的国土去，拿到那笔财富，哪怕他们都不要它们了。为了阻止我们前行，他们便在木星上设立了一间实验室，用一台名叫拉普拉斯妖的多维打印机，搞出了一个人工宇宙，再通过引力隧道，把假宇宙拉至地球内部，嵌入地心，用来隔离我们。这种手段实在是太厉害了，超出了人类现有的科技水平，却被 M 国人掌握了。因此，实际上，我们乘坐的交通工具眼下穿越的，根本不是中学教科书上讲述的地壳、地幔、地核。我们正在掠过无穷无尽的星系、气体云、类星体和辐射。这是一个被强迫塞入地底的宇宙。这样一来就把我们与 M 国国土再次远远隔开了。我们要行驶的距离，只能以光年来计算。现在的 M 国，说起来就相当于外星球哪。真是漫漫无期的星际旅行呀。怕是永远到达不了地球另一端——不，宇宙另一端的——M 国了。"

说到这里，他一口气接不上来，差点背了过去。他赶紧闷掉一口酒，才缓过来。我看着他的样子，觉得十分可怜。

"宇宙，它那么大，尺度以亿万光年来计算，怎么可以随随便便就嵌入地心呢？"我不解地问。

"其实，这也是相对而言。或许在 M 国人实验室的坐标体系中，宇宙只有一个足球那么大。而先辈为我们设计的列车，可能只相当于足球中的一个原子。为了节能，为了方便，也为了安全，我们在出发时，都被缩小了。原子相对于足球的大小，就像人相对于星球。但我们自己感觉不到。"

"你是什么时候知道这些的呢？"

"也是在成了无主游荡鬼之后。"

"你了解情况后，是什么感受？"

"耻辱。"

"耻辱？"

"是的。莫大的耻辱。这趟旅程，是负辱而行。"

我与他有代沟，无法完全明白这耻辱所在，但也多少能够体会一些。

我朝窗外看去，见熠闪的群星之间，飞碟像彩蝶一样狂舞，群集着朝地铁冲来。鼠或龙形的生物，不停扑向我们。

主编助理说："这个地心宇宙中的怪物，或者说'外星人'，都是 M 国人制造出来的，用来围堵我们，阻止我们长征。他们想造多少就造多少。德雷克公式中的数值，可以由他们随意填充。"

"噢，从地底又进入了太空。本来以为缩短了距离，末了却仍然是距离问题。我们永远追不上 M 国人的脚步呀……那么，可不可以说，逃出地球的 M 国人，他们自己也成了外星人呢？"

"是的，从形式上看，M 国人的确成了外星人，经过进化，他们已经不再是传统意义上的人类。"主编助理的眼睛已经喝红了，他像哭一样说，"很明显，他们正躲在这个人造宇宙之外的某个真正的宇宙中，一边幸灾乐祸瞅着我们，一边过着花天酒地的惬意生活。再怎么进化，也是资产阶级嘛。M 国人早已经移民到了真资格的外太空和外星球——确切来讲，也就是到了宙外世界。这正是令我们难过的。世界末日将临，亿万人民要死，这不是政治经济学问题，而是人道主义问题，没想到 M 国人竟如此冷漠绝情，之前还天天宣扬普世价值。我越来越觉得我的女朋友好英明呀，她对 M 国的洞察，可谓一针见血，没有分毫差错。M 国是我们的灾难之源……但没有办法呀。是全世界与我们为敌，还是我们与全世界为敌？我们又能怎么做呢？好在，我们那在上一个末日中死去的先辈提前预知了这点，才用鬼魂程序，把列车设计为如今的模样，它实际上是一艘穿越浩瀚星空的世代飞船。这才是真资格的众神之车。先辈们令我们无论如何也要冲出这个嵌在地心中的囚笼似的人造宇宙，到那个真正的宇宙中去，追上躲在星星尽头的 M 国人。"

"太难了。为什么不在中途，找个类地行星，停靠并定居下来呢？"

"因为我们的孩子还在人家那儿哇。"

"原来，我们的未来掌握在 M 国人手中……"我泥牛过海而残忍至极地咯咯笑起来。看来，国情相对论真的破产了。我究竟还应该去怀疑什么呢？

但也就这样吧。我现在并不太多去想 M 国。对那个国家，我不知道该说什么好。我说不上是厌恨它，还是喜欢它；说不上是嫉妒它，还是崇拜它。它本来就是一个离我们很远的世界，对大多数人来说只是传说。我只是变得对眼前这个嵌在地心中的宇宙渐渐着迷。

有一刻，NASA 发布了斯必泽红外望远镜从太空发回的最新照片：距离我们出发地一千万光年的银河"IC342"，漩涡般展开的形状仿佛一张巨大的蛛网。受星际物质影响，用可视光难以观测的整体构造在红外摄影下清晰地显示出来，中央最亮的部分被认为是大爆炸后诞生的恒星。噢，真是漂亮。M 国人的工艺相当精湛。

奇异的中子星也在照片上出现了。这是一颗新发现的、以两百倍音速高速运动着的中子星，其表面温度一百六十万度，直径三十公里，每秒自转三千圈。这是宇宙中万万不可思议的物体，也被 M 国人造出来了。

随后，又看到了漂浮在宇宙中的恒星级黑洞。光落到它的上面也逃不出来。它造成的引力透镜现象使位于其后方的恒星产生了两个影像。根据 NASA 的描绘，黑洞舒张着巨大的吸积盘，像个魔鬼，把接近它的一切吞噬。但这分明是 M 国人为了阻止我们而掘出的可怕陷阱。

有一回，普朗克卫星传送回了宇宙背景的辐射图，它上面出现了一些巨大的同心圆，中情局分析，这有可能是平行宇宙存在的证据。确切来说，这就意味着，我们正在穿越的这个人工宇宙，在某个时间节点上，或许与另一个宇宙（极有可能就是 M 国人现在栖身的那个真实宇宙）发生过碰撞，叠加在宇宙微波背景辐射不规则波动之上的这种环状痕迹，就是碰撞时留下的印迹。当然，这也可以解释为 M 国人在制造这个地心宇宙时不小心弄出的疤痕，就像赝品上的瑕疵。

主编助理说："中情局的探测还表明，银河系中的恒星分布不均，并具有周期性的振动，或者像钟一样'鸣响'，就好像曾经有一道'波浪'从中穿过。这可能是 M 国人在把这个人工宇宙置放入地心时，产生的震荡所致。"

"我活了二十四岁，但这些都不知道。"

"为了避免引起乘客们的不安，就用投影机把它们屏蔽了。"

这一切奇观，俱呈现在地底，在地球的内核中，上演着妙不可言的一幕。这是我以前从来没有用肉眼看到过的宇宙。而我现在能见着宇宙，是由于无主游荡鬼的指引。我能在其中生活，竟是拜托了 M 国人的"赐福"。这部分解释了我的来历。但至于这个地心人工宇宙跟地球置身其中的真正宇宙有多么相似或有多么不同，却仍然是我不知晓的。也许 M 国人业已去到的那个宇宙跟我们正在旅行通过的这个宇宙，是完全不一样的。那是一个超出我国人民想象的世界。逝去的先辈们兴许见到过，而我们却从未有机会目睹，打破脑袋也想不出个究竟。我们再死九九八十一回也想不出来。那个世界是我们无法企及的，难以发生联系。我们在地铁里发展出来的天文学、物理学和文学艺术在那儿或许根本不适用。这意味着我们即便穿越出去，也永远无法与 M 国人接触。

遥感装置把新的图像发了回来。有一幅显示一个明亮的闪光。那是一颗位于天蝎座球状星团 M80 的超新星，距离地球两万八千光年。说到超新星，那又是一种神奇之物，它们是比太阳质量大至少八倍的恒星，在烧完自己的核燃料后，就会坍缩，随后反弹，快速爆炸开来，就成了超新星。M80 由千百颗恒星组合而成，外部围绕的红巨星已到了恒星晚年期；中心位置的众多蓝色星，年轻而飘忽不定，被称为"蓝色流浪者"。超新星爆发之前就躲藏在它们中间。它原来的质量是太阳的二十倍，爆发时释放出比太阳总能量高百万倍、达到摄氏一亿度以上的超高温气体，毁灭一切。这其实是 M 国人设置的一个爆炸装置。幸好由于相距尚远，对地铁的影响不大。但这是一个警告？接下来，会不会把某颗超新星放在列车旁边引爆呢？这就是世界末日的真相吗？

主编助理说："据记载，天蝎座是我国的星君。无人能知其详，还没有探测器进入 M80 的引力范围。现在看来，这又是 M 国人安排的一个诱饵。"

我又看了一下眼前的这个宇宙，问："它的底色为什么是黑的？"

主编助理说："是呀，如果无限大的宇宙中均匀分布着发光的恒星，把宇宙想象成以地铁为中心，那么，到达我们这儿的光总的来说是不变的。每一个恒星发射到列车上的光在数量上是相等的。到达车厢的光线可以说是无限多的，那么，我们看到的天空应该异常明亮。如果假设其他任何地方为宇宙中心，也都有同样的结果。整个宇宙空间一定会非常明亮，它处处的温度都应该同恒星表面的均温相同，大约六千度。但我们实际看到的，却不是这样。孩子，没有比宇宙更黑的了。中情局把这称作奥伯斯佯谬。它虽然能用膨胀的宇宙模型或振荡宇宙模型来加以解释，但却是一个更为深奥的问题，我们不是这个宇宙的制造者，因此不知其工作原理。只能设想，根据M国人的设计，这个宇宙就是这样子的。宇宙之所以被搞黑，是要困惑和瓦解我国人民的心灵，让我们看不到希望，从而使我们丧失前进的方向和动力。"

我不禁猜想，那个真正的宇宙，M国人已经去到的宇宙，大概是金灿灿的。

置身这巨敞空旷的世界，我产生了一种新的观感。那便是——恐怖。M国也好，天蝎座也好，作为乘客，根本看不到目的地。四面八方无依无托，列车漂浮在具有强劲机械感的浩阔星空中，乘客的生存是如此渺小孤寂。而我们是否还能叫作人，并不清楚。宇宙是模拟出来的，呈现出琐碎感，又好像打包起来，充满干锅一样的味儿。暗能量为何刚好这么多？这似乎有了解释，因为它是故意安排的，却更让人绝望。这正好说明了为什么算命术可以成立，它并不是过时的老古董。因为从一开始，一切就规定好了，M国人把什么都板上钉钉预备齐整了，才不是所谓的国情相对论——这只是一种自我安慰。乘客们孤立隔绝，茫然无知，不能自主，听天由命。但这又很容易让人产生自我陶醉般的、犹如饱饮人骨酒或C饮料的满足。继之而来的，是不可思议，无法理解，或者——K所说的别扭。在这样的世界上，信仰只是概念性的，不去想想马桶，做什么都不可能。生命必然是空虚的。接下来，除了恐怖，又滋生了畏怯、疯狂、厌恶、愤懑、无聊等情绪。一度我也期望发现那黑色背景造成的优美对比——夜空越黑越澄澈，能看见的星星就越多，没有任何其他事物可以超越这种美，然而，一想到它是人造出来的，我内心就立时丧失了所有的艺术趣味。李博士的《美的历程》是用来欲盖弥彰的吧。我只能感到，在宇宙的那层薄薄的膜的后面，潜藏着最彻底的虚无，时空只是一片荒漠。虽然大概也有平行宇宙或超级宇宙，但对我们这伙乘客来说，总体上只能称作乌有。我这才懂得了K的痛苦，她为什么一定要找到谜底，然后自杀。这便是这个莫名其妙、强加于人的宇宙中唯一的归宿。她一定是想到了查尔斯·罗伯特·达尔文说的这句话：我们看到的宇宙正如我们所期待的那样，本质上没有目的、没有设计、没有恶也没有善，除了盲目、无情的冷漠，什么都没有。

噢，不，不，现实的情况是，这个宇宙是有目的的，有设计的，是带有强烈恶意的，这令它更加冷漠无情，它就用这冷漠无情，专门来折磨人。这才是无以复加的别扭。K没能看透。她连死也抓不住。下回，我一定要带她去见见算命师。不，还是不见为好。

主编助理说："正是亲眼见到这一切，我才开始重新追问活着的意义。我修地铁，炸列车，玩女人，编杂志，做了许多自以为了不起的事情，究竟为什么呢？是我要做的，还是被安排好的？我只是一颗星星一样固定在自己的轨道上运行吗？谁安排的？能简单说是先辈吗？不，这都是因为M国人的缘故。但是，M国人的后面呢？他们的宇宙之外，还有别的宇宙吗？他们是否受居住在其他宇宙中的更高级智慧生物的操纵？那些生物做这种事情，又是谁安排的呢？那个安排者的后面还有安排者吗？这是一个无底洞问题，只怕我那故去的女朋友也解答不了。"

"我也试图问过这种问题。但追问活着的意义，这本身没有意义。这不是该由人来回答的，也许同样不该由鬼来回答。"我又看了一眼那些浮动在地底的、遥不可及的星辰。它们像我们一样，大概还不知道自己被制造出来的目的。我觉得主编助理也很幼稚天真。他白跟那个女人待在一起了。

也许是意识到我在想他很傻，主编助理陷入自怜般的沉默。过了一会儿，他说："好在，虽然外面的世界整个改变了，但列车内部却没有变化，旧时的车厢型制都原封不动保留了下来，看上去还是一列地铁，而觉察不出是宇宙飞船。这让人感到一切依旧，也缓和了恐慌情绪，从而有利于坚定自信。"

"自欺欺人是生物的一种生存策略。"现在我得安慰主编助理了，"你不是说，当作一趟工业旅游吗？"

于是，我们又继续喝酒。这样打发了一阵时间，快喝完了，主编助理才像想起什么，对我讲述了有关宇航列车的更多细节。

"到后来，地铁 AI 就推出了 C 公司、NASA 和中情局，好让乘客们满怀希望地觉得，M 国一直在真心实意帮助我们，倾尽全力救援我们，与我们携手进入美好未来。我们的朋友遍天下。世界没有抛弃我国。"

"我明白了。看样子，C 公司负责投资和基建，NASA 负责航行和防御。但为什么还要有中情局？"

"在这样的复杂险厄环境中旅行，没有中情局绝对不行。它是战时体系的核心。除了奉地铁 AI 之命执行暗杀乘客的任务外，它还要提供列车运行所需的各方面信息。只有中情局掌握外界的信息。我们刚才看到的图像都是中情局搜集来的。遍布车厢的天文台跟《读书》编辑部一样，只是中情局下属的情报搜集机构。新闻信息聚合器则是一种无人情报机。最重要的是，中情局还能弄到所有乘客的信息，以维持列车内部稳定。地铁 AI 不相信自己还与乘客的神经联接，它要新辟渠道，另建桥梁。你看啊，只要涉及内幕，乘客们面对自己，面对同胞，面对司机，说不清楚，也不愿说，心里话都故意掖藏着，乃至有意说假话，自觉不自觉，把真相屏蔽了。他们谁也不信。但是，一旦面对中情局，就都流利晓畅地说得明明白白了，甚至只要听到'中情局'三个字，就不打自招，连审讯都用不上。如果不好意思用我国的标准语言表白，那就直接说英文。这是另一种奇异的物理现象。据认为，中情局代表了一种外部视角。我们通常要假设自己是置身于列车之外，站在 M 国的立场上，才能看清列车里发生的一切。M 国赋予我们的意义太丰富、太深刻了，虽然知道它坏，却怎么也无法摆脱它的影响……后来，地铁 AI 干脆让中情局从乘客中培养了大批告密者，让大家互相监视揭发，这才保障了我们顺利行驶到今天。"主编助理表情复杂地说。

"地铁 AI 是一个制造幻觉的快乐大师呀。"

这时，酒喝得高了。我们觉得应该散散步，以便醒酒。主编助理就带我绕着万人坑一圈圈走起来。很快迷路了。我没有想到鬼也会迷路。但还好我们又来到一个密室一样的地方。这似乎是中情局的一个旧档案室，又像一家设计公司的办公室。主编助理对它很熟悉的样子。

他说："说到底，又并非幻觉。地铁 AI 不喜欢活在虚拟帝国。它不愿有不确定感。事实上，地铁属于实体经济的范畴。列车本身发展成了一家公司，地铁 AI 自任 CEO。通过向有钱人出售飞船票，汇聚乘客的财富，用来改造破旧不堪的地铁，包括不断升级武器系统、生态系统和动力系统，最终提升它作为飞船的先进性，才好平安穿越这个宇宙哟。别的都没有了，如果再没有经济基础，就一切完蛋了。说到经济发展的内驱力，列车从一开始使用的就全部是 M 国的技术。不得已啊。地铁这种东西，原本不是我们这个文明的产物……"

墙上挂着很多幅示意图，表现的是迄今为止人类做出的现代科学技术的发明发现。我看到，有原子结构、量子理论、相对论、基因工程、航天技术、宇宙科学、信息科学、激光与激光器、深海探测、卫星与光纤通信、核能、器官移植、DNA 双螺旋结构、青霉素、高分子材料、现代制造技术、数控机床、大陆漂移说、数学和系统科学、认知科学……它们都与我国没有半点关系，而都是以 M 国为代表的生活在地球另一端的异族创造的。

这就是我们的命运始终与 M 国纠缠在一起的原因。恨也好，爱也罢，都毫无办法。这样活着，确实太难了。不过，据主编助理说，我们的先辈非常聪明，他们早在蓝色暴雪降下之前，在 M 国人还没有集体离开地球之前，就开始大力仿制 M 国的技术，并通过全球贸易和投资，入股 M 国的企业，进而把它们购买下来。否则，我们仅靠自己，是无法在灾难之后存活到今天的。这是大家还待在地面上时，就在韬光养晦不动声色有所作为全力以赴做的一件事情。先辈们拥有比我们更大的智慧，他们似乎早早预知灾难将临。

"那时我们真有钱呀！究竟有多少 M 国的公司变成了我国的资产呢？"

"都买下来了！但这不是因为我们有钱，而是由于机缘凑巧。"

我又看到另外一些图表，它们显示了我所不知的一段历史：M 国发生金融危机，在世界末日来到之前，它就陷入了衰退。这个国家创造了复杂的机械文明，却没有发展出高水平的组织体系。这方面它比我国弱太多了。在危机来临时，它的社会中，弥漫着普遍的愤世嫉俗、相互猜忌、敌对仇恨和懒散乏力。它赖以立身的制度，不过是在吃过去几个世纪积累起来的老本，但政府领导人却是超级无能的，摆脱不了社会纷争，更做不到公正公平。这个国家天天都在暴力犯罪。它外强中干，一旦遇到外敌入侵或巨大灾难，就会四分五裂土崩瓦解。其文明的前途已经黯淡无光。因此，在这一时刻到来时，M 国的货币贬值了，道德秩序混乱了。利用这个机会，我们的先辈就把M 国整体买下来了。

主编助理皱巴巴的脸上泛起红晕，他说："这就是我们今天会拥有 C 公司、NASA 和中情局的原因，或者说，获得了它们的再生版本，现在，要靠它们来拯救这列行驶在宇宙中的地铁。没有办法啊，仅仅说到宇航科技，也是 M 国曾经最为发达。瘦死的骆驼比马大。我们这是以毒攻毒。"

我想了一会儿，才仿佛理清了此中的奇异关系。我喃喃："我说不太好，但我想，既然我们已买下了整个 M 国，那么，可不可以这样说，现在，M 国其实就是我国？逃到遥远太空深处、用人工宇宙把我们隔开的'外星人'，把我们抛弃在这场灾难中的那帮家伙，其实就是我们自己呢？"

主编助理一下愣住了，费劲地想了一想，才说："这的确是一个古怪而含混的命题，很多人都思考过，但谁也说不好。唉，孩子，就别想它了……其实，我们的先辈当年不仅仅买下了 M 国，还买下了整个世界呢，否则单靠我们自己那点儿可怜的资源，根本无法支撑这次长途旅行。"老头儿又变得像是一个负有使命感的大人物，滑稽地抬了抬无肉的胳膊，仿若要举起某种球形的重物。

我想到复制在通天河东岸的那些万国宝塔。那就是我们买下世界的象征吗？我有一个疑问：有办法在大难临头时逃到宇宙中的 M 国人，怎么可能被我国买去呢？我国有能力买下世界，却怎么不能也早些逃掉呢？既然买下来了，又有什么必要去取"藏在花旗银行保险柜中的财富"呢？因此，墙上挂着的历史，会不会是编造的？或者，会不会是主编助理臆想出来的？他的记忆早已变得混乱？很有可能，先辈们并不曾买下 M 国或世界，最多是突破了封锁，打入其体系，并引起猜疑……不，连这也没有。这个国家，从来谎话连篇，不能相信。不管怎样，这些都不知是发生在什么年代的事了，无法知其究竟，它们却仍与我们密切关联着，支配着我们的生活，令我们无法摆脱，让我们焦虑重重。没有办法，看样子，想象出来的也好，实际发生的也好，我们都必须成为我们敌人的一部分，才能在这个意外到来的宇宙中幸存。这是没有办法的事情。

我又想起我在西西弗斯塔上吹送的"W 制飞碟"，便咯咯笑了，趁热打铁问："世界末日那一天，到底会发生什么呢？"

主编助理苦笑一下，欲言又止。他只好重新举起酒瓶。

"你不要太难过。反正活着也没有意义。"我不得不劝慰这个孤苦伶仃、满腹心事的老鬼。

"孩子，我难过的是，C 公司、NASA、中情局分裂了，它们彼此不合作，为了扩张自己的势力范围，正进行着争权夺利的殊死内斗，拼抢地铁中那点儿稀少的资源，欲将其掠为己有。同时，从市长到各级精英，也都忙着瓜分车里的财产。哦，他们还都私下里为自己伪造了 M 国护照，根本不想与这趟车共存亡……人到了这时，都会这样做吧。"

"是啊，没有办法，贪欲使然。"

"苦恼的是地铁 AI，它是用纯机器方式制造出来的，早已消除了人类的自私念头。它无法理解这一切，它毫不快乐，它厌倦了，它对漫漫无期的旅行感到无聊，它痛恨自己被鬼魂程序和乘客控制，它疯了。这种情况下，它甚至让自己待的车头与整趟列车分离，自个儿跑到宇宙深处去游逛。它把这趟拯救国家的行程当作了旅游探险。它现在变成了一个胡闹的小孩儿。它甚至试图切断与全体乘客的神经联接。这家伙再也不想为这趟末日旅行负责。它可能失忆了。它害上了阿兹海默症。掌管整个列车的人工智能，其实是一个最不靠谱也最苦命的家伙。"

说着，主编助理摆弄了一下遥控器，一幅挂图掉下来，露出一块电视屏幕，上面显现出一只光点，在群星之间翻飞，东窜一头西窜一下，有时又摇摆起舞，像个醉汉。

"喏，就是它呀。"

似乎是一个正在挣扎着努力摆脱痛苦、压抑和折磨的幽灵。我忽然感到心旷神怡，甚至觉得喜欢上了地铁 AI。

主编助理满面愁容地说："看上去，现在它倒是重新享受着快乐。但再这样下去，一是担心它被无处不在的、在地心猖狂活动的外星人干掉；二是害怕它自杀。比起地铁爆炸，这个危险更大。这意味着在世界末日来临之前，我们就将自毁。这正是 M 国乐意看到的吧。因此必须改变现状。无主游荡鬼决心负起使命。我们决定，趁地铁 AI 跑出去游玩之际，暗地里与 C 公司联手，开发新技术，来扭转局面。我担任了这项任务的首席执行者。说到我，作为记载了世界秘密的《读书》杂志的主编助理，可是有淑世情怀的哟。"

"是要背叛地铁 AI 吗？"

"当然不是。"主编助理擦了一把头上的汗，神情坚定地说，"是在帮助它，要让它好起来。为它重新注入创新思想的活力……"

"你为什么不逃呢？"这个问题问过之后，我就觉得很是愚蠢。

"孩子，我不会逃。我希望自己能有一些信仰。我还要整理《读书》的各种版本，为未来留下一些可信的记录。啊，感激你哟，幸亏遇上了你，你是见证人。看到你的目光，我才知道自己还活着。"他大概是又想到了女编辑，眼圈再次红了。

没想到主编助理这么回答。我记起算命师说的："你信，你就活。"但我不晓得自己有没有信仰。我连自己是谁都不知道。我从没有想过要与谁同舟共济。我一直打算的是先令自己去死。这有点儿自私，但我本来也不伟大。

想到这里，我感到十分别扭，忍不住又笑了，就从主编助理身边逃走了。

我成了第一个了解到"真相"的乘客。这改变了我对世界的看法。这比 K 带给我的改变更大。同时我又觉得，似乎离真相更远了。我不相信我眼睛看到的，却又不得不看，包括太空、星系、超新星什么的，这些垃圾，都必须看，而不管你想看还是不想看。对于列车正在穿越一个嵌入地心的人造宇宙的现实，接不接受，都得面对。就这样了。至于所谓的秘密中的秘密，还是解答不了。怎么就堕入这个境地？这里面藏有更缠人的东西。另外，我不愿相信，地铁 AI 真的做得如此决绝，甚至不让乘客去自杀。我一直以为，只是在世界末日确然来临时，才剥夺了所有人的自杀机会。但实际情况好像又不如此。按主编助理所说，只要在地铁 AI 的注视下，地铁世界里就只有他杀。一定要自杀，也只能是暗地里偷偷做。有谁会来杀我吗？地铁 AI 会吗？似乎除了未婚妻阿娇，谁也不屑。这大概说明我并没有多大重要性吧。

我从喉咙和舌尖上感到了从每一条毛细血管里泛溢出来的恶心，就又呕吐了。

我离开西西弗斯塔，回到西岸。我看到，城中竟有了节日气氛。大街小巷野草一样疯长的电线杆上，密密麻麻挂起了濡湿的红旗。地铁电视机和大喇叭在播放进行曲。岔洞和站台上放置了大功率定向发声器，聚光灯一样对准人群，反复高喊"S市，我爱你，就像老鼠爱上C"的高分贝童音口号。一排排红衣人，排成方队，踢着正步，走过干道。成年仪式还是要举行吗？他们喊："一二一，变轨！一二一，变轨！"我眼前复现算命机屏幕上的扑朔迷影，以及绿岛咖啡厅中的女人的喇叭花嘴形。在这热烈场景的后面，飘来了C饮料的浓烈气味，C公司的宣传专列犹如长龙，沿着环线轨道二十四小时花车游行。老鼠们的身上，也用油漆刷上了五颜六色的C字。人们大步行进，气喘吁吁颠跑，眼里已布满仇恨和叛逆的光芒。地窟中响彻冰儿演唱的《末日之歌》：

> 末日快来呀，末日快来呀……
> 末日来了，就可以回家啦。

我躲开红衣人，回到住处，去掏身份证，想再看看自己是个什么人。但是，身份证找不到了。在这一程折腾的过程中，我不小心把命根子弄丢了。

这让我又一次绝望。但也还好吧。我反正也不知道自己是个什么人。其实，我并不愿意受别人支使。我孤寂惯了。说到挽救列车，那太麻烦，也太困难，连强大的地铁AI都放弃了，无主游荡鬼又能有什么好主意呢？我不相信主编助理能做到。

我决定还是试一试自杀。我找到一瓶老鼠药，把它吞下，又喝了一大杯C饮料，以加快毒。然后，我躺在地板上，一边念念不舍想着K，一边急切等待死亡来临。

我仿佛又看到了群星，那像萤火虫闪耀的、可望不可即的、据说是由M国人造出来的地底星空，正在等待我归去。

然而，这一刻，我却恍惚意识到，我其实正是从那儿来的。

唉，就这样了。

十、女娲或精卫

我的自杀又失败了。我服下的老鼠药是假药，没有产生任何作用。在这个世界上，已没有什么是真货。虽然据说已买下了M国的全部资产，却不懂得如何去管理它们。因此除了造假，依旧别无他法。我其实早就应该想到这个。死也可能是假的。所以去死一死，也就无妨了。你既可以死不了，也可以死一次，然后死二次、三次……虽然问题还是很多，也只好将就了。最难受的是，即便你死了许多次，你仍然死不了。

我又呕吐一气，然后躺在温暖湿润的秽物中重新睡着了。过了一阵，我睁开眼，发现身边站着一人。是素卵，眼泪汪汪。

素卵对我说："帮帮忙吧，出事了。"

我没有动弹，懒洋洋问："出什么事了？"

"红衣人正在围攻C公司。周总遇到麻烦了。学友，需要你的援手。"

"说笑话吧。不是C公司把红衣人都集合到它的旗下吗？"这时，我想到主编助理说的，无主游荡鬼与C公司联手，正开发一种新技术，来改善局面和形势，使列车顺利开下去。

"不。彻底失控了。事物走向了它的反面。"

"又是无坚不摧的辩证法呀。"

"一开始是地铁资源不够，C公司无法为那么多的红衣人发放工资。他们不满，就攻打 C 公司了。"素卵用一种似是而非的语调说，"但发展到现在的情况是，红衣人野心太大，冰儿想统治世界，把一切据为己有。"

"反客为主啊，也疯了吧。这个，我可帮不上什么。"

"你一定要帮忙，没有 C 公司，新轨道就将停工，地铁就会灭亡。"他有些急了。

"C 公司救不了世界。没有谁能救世界。这个世界不是我们想象中的。况且，我只是一个连身份都丢失了的、连自杀都做不到的人。"

"不，你是学友呀。只有你能帮忙。我给你钱吧。"说着，素卵像一个诡计多端的阴谋家一样眨着眼，伸手来拉我，又掏出几张钱来，在我眼前摇晃。

我抵挡不了这个，便收下钱，爬起来，跟素卵走了。我想，黑衣人呢？他怎么不去找黑衣人？

果然，C 公司总部所在的车厢，已被红衣人占领。他们大声歌唱，把列车拆除，从残骸里搜刮一切可吃的物质。这时已没有鲍鱼了。这令我忧伤，暂时忘记了自杀。

素卵迟疑一下，实话实说："鲍鱼也只是用技术手段，投影在皮层视觉区的幻影。其实你们当初吃到的是死人肉。C 公司的收尸车，是用于搜集食物的自动工具。没有办法，饥馑在世界上蔓延，能吃的东西不多了。C 公司自身难保。"

我勉强笑了笑："这我懂的。就这样了。"

如果 C 公司完蛋，地铁的末日便提前来临了。我想，主编助理只是一厢情愿吧。

素卵又哼唧一下，肥胖的身躯波浪般蠢动。食物如此缺乏，他还这么胖。强大的虚幻感把我攫住。

冰儿腰扎鲜艳武装带，踩踏在一节车厢的顶棚上，一边歌唱，一边指挥。看到冰儿就在眼前，我又冲动了。素卵踹了我一脚。

我想，冰儿不是 C 公司的签约歌手、未来新世界的形象代言人吗？现在她要取代周孕花，成为拯救世界的英雄了。

红衣人跟着冰儿齐声唱："这将是新人类的天下，重新建立起煌煌大厦，明天的太阳将要升起，洒下普照众生的光华！"

我看到了市长的尸体，被撕得一片片的，撒落在地上。我没有看到阿娇。我不知道此刻我对她的心情，能否叫作牵挂。

素卵引领我悄悄接近，趁红衣人围住冰儿狂欢，从崩塌的车厢下面救出周孕花。她受伤了，西服和内衣都撕破了，露出了黑色绣花乳罩，上面沾满血迹，并带有一些从体腔内溢出的黄色脂肪。她无力地看了我一眼。我不好意思地低下头。我们搀扶着假人一样的女人，往洞窟深处逃走。她还不想离开 C 公司呢，想要挣脱我们，但被我们挟持，她没有办法。她不曾想到今天吧。其实谁也想不到接下来会发生什么。

这并不是我想做的事情，我却做了。我很哀伤。

路上，素卵对我讲起了周孕花的身世。我才知道了这女人的另外一面——

她本不是 S 市人，而出生在北方一座城市的平民家庭。她从小没有父亲。据说是她父亲的那个男人，令女人怀上了她，他却不辞而别，人间蒸发。有人说他乘上一列永不停歇的地铁列车，驶往一个新世界了。小女孩的母亲是个天真女人，这场打击几乎让她彻底崩溃。她几番欲寻死，却因为念着孩子，才挺住了。在母亲照拂下，小女孩孤单成长。她在长大的过程中，知道了那个男人，她就来到地铁站边的绿岛咖啡厅，坐在门口，等他归来。她觉得父亲就是她的一切。小女孩老在想：父亲什么样子呢？她要是被他抱在怀里，什么感觉呢？他会天天给她买糖吃吗？每次看到别的孩子和父亲手牵手，她就羡慕不已。但家里连他一张照片都没有，母亲把它们全烧了。她久等无果，终于知道这是骗人的——父亲抛弃了母亲，与另一个女人私奔了。这个男人没有人性。他自私残忍，丧尽天良。这件事让小女孩一下明白了许多。她好像长大了。她恨上了男人。

她和母亲相依为命。母亲靠在夜总会出卖身体，把女儿养大，供她念书。母亲要她有出息，给那死男人瞧瞧。女孩其实一点儿也不想读书，她就想当歌星。但她心疼母亲，也很争气，刻苦学习，不但考上了名牌大学，毕业时还拿到了去 M 国念书的奖学金。她在常青藤学校获得了经济管理学博士。然后她进入了当地一家大银行工作。这时她才知道世界真是好大，待在原先那个鸟笼似的国度，根本无法想象。她舍得吃苦，勤奋工作，业绩突出。但这是要做给谁看呢？就是为了报复父亲吗？她根本不知道那男人在哪里。她又想他了，就好像他是她的男人。她找遍世界上每一趟地铁，都未见到他。她在伤惶中失去目标。而母亲已经老了，正一步步滑向死亡。女孩没有找到父亲，也没有遇上自己的意中人。她不喜欢从事的工作，害上了抑郁症，像母亲从前那样，也想自杀。她试了多次。割腕，吃药，投水，上吊，撞车，却都没成功。关键时刻，总有一件事把她阻止。人生就是这样，不能如意。

这时，西方世界的金融危机爆发。她工作的银行倒闭了。C 饮料公司找到她，希望她去就职，并要她担任——总裁！听上去像个玩笑，但他们是认真的，说有算命机测出，她是公司从前的总裁转世。这太滑稽了，太荒唐了。她根本不感兴趣。但这由不得她。中情局出面了，说这样做是为了国家利益。不去的话就有麻烦。在威胁和利诱下，她只好去了。这才知道，C 公司已被暗中改组成一家生命来世再造公司，开发了基于信息湿化的全息量子转生技术，这是它新的核心业务，在一个因为实验的不确定性而充满死亡的新兴市场上，前景十分可观。这个过程非常神奇，就跟梦游一样——科学家让意识在经典状态和量子状态之间自由转换，并按照单一性和明确性的原则，重新进行编码……公司的工程技术人员判断，宇宙是湿的。C 饮料将是未来宇宙中最重要的元素。为了阻止灾难性事件发生，公司被赋予了新目标。

她查看公司的档案，才知道了自己的真实身份。她前世的名字叫 Chou Yun-fet，是个变性人，做过电影演员，德艺双馨，扮演黑社会老大也扮演圣人……在那个年代，也就是在她还是个男人的时候，他作为一名贸易商，一边演电影，一边从事地下克隆器官和走私核原料的生意。他结识了一个女人，并令她怀孕，生下一个名叫周孕花的女孩，也就是现在的她。原来，她要寻觅的父亲，是她的前世之身。怪不得，她如此的恋恋不舍。那就是她自己呀。

有了孩子之后，Chou Yun-fet 迅速失踪了。国家的外贸部门和安全部门，雇用他执行一项秘密的重要使命。他利用商人和演员的身份作掩护，受派遣去到 M 国，在 C 饮料公司收购麻省理工学院媒体实验室、谷歌实验室和迪士尼乐园的过程中，发挥了关键作用。接着他买下了 C 饮料公司百分之六十五的股份——其实是代表国家收购它的，是国家战略基金会和国有资产管理局出的资。这是一连串大收购的一部分，最终目标是把 M 国整个买下来。于是他为了自己的祖国能够在未来生存下去，担任了 C 饮料公司的总裁，不再演电影，不再搞走私。这一切的后面只有四个字——国家利益。在对 C 饮料公司进行脱胎换骨的改造后，他把"饮料"二字去掉了。C 公司成了一家足以应对末世的高科技综合企业。一切进展顺利。时间一天天过去。他老了。他便根据国家的指令，自己充当实验品，自杀之后，令自己的意识转移出来，通过全息量子解码器，亦即俗称的非线性子宫转生，进入那个名叫周孕花的女婴体内，重活一回，好来继续做这大事——利用 M 国的技术，把国家从世界末日中拯救出来。作为 C 公司的前总裁，他摇身一变成了自己的女儿，重新到 C 公司执掌大权，担任世界末日项目的首席执行官。没有 C 公司的保驾护航，这地铁就一天也开不下去……

这就是这个叫 Chou Yun-fet 的男人或者周孕花的女人的前世今生的宿命。

素卵朝我使了个眼色："明白了吧，她活得很伟大，也很纠结。"我想，像我们一样，到头来，女人也陷入了身份困境。素卵说："也许我们不应该救她。这违背了她的初衷。"我怀疑地看了他一眼，心想不是你要说要救她的吗？反悔了吗？他说："倒不是反悔，而是不知道自己做的到底是什么。万一真的是红衣人才能挽救地铁呢？"素卵说罢，恍然大悟一般，扇了自己一个耳光。

是的，每个人都不知道自己在做什么，这很可悲。待在如此的宇宙中，没有办法。但在关于周孕花的传奇故事里，我没有发现我的位置。这让我失望。我又觉得，素卵讲的，仿若另一世界之事，发生在某个平行宇宙中，也或许是在古代，四十万年前，或者四万年前、四千年前、四百年前，也可能是四十年前、四年前、四个月前，乃至四天前。对此我完全弄不明白。这种情况下，要救这趟列车，太难了。车到底开了多久呢？是不是经历过了多次世界末日？是否在一场场幻觉中旅行？我与周孕花究竟是一种什么关系？我们是活人偶遇，还是死人邂逅，或者是活人与死人相逢？这个桥段中的人物和情节，像世界上其他所有事物一样，统统晦涩迷离，纠缠扭曲，虚实交杂，真伪莫辨。但又有什么打紧呢？懂不懂是次要的。只是个习惯问题。无非是感觉。习惯了就好。就像我刚开始不习惯地心中的宇宙，但很快无妨了。

素卵凑到我耳边说："学友，商量件事。我们也可以把她当作人质。在这非常时刻，手里得有点东西。"

闻听此言，我情不自禁，又看了一眼周孕花。她跌跌撞撞走着，伤痕累累的体态更加辉煌诱人，却因为流血的创口而愈发空洞。她脸上的妆脱落了，吊诡煞白，暴露出老人般的沧桑。这增添了她的性感。这方面，与她那复杂纠葛的身世不可分。冰儿与她相比，还是太嫩了。冰儿做的只是一场闹剧吧。我又开始为冰儿担忧了。但我更害怕素卵。

我带着周孕花和素卵，来到《读书》主编助理待的地方。为了拯救列车，无主游荡鬼与C公司正在合作。但奇怪的是，如同没找黑衣人一样，素卵也没来找老人。

"孩子，真高兴又见到你呀。"主编助理喜悦地对我说。他太想找人说话了。一时我怀疑他认不认识另外两人。

"你说得对。我死不了，也玩不好。那么，就试着做一回见证人吧。"我没有办法，违心地说。这种事情我也决定不了。素卵则在一旁夸张地唉声叹气。

我向主编助理介绍，这就是C公司总裁周孕花和她的助手素卵先生。

主编助理点点头，便引领我们，穿过一段隧道，从一个风井爬出来。外面正是绿岛咖啡厅。奇怪的是，绿岛咖啡厅还在营业。原来，这是《读书》编辑部的一个秘密联络点，无主游荡鬼的组织早知道红衣人要发动暴乱，就设立了这个联络点，作为救难的根据地。

我们要了加酒精的 C 饮料。但主编助理把它们统统倒掉了，换上自制的人骨酒。他要令大家品尝地上世界的记忆，说这样就可以让人从惊惶不定中安定下来，而且，人骨酒还有疗伤之效。我才知道，酒竟有这番妙用。先辈真是伟大。

我难舍地又看了一下周孕花。她一声不吭大口喝起来，好像这东西她也很熟悉。她安静、艳丽、健美而浮浪，但我一眼就看出来，这张煞白的面皮后面，翻滚起伏着难以言状的悲苦波涛。的确是人人都有一本难念的经呀。女娲和精卫也很难吧，无人襄助她们，她们只得独自奋斗。让女人一个人去做世上最难的事，这太残酷了。幸亏她前世做过男人。这令我生出恻隐之心，不禁偷偷脸红了。

喝了一阵酒，主编助理兴致渐高，掏出一副麻将。我们四人就打起来，动作之间，影影绰绰。我和素卵是对家，周孕花和主编助理是对家。主编助理说，《读书》发表了一项研究成果，人在死亡之前一年之内，记忆力和理解力会迅速下降，比平时快八至十七倍。打麻将可以刺激脑力活动，从而减缓思维能力的衰退速率。

"你们为什么来找我呢？不是说，平时不见面吗？"打到第三局，主编助理才问。

"红衣人占领 C 公司了。"素卵急忙说，"他们打算让列车反向行驶。"

"也就是开倒车吗？"主编助理说。

"是的。这太危险了。你有什么办法？"

"哦，他们做不到的。"

我又看了一眼周孕花。她像什么也没听见，只定定看着手中的牌。

"有一件事，我没有告诉你们。"主编助理说。

"什么事？"素卵打出一张七筒。

"你们猜猜。"

"都什么时候了，还猜猜！"

素卵把酒杯和麻将一摔，从桌面上跃过来，要敲打主编助理的头骨。周孕花这才好像有了一丝反应，微微动了一下眼睑。

"好，老鬼，你讲吧。"素卵又拾起了牌。

主编助理不以为然地看了一眼素卵，从怀中拿出一台微型电视机，拍拍它的外壳。屏幕上雪花乱闪一阵，现出了宇宙的实况画面。主编助理一边出牌，一边解释：

"根据中情局下属处级单位谷歌宇宙的研究，我们正在遇到新的麻烦，它来自地下世界或地心宇宙本身。说到谷歌宇宙，它是由几万台计算机联接起来的一个人工神经中枢，有十亿个节点，它与真正的宇宙相比还差距太大，但它还是尽其所能作出了自己的判断。你们知道，我们的麻烦，本来不少了。我们正在通过的这个由 M 国造出来的人工宇宙中，包含了好几千亿个星系，我们的银河系中又包含了好几千亿颗恒星。光银河系就够暴力了，各种能够触发巨大灾变和局部毁灭的力量在这儿交响迭奏：碰撞、冲击、爆炸和猝发，恒星在不到一秒的时间里坍缩，黑洞吸积邻近的一切物质，再加上宇宙射线粒子、尘埃和岩石碎片的持续轰击等。谷歌宇宙把我们能够想象到的最恶劣环境描述出来。尤其是通过地心——现在通常也被叫作银心时，更有种种不测。那儿隐藏着相当于数百万个到数十亿个太阳的超大质量黑洞，以及我们无法测知的其他东西。再加上外星人的不停骚扰、入侵和围攻，列车随时可能毁灭。更可怕的是，最近，谷歌宇宙探测到了一些奇怪的大尺度现象，微波背景辐射急剧升高。"

"好吧，这些我们都懂。"素卵说，"所以在开发新的轨道，避开那些可怕的地方。"

"最大的麻烦是，根据谷歌宇宙最新获得的资料，一些新出现的大尺度现象，需要引起特别注意。微波背景辐射的数值在发生变化。几个大型黑洞的亮度忽然增加了。恒星际激波出现了紊乱。脉冲射电暴失去了规律……谷歌宇宙的判断是，这个藏在地底的宇宙并不稳定，正在走向终结。换句话说，它在加快收缩，几个月后将成为一个奇点。几个月，这只是根据列车的时间表作出的一个主观描述。人工宇宙的寿命到底有多长，我们并不知道。总之，这有些像是先辈中的理论物理学预言的大挤压。宇宙中积累的所有信息都将被抹去，原子会崩溃成为夸克浆，进而形成胶子，最后胶子也消失，物质消失，宇宙中只剩下辐射。这样一来，我们赖以生存的这个世界便彻底毁灭了。我们尚不知道这是这个宇宙本身的模式所致，还是 M 国人遥控的——宇宙本身是一颗定时炸弹吗？"

"这才是世界末日的真相吗？"素卵嗤笑。周孕花拿着牌的手不动了。她略微抬头看了一眼。

"你以为不是吗？"主编助理打出一个五条。

"所以，你的意思是，红衣人就算扭转车头，也没有用啊。"素卵好像恍然大悟，却脸色惨淡。

"实话讲，这的确很难办，超出了国力和车力的承受范围。"主编助理说，"地铁 AI 一直在设法让列车逃离险境。它试图通过增加列车的异点质量，形成多个分散引力源，来控制地心宇宙的收缩速率。另外，寄望设计出超光速列车，或者制造人工虫洞，以逃逸到某个平行宇宙去。甚至还考虑过利用灵异力量，航行至超限界时空，不再受物理宇宙的束缚。但这些都需要投入难以想象的巨大能量，而我们掌握的资源十分有限。最糟糕的是，时间来不及了，基础科学不可能在短短几个月里取得重大突破。地铁 AI 无法制造出真正的时间列车和虫洞隧道，最多也就是勉强做到让时间的流速在某些车厢里加快或减慢。目前，理论上已可以做到把世界末日在局部延缓三年，其代价是牺牲百分之九十的车厢和乘客。利用这三年的喘息机会，地铁 AI 有可能研究出某种新技术，以彻底解决世界末日的问题。但也有可能什么也研究不出来，那样就将全体毁灭。当然，也可以选择立即从宇宙中冒险穿越。这样做的话，集体幸存的可能性只有十万分之一点二。如果让你们来作决定，怎么选择？"

"我选择立即穿越。等待，比死更难忍受。"我抢过话头。我觉得主编助理喝多了。在宇宙崩溃的背景下，无人能够做到把世界末日哪怕在局部延缓三年，不，三天、三小时、三分钟也不行。酒这东西，真是害人。我们剩下的时间，明明只有不到一周了。

"本来准备进行一次乘客的模拟全民公决，但地铁 AI 却在关键时刻，对这一切产生了厌倦。它疯了，抛下列车不管，独自出去旅游了……"主编助理专心致志瞧着手上的牌。

"我也想出去旅游。"素卵推倒牌，拍了下手儿说。

"地铁 AI 害上了深度抑郁症。它也许会随时自杀。加上地铁破坏者和红衣人的捣乱，我们的崩溃既可能来自外部，也可能来自内部。"

"那，应该怎么办呢？"素卵捂住眼睛，像是哭了起来。

"所以，你们来得正好。说到周总，"主编助理瞟了一眼周孕花，"根据对《读书》旧版的研究分析，她就是传说中的女娲或精卫一般的女英雄哟。"

主编助理让手中的一把牌哗哗地呈波浪状起伏，浑身骨头拧动着做起了太监似的舞蹈姿势。素卵这才坏笑了一下。大概他觉得绑架做对了。他之前也说过周孕花是女娲或精卫。我看看女人。她连眼皮都没有动，像只怀胎的猫科动物，慢吞吞喝酒，又捡起一张幺鸡，看着它发怔。

"所以，根本不是冰儿。"我有些失落地说。

"不是。"主编助理说。

"真是没有比你这个老鬼更虚伪的了。"素卵抹抹眼角，故作吃惊状，连连摇头。

"我很真诚，我很无私，我有担当。别看我老了，我有知性和感性。但你们太年轻，不理解我。我深爱这个国家……一切要靠我们自己。"

周孕花终于说话了："靠我们自己？好大口气。我活到今天，还没有一个男人有气魄对我这样说话……"女人用一种似是而非的目光瞅着大言不惭的鬼，"你要让我重新鼓起活下去的勇气吗？你要让大家不去自杀吗？你是无主游荡鬼，自然跟那些臭男人不同。臭男人们喜欢炫耀自己懂得阿基米德牛顿爱因斯坦海森堡，总是自诩能拯救世界，这十分无趣。更不用说我那位市长朋友了，他志大才疏，本是三流政客，只会背讲话稿，说得多做得少，却又太贪了，手上有了船票也不赶紧走，还要联合他的亲友团，从我这儿捞上一把，才不管地铁开不开得到目的地呢。所以他被搞死了。而你不一样，是吧？你是《读书》主编助理，你是无主游荡鬼，你比霍金牛逼，你比市长聪明，是吧？你不玩卑鄙的政治游戏，是吧？你这个老流氓！"

"尊敬的女英雄，你不要这么愤世嫉俗嘛……"主编助理浑身乱颤，好像女人的话语使他兴奋了。

"你真的想要她吗？"素卵阴冷地说，"你得出大价钱。是我和我的大学同学，把她从红衣人手中救下来的。"

"我可不是你想象中的坏人，我真的是一个资深爱国者哟。我做的一切，都是为了使列车能够平安开下去，到达我们的目的地。"主编助理申辩。

"倒是，你是勇敢地把我们民族保护得很好的那个人。"素卵说，"哦，那个鬼。"

"现在不是她吗？"我用下巴指了指周孕花。

接下来，大家喝了更多酒。酒不够了，便换上含酒精的 C 饮料。牌越打越难打。麻将是先辈们热爱的很深奥的一门手艺，核心方法失传了。周孕花和主编助理输了。主编助理决定不打了。他走过去，把女人扶起，两人一起离开。素卵拉着我跳起来，要拦住他们，却迟了半拍。我觉得是他在关键时刻怯场了。

我们只好也走出绿岛咖啡厅，悄悄跟在这对男女的身后，看到他们踯躅在昏天黑地而毫无快感的雨夜中，钻入一列出轨的列车。出人意料，主编助理脱掉周孕花的衣服，他们以尸骨为床枕，睡到了一起。主编助理是一位九旬老人，动作却轻盈如少年男子。素卵把嘴唇咬出血。我快崩溃了。我就着急去掏身份证，却发现不知什么时候，它已经丢失了。我只好压低声息对自己说："W，你到底叫什么名字啊。"听我这么说，素卵像被击败的斗鸡一样，伸出双手把我搂抱住了。

不知过了多久，我们又像一头野兽，集体往前走了。我和素卵脚步一致，像两个失宠的保镖，其实我们是在履行见证人的使命，不由自主渐渐进入角色。这真是无奈至极，尤其是素卵，为没有达到利用人质的目的而失魂落魄。主编助理与女人浑身湿淋淋的，他们的体液终于混合在了一起，像是为彼此增添了一些信心和信任。这对于未来也许很关键。但谁也不知道将要发生什么，如何挽回这败局。我和素卵走累了，便手牵手，设法利用对方身体中的力量。

女人这才像是打起了精神，无助地倚靠在主编助理身上，说："牌打输了。什么办法都用完了，地铁修到这个份上，已至极限。C公司的资产快耗尽了，只剩下个空壳，仅靠C公司，连就业率都维持不了，更保证不了财政收入。就算红衣人不发动袭击，列车经济也已到崩溃边缘。地下的能源和资源快用光了，越来越多的外星人突破防线打了进来。现在只是勉强维持，撑一天是一天……我不是女英雄，我什么也做不了。究竟怎样才能阻止世界末日发生？难道你真有锦囊妙计？"

主编助理捏住她的手，做出胸有成竹的样子说："跟我走吧。"他好像把她当自己的女儿了。

素卵也拉了我的手一下，意思是让我也想想办法。我看着这一幕，觉得心慌，也没有什么办法。大家就继续走下去。我们经过了很多盘陀路一般的地方，都是见所未见的景物，我无法准确加以描述。跟攀登奥林匹斯山或西西弗斯塔不一样，我们一直在往下走。这是地铁世界最幽深玄奥之处。有些植物像是银杏和水杉的变种。地面杂七杂八露出不少若史前动物的化石。这令我意识到，地铁真的行驶很长时间了，不是几代人了。也许不止四十万年吧，说是四百万年也有可能，人类作为一个物种已经走完其进化所需的全部路程。负重累累的列车终于快要开不下去了。就这样吧。

十一、山寨不朽

我们抵达了一个铅合金基坑，它像只巨型马桶，有两百五十米深，下面蛇蝎似的黑气绞缠蒸腾。这属于地铁更古老的车厢堆积层，可能是早先主体人防工程的一部分。岩壁上悬挂着十几条陈旧索道，有几条还能勉强运行。我们乘坐一条往下滑去。

"像是弹道导弹发射井喔。"素卵又来劲了，开始摩拳擦掌。

下到坑底，才发现进入了零重力区，我们都飘浮起来。这儿又有一些地铁列车，一节一节，棺材一样，在幽灵般游荡。上面果然满载导弹，却已崩坏腐朽，零件都撒落出来。

我们不顾可能存在的辐射危险，摸进一个广场般的平面空间，它的中央雄峙着一座十字形大理石纪念碑，其上有浮雕群，铭刻的是一些攒动不休的人体，打扮和神态，看样子大概是先辈吧。碑的顶端，有一张隐约的脸，我觉得像我自己，或者乞丐，又似那个我在西西弗斯塔中见过的造像。

——这家伙，说不定是最早的地铁设计师呢。但也可能是特殊身份的乘客。他被造成了神一般的东西。地铁果然是众神之王……对这一切，我很陌生，又似曾相识。我觉得正在接近谜底。可惜 K 没能来。

我们三男一女，飞蝗一样，互相搀扶着掠过纪念碑，飞进它后面一节三层楼高的巨型车厢，好像是一个博物馆，却没有展品。我猜测，实际上，这可能才是中心实验室。但它如同废弃的古埃及神殿。只有一排排的液晶屏幕电视机，大都破碎不堪。除此之外，深幽的空间中漂流着一个又一个玻璃瓶，每只半人多长，瓶中盛满亮晶晶的绿液，浸泡着一个个粉白色的大脑，皮层上插满电极，有的腐烂了，有的却在微微蠕动，就像是由千万只蛆虫组成的集合，看上去还活着。

主编助理说，这儿便是实施方案 C 的秘密基地，先辈们提前预备下的。他们早知道会有这么一天，担心世界末日提前到来，因此做了多手准备。

看着坟茔或废墟似的基地，以及泡在瓶中的不明来历大脑，我不知说什么好。我努力保持住自己的动作姿势，显得像一个真正的深潜员或宇航员。这儿不是飞碟研究会。身边这些人掌握的权力和秘密，比龙角老师要多得多。

"先辈们设想，无论如何也要让列车开下去。不到最后一刻，绝不放弃。喂，就当我们的祖国和家园真的在此吧。隽永一些哟，少些浮躁吧。"主编助理神经质地变得文艺化。我有些担心他。

"说吧，你搞了她之后，还想从她这儿搞到多少钱？别以为我不知道。"像是作最后一搏，素卵朝主编助理喝道，一边游过去护住周孕花，虚胖的身子却控制不好方向。

"唉，什么钱不钱的，都这个时候了……"周孕花虚弱地说。她醉眼蒙眬，忽然在空中做起前滚翻。素卵慌乱而伪诈地托住她。

主编助理不满地挥挥手，像是这种小儿科，他见多了。他又拍拍遥控器，指着一帧新的电视画面说："情况紧急，不跟你们计较了。你们有没有注意到，车头部分正在发生变化。那儿出现了伽马射线暴。新物质源源不断从虚空中产生。一些维度发生了折叠——这是无主游荡鬼为了拯救地铁，作出的最新努力。"

"又要搞什么名堂？"素卵烦躁地转了一个圈，疑惧地看着主编助理。

"这就是方案 C。是这样，根据先辈们的构想，如果不能在地面上实现与 M 国并轨，也无法通过地底驶到 M 国，那么，万不得已时，就要赶在世界末日到来之前，重新制作出一个宇宙，置换掉 M 国人设定的地心宇宙，让列车驶进去。那样就安全了。"

"你疯了。别出心裁么？还方案 C 呀！"素卵像个小丑，刺耳地呱叫。

主编助理不理睬素卵，而是一脸严肃，看定周孕花，一字一句说："古人更有智慧。方案 C 是唯一的办法。根据先辈们描绘在鬼魂程序中的蓝图，新造出来的宇宙，将不再是 M 国人的，而完全是我国人民的。第一次，我们将要获得一个由自己来掌握的宇宙，一个看得见摸得着的、实实在在的宇宙。这样，乘客就可以躲在里面，一劳永逸躲开末日轮回了。"

"是国情相对论的再生版吗？听上去倒是很不错呀。"我说。

"孩子们，在新世界里，我们将拥有自主设计的新轨道。地铁将按照它喜欢的线路行驶下去。于是不用抵达 M 国，就可以得到拯救。既然时间列车和质量列车都搞不成，就试试这个吧。总之，我们要重新制作一个宇宙。确切来讲，是模拟——或者更明白一点说，山寨一个宇宙。"

"这是无主游荡鬼背着地铁 AI 正在执行的计划吗？"我不太肯定地问。

"大家都是为了同一个目标，让地铁开下去嘛。"主编助理谑笑着咧咧嘴。

"那么，就不去取花旗银行里的那笔财富了？"素卵脸上露出唐突的遗憾表情。

"没办法，只能退而求其次。归根到底，是为了你们这些孩子呀。"

"唉，我们不属于这个时代，也不属于这个宇宙。"我叹道，"我们也没有未来。"

"山寨？怎么才能做到呢？"素卵狐疑地问。

"开动大脑。"主编助理用目光追逐半空中飘来飘去的玻璃瓶，眼中闪着狡黠而迂腐的笑。

"开动大脑？"素卵蹿起来，企鹅一样摇摆身子，"我活到今天，眼见的都是，那些自诩最智慧、最明白、最重要的脑瓜，每天都在做出最愚蠢、最卑鄙、最下流的决定。如果一个国家的所有人都长一颗亚里士多德的脑袋，地球上最先灭亡的，必定是这个国家。我国就是这样的典型例子吧，所以才走到今天了。"

"说笑了，我国哪里有亚里士多德的脑袋。"我看了看那些玻璃瓶中物，觉得像煮在火锅里的猪脑。

"这列地铁里，乘客的大脑早就烂掉了。老鬼，你都死几回了？还骗我们啊。"素卵对主编助理说。

"哦，孩子们，不要这么悲观嘛，你们只看到了事物的一面。"主编助理尽量耐心地解释，"人脑是地上世界进化出的已知最复杂体系。它包含一千亿个脑细胞，相当于地上世界人口总数的二十倍。人类身体里有三万个基因——这个数只比线虫的稍微多一点点，并不能解释大脑的特性。在大脑中仅仅数出皮层上面的连接，一秒钟数一个，也要花三千二百万年。一个人的大脑比地铁上的电信网络还要复杂。但就连学习能力最优秀的人，也未能开发大脑潜力的百分之一。噢，这说的是什么意思呢？在这个悲惨世界上为什么会出现大脑这种巧夺天工的玩意儿呢？造物主为什么那么慷慨无私给予人类一个潜力无穷的大脑呢？而且他不仅仅给了 M 国人，还给了我们！造物主自有他的道理，或许当我们大脑的每个脑细胞都能发挥出它的力量时，我们才能完全了解这个宇宙。也就是说大脑的利用程度与我们对宇宙的认知是成正比的……"

"咦，你是在给我们上一堂智创论的示范教学课吗？"素卵用双手把自己的脑袋托举起来。周孕花则在一旁奇怪地笑了一下。似乎大家并不认为，凭靠无主游荡鬼的能力，就可以山寨出一个宇宙。有了地铁这个神话还不够吗？

"我是相信智创论的。"主编助理说，"列车开下去，最后必定能与终极存在者见面，他能裁决，我们和 M 国人，究竟谁才是宇宙的真正主宰……但我们现在没有时间讨论这个更高级别的问题，因为这方面的线索太少，并且先辈们没有为我们在列车里配置宗教。当前要做的是有饭吃、活下去、生孩子！我们只能解决最直接、最迫切、最现实的问题。好在先辈们还给我们预留了一批接近完好的大脑，它们是精选过的，没有被抑郁症侵蚀。抑郁症会使大脑组织缩小，功能弱化。另外，它们也较少受到权力欲的腐蚀。权力欲的效应与可卡因一模一样，会产生过多的多巴胺，导致强烈的侵略性、冲动、傲慢和情欲，使人失控。现在，要把它们唤醒过来，诱导出来，联结起来……"主编助理扫了一眼周孕花。

然后，像是为了说服大家，他带领我们在车厢里参观。这儿，有大批从未见过的机械设备，有脑工程学的全彩图册，有烧瓶、蒸馏锅、示波器等实验装置，有数控机床和高速计算机，还有分子生物学技术平台和神经分子信号测定仪，以及神经元分子行为与细胞功能实时检测组件。素卵看呆了。这才知道无主游荡鬼的厉害，他们在暗中掌握着列车上很多不为人知的基本物资。主编助理的再生大脑便是在这个基础上造出来的吧。

一组液晶电视机在半空中滚来滚去，不间断播放宇宙的即时图像。星光照耀下，温度上升，秩序破碎，星系湮灭，物质流散，一如漫天泼溅的脑浆。主编助理从灰尘中抓住一本飘过来的旧版《读书》，打开来，扉页上画着复杂经络一般的示意图，这便是宇宙结构，却是以一种从未见过的视角绘制的，显得奇妙，富于启示。主编助理把这张图，放在电视机荧屏显示出来的大脑细胞示意图旁作对比，说："瞧，宇宙的结构跟大脑多么相像呀。"

我看过去，见它们的内在结构确实非常相似。大脑的神经系统闪闪烁烁，犹如星云，携带信息的化学物质发生交流时，耀射出夺目辉光，就像无数星星在不停生灭。嗯，宇宙是一颗大脑。我们生活在 M 国人制造的人工神经网中，而这很可能是他们按照人类的大脑结构模拟出来的。此事听上去神异而绝望。我回想自己一步步走向"真相"的过程：莫名其妙来到 S 市，城市深埋于地下，国家是一列地铁，列车在地心宇宙中行驶，宇宙是一个人工大脑……跳跃性太大。逻辑理性被碾得粉碎。没人受得了。伊曼努尔·康德也会卧轨自杀的吧。就这样了。

主编助理说："没错，我们正在穿越的这个宇宙，就是一颗大脑。中情局发现，宇宙本质上是一层带有褶皱的膜。这相当于大脑皮层。对应时空的区域结构，宇宙也分为大脑、小脑和脑干，并通过虫洞实现桥接。只是这个宇宙的信号回路带有 M 国人的类型特征。这不奇怪，因为它是 M 国人设计的嘛。它的味道是由语言区决定的。英文定义了自然定律，并让以太重新出现。在无主游荡鬼带领下，没有发疯的天文学家都被动员起来参加情报搜集。他们的身份被重新定义为精神病学家。这些人不再研究星空，而是研究大脑。他们伪装成与望远镜做爱，是为了躲过地铁AI的监控。列控系统不相信乘客还能自己救自己，它只觉得他们统统该死，而最先要消灭的，就是精神病学家。"

"哦，原来如此呀……哼，下一步做什么呢？"素卵瞪着圆圆的小眼睛问，脑子里好像在起劲琢磨又一个坏主意。

"根据方案C，接下来，要对乘客的大脑进行逆向扫描，来认识这个宇宙，弄清它的奥妙，最后达到山寨它的目的。我们要把纳米机器人派到乘客大脑里去，把乘客的大脑皮层一个分子一个分子测绘下来，找出理想部分，利用没有受损的神经元细胞，与先辈预备下来的完好大脑结合，依托量子计算和量子纠缠来引导意识活动，重新产生引力并建立时空，山寨出一个与M国人创造的宇宙有得一比的新宇宙，在里面建造新的轨道，让我们的列车安全行驶。"

"可是，无主游荡鬼不是已经有能力制造人工大脑了吗？"我想到，主编助理的重构大脑里，手指头那样大小的一块芯片上，就有一百亿个神经元和一百万亿个突触的微处理器。

"那已经很精妙了，但还不足以升华为宇宙级的大脑。"主编助理说，"所以需要尽可能全面地对先辈留下来的原始大脑进行扫描。我们的过去比我们的现在高级。"

"有意思。"素卵冷漠地评论道。

"但是，这个新的宇宙，哦，新的大脑，将放置在哪里呢？"我问。

我努力去想象这或许只有植物人才能理解的情形。M国人在他们待的宇宙中，造出了一个宇宙，把它搁放在地心，来规置我们的轨道，并最终毁灭我们；而我们又要在这个宇宙中，再造出一个宇宙，来重新设定轨道，以摆脱 M 国人的控制，逃脱世界末日……的确异想天开。但这符合我国人民做事的一贯方式，那就是，没有做不到，只有想不到。这会不会是国情相对论迎来新生的征兆呢？也太戏剧化了吧。

"不会是放在地铁 AI 的大脑里吧。那就要把它得病的大脑挖掉吗？"素卵嗤笑。

"这真的是一个宇宙吗？"我觉得，这种物象上的一一对应，似乎过于形式主义。宇宙大概没有这样简单吧。

"哦，孩子们，它只要像就行。"主编助理说。

"听上去十分疯狂。"我说。我不相信以原工程兵为代表的这帮家伙能搞成这件事情。

"现在，最需要的是疯狂。"主编助理用一种明摆着如此的口吻，不容反驳地说，"我国人民的大脑原本一流，只是工艺水平和技术标准尚无法与 M 国人媲美，做不出一个原创宇宙。但山寨一个，还是有可能的。山寨的也可以不朽。经测算，它将使毁灭概率降低十一个百分点。"

"为什么非得让我参与呢？"周孕花终于又说话了，她快快问，用聚不成焦的目光，在房间里四处搜寻加酒精 C 饮料。这让她更忧郁更美丽。我在困扰中有些冲动，却不知怎么办才好。素卵阴沉地瞅着我和女人，藏在厚厚肉褶中的小眼睛走马灯一样转动。

"因为智慧是阴性的。"主编助理死死盯住周孕花，呼吸像蛇一样滞重。

"怎么，要把她的大脑取出来吗？"我怀着微妙的心情问。

"不，不能这么做。"素卵迈步上前，夸张地做出保护女人的姿态，却被周孕花一把推开。

"我的大脑不阴不阳。"她说。

"没关系，退而求其次，好在是山寨的。"主编助理说。

这时，红衣人的歌声又在不远处唱响了。我们便赶紧躲起来。

在飘满大脑的车厢深处，我和素卵搂抱着，因为干渴，拼命吮吸对方的口水。我原本很讨厌这位同学，现在却与他发展出了一种类似连襟的关系。这没有办法。另外，我觉得这人不同寻常，他脑子里想的事，谁也猜不透。我睡不着，肚子又饿，很想砸开几个玻璃瓶，取出大脑来吃掉。但素卵说，这么做怕有危险，再等等吧。我又担心，那些正待在远方监视我们行程的 M 国人，这个地下宇宙的创造者，或许早已测知了我们的计划。他们已进化到高级阶段，应该具备全知全能的本事，又有什么能够瞒得过他们呢？我们做的这一切，自以为巧夺天工，不过是瞎子点灯。

素卵又说，这是主编助理的阴谋，山寨宇宙是一个幌子，他真正的目的，是要霸占周孕花，他把她视为女编辑的化身。因此，得破坏这个鬼的计划。

我权且听着，倾听臭烘烘的大脑们在黑暗中咔嗒作响，就像童话里的精灵，在隐晦地交谈。其间窜出老年男性阴郁沉重的喘吁和年轻女子悲喜交集的嘶叫。在失重环境里，我不知道这是怎么做到的。他们大概是熟手了，只有这样才能缓解紧张。从声音中，我感到了生命绝不罢休的执犟顽强。生命就像老鼠一样，哪怕是假造的，只要不死，就要上蹿下跳。有时候，生命还真把自己当一回事了。这也没有办法。

女人的声音渐渐变成嘤嘤哭泣。我不知所措，把素卵抱得更紧，心想新宇宙能否建成倒在其次，重要的是世界末日快些来吧。

最后，我们睡过去了。但不久我就醒来了。我看到，另外三人不见了。我也便抽身离开了。

倒计时五天

十二、X 档案新编

我返回到通天河西岸。红衣人一个都不见了。许多穿白衣的人在跑来跑去。我被他们捉住，押送到莫愁湖边。在这里，我见到了跳猿老师。他成了白衣人的首领。原来，地铁世界又诞生了新组织，名曰"圣战救国军"，是为了抗击 M 国人及其走狗外星人，在早先的 UFO 研究会基础上改组重建的。跳猿老师担任了圣战救国军司令。

圣战救国军正在举行誓师大会。它的主题很快变成批斗龙角老师。这才知道，龙角老师带领大家调查外星人时，一个三人小组一直在暗中调查龙角老师。组长就是跳猿老师，组员是龙角太太和阿娇。在他们看来，龙角老师是一个潜逃的杀人嫌疑犯。跳猿老师宣布："现已查明，龙角早在梦游年代，就是一个野心家。他为了达到自己不可告人的目的，组织了一个行动队，专门往科学家的脑袋上打大铁钉。有一次，他杀死一名天文学家后，霸占了他的女儿，骇人听闻啊……"

一个白衣女孩立马跳出来，声泪俱下地控诉龙角老师。她是阿娇。阿娇说，老头儿在知道罪行快要暴露时，就组建了 UFO 研究会，把自己装扮成热爱宇宙和平的人。但是，在组织中，他独断专行，任人唯亲，滥发展会员，重用招摇撞骗的所谓特异功能者，使外星文明研究偏离了正确的方向。他从会员那里收受贿赂，出卖珍稀研究资料给不良商人，挪用会费供自己享受。他蛊惑不明真相的市民和大学生。他受境外势力操纵，里通外国，收听 M 国广播，散布世界末日的谎言，还向外国记者和跨国公司提供我国 UFO 研究的机密情报。他道德败坏，品行不端，与女会员发生不正当关系。他对虎突老师和雁行老师的死亡负有直接责任。他还利用色相勾引并试图猥亵新入会的年轻男会员……他终于露出了马脚。新的运动一起，他就藏不住，于是潜逃了。

跳猿老师说："现已查明，在关键的外星人问题上，龙角一直在鼓吹毫无根据的和平幻想，这是一种恶意的误导，是一个深思熟虑的阴谋，目的是消解人们的斗争意志。他受着 M 国人唆使，要引狼入室。外星人没有一个好东西。龙角与外星人达成了暗中交易。他背叛了人类。幸好他的罪恶企图被及时发现了。我们将继续展开调查，彻底揭露他！……现在，我们建立了新的组织来保卫国家！"

在阿娇带领下，人们纷纷揭发龙角老师，挥动拳头，高喊口号："清除内奸，准备斗争！"

忽然，跳猿老师把目光投向我，说："啊，你终于来了！"他使个眼色。阿娇带着几个男人扑上来，把我捉住，摁住我的头，朝车厢撞去。他们往死里弄我。我血流满面。"这个奸细，这个帮凶！"他们叱骂，"跟着龙角那家伙干了不知多少坏事啊，这回死到临头了！"在阿娇示意下，有人掐我脖子。我心想，终于可以死了。可惜不是自杀。

临死前我问阿娇："你为什么要这样？"我想她又要对我说，

拿出三十块钱操她，我都不愿意。

她说："青春太短暂，做什么都来不及。只能如此了。"

我想对她说，不是这样的。宇宙正在收缩，要挤压成一个点。连外星人也逃脱不了。但我不敢说话，也不敢看她，便闭上眼等死。

这时，听见了另一个女人的声音："慢，这人不是那个乞丐吗？是他说，外星人不是来拯救我们的，而是来消灭我们的。因此，抵抗外星人的入侵，他是有功之臣啊。"

"什么？乞丐？我可不是啊。我啥也不知道。"我睁开眼，着急声辩。出乎我意料的是，此人是小蛐老师。

听了小蛐老师的话，跳猿老师和阿娇都困惑了。他们上上下下前前后后重新打量我。然后跳猿老师说："是啊，你果然就是测谎催眠时跑掉的那个乞丐。我们找你找得好辛苦。你得把外星人的底细，原原本本告诉我们。他们打算怎么毁灭人类？龙角已被驱逐，你不必再害怕。"

圣战救国军战士们齐声嚷嚷："乞丐，乞丐，快把外星人的真相告诉我们吧！这样方可饶你不死！"

我什么也说不出来。跳猿老师说："那好。沉默是金，沉默就是确认，你的沉默正是我们需要的。再考虑一下吧。"

"劣币驱逐良币。"阿娇伸手往跳猿老师的下面摸去。她的表情显得她好像触着了一个糜烂的橡胶球。

"哪里有什么良币哟……"跳猿老师显出羞赧之色，就好像在为自己取代了龙角老师而感到不自信。

"你是在说赌运气吗？世界取决于宿命，还是取决于偶然？"阿娇暴了我一眼，又露出鄙夷的神情。

"过去人们常说，三分天注定，七分靠打拼。现在，不知道了。"我哀恸地看着越来越陌生的阿娇。

"这正是我重建组织的目的。"跳猿老师像是回过神来，又做出胸有成竹的样子。

"是的，我们要马上采取行动！"阿娇说，"紧跟跳猿老师，打一场列车保卫战，把 M 国人及其走狗外星人淹没在人民战争的汪洋大海里！"

我很害怕，便趁白衣人不注意，偷偷溜走，去找龙角老师。我要把正在发生的变故告诉他，听听他是什么意见和看法。但龙角老师不见了。他藏身的洞窟空空如也，只留下一摊污血。宝贵的资料也都没有了。在疲惫和失望中，我卧在血泊里睡了一觉。醒来时，见边上躺着龙角太太。她身穿皂色内衣，凌乱不堪，露出污浊的肩骨和锁骨，煞白的胸脯上布满条状伤痕。哦，是阿娇指挥暴徒干的吧。

我未来的岳母像是已耗尽毕生气力，虚弱地睡在我身边。她的病很重了。我们就这样一动不动，凝视头顶上方的岩石。过了一阵，女人说："龙角老师走了，他去昆仑山旅游了。"

旅游？昆仑山？我用双手托住自己的脸，就仿佛它要像假相一样塌落下来。我想到主编助理为我设计的"工业旅游"。我眼前又出现了大海中的山峦一样、在群星的烈火中向前运行的列车，以及主动把自己与车厢切断、在宇宙深处孤独游逛的车头……

我问："昆仑山在什么地方呢？我还是第一次听说。"我又看看身处的洞窟，怀疑它真的连通着昆仑山。

女人吃力地翻蜷身子，骨骼和肌肉哗哗作响，脸上的皱纹一团团融化开来，说："我也不知道啊。但这样好啊，他嘛，想通啦，打算休息了，只是去旅游，看看风景。他一辈子受苦受累，也没有玩过。现在终于明白了。做什么也没有比旅游更快活呀。只是，他为什么不带我一起去呢……因此，就算去了昆仑山，也不会有什么好结果。那座山上只怕有长了四只角的、安静时像只大山羊的妖魔，专门吃他这种不负责任的男人！"

龙角太太说罢，忽然伸出双手，把我拉入她胸怀。我急忙喊："不，不，我不是龙角老师！"这时我想到主编助理与周孕花的关系，又记起跳猿老师说过，龙角老师杀死了天文学家，强娶了他的女儿……龙角太太亲切地附在我耳边，像在讲述一个构思许久的故事。那是我尚不知道的另一个秘密，跟间谍小说堪有一比。可惜我不是中情局雇员。我害怕听，咯咯笑道："别这样，别这样！"使劲退回去。龙角太太却用铁钳般的手把我锢住，就好像我是自投罗网。我大汗淋漓，挣扎一阵，脑袋坍塌到龙角太太胸上，那儿叠满冷硬密织的肌肉。她把我越缠越紧。她好像变成了阿娇……我抽出手，卡住女人脖子。

"你多像从前的他哦。难怪他要找你上门。"她满足地笑道，"终于有个了结了。"

肥皂般的脖子在我手下萎缩，渗出臭烘烘的油来。这不是我想做的。好像有一股看不见的力量在操控。我对不住龙角老师和阿娇……但已经迟了。女人一歪脑袋咽了气。我吃了一惊，冷汗淌下来。我看看她的脸。她仍然显得年轻。我犹豫一阵，脱下她的裤子，像是打算做点儿什么，却也没有敢做。我便取出十块钱，搁在死人头边。算是给她的丧葬费吧，用来弥补自己的过失。然后我逃了回去。

由于小蛐老师说情，圣战救国军的军事法庭没有判处我极刑。接下来，根据小蛐老师的提议，我开始为圣战救国军起草《对 M 国人及其外星走狗宣战书》，又名《X 档案新编》。这是一项前所未有的任务。我活了二十四年，从来没有写过这种东西。但白衣人认为，我是接触过外星人的乞丐，因此只有我能写这报告。而小蛐老师如此安排，大概是为了让我活下去吧。这让我内心交织着复杂的情绪。小蛐老师为我找了一节面向莫愁湖的无人车厢，做我的工作室。车外景色优美，宛如仙境。鲜花已经长得跟树冠一样高大了。红色的湖泊像一个浸泡着各种尸体的马桶。

"龙角老师真的是去昆仑山旅游了吗？"这时我已知道，小蛐老师就是与龙角老师发生不正当关系的那个女会员。难怪她知道很多内幕。

"龙角老师做出了自己的选择。面对世界末日，每个人都必须做出选择。乞丐，你选择了吗？"

"我不知道什么叫选择。据说，一切都安排好了。"我瞥了小蛐老师一眼，想着她几天前在奥林匹斯山上宽衣解带的样子，不禁感到徒劳。

"你要完成龙角老师未竟的事业。你要拯救这个世界。这是你的责任。"女人说。

"我现在做的，是根据跳猿老师的吩咐。"我应道。

小蛐老师像抱婴儿一样，她把我轻轻搂在怀里，端举着我在车厢内巡视。针对外星人的入侵，这儿布置了五花八门的道具，作为反击的武器，包括复印机、控制杠、操作轮、铅笔刀、回形针、订书机、碎纸机、儿童人形椅等。但还没有安装电话、电脑和传真机。看样子真要打一仗。但这对挽救宇宙有什么用呢？

小蛐老师又抱我出去看湖。我蜷在女人怀中，各种情绪涌涨泛涌，无法理清，便又想寻机跳入湖中，却被女人锢得死死的。

她身上的气味与 K 不同。这让我想到了沉没在冰海中的"泰坦尼克"号游船。

湖中有许多网罟，装满捕捞的不知名动物，形状古怪，许多已经死了，剩下的正在挣扎。好像是我不久前跟随主编助理在车厢中见过的实验动物。我装作不在乎，打量它们。世界在我眼前淋漓尽致，展呈了分毫毕现的模样。小蚰老师带我把动物捞起来。它们仿佛来自另一个时空，眼睛一眨不眨，盯着我们。它们与我们一起在地铁里面进化，却在我们死之前死去。

带了捕获物回来，小蚰老师用它们炒了几个菜。利用一小群萤火虫照明，我们又喝起加酒精 C 饮料。有一种白色食物，软绵绵的，也被小蚰老师煮得烂熟。像是剧作家的大脑，被湖水泡得腐败了。这是下饮料的好菜肴。可惜不是人骨酒。吃喝到兴头上，小蚰老师提议，由我扮演外星人，这样，写作报告就有灵感了。我觉得这样不是很好。我的报告中，外星人是敌人。所有努力都是为了打败他们。但我觉察到，小蚰老师内心深处，依然沸腾着与外星人亲密结合的渴望。不待我答应，女人就欢天喜地从车厢夹缝里取出一套绿色连裤服，说这是在龙角老师的鼓励下，她亲手设计的太空服，但一直没有穿上 T 台。她觉得评委不会认同。她本想送给龙角老师作生日礼物的，但他旅游去了。

"所以，乞丐，请试一试嘛，昔日在 UFO 研究会，你学历最高，最有鉴赏力，又是龙角老师的爱徒和乘龙快婿。这件衣服可珍贵哟，成文物了。我不喜欢他们穿白衣。那不过是给自己壮胆，跟邪教似的。"

"不，还是留给龙角老师吧，他也许有一天会回来的……"

我很想穿小蚰老师亲手做的衣服，却胆怯地躲在了座椅下。小蚰老师不高兴了："你现在就是龙角老师！"她把我拉出来，摘掉我穿的防火服，像妈妈给儿子试新衣一样，强迫给我穿上她做的衣服。她把我推到车窗前。我害羞地从玻璃上看到，我那乞丐模样的身体上，新衣紧巴巴的，下体锢得尤其难受，芭蕾舞男演员似的，两腿之间鼓出一个亮堂堂的大包，我越是在意它，它就越是膨胀。我不禁脸颊发热。小蛐老师这下高兴了，远远近近打量我，歪头侧头，又拍巴掌，忽地蹿上来，抱住我亲了一口。

"噢，你就是外星人哟。"她连声欢叫，"亲爱的，没关系，我们偷偷地，不让别人知道。"

然后她哭了："我是从乡下来的。我曾经有四个梦想。第一，成为城里人；第二，让自己变得更漂亮；第三，有生之年造一座最冷清的孤儿院，那便是我的家，我的未来……我的归宿……；第四，孤儿院的边上就是老人院，它是灰白色的……但是，就连这样简简单单的梦想，都实现不了。啊，现在，跳猿老师天天要干我一次！"

"不、不要紧，大家都是身不由己。"我畏惧地向后退去。

小蛐老师扒掉我的衣服，又脱去她穿的黄色连衣裙和白色连裤袜。真大胆啊。我怀疑跳猿老师此刻就站在门外，阴沉地看着。

世界末日前夕，我第一次真刀实枪接触女人，K和阿娇都没有给我机会。我万没料到竟是小蛐老师。但想到小蛐老师与龙角老师和跳猿老师的关系，我便泄气了，不敢碰她。她就把我强行拉过去，说这是激发我写作灵感的必经过程。我又想到龙角太太。我是个杀人凶手。小蛐老师，你不害怕吗？但我首先害怕了。我看到小蛐老师的身体，从肚脐至两腿之间，不规则地次第长出三张"嘴"，具有黄金分割比例，初看还以为是自伤的创口呢，呈标准C形，亦如畸形人耳，但的确是她的器官，水淋淋颤动。小蛐老师也是地铁的生物工程实验品吗？是经过改造的异种人吗？是先辈设计的超人种群中残留下来的一个后裔吗？或者，她会不会是打入乘客中的外星人呢？她是不是也忘记了自己是谁呢？……这些忽然涌出的奇思妙想激发了我的性感或爱意。但我也不太清楚这到底能否叫作性感或爱意。我于是努力克服畏惧。我既然从她的掌握中逃不掉，就一不做二不休，鼓起勇气去拥抱这个怪物。但在关键时刻，我掉链子了。我那男人的本事，在小蛐老师异状的肉体面前，一败涂地。我满头大汗，试了几次，只是无能为力。我悲切而惶急。

"对不起，小蛐老师！"

"不怪你……"她大口喘气，双眼红肿，死盯着我。

"那天晚上，在奥林匹斯山……关于色狼什么的。我向你道歉！外星人怎么会是色狼呢？"我言不由衷。

我迷恋、仇恨而绝望地注视小蛐老师的身体，忍不住咯咯笑了，明白了我和她大概是两个物种。只有同一个物种才能交配，两个物种就会产生生殖隔离。我们看上去都是人类的模样，却不知什么时候已成了不同的物种。我们在一起完成一件伟大的任务，却徒劳无益做着一件分道扬镳的事情。

但就连这也活不了多久了，生而为人的本次生命将要完结。不知道死后会是怎样。在山寨出来的新宇宙里，万一再活一回，到时候大家却不能相认呢？如果还是老熟人，这样一副身体都认出来了呢？那才尴尬吧。小蛐老师却不知道这件事。我非常想死。但小蛐老师像母兽一样，把我看得紧紧的。我无法自杀。

像爱一样，自杀也是一种生存策略。为了活下去而自杀，这没有太大意思。

我缺乏勇气，像杀龙角太太一样，杀掉小蛐老师。我感到苦恼。无所谓了。

然后，我来了写作《对 M 国人及其走狗外星人宣战书》或《X 档案新编》的灵感。我很清楚这是一份无用的报告，但我必须写。我要对得起小蛐老师。我用想象力把外星人划分为几种类型，包括需要剿灭的，需要分化的，以及需要解放的。我为外星人标上识别符号。一共有十二种外星人，分别是吉哈尔人、巴松嘉人、萨隆人、艾弗格人、芬威人、康苏人、奥胡人、韦德人、汉伊人、不知名外星黏菌、金达尔人、文迪人、科万度人、勒雷伊人。在我看来，他们有着不同的形状和特征。比如，萨隆人长得鹿头人身，外表和善美丽，却嗜食人肉；韦德人长得像是黑熊和大猩猩的混种，会进行集体宗教吟唱；科万度人身高不到三厘米，艺术天赋非同寻常，与人类一样好战；勒雷伊人的体型和重量与人类相近，却长有肌肉发达的鸟类双腿，没有眼睛和耳朵，将人类看作是美味佳肴……

我竟然越写越兴奋。我觉得自己不仅成了剧作家，还成了创造宇宙的 M 国人。有些古怪，也带有罪感。外星人其实跟我们一样，不过也是 M 国人的牺牲品。他们大概也看到这个宇宙正在崩塌，他们同样面临世界末日，因此才拼命想要打入人类的列车。有可能他们发现了我们正在山寨一个宇宙。他们想和我们一起在这个假宇宙中继续生存。但他们为什么不能自己山寨一个宇宙呢？没有答案。轨道已经把我带到这个站台。我不写，我就不能活。我不能活，就没法自杀。我只能揣测跳猿老师的意图，不停往下写。我也憧憬，冰儿有一天或能读到我的作品，把它谱成新歌，广为传唱。我也期望，也许就可以重新讨好阿娇，这是我获得她青睐的最后机会。但要对不起小蛐老师了。

我在去死之前，终于写完了《对 M 国人及其走狗外星人宣战书》或《X 档案新编》。我第一次觉得自己了不起。这要归功于小蛐老师的帮助。另外要感谢亡故的剧作家，上一个七天里，我正是从房东那儿，学到了一些写作技巧。我把写好的东西看了三遍，觉得像一本天书，并不是我写的，而是有一个隐蔽的力量代我所作。但不管怎样，这是我来到人世的二十四个春秋里，干成的唯一事情。我不想做英雄，却滋生了要在女人面前赎罪或撒娇的想法。这有悖我的初衷。每个人都在不知不觉间做起了自己最不想做的事情。就这样了。

《对 M 国人及其走狗外星人宣战书》或《X 档案新编》完工后，我仿佛是卸下了人生负担。我独自来到莫愁湖边，打算散散心。这是一个罕见的大湖。很难想象，先辈会在地铁中设计出一座湖泊。它的功用是什么？是连通其他宇宙的虫洞吗？各种形状奇异的生物在水中出没。湖对岸的奥林匹斯山高耸入云。酸雨迷迷蒙蒙不住洒落，每一滴水都沾染了暧昧。环湖鲜花盛开，漫漠无际。我发现，湖水变得更红艳了，像大火燃烧一样，托举出赤色的茂密藻类。这个湖，就是剧作家自杀之处。我看了一会儿，有些冲动，就纵身跳入湖中。我想坠入湖的深处，和剧作家待在一起，再不出来。

在水底，一丛红藻下面，有一双女人眼睛在看我。原来是冰儿。她像蛇一样盘曲，纹丝不动。在她周围，密密漂浮着成千上万具红衣人的尸首。湖水就是这样变红的。占领了 C 公司的冰儿，以及她的手下，悉数淹死在了莫愁湖中。但这是我的幻觉吗？

十六岁的冰儿本是一位平凡少女，却被人工赋予神奇的歌唱本领，变身超人，一发不可收，走上一条新轨道，在世界末日前夕，又被 C 公司塑造成新世界形象代言人，升级为神似的存在，引领红衣人，掀起梦游运动……没料到，事物走向了它的反面。冰儿小小年纪，权欲熏心，攻占 C 公司，取代周孕花，搞逆向变轨。她大概忘了自己的出身。她企图做超出歌手能力的事情。其结局自然早已注定。又一个牺牲品。

我感到凄凉而心惊，对死亡生出新的迷惘。我忍不住，搂抱了一下冰儿。她的尸体像她前世的投影。我未能从她身上获得什么感觉，便浮回水面。我在湖边久坐沉思。冰儿的意外之死，好像在喻示所有人的归宿。沉入水底的冰儿，看样子却好像已经弃世而去上千年。但要真正了解女人，还得再经历好些个世界末日吧。很快我就睡着了。

不知过了多久，我被喧嚣声吵醒。我睁开眼，看见圣战救国军又在湖边举行会议。跳猿老师像奥林匹克运动会的举重运动员一样，双手把冰儿泡得肿胀的尸体托举过头顶，就如在展示一个湿淋淋的大礼包。他对大家说，冰儿是被外星人的间谍杀害的。这再次证明宇宙中的确存在邪恶敌对势力。与 M 国人的雇佣军——外星人的战争，已箭在弦上。这便是世界末日之战。

我又一次被冰儿的尸身吸引。她遍体呈青红色，像蝉那样半透明，衬出她富于节奏感的一段段骨骼，又好似刚刚从冰土层中挖出来的猛犸象般的古老动物。她原先坚韧如毛竹的躯干，现在变柔软了，却愈发显出早熟的美丽，就仿佛外柔内刚、永不言败一样。但她那致命的、羊羔似的喉部却沉寂了。的确，这是真正的冰儿，而不是梦境或幻觉。至于这件事是怎么发生的，却或许永远无法知晓了。

这悲惨的一幕果然激起了大家的同仇敌忾，因为很多人原先都是冰儿的歌迷。然后，以冰儿尸体为前景，进行集体合影。阿娇驱赶众人，群聚到跳猿老师身边。阿娇让我为大家照相。我对好镜头，说："笑一笑。"可是谁都不笑。阿娇便说："别死绷着脸嘛，跟挨枪毙似的。"跳猿老师笑了笑，又立即恢复了严肃，把身体做成 C 字，弯侧过来，逗哄小孩一般，对大家摇了摇。众人这才勉强笑了。阿娇呱呱拍了两下巴掌。大家也跟着鼓掌，又朝跳猿老师竖起大拇指。我赶紧按下快门。闪光灯照射过去，尸体的后面，众人脸色一下煞白了，像是面皮被拔掉。我透过取景器，似是看到了不该看的事物，吓得退后一步，才与疑为非现实之境保持了一定距离。然后我也紧紧站在跳猿老师和阿娇身旁，就好像要做他们最亲密的助手。

合影毕，跳猿老师请大家在湖畔聚餐。甲烷的雾霭中，人影幢幢。每人面前摆放了加酒精的 C 饮料。冰儿的尸体被切割成千万块碎片，顷刻间被分食了。跳猿老师把冰儿的舌头扔进酒杯，高举起来，说："外星人的末日要来了。"大家听了，斗志昂扬，挥动武器，放声歌唱。他们唱的是《众神之车》。跳猿老师朗声致辞："地球的命运已掌握在我们手中！人类的史册将铭刻下我们的名字！"鹿牙老师擂击车皮："我们也终身无悔了。"麻雀老师高亢喊叫："人生能有几回搏？"飞蛉老师急切喧嚷："大不了回到梦游年代，不就是互扔原子弹嘛！"大家一齐嘶吼："血溅太空！血溅太空！"一边朝跳猿老师看去，就像幼儿园孩子观察一个巨人。跳猿老师走到每个人面前敬酒，逐一抚摸大家的头部。众人眨巴眼睛，装出羡慕的样子，跪在地上，仰望跳猿老师。跳猿老师又带头呼喊口号：

"为我市的和平，干杯！"

"为我国的和平，干杯！"

"为世界的和平，干杯！"

"为银河的和平，干杯！"

"为宇宙的和平，干杯！"

众人跟随跳猿老师嘶叫，脖子和脸庞涨红了。跳猿老师让阿娇把没有喊口号的人的名字记下来，准备施以处罚。他慷慨激昂把C饮料一饮而尽，泪流满面。我也喊了两声，觉得像在参与排演一场戏剧。可是，剧作家不在了，没有他的指导，怎么能演好呢？……我偷偷去瞅阿娇，像是要重新引起她的注意。但她只睥睨我一眼，鄙夷地哼了一声。我不禁想起《读书》记载的历史：百年前外国殖民者入侵S市时，市民们组成义勇军，但一枪未放，就作鸟兽散，脱掉军装回家做生意。我担心眼下这出戏也会草草收场。但要是龙角老师还在呢？然而，关键时刻他却离开大家，独自去昆仑山旅游了——是的，他是去旅游的，这不能算作逃跑。这让我心中暗含万一的憧憬。还在对乞丐测谎催眠那会儿，龙角老师或许就已预知了今天的结局吧。但是，昆仑山到底在哪里呢？

人们很快醉了，你搡我一拳，我打你一掌。跳猿老师抹了一把眼泪，女人一样柔美唱道：

> 生命诚可贵啊，
>
> 爱情价更高呀。
>
> 若为外星人哪，

众人应声："外星人怎么样？"跳猿老师提高嗓门，拖了一个尖尖的长音——

两个都不要哇！

阿娇就把歌词记录下来。大家放声叫好，用力鼓掌，使劲跺脚。再不怕世界末日了。跳猿老师唱到后来，哇的一声吐血了，又嘎嘎大笑："新世界是我们的了！"在场者便唱起一首献给跳猿老师的颂歌，称他才是拯救人类的英雄。我一边唱，一边掏出一只避孕套，悄悄把它吹大，使之成为飞碟模样，朝众人抛去，立即引发了哄抢。现场乱作一团。最后被飞蛉老师抢到。鹿牙老师没有抢到，摔了一跤，血流满面，却喜不自胜笑道："没关系，没关系。这是全球第一大新闻咧。什么核武扩散、恐怖主义、气候变暖、经济危机，都上不了热门话题排行榜了！"飞蛉老师一巴掌将避孕套拍破，失望地说："原来里面装的只是空气啊。"麻雀老师痛哭流涕："有空气就说明还有希望！英勇斗争，血溅太空哇！"跳猿老师阴森笑道："乞丐，谢谢，这都是因为你写的报告啊。"

最后，人们散去了。我没有走，待在湖边，久久枯坐。湖水已不像刚才那样赤红，似乎颜色都被冰儿带走了，却蒸发出恶臭腐气。萤火虫翻飞，像死人的精灵一样。曾几何时，我与K站在山上观望过它。我想，为什么剧作家就能自杀成功呢？为什么湖水可以淹死冰儿和红衣人呢？我怀疑我所做的一切。我想看到冰儿像红嫩的蛴螬一样，从湖水中栩栩如生浮出。别人俱能借尸还魂，她怎么就不行呢？难道湖底没有安装生产线和绞肉机吗？我觉得她并没有真的死去。湖下或有一个秘密王国，那里聚集了携带高端潜水器的特种兵。他们才是真正拯救世界的人。

但什么动静也没有。我抬头，看到天空正在变异。奥林匹斯山上方，涂了一层猩红。一些黑色条状物，夹杂在酸雨中，缓缓飘落下来。这是以前没有的。湖边的蓓蕾开放得更加蓬勃，形成一个闭合花园。夜雾之中，冒着纷纷坠落的条状物，跳猿老师带领白衣人，呼喊口号，唱响颂歌，整齐地把大腿踢到胸前，哗啦啦穿越花丛，绕湖一圈圈下操。"清除内奸，准备斗争，血溅太空，天下大同！"他们大步蹚过奇花异草，昂着雄鸡般的头颅，气壮山河齐声喊叫："跳猿，跳猿，创造新的伊甸园！"

不能再骗自己了。我想再次跳进湖中。这回真的不出来了。但一只手拉住了我。是小蚰老师。唉。我又被女人救了。

"这模拟的是我们业已消失的家园。"小蚰老师指着风光如画的景色说，嘴角浮出苍白的一丝笑意，就好像把一切看破了。什么都是不自量力。将死的人们用折腾来掩饰自己的虚弱。

"谁造出来的？"

"有什么要紧吗？"小蚰老师挑逗似的玩弄着脖子上的十字形金属饰物，那跳动的光芒犹如利剑。

"冰儿和红衣人真的是外星人杀死的吗？"

"不，是被跳猿老师和阿娇设计谋害的。"

"这不可能……"

"哦，什么都有可能。冰儿已经没用了。"

鲜花也许吸收了湖中尸体的营养，长得格外娇嫩，它们就像一张张思考的人脸，但细看却露出了衰败之相。这令我觉得，花儿本身正是一个不动声色的世界末日，它们每一朵的开放或凋落，都或会导致终结或新生的即刻降临。这是谁也无法左右的。飘落的黑色条状物落到我的脚下，我低头看去，见是一种像是蠕虫的东西，在微微挣动。世界真的快要结束了。可是，谁都想继续霸占世界，哪怕只统治它一秒钟。这是人性中最惊悚的辉煌。"随便律"果然不假呀。湖水波光粼粼，成千上万的萤火虫舞成一个十字架。跳猿老师的队伍摇摇晃晃走进光海，像一条若隐若现的百足蜈蚣。我在地铁中生活了二十四年，仿佛第一次看到美的事物，这是黑咕隆咚的大胖子假宇宙不能比的。难道李水宽博士的《美的历程》是对的？

"太棒了。"我像欣赏舞台布景一样发出赞叹。

"萤火虫以花园为食，靠埋葬在水中的尸体为生，这样才能发出光芒。"女人幽幽说。

"为什么一定要发出光芒？是为了信仰吗？"

"不，是因为恐惧。"

说着，她捉了两只萤火虫，把它们放在一起。它们立即发疯般开始交配。原来，萤火虫之所以放光，是为了求偶。

"真是有爱的生物……"我嫉妒地说。

"爱就是死。做爱之后，雄虫过一两天就死了，雌虫找到适合的地方产下后代，生命也完结了。这便是恐惧的来源。恐惧，是宇宙中一切的起因。"

"真相吗？"

"噢，还有一种萤火虫，可以通过模仿其他种类萤火虫的雌性闪光来引诱雄性，等雄性萤火虫以为自己的求爱得到应答，赶来幽会时，就会被对方吃掉。常说的爱和死，无非是同一种生存策略的两面。世界这样安排，太神奇了。外星人，你也想试一试吗？"

我摇摇头，后怕地想到，在与小蛐老师一起时，正是我的无能救了自己。否则，就该像雄萤火虫一样，成为这女人腹中的食物了。如果就这般死掉，又怎么自杀呢。

跟雌萤火虫似的，小蛐老师专心致志地瞅着我。

跳猿老师成立了生物多样性保护办公室，又组建了生物安全办公联席会议。联席会议决定编制《X 档案新编附件：应对外来生物入侵行动计划白皮书》，又称"破网计划"。实施要点包括：

一、非法入境和应急措施；二、军事斗争准备；三、风险评估和风险管理；四、人口紧急疏散；五、灾害处置；六、物种资源；七、野生动物保护；八、新能源开发；九、保密信息；十、财务机制与财政资源；十一、通讯联络；十二、公众意识与参与；十三、国际合作框架；十四、对外宣传；……

跳猿老师踌躇满志，趾高气扬，体态也变伟岸了。他宣布，从威尔士群岛为联席会议聘请了高级顾问。这些牛人拥有格拉摩根大学外星生物学博士学位，开设了"天空探索"、"脊椎动物学"、"科学与媒体"、"宇宙生命"等必修课，将对圣战救国军将士进行集中轮训和辅导。

"哪里还有什么威尔士群岛？"我对小蛐老师说，"真是用心良苦啊。"

"哦，没关系。自从外星人的形象与我期待的并不一样时，我就知道会有这么一天了。世界末日前，做人虽然很难，但会习惯的。每个人都在寻找自己活着或死去的理由。只是试一试好了。"小蛐老师心不在焉说着，又来拥抱我，好像我穿过了她做的衣服，她就可以对我为所欲为。

"喔。"我笨拙地躲避着这个人形生物，"听说过'印象地铁'吗？彩排快结束了，就要进入实境演出。看样子，一切已准备就绪，守株待兔，坐等世界末日。要搞一场意想不到的火葬哟，取得经济效益和社会效益双丰收。等着看好戏吧。或许这是演给地铁 AI 看的，麻痹它，让它放松警惕，才能救这列车。最大的敌人是我们自己！我写下了《对 M 国人及其走狗外星人宣战书》或《X 档案新编》，这却不仅仅是我们两人的事儿，也不仅仅是 UFO 研究会或者圣战救国军的事儿！以前老想一个人默不作声自杀算了，可是，这个民族还要在新的宇宙中浴火重生，努力再次活下去呀，或者假装再次活下去呀！我不是叛国者，而是爱国者呐。其实用不着自杀，是吧？是吧？就算死了，也要拉着跟我们有同样不幸命运的外星人垫背，对吗？对吗？"我像吃错药似的咯咯笑道，若要在小蛐老师跟前挽回男人的面子。不争气的是，我笑了几下就噎住了。

"但那是什么样的火葬哟。听上去好像化装演出！"小蛐老师浑身抽搐，无法抑制地开始痛哭。她的目光中溢出了很深的恐惧。

这时，我记起，有人说过，世界末日就是开启新世界的大门。生命要在那里重生和循环。我看着小蛐老师，心里却想着下落不明的 K。

小蛐老师忽然止住哭泣，把我推开，疑虑重重地瞅着我，瞬间变得出奇的冷漠，就像她并不是个活人，而似一株被烧死在地铁紧急出口处的蔓藤。这让我觉得，与这个生物的短暂缘分也已尽了。

倒计时四天

十三、昆仑山

这天，我像是又做起梦来，梦到我在天上飞行。飞了许久，飞机坠毁在一处山脚。不知过了多久，我醒来，仿佛在灵魂出窍中看到，原来这就是传说中的昆仑山。它巍然耸峙在宇宙中央，被无数闪耀的星星环抱。它高不可测，苍苍茫茫，天寒地冻，大雪纷扬，鸟兽绝迹。只有龙角老师一人，抛妻别女，咬紧牙关，孑然独行。这不是奥林匹斯山，也不是西西弗斯塔，路要艰难得多。蓝色暴雪中，龙角老师身穿单薄衬衣，冷得不住打抖，却一直暗自窃笑，大概是相信自己必能坚持到最后吧，毕竟是旅游啊，人生的性质不一样了，不用着急上赶，终于可以悠闲自在下来，只是做一名观光者。龙角老师一边害羞地偷笑，一边捏紧拳头，喊出口号："风景这么好，打起精神来！"是的，他背负着宇宙这个沉甸甸的大包裹，劳碌一辈子，也没有什么结果，现在，放松下来，旅游一番，看看风景吧。

经过洞窟中的短暂藏身过渡，龙角老师好像发现了一个新天地，这儿才是令他心驰神往的世外桃源。皑皑雪光中，最耀眼的就是他那一头扁豆色头发了，好像残存的生命都集中在这方寸之地，可劲儿地噼啪燃烧，能量的利用率空前提高。龙角老师的眼睛被雪花蒙住了。但这又能阻挡什么呢？他早已不需要用目光来看这个世界了。他瞎子一般摸索爬行，却把什么都看得清清楚楚。暴雪阻挡不了他前进。而他也不是一个人，在他身后，或远或近跟随着一些影子般的人群，像是他的忠实粉丝，包括年轻女性。在昆仑山的最高峰上，龙角老师即将用心眼看到新世界的曙光。他要带领追随者们，高台跳水运动员一样，纵身一跃，直接融汇到那团明焰里去——它是淡绿色的，荷塘一般，与地铁世界完全不同，直接联通着主宰一切的神秘力量……

但我最后见到的，却是龙角老师豺狗一样裸露肋骨的尸体，遍体短促的黑毛，四肢摊开像个大字，一根铁钉穿透脑门，把他钉在距山巅不远的一块湿滑的白色岩石上。像是跳猿老师和阿娇的两个身影正在离去。不远处的山崖下停着一只飞碟。龙角老师圆睁双目,死死盯着峰顶。他那些追随者这时走了过来。众人围观一会儿,便开始像鬣狗一样分食龙角老师的尸身,就像吃冰儿的肉一样……

随后,时间的空白开始了……

倒计时三天

(空白)

倒计时二天

(空白)

倒计时一天

十四、还是去自杀吧

我像是忽然从梦中惊醒,发现自己于漫漫长夜中,卧躺在小蛐老师身边,好像依偎于猛兽之侧,在她苦痛不堪的梦话声中,被各种奇怪念头缠扰,翻来覆去,再睡不着。外面传来训练、下操和开会的闹嚷,吵死人。出了什么事?我记起世界末日将要来临,便打开《读书》,借助萤火虫的光亮来看。我感到自己又变回了乞丐，游走在无尽的地铁车厢之间。一群白衣人在打听："那个乞丐躲在哪儿？他就是始作俑者呀。""要做什么？""把知道真相的家伙，捉来杀掉，就万事大吉了！"

我吓出虚汗，知道写完《对 M 国人及其走狗外星人宣战书》或《X 档案新编》后，我就失去了利用价值。我急忙从小蛐老师身边爬起，悄悄溜掉。我小心翼翼避开跳猿老师布置的哨兵，绕过莫愁湖。我爬上一个站台，等了一阵，一列地铁驶来，我就钻进去。车厢里空无一人。我很饿，便做出乞讨的姿势，壮胆般哼唱冰儿的歌曲，沿着车厢走起。

座椅上整齐摆放着一个个玻璃瓶，绿液中浸着一只只大脑。一些金属的皮层连接器从瓶口伸出，与车头控制装置相连。瓶身上印着 C 字。我没有看到主编助理、周孕花和素卵。但似乎山寨宇宙的工作正在按部就班推进，一个陌生的虚假世界就要从地铁中诞生。我饥饿难耐，便打开一个玻璃瓶，捞出大脑，连同神经元上的电极一起，吞进胃里。这就像在 C 公司吃鲍鱼。接下来，我又砸碎更多瓶子，取出大脑，掖藏在身。对于今后一段时间是否还会有食物供应，我心中无底，因此要早做准备，却不去考虑这样做或会给山寨宇宙带来什么问题。

我走到列车尾部——像是宇宙尽头。衣兜里的大脑又湿又重。这时，我耳边仿若响起 K 的声音："末日之际，首先毁灭的，便是大脑。"我有了犯罪感，打算逃离。车门却打不开。我气急败坏，摔倒在地，进入昏睡。不知过了多久，我醒来，见车门打开了。

"你在干什么？"站台上，K 又一次恰逢其时出现在面前，奇怪地看着我，"你怎么成了一个乞丐？"

"也许，我本来就是乞丐……"我咯咯笑，"关于自己是谁，快要回忆起来了。"

"W，你这副模样好难看。不要哦。"

K还活着。她把我从地铁里拉出来，再一次救了我。这种奇迹，我已见惯不惊，感到厌倦。

女人没有责怪我那天在车上不曾英雄救美。强奸什么的，只是小菜一碟，不足挂齿。地铁里每个乘客都是事实或潜在的强奸犯。没被强奸的不算人。

看到K，我才找回在小蛐老师那儿失掉的安全感。"你为什么要救一个乞丐？"我难堪而感激地问。所剩不多的时间里，我反复被救，这很悲壮。没有办法。

"我不救你，难道你能救自己吗？傻子。"

"接下来做什么呢？"我把衣袋里的大脑捂死，不想让她看出来。

"没有时间了。这是最后一天。"她抬腕给我看看手表上的日历。她似乎根本没有注意到车厢里的大脑。她戴的是一块老旧的卡西欧电子表。我觉得很假。记得有人说过，我们丢掉了计算时间的方法。

"距离世界末日只剩一天了吗？"我做出大惊小怪的样子，"过得这么快哟。完全不像是真的。在最后时刻，我们要干什么呢？我们能干什么呢？"我犹像着是否要告诉她有人打算山寨宇宙并以此逃出世界末日的事情。

但我什么也没有说。我对K的身份仍不清楚。她看上去不像无主游荡鬼。她的再生脉络属于另一条线路。

时间的流逝确然比想象的快多了。我开始怀疑，这也许并不是由M国人操纵的。时间可能只是一种主观想象。过去、现在和未来的区别不过是幻觉。时间的本质跟物理学描述的全不一样。

但也许有种力量把一些时间强制阉割了，使之成为空洞，那里的引力方程不含时间变量，消除了文字、言语、行为和思想，也不存在能量、材料和信息，总之什么也没有。生命稀里糊涂被减缩了。这跟漫天飘坠的条状物有关系吗？

总之，看样子，很可能真的是最后一天了。我决定不去想未来要发生什么，跟着 K 又一起钻进地铁。没有办法，别人都指靠不上。

我们不停换乘，像是要奔向时间的尽头。车厢里植物越长越高，我们在散发腐臭的叶冠阴影下穿行。它们根茎密布，形同星云。

我又想，我是乞丐，还是 W？或者，名叫 W 的乞丐？不管怎样，又回到了 K 身边，这让我略觉宽慰。至于小蛐老师，就对不住了。

潮湿的密林深处传来冰儿与圣战救国军的合唱，好像饥饿的兽群嗥叫。他们似乎在搜寻我。K 带我躲开他们。

我们来到西姆拉站，这里剩下几节车厢，布满鼠窝。但鼠窝已被人类夺占。老人和孩子把大得不成比例的头颅像婴儿一样伸出来，装出天真无邪的样子，目光炯炯注视我们两个路过。

我们来到百老汇站，这里热火朝天，买到或没买到 NASA 船票的市民们，冲入超市，抢夺食物、水、汽油和其他商品，结果发生了伤亡严重的踩踏。幸存者又打斗起来，血流遍地。

我们来到戈登路站，看到人们正在做他们这一生中想做却没有机会去做的事情——强奸妇女并把她们虐杀，吃掉尸体，掐死跟自己吵过架的同事，把给自己穿过小鞋的上司大卸八块，诸如此类。

我们来到圣母院站，看见高楼大厦上，仍然有蚂蚁一样的人群在结伙攀爬，企图从地底逃离。他们还相信 NASA 能救他们吗？他们还打算搭飞机离开吗？不断有人掉下来，摔成肉酱。时过境迁，我们对此失去了兴趣。

我们来到玛礼逊站，这里的人都在拼命喝酒。但是，再多的钱也买不到一瓶真酒。有人拿出了毕生积蓄，就为买一瓶酒，也不行。酒都卖光了。抢劫都抢劫不到酒了。很多人为了喝上一口酒而杀人。他们不愿用 C 饮料代替酒。由于喝不到酒，人们自杀了。那些喝到酒的，喝了后也自杀了。

我们来到贝当路站，看到一群又一群人悠闲漫步，他们管这叫"解放"。"终于可以放下包袱，开始玩耍啦。"他们兴高采烈说。

……

"这些站名，好奇怪啊。"K 若有所思。

"它们让人想起了什么。"我装疯卖傻道。

"是啊，想起了什么呢？"

K 思量一番，无可奈何摇摇头。什么也想不起来。我们的记忆起源，仅仅是七天前。但女人的这个姿态让我对她产生了新的好感。不过我还是没有告诉她我在西西弗斯塔经历的和看到的，以及无主游荡鬼告诉我的有关地上世界已经毁灭的消息。她如果知道这便是她要找的答案，未免太残酷了吧。

行程中，我们没有发现地上世界的遗物。或者，已经看到了，却不认识。不过也就如此吧。这样对大家都好。

我们爬出地铁，来到通天河岸边。破碎的河滩上散布着千万只奇形的动物，飞禽走兽都有。它们好像也知道这是最后一天，悲烈或激昂地扬头叫着。庞大的鼠群聚伏在一旁，等待时机，好像未来只是属于它们。

"我要自杀。必须在今天。否则真的没有机会了。"我求宠般对 K 说。

这一路上，我想明白了一件事情：我并不情愿活在一个山寨宇宙中。是的，我对现在这个世界感到厌烦和无趣，但那个新世界，恐怕也改变不了什么。它还是跟这儿一样，甚至还要糟糕一些，变本加厉一些。新的轨道让我感到陌生和害怕。我也担心在那里还是死不掉。

"又老调重弹了。不是告诉过你，还要找答案么。"K 略显厌烦地说。

"你找了多世，找不到的。根本不是你想的那么回事嘛。"我颤声道。

"胡说八道。喂，你去过西西弗斯塔了吧？"

"唔……K，带我去自杀吧。"

"我不会这样做的。要死你自己去。"她似乎很蔑视我，其实想说：你为什么没有从塔上跳下来？

"不，今天，我一定要试一试，做最后的冲刺。求求你哟。"我从来没有觉得时间是如此宝贵。从前的都浪费了，再无法追回。那时我也还不成熟。

"为什么这样说呢？"

"我看见冰儿死了。"

听了这话，K 闷头不语，表情有些僵化。然后，她摸摸我的脸，好像试我是否发烧。

"她是自杀的。"我尽量作出解释。

她还是有些发怔，想了一阵，才说："冰儿是谁？"

"啊？"我懵了。我记得，K 说过，她是冰儿粉丝。我感到寒意。我又看了看女人，想知道这是第几个 K。

冷场片刻，我又说："我们为何还不去自杀？"

"我们？我不是冰儿啊。"

"虽然如此，但我觉得我们之间，有着一种不同寻常的关系。"我想到的，是在地上世界时，大概我们就认识了。

"你说死啊。根本不知道成不成。"

"会成的，K。你是我仅存的指望。"

　　我们像是要在死之前，最后看一看 S 市。没有别的可看了，地面的东西都找不到。城市既成事实地建在地下，全盘代替了从前的栖息地，令我们死活都于斯。但它也要毁掉了。这真的没有办法。朝代可以败灭，家国可以覆亡，星球可以解体，宇宙可以毁损，何况一座城呢？何况一群人呢？何况一对人呢？何况我们连自己的来历都不知道呢？不过，现在，这些都不重要了。

　　我想，天塌下来，没有什么。反正是赝品。也就这样吧。

　　我做出鲍鱼或脑花一样的蠢笑："人是为了去死而活着的呀。"

　　K 抽出香烟点燃，也失笑道："难道是为了活着而活着的吗？"都这个时候了，不知她从哪儿弄到的香烟。莫非对找到答案还抱有奢望？最后再吸一口吧。不知她怎么评价冰儿的死。她们不是同一类人，但在某些方面又相似。

　　"轰隆"，云集在天空中的植物分散开来，空隙间播撒出大朵礼花，形同喷气式飞机的尾烟，雕刻成一幅幅血迹斑斑的版画，回光返照似的耀眼非常。嗬，要干什么呢？好像还有一些看不清楚的人形生物在天底下缓慢翔翔。酸雨被驱退了，黑色条状飘坠物激荡开来，形成瑷珲云团。人工电子彩绘的夹缝间，天蝎座显现了，列车大灯一般，滚烫地当头照耀。圣战救国军找来了广告艺术家，经由他们描画，超新星从萤火虫变成妖眼，直射在潮水般翻来卷去的市民身上。大喇叭的声音又汹汹掷来："S 市，我爱你，就像老鼠爱上 C！"

K 忽然拉着我跑起来。原来是白衣人终于追了上来，朝我们发射弩箭。K 朝他们开了几枪。一些人应声倒下，红色血迹绽放在白衣上，呈现美不胜收的花蕾。其他人立即四散而去。

我们钻入一家名叫"三联"的书店，试图躲避起来。我想到，如果有一部分知识得以保存，说不定今后还有用吧。山寨宇宙，不能仅仅是一片空白的大脑啊。说来好笑，知识这玩意儿，能在肉体消灭后，代替人续存。身为《读书》主编助理，为什么没有提及这个呢？这是山寨宇宙的漏洞吗？自杀之前，虽然徒劳，我却还在思考一些与众不同的事情。这就是贪欲吧。

书店几乎被黑色飘坠物掩埋。这儿卖的全是《读书》，其余书都下架了。仅剩的一名店员说："因为是特殊时期，被圣战救国军列为禁书，统统烧掉了。"店员流露出莫测高深的表情，仿佛这书店是一个诱饵。我看出他也是一个经过人工改造的生物。

我和 K 各自买了一本《读书》，都是最新版本，伪造的护身符一样。这是白衣人的钦定版，里面刊载了我写的《对 M 国人及其走狗外星人宣战书》或《X 档案新编》。但 K 连瞧也没瞧一眼。抵抗外星人什么的，在她看来，大概只是一块遮羞布。

我们带着杂志，回到通天河畔，眺望东岸，见一道地震云般的霞光，赤裸裸从西西弗斯塔顶旋舞跃出。K 一动不动看着塔，眼中露出迷离的色彩。我担心她又要命令我去爬它。但她说："既然你已经去过了，那就不用再去了。"似乎她也玩累了。

不久，人造夜幕降落下来，虚构的星宿又都陨去了。酸雨复黏痰一样吧吧掉下。世界重新淹入黑润膏湿的迷河。疯闹的人害怕了，一群群散去，只遗下遍地死人，圆睁双眼，仿佛翘首以盼C公司的收尸车，却老也等不来。

"都什么时候了，还看书呀。但是，W，这正是你打动我的地方！末日之际，世界上还剩几个书呆子呢？"

K被雨浇透了。她不停滴水的腋下，挟着一册黄黑色的、湿濡得粘连着翻不开的《读书》。她手中的香烟也淋熄了。我感到有些可笑，就从死尸边上捡了一把血糊糊的雨伞，为她撑了起来。

岩浆般的河面被彩虹似的光线照得透明，沸腾着绿荧荧的垃圾和白煞煞的死人，尸体上覆盖着厚厚的黑色飘坠物。我预感到，自己与K的关系也维系不住多久了。这种关系在本质上是沙漏般的错觉，我们不过是把幻影叠加在对方身上。两人只是在联手演一段折子戏。世界末日之际，爱靠不住。爱与不爱，都很为难。不，也不是为难，而是这种欲望本身就很低劣。内心的感动会瞬时消散。换言之，我们从来没有爱过，却自以为在爱。我们甚至谈不上相依为命。但也就这样吧。

"兴许，答案就在书中，读到那个字，就可以自杀了。"K说着，像是心疼似的，伸手碰了碰我额上的伤疤。她好像才第一次注意到它，不禁惊愕地张大嘴巴。我直面女人这副非人的表情，内心中无以形容的骇异油然而生。

我打开刚买的《读书》，去看世界末日的篇章，却一句也读不进去。我写的，都是些冠冕堂皇的广告用语。我拿出从西西弗斯塔中拾来的《读书》比照，发现错别字颇多，连标点符号也俱不对，它亦未谈及山寨宇宙之事。我又打开算命师售我的《读书》，这其实是一册制导武器弹道学兼算命指南，国防大学战略课的基础教材，李水宽博士所著《美的历程》收录其中，通篇词藻华丽，像一首丰腴油腻的散文。我为 K 朗读："轨道交通的一切问题，都是同一问题，即审美问题，审美问题就是文艺问题，文艺问题其实是军事问题。这才是灵魂性的东西……"

我念了一阵，抬头去看对岸。那厢鬼气森森，不见活人。西西弗斯塔若有若无。K 掏出手枪，歪着脖子，眯起左眼，对准像是洲际弹道导弹发射架的塔身，砰地放了一枪，又粗暴地催促："W，你快告诉我，你到那上面去，找到答案了吗？时间真的来不及了。"她伸出雾气一样的双手，试图拉扯我的衣领。我看到，这位来历可疑而身世可怜的少女，被雨水浇出融化感，像一团哈根达斯冰淇淋，从眼睛开始缓缓融解，顺着青历面骨和苍白嘴唇，流淌到腋下、乳根、脐部、小腹、大腿……我觉得她与我那不知名的母亲有些相似。我曾经像圣婴一样怀在她的地窟般暗黑黏湿却昆虫一样柔软圆滑的肚腹里。

我叹口气："我都听说了，看到了。但我更加迷惘。大概在目前环境下，实在是永远无法知道包含了所有宇宙的'统一体'——那个不能用言语形容的虚空介质——是怎样产生的。就算撞大运猜到了一星半点，也没有办法理解它。世界是个洞中洞。K，我们要习惯与无法理喻的事物相处。你不要急啊。牛顿和爱因斯坦什么的，他们编造出那些唬人理论，只是为了安慰自己和民众。大家在走投无路中，没有别的办法，就只得接受。科学是对现象的一种描述，却不是用于揭示真相。所以，可以指望的，还是算命。它让你信了。像我们这样搞独立调查和研究，又没有来头、背景和资助，又不是机器，又不能随飞机彻底死去，又加入不了核心利益集团，又自杀不了，找到的答案，可能还是错上加错，你永远不会知道自己是怎么死的。哎，绝望到头了。

不过，不明不白去死，那样或许也好……你知道吗，曾经我们活在一个地上世界，也就是你口口声声要去到的洞窟上方。那里下着连天蓝色暴雪，没有生命，人上去是要死的。我们在那儿祖居的家园早已陨灭。先辈们死得不明不白。理论上讲，不可能有什么大气层飞行器。航空技术早失传了。飞机什么的，都是虚构出来的，好让大家放心，连这一趟旅行，也可以成立。立交桥、大街、弄堂和房屋，是模仿早已消失的地面故国，用来装点和安抚乘客的记忆。建筑物是民族文化的代表么。但那个文化连个鬼影也找不到了。即便在虚拟的风洞中，怎么会有飞机携带乘客集体自杀呢？都是骗人的。是植入的虚假记忆吧。形式上的观感是，我们正在垂直地一头钻入黑咕隆咚的地心，屁股朝上，双目向下，高喊自信，拼了老命往臭烘烘的马桶底部蹿去。这却是一个陌生得连它自己也无法理解的宇宙，是别人甩进来的插件，没有哪个天文学家搞得懂。但就连这样一个宇宙，也快要完蛋了，消失得连个渣渣都不剩。说起来，真是毫无意义。因此，寻找答案的努力，是徒劳的。K，不要那么执着了。就算找不到答案，也要在今天把自己杀掉呀，否则真的来不及了！"

"傻子，你都在说些什么乱七八糟的。" K 讶怪地看着我，像是不认识我了，"西西弗斯塔上，不应该看到这些东西。W，你错了。告诉过你多少遍了，我不就是随飞机死去的吗？我飞过呀，我真真切切在天上飞过！我去到了那世界。只是最后一刻，没把握住机会，掉下来了。你不相信吗？唉，我们总在关键时刻话不投机。"

K 母狮捍卫领地一般吼叫，泪光闪烁。我吓了一跳。但我想到冰儿的死相，便忌惮地斜眼看她："你那真的叫死吗？"这么一说，内心本来不多的那份感动，顿时冷却了下来。

我觉得 K 像是恐龙一样活在很久以前的一个动物。她的绝对生命有千万岁了。她还顽固地相信或记忆着什么。从前那个时代，天空也许还是存在的。没有暴雪，没有酸雨，处处蓝天白云，自由自在飞翔着始祖鸟一样的飞机，以及火箭、飞船什么的，不舍昼夜去到它们的目的地，也就是 M 国吧。那时，宇宙也的确是有的，跟插件或山寨无关，而是从自然界的虚空中独立爆出的。伴随星际物质的演化，生命产生了，人类出现了，建立起世界。亿万人民居住在广阔大陆上，栖身于江河湖海间，生机勃勃的阳光下盛开出蘑菇般的座座城市，树影旁跃纵着风帆一样的摩天大楼，轨道上行驶着珠玑似的汽车电车火车……人们吃得脑满肠肥，晚饭后就顶着满天星光去戏园子里消遣，毫不担心他们的生命和世界会在刹那间终结……究竟为什么，这一切成了过眼烟云？我们作为幸存者或再生者，仅仅只是生不逢时？那和平静好的岁月，就是既定轨道上无穷重复的周期性灾难之间的瞬间或幻觉吗？然而，关于历史，就像男女逢场作戏一样，什么证据都没有，连个化石也找不到。我们有可能是偶然进入了历史，而大多数时候是在历史之外。

听到这里，女孩竟然出人意料啜泣起来："你一个男人，怎么这样说话！死不是由你来定义的。世界是否真要毁灭，它是不是假的，我管不了那么多。你就不为我着想吗？我其实不愿死，我要活下去。我说要自杀，那是在逞强。我还年轻，又是个女的，还有很多东西没有享受啊。"

我听着她自相矛盾的声张，看着她胸前挂的十字形饰物，有些负疚。这才是 K 的真实面目吧？唉，她撕心裂肺说出了"活着"的真心话。连死人都在努力活下去，活着真的那么重要吗？她还会在找到答案后自杀吗？对此我提心吊胆。

"W，你连一首诗都还没有为我写呢。"她擦擦眼角，抱怨道。

我才好像明白过来，心怦怦跳。她第一次说我是一个男人。但是，我还不曾为她写过诗。我写了《对 M 国人及其走狗外星人宣战书》或《X 档案新编》，却不知道怎么写诗。什么是诗？这个国家没有诗，只有冰儿的流行曲。我意识到，我还没有死，就当着女人，把最好的错过了。

"如果你写了诗，你就知道怎么自杀了。"她怀憾地看着我，"面朝大海，春……"她似乎沉浸入多少世代之前那久远残败的、想象一般的文明记忆。从她最后的言行中，我终于抓到了她的贪心。

我朝四周环视，没有什么大海。假造的天空好像正在瓦解，黑色的飘坠物裹在酸雨中纷纷扬扬，骨灰一样。我卑怯地低下头，感到在失去 K。但她不是来这世上查找答案的吗？她不是来这世上寻求死亡的吗？然而，毕竟人已死了，还是死人更困难一些吧。女人的最终目的是自杀，而不是她声称的活下去。活人自杀都不容易，死人就更难了。可她还在持续努力，并为此在一副陌生躯体里活了那么久，受了太多苦。我连诗也没有为她写一首，却写了《对 M 国人及其走狗外星人宣战书》或《X 档案新编》。我配不上她，怎么好意思要求她带我自杀呢？我应该帮助她活下去。我不禁想要像搂住小蛐老师或龙角太太或冰儿一样，抱一下她，再掐她脖子，令她窒息而亡，然后用十指，把她肚皮撕开，看看里面有些什么东西，去感知她的内在，是否比她的外表真实。这具尸身，比起冰儿和龙角太太的来，更耐人寻味吧。

我感到更大的孤独及罪感，陷入由不确定的空阒引发的失望。我预感自己还会杀人，犯下更加不可饶恕的恶行。好在我此时已没有勇气实施他杀，我杀了龙角太太后，就已彻底怯惧了。我便去看通天河东岸，就好像期望那里能够迸发出一个新世界，从而转移我疲劳到极限的注意力。

在乌光浊亮的映照下，西西弗斯塔仍保持坚固如磐石的火箭式物质形态，歪斜着朝外生长，逆向逃入太空——或者地窟中的其他维度，塔身倾角却变大了，时针般若要指向下午三点，有一种坠毁感，又似一只消瘦男根，细长无力，却夹竹桃般鞭辟入里，莲花般的枝叶上，打眼望去，落满前来看热闹的罗汉，肥胖臃肿的身体，像怀孕的、得了贪食症的中年妇女。塔顶九十度悬挂一面大大的 C 字招牌，虽已残断不堪，却太阳一样在黑色飘坠物中光耀。塔下是废墟状的环球展览中心，两个微微闪光的玻璃圆球隆起，睾丸般猥亵地向上托住宝塔。潮水如精液泛涌，白中吐绿，却吃力地涨不上来。冲破河面上腐败的浮尸，几艘黑咕隆咚的巨艟驶过，不具透视感，二维照片似的，陨星一样由水面冉冉升起——哦，船。我记得上学时，老师说过，百年之前，S 市的开埠，就缘于 M 国殖民者的坚船利炮。从此，人们的行为改变了，生活改变了，观念改变了……

但这一切将要失去。不，它们从来就不是真的。然而我还不知道山寨出来的新宇宙又是什么样子。我打不定主意要不要向 K 说这事。如果我们要自杀的话，最好就不要提起。反正我也不想到那儿去。

我回过头，看到人工春天般的西岸，却感到它是实实在在的，就好像我所属的世界依然在看不见的骄阳下存续，并将永不崩坏。城市中残存的霓虹都怕冷似的集中到这儿了，抱团成簇，恒星一般，要集体抵抗坠落下来的天空，却有些色厉内荏。它竟又焕焕煌煌，摞彩聚翠，在传说是殖民者百年前留下的万国建筑水晶宫前，拖曳出一条条放肆的光明大道，跟宇宙大爆炸刚开始时一样。这地界的温度，比火山口还高，在一堆堆尸骨上，不惧死的苍蝇旋转飞舞，炽焰灿灿，彩云叠叠。方尖碑般的银行大厦，花岗岩上仿佛有脉搏在微微跳跃。但有没有人想过，地下已然中空，好像要以此来承接天庭的变故。天气与地气就要盘旋着交融一处，碰撞出妖魔鬼怪唱和之声，重构出一个无法理解的异域。而随着飞天努力的失败，地底只会愈加人气麇集。曾几何时，泡沫般的美女在妇女专用车厢里，哗啦啦涌荡，好像来自纽约、巴黎、伦敦和东京，看不出她们也曾跻身狭窄棚户，吃咸菜稀饭，弯腰刷马桶。她们像是一队队水性杨花的豆豉妖怪，饱满而精干的身体焕发出水灵灵的菜绿色，显得像是主角。一群群漂浮不定的男人，则面如锡纸，精雕细刻，跑龙套的角色一般，猥琐不堪地直立在车厢中央，一言不发，脱下黑西装黑皮鞋，换上红色或白色马甲，仿佛一根根快要绷断的琴弦……连这一切都没有了。

这时，大喇叭又对准市民定向广播了，市长的声音像一头山羊在叫，这应该是早些时候录制好的吧，还没来得及调换："喂，喂，不要担心啊，已经采取有力措施，一切皆为乘客利益着想。我国科学家取得了重大攻关突破，时间列车研制成功了。市政厅派出'小灵通'记者，乘坐时间列车，去漫游未来。不打诳语，那才是美丽的新世界哟，有会飞行的汽车，会说话的房子，会照顾人的机器人……'小灵通'很快就要把好消息发送回来给大家看了，眼见为实，可以放心，美好的未来的确存在呀。列车要径直驶向二〇四六年。它携带市民们的心愿，作为先头部队前往打探……噢，我们不仅不会毁灭，还要过上更幸福的生活。S市是梦想开始的地方，也是梦想实现的地方……但我们伟大行程的终点，并不在 S 市。不是说'S 市人在东京'吗，我们总能随处逢缘绝境求生。如果万一错过了华盛顿和纽约，那么同样位于大洋彼岸的枫叶之国不也很不错吗？那可是投资移民者们梦寐以求的世界第二大石油储藏国哟！我们这个勤劳勇敢的民族，何处不能生根呢？甚至可以在地狱中活下去！我们的后代注定要遍布全球，不，还要去到月球，在环形山中建造新 S 市，蓝图早已绘好！不，是火星，是金星，是半人马座比邻星，是天蝎座 M80 星团……无穷无尽的 S 市将像种子一样撒遍宇宙，个个如假包换，这可不是洲际导弹再入大气层时扔出的诱饵多弹头哟！怕什么世界末日呢？来，让我们一齐唱：S 市，我爱你，就像老鼠爱上 C！"

但市长的演说却被圣战救国军的歌声淹没："清除内奸，准备斗争，血溅太空，天下大同！"

我问 K："你饿了吗？"

她既不点头也不摇头。我心生怜惜，就慷慨地取出一副大脑，与她分食。

"这是什么东西？"她快速吃完，疑惑地问。

我知道掩藏不住，只好把山寨宇宙的内情告诉了她。我试图以此安慰她。这也算是某种真相吧，无伤大雅。在她面前，我竟能做到坦诚。

但她并不欣悦。她看我的眼神，愈发显露出看乡下人的讽意，似乎我说的这些，一文不值。

"你觉得，那个假扮主编助理的无主游荡鬼，他真相信自己说的吗？"

我无言以对，眼睁睁看着女人覆卷蠕动的嘴唇，那儿挂满人类白花花的脑浆，正纠集混合着黑色飘坠物，滴滴答答流淌下来。如同湖底的情形，我心中堆砌起尸斑般的沉积。

"这里面有一个逻辑问题。"K又点燃一根香烟，开始吞云吐雾。

"什么问题？"我心中升起不妙的预感。

"既然M国人如此厉害，为什么不直接毁灭这趟列车呢？这不是举手之劳嘛。随便扔颗陨石过来，就砸烂了，干嘛费那么大劲造个宇宙？而且，把这宇宙造得跟地上世界毁灭之前的那个传说中的宇宙分毫不差，连四种基本力都一样，连夸克轻子都相同，并且安排了细菌、动物、流星、恒星和星团。为什么要如此折腾呢？如果连宇宙都能制造，那么，把某个物理数值稍稍改变一下，让这新的宇宙不适合生物生存，不就从根儿上解决问题了吗？用得着花血本造什么外星人吗？即便造外星人，难道不会把他们做得跟巨人一样吗，为什么弄得跟老鼠似的？所以这些都是明显的破绽。"

"也许，他们太自恋、太自傲、太自由了吧……"我感到吃惊，结结巴巴说，为又一重假相被揭穿而不安，但这也符合我的潜意识预期，"也许M国人想自己当上帝？这是一种艺术活动吧。他们这样做，是为了营造出一种支配感，也是为了玩玩，所以不想让我们马上死掉。你看过猫戏老鼠吧？他们就是想让我们有耻辱感。也有可能，强大如M国人，在某个我们尚不清楚的地方，也有一本难念的经，他们也在一条无法左右方向的轨道上前行，控制不好自己的行为……"

"傻子，你病态啊。我认为，地上世界毁灭时，很可能M国人，还有其他人类，都一起毁灭了。根本没有谁逃亡到宇宙中去。因此也就不可能有M国人造出一个假宇宙来阻拦我们向他们接近。"

"哦……"我骇异地看了一眼她。她的话里又有矛盾。既然人类都一起毁灭了，那我们又是谁呢？

"退一万步说，就算你说的那个宇宙山寨出来了，但到了那时，是否还会有人类呢？是否还会有你和我呢？要重新产生一个保持原样、什么都有的宇宙，在概率上很难吧。"

"这是一个山寨宇宙，不必与原来的模板精确匹配，也许可以做些手脚。"我毫无道理地逞强应道，像在为一件我十分讨厌的事物徒劳申诉，"我理解这也可能是一场赌博。在赌博中，信心比黄金更重要。可以作弊吧。跟山寨宇宙一样，再山寨出那些人和事来，至少看起来很像吧。据说，已经可以将碱基对及氨基酸分子的共价键进行精确赋值，并在计算机中建立起三维立体的虚拟生命。这也算是人择原理吧。这也便是为什么这个世界上恰巧会有我们存在的一个解释。"

"你说的那些山寨的国民，应该是为了求得跟臆想中进化的M国人一样，好让对方在最终相遇时认同我们，才这样造出来的吧。这当然是一厢情愿。因为M国人只怕是已经不存在了。如果一旦进入山寨的新宇宙，又一次发现找不到M国人，山寨的国民便会丧失生存的意义，最后还会自杀。"

"怎么可能……"我觉得狼狈。

"当然可能。想想你吧，怎么知道自己不是山寨人呢？"

"呃……"

"再就是，宇宙既然跟大脑是一回事，那么它就有意识。在并不牢靠的物质基础上产生意识，这是很怪的。我们现在待的这个所谓人工宇宙，也应该是有意识的吧。一个有意识的东西，绝不会让另一个有意识的东西，在它的基底上平白无故生长出来。

这不仅仅是出于竞争关系方面的考虑，而是因为，世界上最让人恐惧的事情，就是两个大脑相互面对。这事稍微想一想，就让人汗流浃背。"

"或许，圣战救国军精心组织的抵抗行动已经起到了掩护作用，吸引和牵制了目前这个宇宙的注意力……"我搪塞一般，不知所云。我觉得 K 想得太多。但她所说，确然在我心中引发了惧意。另外我也一直怀疑利用人脑仿制宇宙的可能性。

"即便那个宇宙山寨出来了，又怎么能够确定它有没有自由意志呢？它会不会违反它的伪造者的指令呢？即便是在自主设置的新轨道上运行，也是会脱轨的吧。它一定不甘心受到这帮蠢驴的控制。"

"哦，关于自由意志，我还没有弄清它到底是怎么一回事。"我想，它跟意识不是同一种东西吗？

"你也没有讲到那个新大脑的道德问题。"她不理会我的感受，一味说下去。

"道德问题？好像没有必要吧。"的确，主编助理没有提及此事。一个山寨宇宙，会有道德问题？它会善良，或是邪恶？这我不曾想过，也没有精神和体力去想。我慌张起来，后悔不该向 K 提起山寨宇宙这种只是听说来的事情。但吃剩的大脑却在我的衣袋里像豆腐渣一样不停淌出臭水。

女人不再言语，仿佛遁进微妙而犹移的沉思，仿若洞见了万有中最无望的元虚。过了一阵，她似乎觉出自己刚才太自我，也没有照顾到我的情绪，便有些歉意地说：

"对不起，我对你说的山寨宇宙不感兴趣。你说的都不可信。你也根本不曾亲眼见到过无主游荡鬼的组织，或者传说中的中情局，甚至《读书》编辑部。谁也没有找到一个大家都能接受的解决办法，更谈不上真的知道真相。其实，这也是你的想法吧。我最近听说，在这个宇宙之外，还有一个世界，它是非山寨的，那儿有一本原版《读书》，上面刊登了一份名单，写着我们的真实姓名和身份。那便是答案。找到那份名单，就知道自己究竟是谁了。"

女人说完，诡秘地笑了，忽然停下吸烟，做出一样让我吃惊的举动。她就像小蚰老师那样，伸手把自己的衣服慢慢解开，露出白嫩而干瘪的腹部。我看到，她的肚脐眼里淌流出一股黑油油的液体，下方有一道缝合的、十字形的长长伤疤，感觉是她腹腔里的东西早被掏空了。这令我再度兴奋，悄悄把手伸进自己的裤裆。然而，她轻蔑地瞥向对岸宝塔群的目光中，却充满了圣母般的中年妇人神情。

我越来越无法确认自己与 K 的关系，也难以断定她到底具有善良、智慧、勇毅和自私中的哪一样品质。她颅骨后的大脑长得什么样呢？我发自肺腑觉出，这个白骨精一样不可捉摸的 S 市女子或会忽然从我身边永远消失。她的禀性和存在只能由别的某种我无法掌握的力量来定义。我的世界与她那逝去的生命线永不可能形成有意义的交织。然而，我已对这个女人产生了依赖，与我对虚无缥缈却又无法摆脱的 S 市的依赖如出一辙。我如饥似渴向往着她的肉体，那却不是她本人的。我试图去爱慕一个死人，她却认为我来为难她。没有比这更为难的了。

大喇叭又鸣响了，天幕再度粉碎。但很快，它又被置换上一幅新的。这无所谓。

K 入迷看了一阵，忽然对我说："要不，咱们还是去自杀吧。"

"你说的是咱们吗？"当巨大的惊喜来临时，我心中又涌起不尽的失意。

她用力点了下头。不知为什么，K 的思想一瞬间转变了过来，她下定决心似的，眉飞色舞说："W，谢谢你，现在吃饱了噢。以一种比较舒服、没有疼痛的方式，在不知不觉中悄悄死去，这样，也就不用知道自己是谁了。就这样解决问题，好吗？"

我一时难以置信，但想到这最为漫长的一天，终于不至于被浪费掉，便咯咯笑了，心忖终于达到了目的，至少不用再当见证人了。我其实没有心情去忧国忧民，管那帮自私自利或一心为公的家伙怎样折腾呢。我可以不用去山寨宇宙了，既然我本来就不想去，而且 K 都说它的逻辑有问题。它不会比现在这个世界更好。但我还是感到了悲戚，因为连 K 也放弃了她追求的理想，她不再去找答案了。不是说好找到答案后再自杀吗？她一直是我唯一的指望。她这只是一时的恍惚和软弱吧？说不定挺过这一刻，她就不这么想了。都怪我啊。作为男人或伴侣，我应该劝她不要自杀。她自杀了，她就没有了。但我连说这话的勇气也缺乏。好在我们已经试过很多办法。此生虽有愧，却也尽力了。就这样吧。

"是去你说的那个不是山寨的新世界吗？"我试探着想确认一下。

"哦……不。那个世界其实也去不了。我是开玩笑的。"她低头哧哧笑了。

"太好了。"我松了一口气，心想这个时候她还开玩笑。

的确，那样一个世界，估计是很难找到的。不光我们去不了，我们的孩子也去不了。但我和女人连孩子也还没有。这一点也不意外。我们正值青春年华，却生在这个时代，连那种事也没有条件去尝试。据说怀孕期至少需要九个月，但现在只剩一天了。这也无妨吧。

K拉下脸，像个老太婆一样嘀咕："没什么，只是生命的使用期限到了。我想通了。你说得对。人不能太执着于你想要达到的目标。"

我说："这就是了。"我耳边又响起算命师说过的话。

她又冷静地补充道："只有这样，我才能放你一马。老是缠着你，太不人道。傻子，你不是还要去做大事吗？山寨宇宙离不开你吧。"

她继续跟我开玩笑。我勉强回了一笑，仿佛看到了死后才有的希望。

K没有带我加入神风攻击队，也没有用枪爆头。我们到烧烤店买了四公斤木炭，又弄来一个火盆和一些胶带纸，然后钻入一节人去楼空的地铁车厢。我们用胶带纸把车门车窗封死，再把木炭置入火盆，将其点燃。

我和K分列左右，并排躺下，就好像中间隔了一竖看不见的直线。女人用一根绳子，越过这道无形的鸿沟，把我的右手和她的左手系在一起，这样我们仿佛终于连成了一体，缔结为一种交媾般的拟真装置。我甚至可以伸出左手，去触摸她的肚子。女人最神秘的部位富于弹性地微微隆起。里面装着大脑吧。的确吃饱了。再不挨饿了。哦，这便是人生的高潮，最激动人心的时刻。一氧化碳在室内美妙地蔓延，与我们年少而衰败的血液融合，慢慢变得温馨而舒适，并漾起湖藻般的羞涩感。我似乎体会到了从未有过的幸福。就这样，我们结伴兼程了。

宇宙的幻灭

倒计时零

一、杀人者的后代

世界末日来临之际，我试图和女朋友 K 一起自杀。我们钻进地铁车厢，在里面烧起炭来。但我又没有死成。中途，我头痛难忍，胆怯害怕了。我用牙齿把系着我和女孩的绳子咬断，爬起来逃出车厢。我为自己开脱：这无非是无主游荡鬼的安排，他们不会让我这种关键人物死掉。也许我真要在山寨宇宙中扮演重要角色。他们想让谁死，就让谁死。这事我决定不了。但我又为自己究竟是不是关键人物，而疑心重重。我很懊恼，就在站台上休息了一会儿。我跟老鼠争抢吃掉几副大脑，不那么饿了，就返回去，见到 K 已死。她竟然成功了。万难置信。我以为她不会死呢。我从内心嫉妒这个女人。到现在我还不知道她的真实姓名。

我剥掉 K 的外衣、内衣、胸罩、内裤。女孩的裸尸色彩红润，艳光四射，似玫瑰绽放，无遮无挡，喷吐出春潮的勃勃气息。她的腋窝却干干净净，没有一滴液体或杂质。她的表情平静得像一只海胆，毫无遗憾悔恨。我着迷地观赏良久，心想，她这回或许终于知道自己是怎么死的了——至少是此次死亡的真相，因为她在死之前，主动选择了死的方式，而不再被动。她为此构思很长时间了。她的每一生，都为这一刻活着。飞机也好，地铁也好，随便哪种交通工具，都奈何不得她了。但愿她自此从轮回中解脱，真正去到新世界。

我贪婪地伏下身，哆哆嗦嗦，从头到脚，舔了一遍 K 的尸体，嗅到一层暗香，内心才略平衡。她肉身的冰凉胜过滚烫，让我动情。我看到，她肚脐边有一个实验室的 C 符号。这让我有些意外。我想沿着这道曲线把她剖开，看看里面究竟有些什么东西，她的肠子或许是黑色的电线什么的，她的骨骼可能是强化塑料。她的子宫呢？是否播下了强奸者的种子？我觉得那里面应该有个胚胎才对。这令我好奇。另外，我也想取出她吃进的那副大脑。否则太浪费了（然而我没有胆量去吃掉她的大脑，现在还是温热的吧）。我却没有称手工具。用十指恐怕不行，她的皮肤仿佛是用合成橡胶做成的，又涩又硬。

那个 C 字则让我揣测，这女孩恐怕并非自杀的，而是被地铁里的某种力量回收了。那是一种比无主游荡鬼更强悍的力量，表面上看似与 C 公司有关，但这 C 实际又代表什么呢？究竟什么是 C？它指的是 control 吗？是某种超越了地铁 AI 的事物吗？它在借我之手杀人吗？难道一切仍然逃脱不了安排，她又一次失败了？这种自杀根本就是演戏，演员自己却不知情，把它当真，因此全身心投入。在这世上，人无法选择如何生，也无法选择如何死。太难了。这么一想，我就尽量镇定地慢慢站起来。

我和 K 好像曾经生活在一起，实际上却是陌生的，甚至连一句话也只怕没有说过。我们之间的交流仅仅是一层肤浅而逼真的幻觉。我不过是把自恋的阴影投射在了她的身上。这才是我们无法一起去到新世界的原因。我又想，如果不是地铁 AI 设计的，那么，她也许是我用意识合成的一个生物。但意识也不过是幻象吗？我的大脑与玻璃瓶子里的大脑有区别吗？"人类究竟为何物"这个命题，此刻看来，就像马桶底部搅烂的鲍鱼在嗡嗡作响。

我进而觉得，我是被 K 抛弃了。这时，我看到她还佩戴着十字形饰物，就意气用事把它摘下来，用它把女孩的肚腹剖开，取出里面的器官。我没有敢动她的子宫，那东西像宝石一样坚硬而晶莹，也具有硅和铁的特性，但上面却多余地附着了一些毛发。我未能取出她胃中的大脑，因为它已经分解成水分了，只是储存着等待排泄。这令我觉察到，我与她的恋爱，哪怕是柏拉图式的，也不具备可操作性。我挑选了其他几样附件揣在身上，又把沾有 K 体液的十字形饰物套上自己的脖子，好像要用它代替身份证。我又捡起她的手枪，上面沾染了血或油一样的东西。然后我钻出地铁，往站台爬去。

我来到车站控制室。桌上有台电视机。我把 K 的一件器官（可能是心脏）掏出来，接在电视机上，按下遥控器。它立时播放出了画面。

K 体内的硬盘中，储存着她自己也不知道的信息。找了半天的答案就在这里。那是有关地上世界崩溃的档案。上一次世界末日是一场自杀性大屠杀，是我们民族发动的针对自己的杀伐，是自己灭绝自己。那是最暗黑的场景。本来，我国已从上一场浩劫中走了出来，重新进入到循环周期的一个复苏阶段，升级为全新的超级大国，甚至再度占据了世界版图的中央（像它在历史上多次做过的那样）。但这并没有消除它自我毁灭的属性，也就是它的死本能。它在自选的轨道上独立进化。最初看上去，它很像一个军事工业联合体的官僚主义巨婴，这与它曾经拼死反抗的 M 国具有等价的意识形态。随后它变化了，内部涌现出新生事物，整个国家凝结成一个泡状粘连体，其行为方式可以违反已知物理定律。脑屑碎片构成了它的决策主体。被抽取了脊髓的国民被压缩在单向空间。国家由此拥有了更强的凝聚力和动员力。它把交通网修到全球每个角落，它的列车行驶到各个大洲大洋，带去打有 C 水印的货物和价值。它一步步买下整个世界。其他国家和民族，在与它遭遇时，迅速出现同化的迹象。但就在这时，它却遭到 M 国的阻击。M 国打算从时空延长线上割除这个它不喜欢的异体。一场决战迫在眉睫。但这可不是一出悲惨的大戏，而是壮观、宏伟、激越而感性的史诗演出，听说过荷马的《伊利亚特》吗？对，就是那样。人类很久没有体验过这种高潮了。我国对打赢战争满怀信心，这意味着全人类将要获得彻底解放。但出人意料的是，大战前夕，泡状粘连体忽然从内部断掉了。国家的续存和战斗需要天文数字的能量，但国力已无法支撑。粘连体在每一个节点上破坏了自身。混乱大爆发，屠杀发生了。人民和人民互相戕害。军队失去控制，成为杀死同胞的机器。国家像它经历过的无数循环一样，陷入又一次总崩溃。列车从轨道上倾覆下来。许多人只看见天空"啪"地闪亮一下，就完结了，连带把整个星球的表面也毁坏了。随后蓝色暴雪覆盖了文明的所有痕迹。只有潜藏在地底和深海中的部分物种存活下来。

这就是上一场世界末日的真相。少数学习老鼠提前躲入地下的胆小鬼在最后的同归于尽莅临之际，把自己打扮成受害者，从大脑中抹去苦难记忆，忘却那恐怖场景，从此开始地窟中的新生，在灼热岩浆的河流间建设起新轨道。但记忆还是残留了下来——不知道是谁把它保存在 K 身体里的，好像是要作为一个用途不明的凭证。K 却不知晓她被确定为民族历史的黑匣子。她一直在向外寻找答案。答案却在自己身上。这成了她的人生悲剧。本来只是那么简单，打开肚子瞧一瞧就可以了。

现在知道了，我是杀人族群的后代的一员。我是假扮的失忆的受害者族群后代的一员。我在世界末日来临之际记起了这件事情。而我如今也亲手杀了人。我也走到了世界末日前。但是这些又何以为信呢？有什么旁证支持它们呢？我郁闷地砸毁了电视机。……

这段视频中没有提到，是否有幸存的 M 国人逃到了太空中。这成了一个谜。躲在地窟中的我们究竟是不是人类文明仅剩的一支，没有旁证。

跳猿老师带领圣战救国军又出现了，歌声和口号震垮了几个侧洞。我避开他们，摸过漫长漆黑的隧道，来到地铁站口。已是世界末日这一天的清晨。按照计划，属于我国的新宇宙应该山寨出来了。

二、草草收场

然而我没看到新世界的诞生。我依然走投无路。所有列车都停驶了。我只好朝前徒步而去。万籁俱寂，天空中的一抹红色扩大了，更多黑色飘坠物降落下来。很久以后，我还记得天空是刹那间撕裂的，它的中部出现一个旋涡，绿光万丈，越来越大，似是一个通往平行世界的豁口。像袋子漏了，一群群飞碟掉出来，闪闪发亮地掠过头顶，海中乌贼一样，集体拥入地铁国度。这是我第一次见到如此众多的外星人乘具。他们终于攻进来了。

哦，到时间了，好像出了什么问题，宇宙还没有山寨好，外星人却打来了。

难道，外星人先山寨出了他们的宇宙吗？

如果按照 K 的推测，外星人不是 M 国人制造的，那么他们又是从何而来的呢？这问题想起来头疼。就这样吧。K 已经死了。

数不清的飞碟像灯笼一样挂在空中，表面披着亮绿色的等离子体，好像一连串的球状闪电。它们属于 UFO 研究者所称的"标准型"，有一个类似金属铸成的碟形外壳，外表呈银灰色，没有舷窗，直径约四米。碟子底部还有一个类似排气孔的圆孔。但那究竟是不是排气孔，没有谁能打保票。飞碟外壳上有一种水淋淋的感觉，显得它们似乎是从传说中的大海方向飞来的。飞碟莅临时在城市中刮起狂风，小汽车被掀翻，大卡车被举起，过街天桥折断，地上的痰迹、废纸和精液卷了起来，电网中断，广播停止……人们的身份证脱身飞去，呼哧呼哧被吸入飞碟——但只是身份证，衣袋里的钱包钥匙定情物什么的却没有丝毫反应。此外飞起来的，还有大量避孕套。它们像欢快的小鸟，漫天舞蹈，发出叽叽喳喳的悦耳声音……近距离目击者，肺腑发热，有电击感，肠胃酸痛，耳朵嗡嗡作响，有人甚至出现暂时性瘫痪和失明。但人们反而不恐惧了，相反却情绪高涨，像在看一部刺激官能的好莱坞大片。

明亮的天空变了容颜。布景来不及置换，露出了地铁车厢的本相，那是锈迹斑斑的赤红色，还有苍藤一类的褐色悬挂物，茫茫的一大片，沉甸甸弥展在头顶上方。黑色的飘坠物这时不见了。飞碟不停从破损的缝隙间挤进来，一个接一个生孩子似的。另外还有一些飞碟是从地下钻出来的，它们似乎早就潜伏在了列车车厢里。奇异的是，地铁仍没有崩溃。它毕竟是脱胎于旧世界，是按照最坚固的工程原则设计的。似乎有一些防损气密室，自动起作用了，把遭到破坏的地方迅速封闭起来。我只能听见远处传来的轰隆声，那大概是某些无法支撑下去的车厢，在空气泄漏后爆炸了，直接摔进了宇宙深处。

成千上万只飞碟很快在奥林匹斯山顶上方聚集成一个十字形，仿佛一声令下，朝下统一喷射出一道节庆礼花般的绿光，点爆了这座宏伟山峰，令它骤然喷发，就像一个大炮仗。莫愁湖也被加热了。岩浆、石块、铁皮、尘埃和湖水崩裂而下，灼热的洪峰一路上摧毁房屋和街道。真成了"火山国"呀。人们皮融肉解，化作滚烫浑浊的肥皂浆，植物也烧焦了。整座城市浮在滚水上，热浪滔天，砾石飞舞，让人想起庞贝城。无以尽数的老鼠在火海中奔逃。

老鼠过去后，圣战救国军战士从废墟中冒出来。他们是抵抗运动的主力，要去跟外星人拼个你死我活，保卫轨道和列车。他们仰望飞碟，放声高歌：

末日快来呀，末日快来呀，
末日来了，就可以回家啦。

很快，圣战救国军伤亡惨重。地铁结构也遭到极大破坏，但它还在运行，潜水艇一样，穿过激流，跌扑向前。尚且完好的防火卷帘落下来。自动喷水灭火系统、化学灭火系统、水幕系统和喷洒系统开始工作。活下来的乘客四散逃命，有人划起独木舟。我也涉波而行。我身穿 C 公司赠送的防火衣，因此不怕洪水岩浆。我身边许多人却被烧成灰烬，被大水冲得无影无踪。这激流很像 C 饮料，那制作山寨宇宙的原汤。我一边走，一边打开《读书》来看。看得燥热了，我就把手伸进裤裆。

按照"破网计划"预定的甲乙丙丁方案中的一种，跳猿老师带领残存的圣战救国军，乘坐在用地铁车厢改装的大船上，悲壮反击。没有能源了，原子炮打不动了，他们就站在甲板上，一边歌唱，一边用高射机枪和自动步枪朝飞碟射击。但这好像是放映电影。子弹打中飞碟时，就仿佛直接穿进柔软的光幕，碟体毫发无损，子弹却把地铁墙面、顶面和柱面钻出许多窟窿。很快，岩浆和洪水涌来，把战士和他们的武器烧毁冲走。跳猿老师坐上救生艇逃掉了。

我继续走着、游着、看着，渐渐觉得好玩了。可惜 K 死了，她无法看到这一幕。我穿过崇山峻岭的废墟，就像开始新的梦游一样。不过我还是不知道要到哪里去。

不久，我遇上又一队圣战救国军。他们携带菜刀、箭弩和弹弓，裹着救生圈，坐在地铁残骸上，漂浮过来。

我对他们说："枪炮都打不掉飞碟，你们这样怎能行呢？先冷静看看，保存实力，不要做无谓牺牲哟。"

但他们说："不，不，我们活下来，就是为了这一天！"

圣战救国军的预备队上来了，带来新消息："不要泄气，我们在来路上看到，生物安全办公联席会议已把办事机构转移到外省，在胜利山的永久地下工事中——那可是上世纪中叶兴建的以抵御侵略战争为目的的第二道防线，利用战备地铁，建立了巩固的大后方基地！是进行持久战的打算啊。"

"我们还看到，随之迁移的还有各大机关、各大企业、各大银行、各大专院校、各人民团体的方队，队伍浩浩荡荡，一眼看不到头尾，简单来讲，像是又一场节日盛装的狂欢游行呢！"

"我们经过胜利山时，看到地下工事容纳不下这么多人马，大家便待在山脊、山坡和山梁上，放眼看去，漫山遍野，如同一群群候鸟。"

"我们白天黑夜不停放声高唱战歌，唱冰儿牺牲前教给我们的进行曲！所有的人都团结在生物安全办公联席会议的周围。"

"伴随动听的歌声，胜利山一带形成了一座三千万人的新城，也瞬时成为房地产商最集中的地区，他们被歌声吸引来了。他们开挖新的地下工事。很快，地底就会被钻空，说不定可以找到通过地心的捷径，直接掘到 M 国那边去——噢，宇宙另一端去！"

我咯咯笑了。我想告诉他们，今天就是世界末日，不要白忙了。就连外星人的进攻，也是孤注一掷、垂死挣扎。什么也改变不了。宇宙很快就要垮塌，把自己压成奇点。你们是来送死的呀。你们是按照我在《对 M 国人及其走狗外星人宣战书》或《X 档案新编》中的安排，来送死的呀。

但我又想，这其实无妨。我就什么也没有对他们说。这一切跟我没有关系。

我心中并无对外星人的仇恨。相反我觉得他们也很可怜。本来大家可以联合起来，去探索这个莫名其妙的宇宙的来历，找到一条逃脱世界末日的真正出路。但事已至此，也没有什么办法。

我继续赶路。虽然死已不是一个问题，我还是有些担心自己死不掉。K 死后，这个问题变得更严重了。

我本想逃离城市的中央，却晕晕乎乎来到人民广场。

这儿似乎是一场艺术活动的核心。我看到，城市历史博物馆里设立了圣战救国军前线指挥部。这其实是一节地铁车厢，被改造成一台巨型保命机，由几十组浮力器支撑，摇摇摆摆漂荡在洪水和岩浆中。跳猿老师满头大汗，声嘶力竭，正疯狂指挥手下人构筑防洪堤和防火墙。布满 T 形柱、通信电缆和各种机房，又似一个结构复杂的墓穴，由于停电，交叉分错的墓道中点起蜡烛。还好核袭击尚未发生，外星人也没有派出机甲战士展开地面或水上作战。S 市的平民百姓则被统统驱逐到城市历史博物馆的外面，划着小船，充当人盾。圣战救国军的高级军官每人手执一台短波收音机，故作轻松地高谈阔论：

"已经发现，外星人的行动就如模仿好莱坞大片，连细节也谈不上创新，令人大跌眼镜。"麻雀老师说。

"是啊，演技太笨拙了。"飞蛉老师说。

"真是出乎意料，世界末日让人大倒胃口。"鹿牙老师说。

"哈，竟然在摩天大楼的玻璃幕墙上，看到了摄像机的倒影！"麻雀老师说。

"总之，充满穿帮的嫌疑。"飞蛉老师说。

"早知如此，就不用那么紧张、不用那么麻烦了。大伙儿白忙活了。"鹿牙老师说。

"缺乏基本的技术含量……"麻雀老师说。

"外星文明的硬伤怕是太多了。连太空轨道上的人造卫星和空间站也毫无损伤。"飞蛉老师说。

"太别扭了，太乏味了，太让人失望了，太不对劲了。"鹿牙老师说。

听了他们的话，我才觉得这里面果真有问题。的确，世界末日进行得太磕磕绊绊了。星球大战打得热火朝天，最后那个时刻却迟迟不见到来，好像便秘了。

时间一分一秒过去。一天很短，快结束了。遭受重创的列车仍在挣扎前行。大毁灭还没有发生。我愧丧地想，自己的宇宙山寨不出来，外星人又灭不掉我们，宇宙本身磨磨唧唧老也不完蛋，这果然是说不出的别扭。但又有什么办法呢。

到了傍晚，圣战救国军差不多打光了。遍地白煞煞的尸首，在波浪间漂浮，跟先锋艺术展览似的。但反击似乎奏效了。炽热的大水渐渐退了。市政工人已经开始修复遭到破坏的地下电缆和光缆，并重新加固隧道衬砌，交流供电也恢复了。身份证从空中如雨降下，回到主人手中。避孕套则变成气球漫天飘飞，与零星的高射炮弹和步枪子弹一起，经久不息地围绕着有气无力、强弩之末的飞碟翩翩起舞⋯⋯

有人拉住我悄悄问："喂，有 C 饮料吗？快给我一瓶吧。"我才感到渴了。随着洪水的消退，街头出现了大量的 C 饮料自动取用机。难道 C 公司重新组建了？不管怎样，喝 C 饮料的人越来越多。他们不再唱歌，而是纷纷仰脖，"噗吧、噗吧"大口吞咽，就好像从中重新发现了和谐宇宙。哦，世界是水做的，智慧是阴性的⋯⋯在奇妙而宏大的喝水声中，飞碟的进攻停止了。就仿佛它们害怕水，就像 H.G.威尔斯的《世界大战》中的外星人害怕细菌一样。然后它们撤退了，顷刻之间，就从人们眼帘中统统消失。这让我感到落寞。但也就这样吧。

在一种自愈性的广告潜能作用下，天空恢复了完整。酸雨又哗啦啦下起来。岩浆停止了涌动，并与千万具尸体一起凝固成形，化作美观的黑红色石头，就像一座座精美雕塑，为地铁世界增添了新的艺术魅力。新闻信息聚合器送来消息：系统已经找到答案。根据计算机的分析，并非是外星人良心发现，而是他们在发起总攻之前，没有把细节问题处理妥当，使得一场盘算好的浩劫半途而废。他们果然只是一些也有局限也有痛苦也有彷徨也有怨气的蛋白质平庸生物。他们要干一件大事，却在没有做好准备的情况下仓促上阵。没错，细节决定成败。这出乎意料，却符合情理。外星人也有一本难念的经。这件事在宇宙中引起了蝴蝶效应，从而推迟或阻止了世界末日。五亿三千九百六十分之一的可能是，世界末日的程序出问题了、出毛病了、出故障了。通俗一些也就是说，世界末日阳痿了。

我有些感到失望。世界末日就这么草草收场，显得不太严肃。外星人连一个 S 市都毁灭不了，还能指望他们为宇宙做些什么呢？而说到世界末日本身，它比人和人的相爱还要靠不住，没有比这更无聊的了。龙角老师大概早料到这一节，才去旅游的吧。进而我觉得，这是对我国民众智商和能力的极大羞辱。我们没有为宇宙准备好世界末日这份大礼。

我拿着《读书》，咯咯笑了。我觉得世界末日的失败可能有多种原因。K 是对的，也许所有的宇宙都缺乏逻辑。第一，宇宙在关键时刻短路了；第二，宇宙丧失了意识，成了植物人；第三，这个宇宙如果是被 M 国人的宇宙控制的，那么，恐怕最后一刻 M 国人也出了问题，按不下那个按钮了。M 国人也有一本难念的经。要么就是真的没有 M 国人。于是，才无人协调事件的进程。我想起算命师的话："这好玩了，却残酷了。"这就是无常和背离吧。所以做什么事都不要太认真。无主游荡鬼白忙活了。

我混在不停喝 C 饮料的焦渴人群中，一边暗笑，一边走动，不知道要做什么。K 不在身边，我才感到有些孤独。我为她看不到这荒谬而遗憾。世界末日自己完蛋了，于是这个国家有救了。但连世界末日也进行不到底，这个国家怎么可能有救呢？因此，天下第一可笑的是宇宙，第二可笑的是外星人，第三可笑的是 M 国人，第四可笑的是我国人……但最可笑的是我吧。不，我连可笑都谈不上。我唯一做成的事情是写下了《对 M 国人及其走狗外星人宣战书》或《X 档案新编》。一切好像在按照我的计划进行，却又南辕北辙。

《读书》主编助理和周孕花又在哪里呢？他们不会又在交换体液吧。山寨宇宙果真是一个嘴炮。也就这样吧。

跳猿老师代表圣战救国军宣布，在生物安全办公联席会议的有力领导下，全国军民齐心协力，一举击败了外星人，打赢了世界末日保卫战，赢得了辉煌胜利。

临近午夜，无线电通信和电视广播恢复了，电网联通了，水管和煤气管修好了。生活好像返归常轨。撤离的人回来了。大家兴奋地议论：天国的福音即将降临了吗？城市的新增长点就要呈现了吗？美好的新生活快要开始了吗？国家又将进入一个幸福的轮回周期了吗？整座城市奇妙地安静下来，人们脸上挂满无限期盼，双手捧着十字形饰物，高高举过头顶，殷切地仰望列车顶棚。

他们看到了什么呢？

三、节目的高潮

是的，广场上的人们全在流着热泪呼喊："啊，看见了，看见了，终于看见了！"

天上出现了一个东西。似乎是飞碟又回来了。但只有一个，孤零零从人民广场上空的星光中穿下来，与先前那些，又有不同。它在袅袅烟尘里面，摇摇摆摆，缓缓降落在湿漉漉的广场中央。仔细看，它更像是一个深黄色的果冻，略显肮脏，下部飘荡着一丛褐色的"胡须"，每条须上磷光闪耀。好像是因为这家伙的到来，发动攻击的那些飞碟才吓得一溜烟跑了。

那么，它到底是什么呢？是宇宙黑社会老大吗？是更厉害的灭绝者吗？是一颗装扮成果冻形状的奇点炸弹？这才是正式开启世界末日之门的钥匙？广场上人们脸色又陡变，都不吱声了，紧张万分地看着它。我掏出《读书》，翻开《美的历程》，念道："轨道交通的一切问题，都是同一问题，即审美问题，审美问题就是文艺问题，文艺问题其实是军事问题……"

这时，城市中涌现许多黑衣人。他们取代了圣战救国军。他们是电视台的员工，属于直播节目的团队。他们接管了城市。电视台总编室召开会议，得出结论："果冻"不是来攻击和毁灭人类的，而是亲善大使。与之前那些低级外星人不同，这回是来自另一时空的高级外星人。他们代表着先进的文明，而不是 M 国人的走狗。他们是来与人类缔结和平友好条约的。是他们阻止了世界末日，现在要与人类一起共同打造新世界。

是的，新世界！在这重要时刻，黑衣人工作队迅速进驻人民广场。一千五百名政治、外交、军事、物理、数学、生物、航天、航空、社会、生理、心理、语言等领域的专家，穿着统一的 C 字背心，在广场上搭起帐篷，铺设甬道，准备迎接外星使者。我才明白，山寨宇宙真的多此一举。根据统一安排，重新组建的《读书》杂志编辑部举办了"给外星人写封信"的少儿征文活动，要用童心打动"果冻"中的乘员，请他们走出来与人类对话。于是，迅速接到全国来信百万余封（不少是电子邮件）。贝当路站台中心小学三年级三班的菠萝小朋友写道："亲爱的外星小朋友，你们好！我从电视上和电影中看到过关于你们的故事，但是你们对于我们地球人来说还是一个谜。虽然我们有美好的愿望，但是我们的科学技术还不够发达，我们不能穿越茫茫的宇宙去探访你们的家园，所以我们多么希望你们能够以和平的姿态光临我们地球和我们对话啊。来跟我们一块儿玩躲猫猫吧！"开纳路站台涤纶厂小学三年级四班的狌狌小朋友写道："外星人，我有一件事要跟你讲。我有一位双目失明的好朋友，他非常渴望能看到光明的世界。你知道一个人没有双眼，眼前就只能是一片黑暗。如果你像电视广播中说的那样有魔力的话，我请求你帮助我的那位好朋友，而不要伤害他，让他也能和我们一起快乐地成长。真诚地感谢你。祝身体健康！"

这些信件被紧急翻译成电磁波语言，通过色灯信号机，对准"果冻"发射过去。但待在里面的外星乘员毫无反应。连可爱的孩子，他们都不理不睬。这让人失望不解，但似乎他们另有深意。没有办法。于是在西西弗斯塔的观光平台上支起红外监视器、探照灯和雷达，昼夜不停对准"果冻"照射。新闻信息聚合器围绕它嗡嗡转圈飞行。《读书》编辑部的一个写作班子连夜草拟欢迎词。又有人猜测，"果冻"里的外星人可能已经死了。这样一来就麻烦大了。还有人认为，不，里面并没有外星人。也许"果冻"是一台机器。不，也不是什么机器，它本身是一个生命，甚至是一个大脑。它在等待与地铁 AI 对话，但是后者却在关键时刻不知跑到哪儿去了。

在城市历史博物馆的顶层，升起了一座钢架。这是电视台的主演播台。新闻娱乐频道的主持人俑哥，黑西服，黑领带，黑墨镜，黑皮鞋，像头吃得脑满肠肥的雄狮，笑逐颜开登场了。据说俑哥一周前就带领助手到 S 市来做前期准备工作了。看起来电视台才是真正的稳操胜券者。俑哥露在黑衣外面的肌肤像死人一样灰青，呼吸沉重而混浊，好像总喘不过气来。俑哥观察人时，眼珠子向不同的方向游动，就像早早把什么都算计好了。据说曾有许多嘉宾被他犀利的提问当场问晕倒地，送进医院。

我又看到了阿娇，她现在摇身一变成了剧组的一员，换上一身黑衣。她明明瞧见了我，她故意装作没看见。素卵也现身了。他取代周孕花，成了重建的 C 公司负责人。城市历史博物馆中增设了 C 公司的临时商业网点，批发和零售保命机。这种时尚而高级的设备，七天前就开始做市场推广了。随着世界末日临近，它愈发成了畅销商品。现在，凭进入博物馆的特别通行证，黑衣人每人可买两台，普通民众只限每家一台，还要通过摇号米决定。到处排着长队，就跟当初买 NASA 飞船船票一样。但有消息说，这一切全是为了拍电视。大家都是群众演员。

直播开始前，俑哥先与嘉宾漫聊热身，透露说，其实电视台早已预知世界末日，早有充分准备。但做不到的，就先不做；不便说的，就先不说；不可为的，就先不为。电视台为什么要在此时高调亮相呢？因为，"这天下啊，发生什么大事，只要电视台不说话，它就不能算作大事，它就压根儿没有发生。"

俑哥的身体实际上是装在一个移动式钛壳里的，那是 C 公司赞助电视台的最新型号保命机，所以他那光辉的形象，其实是通过全息方式投影在观众眼前的。俑哥看着满城尸体，指指点点说："他们还真相信世界末日。其实都是乌合之众。上钩了。现在，一切稳妥了，全搞定了。秩序恢复了，国家安全了。美好的新生活开始了。我们迎来了电视新纪元。我们所做的一切都是为了观众。观众，就是上帝！"

通过电视摄像镜头看去，成为废墟的 S 市里人山人海，人们雀跃欢呼，对电视新纪元的开启表示祝贺。电视台的直播节目以"果冻"为主题。这家伙的着陆之处，并不在广场中轴线上，而是略微偏右，靠近历史博物馆。它并没有直接停靠在地面，而是以"胡须"触地，若即若离地飘悬着，赤裸裸暴露在人类视线中，毫不在意地任大家从各个角度随便观察。

从电视屏幕上看到，广场上每隔五米，便有一个黑衣人荷枪实弹背对"果冻"站着，阻止无关人员接近。他们发挥了重要作用。还在"果冻"刚刚降落不久，便差点出了岔子。一队残存的救国军战士举着棍棒闯入广场，要来砸毁"果冻"。但电视台既然已经接管了现场，又决意要与外星人和平共处，于是把救国军的暴行制止了。

捣乱者刚被当场击毙，又有一个光身子的年轻女人哭着跑过来，嚷嚷要去见"她的外星人"。有人认出这女人是一位小有名气的模特。"龙角老师！你是对的！"小蛐老师又哭又叫。哦，她竟然没有被火山烧死。小蛐老师立即被士兵拖走了，双脚还虫子般在地上抽动和踢蹬，腹肌像木板一样缩紧，乳房西瓜般乱颤，下身的三个口子喷出乌浊的绿液。小蛐老师大叫："骗子，你们都是骗子！把我一个人扔在莫愁湖边，外星人来了，谁也不叫我！……W，你这家伙在哪儿？连你也抛弃我了！龙角老师要知道了，该是多么伤心啊。"我无地自容，低下头来，不敢看小蛐老师。连世界末日都失败了，我又能为她做些什么呢。抓捕小蛐老师的场面被完整拍摄下来，但电视台决定不予公开播出，而是以"内部资料"名义存档。

最新设计的C公司收尸车出现了，笛声划破长空。尸体都是从废墟中抢出来的，有的也是事先准备好的，统统绑在C饮料瓶子上，一排排竖立车头，固定成漂亮的艺术造型。我看到，打头的车上，木乃伊一般站着周孕花和《读书》主编助理的裸尸。他们的天灵盖上都开了洞，脑浆被取走了。我心里一凉，完了。大喇叭广播："这对奸夫淫妇，临阵脱逃，叛国投敌，被电视台总编室及时发现，应广大观众的请求，依法当场处死。"我看得怔住，耳边像是响起了主编助理的声音："尊敬的女英雄，你不要这么愤世嫉俗嘛……"

电视直播准点开始了。这才是重头戏，仿佛所有的准备，都是为这隆重的一刻。迎接世界末日活动——现在叫庆祝新纪元活动——迎来了高潮，而之前统统是铺垫。清脆的铃声当当响了。伴随人们高喊倒计时，十九八七六五四三二一，屏幕上跳出一个大C字。这是电视台的台标。原来它也是C字打头的，与C公司和中情局，形成"三C"呼应。这本是一个严密庞大的体系，盘根错节，不分彼此。现在，以电视台为中心。全场大叫："C！C！C！"欢呼声中，俑哥从保命机中探出海龟似的头颅，张开河马般的大嘴，向扮演嘉宾的跳猿老师提出一个深刻问题：

"它为什么降落在人民广场，而不是选择证券交易所呢？观众需要我们对这件事作出一个解释。"

跳猿老师被绑在一张电椅上，如果他答错问题，俑哥就会按下电钮，让电椅接通电流，击打跳猿老师，如果总计回答错三个问题，他就会被电流烧死。跳猿老师看了一眼身边站着的阿娇，挺起蚂蚱似的胸脯，对着俑哥大声说："或许这个地方正对他们的胃口。"

俑哥装作大惊小怪地咦了一声，说："答对了，加十分！不愧是我国杰出的不明飞行物专家。"又问："下一个问题：为什么？"

阿娇充当的好像是提词机角色，她对跳猿老师耳语几句。跳猿老师便说："是因为广场本身的特殊性质哟。"

"答对了。再加十分。请向观众作一下阐述吧。"

跳猿老师伸长脖子，媚声媚气道："我作了三点具体分析。请仔细看，"他对着电视屏幕上的广场一挥手，这时摄像机随之嘎嘎摇过去，"第一，代表了地球。没有障碍物的封闭式巨型广场无疑是高等文明的最佳着陆点，世界上只有我国还有这样的广场。此正如古代的南美纳斯卡荒原亦曾被外星人选中。第二，代表了过去，因为世界上最大的地铁车站建在这儿，开挖地铁时，曾挖出丰厚历史文物，这也是我国的骄傲。第三，代表了未来，因为世界上最大的地铁车站建在这儿，我国的地铁列车跑得最快，将达到光速。所以这是继往开来、走向未来、迎接复兴的关键。"

"答错了。扣十分。"俑哥按下电钮，跳猿老师痛苦地扭动起来。全场观众欢呼。俑哥说："正确答案是：这是因为电视新纪元的开始。"他又展开一张纸条大声念道："观众通过热线电话提出一个问题：为什么它没有降落在白宫草坪？"

"答案同上。"在阿娇的示意下，跳猿老师咬紧牙关，敏锐地回答。

这时，画面一角出现了 C 公司标识及产品介绍。一个女声清晰地唱道："三界无安，犹如火宅！"

俑哥对着跳猿老师矜持地点点头："答对了，重新加十分。接下来要问的是：它为什么是果冻的形状呢？"

"答案同上。"

"再加十分！"

阿娇这时充当了执行导演，指挥观众热烈鼓掌。

"又有观众问：他们为什么还不与我们接触商谈呢？"俑哥紧追不舍。

跳猿老师张口结舌，未能回答出来。

"是在等着看我们是否真诚。"俑哥按下电钮。跳猿老师又扭曲起来。俑哥问："有人否定他们的存在，认为这一切都是我们自己在演戏，你怎么看呢？"

"没有的事！我们从不演戏！我以不明飞行物专家身份负责任地说，这是谣言！随着我国宇宙化进程的加速，我们必然与星际高级文明相遇，共建和谐宇宙！"跳猿老师口喷白沫，忍痛喊道。

"不跟他们打仗了？"

"不打了。"

观众又一次热烈鼓掌。俑哥趁势往那个具有收视率的话题上引导："还有人认为，我国人其实就是外星人，对吗？"

阿娇捅捅跳猿老师的腰眼。背书一般，跳猿老师激动地说："你提到了一个重要的话题！正是这样，正是这样！这要从南美洲的玛雅文明说起了。多年以前，考古学家就在尤卡坦半岛的金字塔中，发现了精致透镜、蓄电池、发报机、太阳系模型、不锈金属管和六边形钢管残片。这是古人类造不出来的。唯一的解释便是它们来自外太空。人们还发现了一幅奇妙的壁画，经过研究，证明上面画的人物便是宇宙飞船驾驶员。他们的历法也很神奇，是重要证据——玛雅人将时间追溯至他们自己的纪元前四亿年，并精确地计算出了地球年的长度和金星公转的时间，与现代计算结果完全一致。C公司用计算机对此作过验算。玛雅人根据他们的历法，预言出今天便是世界末日！但在这一点上，专家的解释大错特错了。玛雅人其实说的是，这一天是和谐宇宙电视新纪元开始的日子！"

"噢！这说到点子上了！"

主持人做出自信而愉悦的样子。但连我也看出来了，他心里对这个问题充满厌恶。整个直播就像是一个幌子。这时又插入十

分钟广告……广告过去后，在阿娇的示意下，跳猿老师清清嗓子
继续说：

"接下来就是问题的关键了。科研发现，玛雅人乃是我国古
人后裔。我国本是一个岛国，航海技术发达。先辈们驾着船队，
越过大海，发现了美洲大陆。因此，玛雅文明与我国古代文明有
着重大关系。是我国先民带去了具有先进科技特征的历法和器
物，创造了玛雅文明。这些历法和器物，又具有鲜明的外太空特
征。所以说，解铃还须系铃人，我们今天才坐在了这儿，这话说
来长啦……于是，由我国古人与玛雅文明的这层关系，引发了关
于我们民族真正起源的严肃讨论。我们到底是谁呢？我们到底是
从哪里来的呢？许多研究者都认为我们祖先敬奉的神明就是外星
人。比如，著名学者袁世凯先生认为，我国历史传说中的金鹏鸟
与黑乌鸦之战，实际上是两大外星文明集团及其支持者之间的战
役。我国古代文献《大山书》和《大海书》中都记载了古代战争
中出现的航天器、人工大雾、核酸雨、生态炸弹和粒子束大炮。
另一位著名学者黎元洪先生也指出，五千年前，我国望帝部族就
很有可能和驾驶着宇宙飞船的古印度人一起，在异天相逢并和睦
相处，共同发展高级科学。他进一步提出，通过对白骨王朝纸草
书体系的破译，古老的气功、占卜、医学、哲学、佛教等均渊源
于外星文明。这充分说明我们是一个无比伟大的民族。确切来
讲，我们就是外星人的后裔！科学院古脊椎动物与古人类研究所
主办的专业学术刊物《读书》发表了相关研究成果。观众们知识
渊博，视野开阔，一定都看过《读书》吧！"

跳猿老师的语调忽然提高八度，他一边滔滔不绝宣讲，一边
用力挺直身子，谦恭地注视俑哥，就好像期待得到他的嘉奖。我
看见，跳猿老师眼中淌出了肮脏的热泪。是的，跳猿老师上电视

后，才终于被全国观众认识了，比他担任圣战救国军总司令强多了。他要争取在电视新纪元中扮演重要角色。跳猿老师做出大义凛然和大公无私的样子，紧张忐忑地偷眼去瞥摄像机……

俑哥没有立即表扬跳猿老师，而是忽然提出一个机敏的问题："可否这样说，寻找外星人，就是寻找我们自己呢？"

跳猿老师没有反应过来，俑哥把手伸向电钮。幸好阿娇赶紧对他说了一句什么，跳猿老师拍手笑道："是的，是的！我们就是外星人，这样一来，外星人的威胁就自动解除了！世界末日就彻底远去了！电视新纪元就隆重开始了！"

"你们全在说谎！"我再也忍不住，从藏身处跳出来，尖细着嗓子呵斥，"这就是寻找的结果吗？历史不是这样修改的哟。忘了我们是杀人种族的直系后代吗？"我为自己做出这样的冒失行为而害怕得直打哆嗦。

"你是谁呢？"俑哥诮笑着把目光转向我。

"我是一个傻子。"我把《读书》举过头顶摇晃。跳猿老师变了脸色。

我畏怖而怯场了。但小蛐老师、冰儿、周孕花和龙角太太的凄惨模样浮现于前。我便鼓起勇气，面对摄像机，指着 C 公司收尸车上的死人说："为什么不跟观众谈谈他们呢？市民们昨天还在排长队购买 M 国人的飞船船票，或者钻入地铁车厢躲避末日，但今天就死了。这都是电视台策划的吧。如果真有外星人，乘飞碟来的也好，坐'果冻'来的也好，你们一定也早已与他们达成了合谋吧？不要再自欺欺人了！"

"没必要这样嘛，这一定是个误会！"见到直播出现意外，素卵现身了。他现在是电视节目的赞助商，直播效果的好坏对他影响很大。

俑哥把头转向跳猿老师，怀疑地说："这都是你安排的吧？你不好好当嘉宾，串通了这个人来破坏直播吗？"

跳猿老师面红耳赤，委屈地哭出声来。俑哥立即按下电钮。跳猿老师发出惨叫。他全身上下闪着弧光，很快被烧焦了，人从椅子上滑落，身子也蜷缩了，像一个幼童。阿娇与俑哥对视一眼，胜利者似的，僵笑着冲上来要夺话筒，却被候在不远处的黑衣人狙击手一枪击毙。

俑哥镇定自若，就好像现场发生的意外事件全在预案之中，他面对镜头，经验丰富地说："不要抢答嘛。直播是有规矩的。画面会延迟三十秒播出……观众朋友们，请不要担心，只要做到了这一点，世界就是属于我们的，宇宙也是属于我们的！"

我说："不，我不这样认为……求求你们别演了。"我把手伸进裤裆，摸到了一摊僵硬寒冷的脑浆。

我说了就后悔了。我怎能在电视摄像机前这么说呢？我其实不是要这么说的，我其实也不是要这么想的。我还收了 C 公司的钱，穿着 C 公司的防火衣。像在奥林匹斯山上一样，我又控制不住自己了，又在关键时刻矫情了。我是要在阿娇面前逞英雄吗？我胡说了，我背错台词了。我对不起小蛐老师和龙角老师。我全身瘫软，把手抽出来，求救般去看阿娇。她无声无息躺在血泊中，嘴角挂着一缕讽笑，脸上的皱纹都消失了。我从没见过这女人如此纯洁干净美艳鉴人。但她不能再揍我了。

俑哥胸有成竹看了看我，又瞥了一眼跳猿老师和阿娇的尸体，惋惜地说："怎么，忘了吗？这个节目的脚本，不都是你编写的么？随便一些吧，别太装了。喂，亲爱的同行，你用自己的眼睛，究竟看到了什么呢？"

这令我感到耻辱，我为自己还活着而羞愧难当。的确，是我亲笔写下的《对 M 国及其走狗外星人宣战书》或《X 档案新编》，但这竟然是电视台的脚本么？原来是我导演了这出戏吗？所有人都是演员吗？在电视台施加的压力下，我也爬上电椅坐好，请求俑哥对我施刑。他却不屑动手。我便咯咯笑了："是一出戏，安排了主题、时间和空间，以及主角和观众，还有做广告的、跑龙套的和拉皮条的。是的，随便一些。哦，玩玩。"

我从一开始就想错了。什么杀人种族的直系后代，就连发生在地面的那场惨剧，也不过是戏。这不是新闻节目，不是历史节目，不是科技节目，而只是娱乐节目。我还是没有学会玩玩，不知道如何找乐。我不再打算辩解，只是举手扶了扶眼镜，把杂志悄悄揣回怀中。但我还想再看一眼阿娇。然而我的未婚妻已经被素卵带着黑衣人塞进塑料袋，与跳猿老师的尸体一起，像两只死老鼠一样拖走了。

这时，电视屏幕上出现了录播画面。冰儿又唱起来。歌声在广场上空回荡，好像这女人复活了。观众们有节奏地拍起巴掌，摇头晃脑跟着哼唱：

末日快来呀，末日快来呀，
末日来了，就可以回家啦。

我坐在宝座般的电椅上清楚看到，一台晚会正在人民广场上演。这是为庆祝我国最终战胜世界末日并将与外星人结成友善之邦而专门排练的。每一场灾难都确定会以这样一种方式完美收尾。这是真资格的成人仪式，本不出人预料。整座城市变作一个剧场。气氛冲上高潮。哦，剧作家走得太早了。

一群赤着肥胖上身、戴着墨镜的牛郎跳起了团体操一样的芭蕾舞，一群长着巨大牛角的牛，以及大量牛郎和牛郎的哥哥和嫂子，迅速出现了。

这些人和动物围绕着"果冻"整齐地垂直蹦跳，冗长、乏味而怪异，仿佛纯粹就是为了拖延时间，却又好像奥林匹克运动会的开幕式。

一段田间耕作的表演之后，牛郎的哥嫂把牛郎赶走了，只给他留下一头病牛。七仙女及时出现。她们是来洗澡的，在 C 饮料的池塘中，模仿着小天鹅，赤身裸体跳起群舞。先是两个，接着又是两个、两个，最后是一个。

电视摄像机忙坏了，从不同角度，对准她们猛拍。水声哗哗。水雾遮挡了天幕。

七仙女跳洗澡舞的时候，海军陆战队的战士伸出一排棍子，把七件衣服搭在上面。牛郎看到后，偷偷拿了一件走了。七仙女跳完洗澡舞，六个都穿着自己的衣服飞上天去，剩下一个没有衣服了，只能哭泣，戴墨镜的胖牛郎便大大咧咧现身，强迫女人一起跳起双人舞。但仙女嫌牛郎粗鄙，还是要走，她从牛郎手中劈手夺过衣服，却又在飞行途中把它们丢下了，莫名其妙，反重力装置失效一般，自己掉落到人民广场，被候个正着的牛郎一把搂入怀中。这时，很多农田一样的布景出现了，地平线上却是一座工业化的大城市，千万个烟囱冒出美丽的黑烟……

酸雨好像又下了起来。那便是 S 市吗？

一股股黑乎乎的浓烟继续喷射。好不容易，烟雾散去后，两个威严的、脸上戴着假腮的老人（一男一女）并肩坐在地铁车厢的顶上，他们脚下是打扮成外星人的黑衣人，正在群魔乱舞着一些不知什么舞蹈。

老人背后出现了一个圆形的液晶屏幕，上面是拥有无数星系的宇宙布景。老人发现七仙女少了一个，便启动激光镜似的高科技仪器，从浑浊的宇宙中，看到牛郎正在人民广场上强奸女人。老人急忙派遣外星人抢回女人。

外星人从左到右，从右到左，没事似的来回奔跑。到后来没得跑了，就干脆在人民广场上打出乱七八糟的激光。

最后，他们还是抓到了女人，就带着她往天上飞。牛郎无奈，但他的牛扬起前蹄，将一只牛角掰下来交给他，牛郎就用牛角把牛的肚子剖开，肠子都流出来了，鲜血把广场染得通红，不忍目睹。牛郎把整张牛皮剥下来，把它变作一张飞毯（好像是太阳帆船），骑在上面追上天去。

两个老人没有办法，就用二向箔划出一条天河，隔开了男人和女人。但宇宙中出现了一群机器喜鹊，搭成桥梁，让牛郎夺回了他的女人。

俑哥带领观众击掌，高呼："C！C！C！"

冰儿的歌声大作。

踩着歌声的节拍，又一人出现在广场。这是个邋遢的年轻男人，穿得破破烂烂，拄着一根拐棍，从地铁站口攀爬上来，如入无人之境，向牛郎和他的女人走去，挥棒把他们打散，自己吼吼笑出声来。随后他大摇大摆走向"果冻"。这不速之客使众人如临大敌，不知如何是好。男人无所畏惧的气概把在场观众镇住了。终于有人看出来，这就是那个在催眠现场失踪的、自称被外星人捉去的乞丐。俑哥脸上这才露出了紧张的表情。

"实施机动拦截！实施机动拦截！"冰儿的歌声立即停止，变作楼顶大喇叭权威而急促的喊叫。是素卵在咆哮。兵马俑一般的黑衣人得到命令，纷纷被激活一般，冲上去抓捕乞丐。就在这时，一直没有动静的"果冻"略微地东西方向晃动一下，闪射出一圈三百六十度的绿光。立即，黑衣人遭到电击一样，纷纷消失了，就像他们其实是投射出来的一堆幻影。

乞丐继续朝仿佛苏醒过来的"果冻"走去，好像要由他来宣告这出戏的结束。我心慌意乱地看着他那张长得跟我一模一样的脸，不知道接下来要发生什么。

一辆C公司的收尸车及时开到。赤身裸体、五花大绑的小蛐老师被推出来。她身上湿淋淋的，像被浇了什么。我闻到一股酒精味儿。女人被拉下车，搁放在"果冻"前，作为障碍物，要阻挡乞丐的去路。乞丐却视若无睹，继续向"果冻"迈近。小蛐老师挣扎着掏出打火机，点燃了自己。

"你这是干什么呀？"俑哥不悦地像是明知故问。

"献祭啊。"女人开心地回答，"总得有人这样吧！"

熊熊火焰舔舐着小蛐老师的垂死之笑。我手忙脚乱举起枪，向女人瞄准……

说时迟，那时快，就在我扣动扳机之际，"果冻"忽然大放光明，灿若图绣，令人不能直视，又水晶宝石一般中空透明。乞丐全身离地，腾空而起，飞鼠般越过小蛐老师的人肉火球，一下被吸了进去。原来这并不是电视台的道具。观众都看呆了……

通过电视摄像机的镜头看到，"果冻"内部陡然浮现一种熟悉的建筑景观，那是一个地铁站台，售票机、自动扶梯、轨道、变电站等一应俱全，展呈在湖水般的一片茂密绿光中。

……好像新世界的大门开启了。

乞丐飘移入"果冻"，悬浮在站台上方，像孤零零的一根枯草。这时，"果冻"恢复了质感，又无法透视了……它微颤一下，"胡须"飘摆，脱离地面，扶摇直上，从人们的视线中骤然消失。

广场上一片惊呼。

这时，我看到俑哥栖身的保命机中辐射出一道绿光。然后，主持人的脸蛋阿米巴虫一般变形，双眼成为两个大窟窿，鼻子没有了，嘴巴缩作一条狭缝。他的皮肤融化，现了原形——竟是一台嗞嗞作响的电视机。

这就是地铁 AI 最新的化身。

机盒中发出断续、嘶哑而惊恐的噪声："你们……都逃……只……剩下……我……还在……撑着……"

素卵慌张地扑过去，却被机盒发出的一道电弧融化了。

机盒中传出最后的微弱声音："我……爱……你们……"

空气中闪射过一片雪花般的蓝色光芒……大喇叭的歌声停止了。广场连同它周围的人和建筑物都消失了……

这才迎来了真正的世界末日吗？

做梦似的，一切好像从来没有发生过。

现实永远不是眼睛看到的那样。我想到鬼魂程序。我欲找算命师问个明白。实验到底是什么？是谁安排的？这时，杂志从我怀中掉落出来。

我的神志也渐渐不清，恍惚中，我似乎变身成乞丐，并快速丧失了意识——不，我的意识被什么东西给轻轻巧巧捏住了，它在不停哆嗦。大脑中的物质像精液一样，滴滴答答脱窍而出，流到《读书》页面上，把它玷污了。

四、银河铁道奥德赛

不知过了多久，我醒来。眼前是一个平整的地铁站台，干净利落得不像是真的，孤零零悬挂在"果冻"中央。我就飘浮在站台上方。四面张望，不见有人。但我明明见到，是乞丐被吸入了

"果冻"。现在只剩我一人了。我想咯咯笑。我到底是谁呢？

不及多想，眼前升起一个漆黑的大碗，碗底盛满星星。耳边响起女人的声音："请选择轨道吧。"我看到，本来还什么也没有的群星间，刹那间弥布了纵横万千的银色线条。我伸出右手食指，随便点了一下。

像听到指令，"果冻"开始移动，一头扎入碗口，驶向内嵌在碗底的轨道。这个转换太不可思议，跟变魔术一样，颠覆了我对时空的看法。失重感瞬间消失。我掉落下来，坠入地铁车厢。

它跟普通地铁一模一样，却成了我的专列。我忍痛爬起来，在靠窗空位坐下。茶几上有塑料杯，杯身上书写"银河铁道"字样。杯中装有黑红色液体，像 C 饮料。我很口渴，却不敢喝它。桌上还放着一本翻旧的《读书》。是什么人在我之前看过呢？

忽然，我身边浮现出无数张面孔，竟都是我的脸。我大惊失色。原来，车厢两侧挂满奇形怪状的钟，上面流淌出无穷无尽的时间，都指向零时。这些钟像镜子一样，映照出我的一个又一个颜容，像许多平行世界一样。

我猜想，时钟大概已经将连续的时间流，分割成了可计量的单位，使得大自然像轨道一样，呈现出机械结构，包括地铁、AI、银河列车等，都是时钟的派生物吧，甚至可以说，这宇宙也是钟表式的自动机器吧。

但我刚想到这里，脸都消失了。只剩下列车，在穿越碗底星空的轨道上疾行。连续传来像是扳道器的声音，咔咔，咔咔，咔咔……这让我记起跟随 K 登上飞机的情形。但那是在地窟中飞行。谁能断定，这回不是又一个地窟呢？

K 的声音在耳边萦绕："你不能死。万一我此次没有成功，你就要接替我，继续去探究真相。不达目的绝不罢休。"

我摸摸身上。手枪还在。脖颈上套着从 K 尸身上取来的十字形饰物。它好像可以为我壮胆。

我于是翻开《读书》，看到一部漫画，描绘了一个俄底修斯的故事，这是一位来自日本列岛的旅行家……

忽然，车厢广播响起。那个女声问："你看，大地像什么？大海像什么？"

似曾相闻的语句。我看了一眼窗外景物，如实回答："大地像山，大海像湖。"

过了片刻，女人又问："你现在再看，大地像什么？大海又像什么？"

"大地像花园，大海像水槽。"

"现在，又像什么呢？"

"大地像粥糊，大海像水盆。"

我仿佛在重复某种既往。标准答案似乎让女人满意了。她不再说话。她是谁呢？我想到，我认识的女人，K，阿娇，小蛐老师，冰儿，龙角太太，周孕花，都已经死了。

"要带我去哪里？"我问。

"噢，去看真正的世界末日。"

"真正的世界末日……"

"也就是新世界。别紧张，虽然是逃跑，但把这当作一趟旅游吧。"

"旅游？"

"要把你看到的记录下来噢。"

她像是达到目的般笑道。我猜想她的年龄体貌，在心中把她与我曾经交往过的六个女人作比较。

窗外浮现一个奇怪的黑色球形物，像是被一台保龄球机抛出来的东西。

"月亮像什么？"女人的声音又不失时机传来。

"像马蜂窝。"

"加十分。"

很快，又跳出了像是火星的存在。

"像马桶。"邀功一般，我急切地主动说。

"这回不像话。"女人笑骂，"扣十分。"

我感到伤了自尊心，胸口一腥，咳出一口脓痰，吐在洁净的列车地板上，又觉得这样不好，赶紧用脚蹭掉。

转瞬，景色再次发生变化。星星稀疏了。黑暗越来越浓。像潜入深海。"现在，又像什么呢？"女人再问。

我不敢乱说了。

她说："别扭吗？"

我咯咯笑了。女人也笑了。笑声在宇宙的大碗中回荡。

伴随我和不明身份的女人的哄笑，车外传来海浪拍岸之声，像是采录自太古时代。又有风声、雨声和雷声大作，夹杂了大人的呼喊和婴儿的啼哭，伴奏的是一曲古筝，又混入贝多芬降 B 大调第十三号弦乐四重奏第五章……宇宙中仙乐飘飘，为我这个唯一的听众演奏。

我忍住吐痰的冲动，像贵宾席上的客人一样，把身子坐直了。

星星又出现了。有彗星、行星，也有恒星、星团……但它们像照明灯一样，很快渐次熄灭。列车驶入更加深不可测之域。到处弥布着我无从思量的事物。

这正是那个一百三十七亿年历史的宇宙吗？K，就是曾经存在于这个"别扭"中的生命吗？想到在这狭窄圆滑而恒久无际的覆盆中，我竟然与她相识，就觉得又掉进了梦中。

　　我看累了，便起身走开。经过几节车厢，都空空荡荡。我来
到餐车，见它徒具其表。我饿了，就把随身携带的大脑，掏出一
副来吃掉。餐车已成一片废墟，崩塌的座位上长满紫白植株，开
满粉嫩鲜花，其间洒满血红色的糊状浆液，却不见白骨。草丛和
瓦砾中隐隐露出一样银光闪闪的金属制品，是神童娱乐有限公司
的算命机，机器旁正襟危坐一人，在胃口很好地吃东西。他便是
身穿破烂阿玛尼西服的算命师。

　　"你还活着？怎会在此？"我诧异地问。

　　"朋友，测算到你将逃来这里。"

　　他咧嘴笑道，邀请我坐下，陪他一起吃。"别光吃脑子了，胆
固醇太高。吃点正经食物吧。"

　　我看到，他吃的是老鼠。

　　"上次，我告诉了你关于轨道的第一和第二定律。现在要告
诉你第三定律。"老头儿顽皮地伸出枯干的右手，那上面布满凝
固的血痕。

　　我不敢迟疑，赶紧掏了十块钱给他。

　　"还有。"他的手继续伸着。

　　我才记起，曾从他这里拿过一本《读书》，是打的白条。我
就又掏出五块给他。

　　"这个定律便是'背离律'。"算命师说，"什么意思呢？就
是说，我们所建成的，与我们所抵达的，完全是两种东西。"他
狒狒般的脸上呈现牡丹花的气韵。

　　"噢，这我知道。"我一下想了起来，"这个国家就是这样。
你越想做的事，就越做不到。对此，习惯了就好。不习惯的人都

死了。我理解得没错吧？"

"啊，许久没见，你变聪明了。正是如此。"他高兴地说，"好比，我们花了很大气力，建成了许多地铁轨道，然后我们搭上列车，沿着轨道向前运行。看上去选定了要到的车站，其实不然。走下去你便发现，每一条轨道都通向与以前料想的不一样的地方，就像它自己有了主张。我们越想快行，就越走不快；我们越想抵达目的地，却越到达不了。这时你就会追悔：当初为什么要修建它呢？"

"为什么呢？"

"我怎么知道？"他专心致志地啃着一条鼠腿，"这得问你自己。"

"是的，得问自己……"

"总之，修的都不是本人真心想要的。可能是为了面子，可能是为了某人的一句话，可能是因为神经错乱了，但都不是为了自己而修。"

"这就是我无法自杀的原因？"

"朋友，你要懂得，你就是一个修轨道的工具。"

"你今天要告诉我的，就是这个吗？我现在是在哪里？要往哪里去呢？"

"根据'背离律'，没必要回答这个问题。"

"我越来越看不懂这个宇宙了。"

"你知道看不懂它，你就算是看懂它了。"

"宇宙究竟是什么呢？"我朝黑森森的窗外看去。

"哦，忘了吗？它就是一个马桶嘛。"算命师又不怀好意笑起来，嘴里噼啪吐出老鼠骨头。

原来，我掉入的这个大碗是马桶啊。这太滑稽了。我想了想黑月亮，飞逝而去的隧道，灯箱广告般的星空，"来自日本的旅行家"俄底修斯，还有莫名而至的音乐和不知面目的女人，以及我和她之间的古怪问答，又想了想再也不能相见的 K……世界末日也没有带来好玩的感觉。

"觉得自己微不足道了吧。"算命师嬉笑道。阴惨的气味儿从他的披肩白发上一层层喷泻出来。

"不，不是微不足道，而是……"我不知道该怎么形容，"唉，现在，你能告诉我，究竟怎样才能让自己死掉吗？"

"呃……"算命师沉吟片刻，便在这无以名状的列车上，讲起了他的故事——

"我早年是做国防科研的，在我国西部的火山坑中，在几千米深的地底，和战友们一起，搭乘一列不停绕圈奔跑的地铁列车，在上面搞绝密的弹道导弹研发，就是能够突破陆基、海基和天基反导网，直接打到 M 国本土的那种棒槌般的厉害玩意儿。这是与兴建地铁并行的伟大工程。我们待的地方，代号叫 Crater。分配给我的任务是在导弹头部装上一台机器，让这种新型战略导弹——它的名字叫'天上人间'，变得会学习会思考。它能通过一套已知数据集，建立起函数特征模式，在深度学习的基础上，发展出电子智慧，自动汇集所有已知信息，对将要发生的事件做大数据模拟，从而具有预言未来的功能。这是我国在测谎术催眠术之外，开发出的又一样高科技。在我看来，这种导弹一旦研制成功，真是比夜总会头牌小姐还要讨人喜欢。它既机敏而灵活，又有速度和质量，头脑一流，先知先觉，身材不错，能够在复杂环境下作出准确判断，胜任任何任务级别和任何难度系数的突防任务，没有一样东西可以拦截它。这的确是我国的骄傲，也是最核心的机密，我对自己能被选中从事这项工作，感到无上的光荣和自豪。

"记得在我老婆刚刚生下女儿的那一天，我就被带走了，在Crater 的地铁中，在专用轨道上绕圈儿，一待就是三十年。在这暗无天日的一万一千天里，我无时无刻不思念家人。但因为是国防保密工作，我被禁止与她们联系。渐渐我才知道，为了跟 M 国决战，我和战友们必须一辈子待在这儿，不允许回到人类社会。我一听懵了……在这三十个春夏秋冬里，我变成了非人。我和战友们每天都想，轰！轰！打吧，打吧，打了就完事了，哪怕同归于尽……那时候我们一心想的就是把'天上人间'送去 M 国，让世界末日早一天来临。

"但大战迟迟也不爆发。等呀等。有的人等傻了，有的人等疯了，有的人等死了。后来才知道这是谎言。小道消息说，我国早已跟 M 国结成了互利共赢的伙伴关系，这是世界上最重要的一种关系。上司都把他们的孩子送到 M 国的常青藤学校念书去了。'天上人间'并不是导弹，而只是一个游戏程序，用来供大人物和他们的孩子酒足饭饱后玩耍消遣……

"这时我开始重新审视所做的工作，偷偷把机器从弹头上拆卸下来，利用它的学习、认知、模拟和预言功能，开发出爱情算命游戏。我把它介绍给战友们，让大家都玩儿这个。实在是太想玩儿了！想家，想老婆孩子，想情人，想小姐，没有办法，就玩儿这个吧。地铁里面乌烟瘴气，终于快活起来。人人都来了兴趣。有时觉得叛离了初衷，就开玩笑安慰自己：也许有一天，我们会把一批美少女从大气层外发射到 M 国去，这比导弹厉害多了。把她们撒入 M 国人的千家万户，让她们跟 M 国的男人通奸偷情，生儿育女，改变 M 国人的基因，把 M 国人变成我国人……这就是我们还可以去做的事情。

"后来，觉得爱情算命还不过瘾，就开发了死亡预测功能。这就更好玩儿了。简而言之，完全改变了当初的导弹设计意图，在机器中加入非对称概率计算程序，利用增强学习功能的基因算法，搞出了新的神经元电路网络和集成生物芯片，植入更完备的人工意识，并与活人智能耦合，产生退相干。在把宇宙已知历史数据加以形式化处理的过程中，又用相空间模型对涨落进行运算，归纳出了死亡牵引力常数——这可是算命程序中具有灵魂性质的东西哟。这时我发现了一个不可思议的现象：新程序不再是一款游戏，而是真的能算命。好像有一种来自宇宙深处的、我无法了解的东西，附体在它的身上。此物似乎对死亡预测怀有浓厚兴趣。

"于是，不仅能算出有生之年会怎么死，还可以把宇宙的九九八十一种末日计算出来。对此我惊诧莫名，困惑不解，却感受到更大欢乐。我从抗击 M 国的战士变成了末世学玩家。我和战友们对世界末日格外着迷，玩儿得无比投入，都忘了是在 Crater 的地铁中。我们拼命计算世界末日什么时候到来、怎么到来，为此废寝忘食。那些原本想要自杀的，看到世界末日的样子，都欢喜得不行，再不觉得地铁的日子难挨了。这样一来，我们就把自己解救了。"

算命师说到这里，小人得志般双手双脚抖动起来。

"这也太神奇了。"我说，嫉妒地想象了一下那个"附体"的东西。

"无比神奇。你想，要预测未来，就得掌握宇宙中所有基本粒子的动向，这其实是人类做不到的。即便掌握了，也由于它们的非线性运动特征，以及对初始条件的敏感依赖性，再加上主观意识的干扰，最后什么也预测不了。但奇迹仍然发生了。为什么会这样？就是因为有一个外部存在，它在把信息不间断输入我的系统，像对一切作出安排。我不知道它是什么，但它的确破坏了混沌，制造出了秩序，让事件在轨道上接踵发生。"

"看样子并不是国情相对论哟，而是决定论。"我下意识摸摸脖子上的十字形饰物，以及挂在腰间的手枪。

"那是为了大人物的战略目的而撒布的烟幕。"

"这事是 M 国人干的吗？"

"在现在这个宇宙中，我没有看到 M 国人存在的迹象。"

"那还真是有些奇怪。"

"所以，这很有意思。"

"那么，又是什么呢？"

"我查过，但没有答案……后来又发生了不幸的事情，就乐极生悲了。有一天，我和战友们正在兴致勃勃计算世界末日，被上司发现了。他也喜欢玩儿，但不高兴看到别人玩儿。他尤其害怕我们计算出的结论。因为他的儿子正在 M 国念书，所有上司的儿女都待在 M 国。他们根本不准备与 M 国打世界大战。他们不希望看到世界末日。于是，我和战友们被送上军事法庭，以玩忽职守罪，被判处无期徒刑。"

"太惨了。"

"这才发现，地铁还是一座监狱。这里囚禁的，都是像我一样的玩家。在狱中，我继续完善算命程序，通过搜寻更多的末日，来打发漫长的时间。当初我恨 M 国恨得咬牙切齿，觉得我抛妻别女，吃苦受难，都是 M 国人带来的，但渐渐不恨了，因为 M 国没有来灭我们，毁坏这个国家的，是我们自己。"

"这倒也不错。"我想，在这方面，他跟他的朋友李水宽博士有得一比。

"这时，Crater 外面一些权势人物，通过关系找了进来，要我为他们算命。于是我拥有了很多客户——既有雄心万丈的国企老板，也有游手好闲的纨绔公子。他们都打着拯救国家民族的旗号，对世界末日提出了特殊的个人需求。有的要用它赚大钱，有的要用它掌大权。我帮他们计算，他们则在 M 国的花旗银行里为我开了账户，把酬金汇到那里。这样过了一年，我再次被发现。这回是狱友告了密。以颠覆国家罪的名义，我被判处死刑，立即执行。但我不想死，还想玩儿。在外面那帮哥们儿的帮助下，我越狱了。我冲破地铁和火山的囚笼，来到了原本的世界。这时我想起亲人。我有三十年没见她们了。我长途跋涉跑回家中，才发现老婆和女儿已经不在人世。原来，上司看上了我的女人，趁我不在时，来调戏她。"

"她怎么样了？"

"她就从了他。"

"然后呢？"

"她跟他过了十年。他不要她了。她杀掉女儿，自己跳楼了。"

"她自杀成功了？"我眼睛有些发热。

"是的。"算命师悠长地吹了一声口哨。

"你没有预测到她们的死期吗？"

"没有。"算命师唯一一次露出迷惘表情。

"怎么可能？"

"我猜，是那个外部世界的力量，在向系统输入信息时，故意屏蔽了某些东西。它是个魔术师。"

"对你玩了障眼法？"

"这让人百思不得其解。为什么不让我看到亲人的结局？伟大的算命机也无法回答。"

"你在火山坑里待了三十年，还爱她们吗？"

"你怀疑，我是因为不爱她们，才算不出来的吗？"算命师做出敌视的样子看着我。

"不，绝没有这个意思。"我慌乱地说，"也许是我们都太爱死亡了。"

"朋友，说得真好。我刚开始感到愤怒，但后来就不了。愤怒需要力气，但我已筋疲力尽。就算预测出来，也毫无办法。知道结局，却无法改变。一旦看到了目的，就无法抵达。洞悉真相，便是灭亡。这就是那个魔术师的法则吧。"

"你有没有想过自杀？"

"自杀？那能解决什么问题呢？一个人结束自己的生命，真正令他人感到怜悯和战栗的，其实不是死，而是为什么要死。自杀不是关乎如何去死，而是定义怎样去生，只在生的问题没有得到解答时，死才会成为问题。"

"所以，我死不了，是因为我没有找到生的答案呀。"我怅然，觉得这段时间又浪费了。

"答案可以去找，但结果不是你要的。"

"你找到了什么呢？"

"哦，我在算命机屏幕上看到了一只马桶。它里面只有浊臭的脏水在冲来冲去，永无止息。看似惨兮兮的终结之地，却成了生命们寻欢作乐的大聚会。看到这个，就明白一切不过如此。"

"真黑暗啊。"

"偶尔会冒出一星半点亮光。"

"亮光？"

"这就是马桶的奥秘啊。"

"它是什么呢？"

"就是TOTO。"

"啊。"

"TOTO，便是信仰在世俗中的代表。"

"信仰？这个宇宙里面真的有信仰？"

"也就是污秽中的亮点哟。"

"听上去也很……神奇。"我没有说"别扭"。

"朋友，可别小看，这就是让你在受骗后还能活下去的东西呐。活着，就是玩玩嘛。这成了生命的动力，也就是解救自己的方案。人只能自己救自己。无论科学技术发展到何种地步，无论知识学问积累到什么程度，无论可支配的资源能源有多少，无论对时间空间的测量达到什么水平，你都必须拉屎，是吧？只要拉屎，便不得不感受那桶底永存的你无法理解的巨大虹吸力。对这种东西，生命有什么办法呢？你只能觉得它很舒服。坐在桶上玩玩吧。这就是信仰。算命也好，做梦也好，旅行也好，去死也好，都是拉屎的同义词。不是要问怎么才能去死吗？学会玩玩，就有条件了。哦，这就是我决定成立只有我一个员工的神童娱乐有限公司的原因。"

我若有所悟。算命师告诉我的，似乎是活下去的路径和依据。就好像，我只要活下去，就能去死了。

"这趟旅行到头，真能看到世界末日？"我觉得，TOTO的出现，似乎在暗示着什么吧。

"沿着轨道走下去就知道了。"

"轨道，究竟是怎样形成的呢？"我看了看窗外交错盘曲的银色网路，它们像K体内的大肠一样。

"从表面上看，是由引力造成的各种弯曲。既有空间的轨道，也有时间的轨道。可能是宇宙中已经灭亡的超级文明建设的。"

"用来排便的？"

"也说不定是游乐园的过山车。"

"实质是什么呢？"

"那就不知道了。"

"我们乘坐的，到底是飞机、飞船，还是列车？"

"形态和名称，都不重要。也许是一艘海盗船呢。掌舵者，叫作 Captain。"

车窗外面，黑暗深处，有一个亮点翻飞。那是游逛中的地铁 AI，还是算命师说的 Captain 呢？

"那家伙，到底是谁呢？"

算命师没有回答，他的身子缩了回去，变作一尊沉默的雕像，像是神游他乡了。

我正欲追问，算命师却忽然在我眼前融化了。他的嘴唇无声颤动，他矮壮的身体像投影一样，由深入浅变化了轮廓和色调，人飞快消失了，他身边的算命机也不见了。

或许，这一切原本也只是一幅幻象？我低头看到，面前的盘子上，老鼠肉正在冷却下去。耳畔响起嗤嗤啦啦的机械声音。一台索尼牌摄像机在半空中游走，转眼间隐没在车厢尽头。

又只剩下我在既定的轨道上，继续朝着不知名的目的地行进。我心中布满遗憾。有生之年我仍没有学会玩玩。我想起 K 临终前的话："只有这样，我才能放你一马。老是缠着你，太不人道。傻子，你不是还要去做大事吗？山寨宇宙离不开你吧。"

星光重现，骤然变浓，形成汹涌怒潮，发出连续耀闪，像是前方有列车爆炸了。似乎有许多列车，正沿着各自的轨道，奔向不同的世界。但那些车上又载着谁呢？是另外的乞丐或我吗？星光逐渐凝聚在一起，结为一条条长龙，又拉伸成一根根银线，密集地迎着列车扑来，又飞速滑向后方。列车随同星光旋转。它真的成了行驶在大海里的一条船。车里的时钟都融化成了一片水汪汪的东西。我的意识渐渐模糊……

不知过了多久，我醒来，发现列车停在一个陌生站台上。这像是沙漠中的一个湖。我来到了外星人的老巢吗？还是传说中的 M 国人逃入的那个宇宙？或者，是我和 K 共同期许的新世界？在这里我能看到什么样的世界末日呢？

列车，或者船，或者其他什么交通工具，重新变回"果冻"。我小心翼翼观察一下站台的情况。没有看到埋伏的灰衣人、红衣人、白衣人或黑衣人。

"现在，你可以出去了。"女人戏谑般的声音又传来。

"出去做什么呢？"

"噢，做一名游客，随便看看。但记得在遇到危险时，赶紧逃掉。保命第一。"女人话音未落，一架自动扶梯出现在眼前。

"留个名字吧，有什么事好联系。"我犹豫一下，对她说。

"嘻……叫我阿鲁鲁吧。"

好像有手在我背后轻轻推了一把。我滑过扶梯，带着死老鼠的气味，蒲公英一般降落在地面。

这是我从未来过的世界，却又似曾相识。

五、上帝之死

这个地方，简洁而平滑，似是一个前后左右了无尽头的广场，地面看不到任何凹凸起伏，仿佛是一律的白色，但仔细看实际上是"无色"。我无法形容这种视觉带来的冲击，心中浮出"真实的荒漠啊……"的慨叹。抬腿试走两步，重力的感受像在地球上一样。似乎这个世界不是从自然界中自行形成的，而很可能是某种智能的造物。它仿若飘浮在一个更大的容器中，但我身在其内，看不见此物之形。天空也无色，跟之前见到的宇宙不一样，似亦经过人工修饰，或许就是这容器的内壁吧，但同样荒芜横陈。与地面不同的是，天上弥布着无数细小暗点，却不是星星。又有许多涟漪般的纤细波动，微光闪烁，使人想到宽广无风的海面。

往前看去，在天际下，有一个铅锤般悬挂的实体，浮在半空。由于没有参照物，我无法辨识距离它有多远。

我迈开腿朝它走去。

原野浩阔，杳无人迹。这是一次漫长的行军。不知走了多久，那个实体还跟我初见时一样大小。我走累了饿了，就坐下来，掏出大脑来吃掉。有时我走着走着就睡着了。有次我醒来，见悬垂物变大了，像是一个颠倒的塔形物。

地面变得有些凌乱，出现了砾石、砂石、片石，以及像是砖头、水泥、沥青、油毡般的东西，还有一些物件，仿佛是工字钢、槽钢、铁皮、钢筋和盘条，似若一处工地，尚未完工就已被遗弃。两侧有零落低矮、参差不齐的树木，树干上却没有枝叶，只长满无色的蓓蕾，疥癣一样密集。树不像是从地面长出来的，而是火山一样直接喷射而起，爆裂的烟花一般凝滞于空中。我折下一根树枝——它比纸还轻，有些发烫。我就拄着它走路。

渐渐地，空气变得潮湿，像有液体蒸腾，却不见水源。没有看到任何从砂石间淌过的溪流，也找不着飞禽走兽。

又不知过了多久，我接近了那个浮空的巨型倒置塔状物，才发现它巨大得不可思议。它是一座层叠繁复的城堡，仿佛是兀然出现的漫画建筑，头重脚轻，端端正正倒挂着，又好像要随时坠落，仅看其外观，亦令我想到日本战国时代的山城。它的表面锈迹斑斑，有一些形似风力发电机的装置纷乱支出，在倾角处缓慢旋转。净瓶一般的宏伟塔身被耀眼的奇花异草团团拥簇，上半截的莲状塔隐没在天宇的深窟中，却与西西弗斯塔的构造全不相同。这会不会就是我驻外星的大使官邸呢？搞不好一路上跟我聊天的阿鲁鲁小姐就在里边等着我吧，也或许复活的冰儿脱光了正躺在床上呐……我不正是他们千挑万选邀请来旅游观光的吗？总得有点儿表示吧。乞丐的服装太寒碜就请见谅啦。

蓦然，从伶俐精致的塔尖处，一道水流汹涌喷出，直扑地面，飞快变成一匹扇形的宽阔瀑布，激荡起冲天雾气。但这不是瀑布，而是千百架自动扶梯。我被吸上去，进入塔中。

我坠入一个令人目眩的明亮深渊，四面八方金光灿烂。我的脑袋被耀得"咣"的一下剧疼。自动扶梯速度极快。一组组电路和机器在两侧犬牙交错飞掠而过。数不清的不成形橡胶或金属物如垃圾飞舞，上面长满苔藓般的细小植物，腐败糜烂，却流溢出寺庙焚香的气息，又如诱捕的陷阱。我好像正在穿越"宇宙之门"，有一种似曾相识感，仿佛回到 S 市十万人体育场……

扶梯忽然停下，我来到一个回廊。周围是金碧辉煌的绝壁，又好像金字塔状的看台，却没有完成最终的建设，施工已然中止，东倒西歪散布着独臂钻、喷锚锚杆、天井钻、起重机等器件。危岩上布满蜂窝状的洞窟。有一组护绳连成的脚手架从壁上坠下，摸上去像是老鼠大肠。我猜测是一种用高浓度蛋白质为基础的复合材料编织而成，格外坚韧。我便拉着它往上爬，不久抵达洞窟处。里面是什么呢？厕所吗？安放着各式马桶？连接着宇宙中的诸世界，把臭烘烘的玩意儿搅上拌下输来运去？但大部分洞窟是空的。有的里面则摆放着佛像，残破不堪，狰狞毕露。每座佛像的胸前都挂了一台时钟，显示出不同的时间，有的差异达几十亿至上百亿年。另外一些洞窟中，堆积着苍白而模糊的尸体，有些像老鼠，僵硬了，缺损了，腿没了，头掉了，眼睛鸟儿般红肿，遍地丢弃着生殖器、内脏和骨头。我想起地铁世界的万人坑。这便是阿鲁鲁请我来看的世界末日吗？不知道这些死去的生物是否就是这个世界的建造者。

迎面扑来一股秋凉感，许多落叶般的东西从绝壁上飘落下来。空山之中一片寂静。但过了一会儿，身后传来了叮咚的脚步声。我打了一个寒战。回过头来，却什么也没有看见。

我镇定了一下，继续攀登，不知怎么的，心里浮现出龙角老师的身影。"风景这么好，打起精神来！"我默默喊起口号，为自己鼓劲。

我爬上了一个像是观光平台的地方。这正是从空中倾倒过来的塔基处。一块碑石上铭刻着"昆仑山"字样。这儿已接近天顶，却是一个更辽阔的深渊，由千万块宏大玻璃状四方体拼合而成，不像佛塔，而像教堂的壮丽穹顶，绽放出烈日涤荡一切的金光，几乎让人无法睁眼。它又由大量的牵引丝托举，均分成不同区域，缕缕金线纵横交错。这些纤细而坚硬的弦状物织成巨幅网络，与我在银河列车上看到的轨道一样。它们交汇的中央，在最明亮处，隐藏着一个很大而潮湿的黑月亮。这似是一个巨型仿真视网膜，或一只眼睛。但它是用来看什么的呢？

沿其表面，漂浮着数不清的筒柱形物体，状若反射式天文望远镜。网络上悬挂着眼屎似的亿万只金属蜘蛛，一动不动。这可能是一种仿生机器人，身上印有"ASIMO"字样，像是为了修理眼睛而待命的。有些蜘蛛破碎了，体内的管线一挂挂坠出。我似乎看到，在蛛网深处，隐约缠绕着一个裸身的老年男人，遍体污血和伤痕，双目紧闭，表情痛苦，生殖器已被割掉。好像是龙角老师，但他已经变成了一个扁平人，跟剪纸一样……

忽然，天空晃动一下，一片玻璃向前笋出，形成一块银幕，开始放映电影。没有名字的影片像是再现了这个世界的历史——最早它是一个僻静的小渔村，后来因为殖民者的到来，发展为繁华商埠，又经过工业化和国际贸易，形成大都市……在海边，一群郁结沉闷犹如古猿的男女，忽然站直身体，手挽手朝一个方向疯跑，一口气跑上一座火山之巅，瞅着远方一片厂房和井架，露出白色牙齿笑起来，眼睛中却没有丝毫笑意……大地上出现了一座新城：春日明媚，蓝天白云，飞行器鸟一样翱翔，地面汽车飞驶，江河上船舶来往，人们在花园中无忧无虑生活……影片快要结束时，金色的瀑布从摩天大楼上滚流而下，广场上发出热烈欢呼，人们载歌载舞。一个乞丐从地铁站口蹒跚爬出，走向来自外太空的"果冻"……之后发生的，我很熟悉——我看见自己在银河列车中吐痰，沿着宇宙中的轨道，穿越时空，从"果冻"中飘出，登陆新世界，在广场上行走，被吸入宝塔……

"来这里旅游吧！"女人在轻轻呼唤。

影像倏然消失。下方传来嘈杂之声。

高处不胜寒，地面距我，遥不可及，就像另一个宇宙。我用平台上的天文望远镜朝下观看，见大地裂开来，地底飘出一片彤云，竟然是阴兵般的幢幢人影，排成整齐的阅兵队形，一股股滚涌而上。他们不是外星人，而是我的同胞，儿童一般，赤身裸体，肩扛大肚玻璃瓶，里面装有胎儿般的死人，或者白花花的大脑；有人手拎骷髅头，排列得像丰收麦子一样密集，又如同迁徙的蚁群，团体操般，瞬间布满广场，遮天盖地；有人肋下长着短翅；所有人脸上，挂着沉默而麻木的神情，额头上均囚犯般黥了一个 C 字……有人的臂膀上，戴着绣有 C 字的红袖标；有人的胸肌上，别着嵌有 C 字的红徽章；他们的脖颈上则统统佩着十字形饰物……我认出了他们，的确如假包换，统统是本国国民，却是变异的种族，复活过来一般，吃力而坚定地行进，看上去也像剪纸。人群上方，有嘴角滴血的鸽子飞翔，后面跟着大队簇拥爬行的蜘蛛，由于数量太多，蜘蛛一边蠕动，一边互相吞食，遗下满地体液和残肢。人们梦游似的，无声呼喊口号，面容惨淡，体格脆弱，却满怀憧憬，从我的眼皮下，纷纷奔流而过，我却无法加入他们的队列，成了置身节日狂欢之外的旁观者。

正束手无策，忽见人群中冒出一张脸，似在哪儿见过。哦，竟是我本人，一张毫无生气的面孔，额头上有两个 C 字拼合成圆形疤痕，浪花般一闪，便在人群中隐没了。旋即又见到另一些噩梦般的面容，似是我那从不曾谋面的失去联系的父母、妻子、儿女……扶老携幼，在时间长河里蠕行。眼前出现了更多景象：亲人们在一场接一场的灾难中死去活来，前生来世，无穷轮回，挣扎不出，解脱不了。他们在每一个循环中，不再必定是人形，但他们铭刻在身体记忆中的本来面目却毫无变化。然而我并不觉得有多么悲伤。有一种感觉远甚悲伤。但那是什么呢？幽灵般的人们集合起来，又要去哪里呢？像我一样前往某个陌生宇宙旅游吗？去到新世界吗？去观赏真正的世界末日吗？灰暗的人群源源不断流出，我从中看到了每一位祖先和后裔，脸上都打着火印般的红色 C 字，再也抹除不掉，只能生生世世在光影幻觉之中集体梦游。

　　我见到的是地狱吗？但人们却在执着地奔向天堂。他们集合到广场中央，来到倒悬的宝塔下方。地底巨流般的一道金光喷出，托举起一尊造像。这是一名年轻男子，盘腿坐在像是用整台机车残骸改造而成的一座祭坛上，双手胸前合十；他怯怯的样子，仿佛对做好自己的事情不得要领；他的脑袋上覆盖了一层灰绿色丝状菌株，像一卷卷的发髻；他的头颅低垂在胸前，虽然经历了时间的摧磨，仍可略见面如满月，五官似艳画，肌肤若温泉，洋溢着高贵的气质，却隐匿不住浑身的失败感和狼狈相；造像脖子上套着一条粗大的铁锁链，把他紧紧固定在摩崖上的一个十字形金属框架上，像是怕被谁偷走；他的下体仿若陶瓷，光溜溜的，已经熏黑，丑陋难看。人们齐齐跪下，向造像膜拜。几个妇女恸哭失声。她们把造像从十字架上解下，用随身携带的玻璃瓶中的水，为他清洗身体。我不禁低头看了看挂在自己脖子上的十字形饰物，又摸摸腰上的手枪。

　　忽然，像是视频信号受到干扰，电荷闪耀，雾气涌动，画面歪歪斜斜、扭扭曲曲地紊乱了。造像、人类、鸽群及蜘蛛很快消失不见。躲在不知什么地方的"电视台"似要努力恢复节目的播放，挣扎半天，还是失败了，只好重新送出银幕。电影又开始了，内容却与刚才有异。这又是一个什么样的 S 市啊！……我看到了版本各异的 S 市，在无尽的时空中交替兴灭，每一次末日后的复制都有变异，就像出错的句法被随机写入程序，唯一不变的，是那血淋淋的场景……响起了疑是市长的话音："这个勤劳勇敢的民族，何处不能生根呢？甚至可以在地狱中活下去！我们的后代注定要遍布全球，不，还要去到月球，在环形山中建造新 S 市，蓝图早已绘好！不，是火星，是金星，是半人马座比邻星，是天蝎座 M80 星团……无穷无尽的 S 市将像种子一样撒遍宇宙，个个如假包换，这可不是洲际导弹进入大气层时扔出的诱饵多弹头哟！怕什么世界末日呢？"

一股灼热扑上天空，雾气更加浓郁，好像是一种混合气体演变而成的等离子态物质。电影画面被它淹没。下方的广场在迷雾中融化，变作垃圾般的一个大湖，湖面落满萤火虫的光影。忽然，雾气深处钻出一个男人，头戴镶有红五星的帽子，身穿绿色迷彩服和牛仔裤，足蹬旅游鞋，拄着一根棍子。我见过此人——他就是那个声称目击外星人的、长得跟我一模一样的乞丐。我吃了一惊，扔下望远镜，钻入洞窟躲起来。

这个洞窟中没有佛头，没有时钟，也没有尸体，只丢弃着一本《读书》，已被翻烂。我拾起来，把它打开，见到一个长长的名单，刚要细看，却见字符纷纷扬扬从书页间掉落而出，变作一条条无色蛆虫，朝洞外爬去。我叹了口气。这时我看到，洞壁上刻着一行字：绿岛咖啡厅。

我感到很累，又睡着了。

不知过了多久，我被声音吵醒。探头看去，见乞丐已经爬了上来，后面还跟着一人。我又大吃一惊——又是一个与我像是同一模子造出之人。他们一起钻进了我藏身的"绿岛咖啡厅"。仿佛邀约好了，加上我，一共有三个"我"，或者三个乞丐，来到这个世界。却不知哪个是真身？我躲入角落，不欲另外两人看见。我听见他们说话：

"兄弟，你也来这里了。"

"是呀。没有别处可去。"

"你也是来找那份名单的吗？"

"不，我是逃跑来的。有人在追杀我。"

"谁在追杀你？"

"不知道啊。"

"我们到底是谁呢？"

"我们不是兄弟吗？"

他们都掏出身份证，朝对方摇晃。我试图辨识上面的名字，却没能看清。

"明白了。我可能就是创造这个世界的人噢。"其中一个带着夸耀口气说。

"所以，他们其实是要追杀你，但把我当作你了。"

"不排除吧。"

"等一下，你怎么是创造世界的人？"

"大概是吧。"

"怎么知道的呢？"

"那份名单上写着哩。"

"写了什么呢？"

"写了'上帝'。"

"原来是上帝。幸会啊。"

"兄弟，岂敢。"

"但我又是谁呢？会不会也是创造者……呃，上帝呢？"

"看你长的模样，可能也是吧。据说有无数个世界，泡沫一样漂浮在一锅汤中。每个世界配有一个上帝。兄弟，你或许是另一个世界的上帝。"

"但我不想做上帝……也不可能是。上帝怎么会沦落为乞丐呢？"

"这不值得大惊小怪。泡沫嘛。可能就是一种安排吧。"

"也就是说，兄弟你有本事创造世界，却把握不了自己的命运。"

"这也没什么吧。上帝也不允许跑出自己的轨道。"

"你来这里做什么呢？"

"我想要毁灭自己创造的世界……弄碎这泡沫。"

"你做到了吗？"

"没有。"

"为什么？上帝不是全知全能吗？"

"因为，这是一个假宇宙。我毁灭不了假宇宙。"

"那就奇怪了。你为什么要创造一个假宇宙呢？"

"也是身不由己啊。"

"太不幸了。你还是自杀算了。"

"哦，这比毁灭世界还要困难。"

"兄弟，你或许应该找个女人，跟她要要。"

"不，上帝是孤独的，他没有亲人和朋友。"

"哦，别给自己太大压力，随便一些……"

"只是，我有时也怀疑起自己的存在……"

"兄弟，你不会也是假的吧？"

"连审判日都没有了。太难过了。"

"既然是假的，就别当真了。玩玩。"

"从来就没有当过真。但是，这样就无人信我了。"

"……"

两个乞丐歪着脑袋，互相羡慕地看了看对方脖子上挂的十字架，脸上浮现出心有不甘的神情。他们像是沉痛地思索了片刻，眼眸中流露出嫉妒的杀气，就仿佛成了竞争对手。看来上帝是不服上帝的。一个"我"看似心知不妙，转身欲逃。另一个"我"

举起棍子，击打过来。前一个"我"一急之下，回过头来，掏出手枪，扣动扳机，"啪"的一声，把后一个"我"打倒了。然后，杀人者连滚带爬逃出"绿岛咖啡厅"，迅速消失不见。

像被打中的是我。我感到头上发出剧痛。这是他杀，还是自杀？我赶紧摸身上。手枪还在，枪口滚烫。

杀人者究竟是谁？他打死的又到底是谁呢？

我看了看躺在不远处的尸体。眼镜掉下来摔碎了，酱油一样的黑血从额头上喷泉般滚涌而出。

他真的长得跟我一模一样。

明明看到是另一个"我"制造的惨案，心中充满负罪感的却是我。我不敢相信是"我"打死了世界的创造者，我不敢相信"我"打死了上帝。

死去的为什么不是我本人呢？

或者，死去的其实就是我吧？

我是谁？这个答案实在荒诞。在这世界上，什么都有可能发生。

一切早安排好了。连上帝的生与死都在既定轨道上。

"很好。彩排可以结束了。"

阿鲁鲁的声音又传来，伴随一阵嬉笑，似乎还有些聒噪的评论声，像一伙乌鸦正在开座谈会，讨论银河系交通事故什么的，具体的又听不太明白。

"又是彩排吗？都彩排多少次了呀。什么时候才能正式演出呢？"我精疲力竭问。

"要等观众到齐了。"

"观众什么时候到齐呢？"

"永远也到不齐啊。"

"原来是戏啊。刚才那两个家伙究竟是谁？感觉像是三流演员啊。我又是谁？你们又是谁？搞这些节目有意思吗？"

"有没有意思，都得演下去。"

"好吧。"

"不管怎样，你都看到了。"

"在捉弄人吧。"

女人不说话了。我复感危险，便离开洞窟。才走两步，鞋带松了。我不好意思，蹲下来系它。真不是时候。系了一半，心有所动，回头看到，"我"还仰面朝天躺着。我觉得可怜。哦，好像有些明白了，却又什么也不明白……我似乎看到了自己的前生，但或许是来世。我究竟是外星人，还是地球人？是 S 市人，还是外省人？是本国人，还是 M 国人？是乞丐，还是 W？是逃亡者，还是游客？是见证者，还是当事人？是上帝，还是人类？……

从丛光影跃起，不知从哪儿来的萤火虫，跳起群舞，汇聚成魔鬼的环带，霸占了丢失上帝的舞台。

令我略受鼓舞的是，我不像从前那样愤世嫉俗了，我不再着急要自杀了。连宇宙都是假的，连上帝对此也无奈，自杀不很虚伪吗。只是彩排。我便一五一十把鞋带系好，仿佛这才是世界上最重要的事情。

然后，我折回来，挨近"我"的尸体，像看镜子一样，满怀自恋地又将他看了一遍，然后把一口痰，吐进他头上的弹孔。我又掰开他的手，取下身份证，注视上面的照片及有姓名的地方，咯咯笑了。我把这身份证，揣回我的身上。

这时，一阵烟雾卷来，"我"的尸身，在我眼前迅速消失，就好像从来没有存在过。

那个杀人后逃走的"我"，又到哪里去了呢？

忽然，身后响起一声惊呼："啊，我的观众，终于找到你了！"

我转过头，看到是自杀了的剧作家。他竟然还活着，或者，重新活了过来。

像见到亲人，我一把抱住他，钻进他怀中，马上晕了过去。

六、戏必须演下去

七天前那个晚上，剧作家喝了半瓶变质的加酒精 C 饮料，吃了两片发霉的地瓜，就离开了他居住多年的地方。这时他想起了父母。二老是著名文艺工作者，早年投身革命，战争岁月随部队南下 S 市，革命胜利后当了官，负责领导地铁建设。梦游年代开始后，父亲被关进监狱，母亲与父亲离婚。后来，父母自杀了。又后来，有人说，看见两个人手挽手，青梅竹马一般，返回所住的公寓——其实是一节车厢，而那场热热闹闹的革命，不过是地铁里的一段演出。他们或许知道了这出戏的原委，或许是放心不下儿子，就回来看他。剧作家却没有如父母所愿，成为宏伟地铁工程的建设者，而是做了一个编戏的人。但他写的戏却一直没有观众。世界末日来临之际，剧作家终于可以写自己想写的剧本了，但是，他的十指却被红衣人斩断了。他无法继续创作，就起了轻生之念。

这天，剧作家走得静悄悄的，房客和邻居们一点儿也不知道。他戴了一顶旧礼帽，用来遮挡酸雨。他坐上地铁，午夜时分来到郊外。这里有一个波涛翻滚的大湖，剧作家听说过它的名字：莫愁湖。他先在岸边坐下歇息一会儿，然后站起来盯住湖看。湖泊污染严重，水面漂满鱼虾和婴儿的尸首，各种不知名的生物正在疯狂繁殖，还有一些奇怪的白色肉团沉浮不定。猩红色的湖水映照着剧作家发青的面孔，以及他那像是蟾蜍的额头。他把自己打量了半天，像看到一个百代过客。他回忆一无所获却自命不凡的一生，仿佛在睡梦中经历了亿万年，竟舍不得跳下去，生怕打破这个镜像。作为剧作家，他还没有获得诺贝尔文学奖呢。他怕是太自恋了？

虽然是一出戏，人终究是要死的，不管他是莎士比亚，还是关汉卿。刚好这时剧作家又拉肚子了，裤裆里糊成湿濡沉重的一团，很不舒服。他想赶快摆脱这个，便对着湖水中的自己说了声"对不起"，一狠心，咬咬牙，跳了下去。他像扎进一块玻璃，好痛。噢，水真凉，憋得难受。原来死并不轻松。他先是屏住呼吸，然后大口吐气。湖水倒灌进肺里，体内的小宇宙开始爆炸。瑞典人，你们在哪里呢？哦，戏剧真是天下最无用的东西。在丧失意识前，他好像穿过一道白光，渡向彼岸，却不知那是不是天堂，只觉得大水在旋转，要把兜着屁股的屎冲掉。

这时，他反倒清醒了，透过涟漪，隐隐约约，看见湖面有一个人影晃动。是瑞典人来迎接他了吗？他以为自己真的死了。这儿不应该有别人。但那的确是一个人形生物，袅袅地好像玉立于水面，身后还有一个绿光闪闪的东西——剧作家刚开始以为是月亮，但并不是，它比月亮的结构复杂，它比月亮的色调明艳，它比月亮的力量强大。陌生人与像是月亮的物体依偎一起，交融一处，美丽而诡异，像暗含一个秘密。剧作家一时困惑不解。它有些像是他笔下某出戏中的情节。对于是不是就这么死掉，他犹疑不决。他虽是伟大的剧作家，却也是孩童般易受诱惑的老人，丧失了对故土的依恋，却易于把自己托付给外物。他便在污水中扑腾挣扎起来。

这时，有声音从水面升起，乘着夜风，徐徐飘来，钻入他的耳孔。"我读过你写的所有剧本。"那个人影在说话。是一个女声。剧作家想到自己裤裆里面有屎，想到自己一辈子没有碰过女人，脸蛋儿就猴子屁股一样红了。他是死了，还是活着呢？随后，有一股神奇的力量，把他从水里捞了上来。

剧作家被扔到岸上，水淋淋、臭烘烘地躺着，无辜地睁大眼睛，看到的确有一个陌生人飘悬在湖面，像是一个女人，她身后那个明晃晃的月亮般东西，是一个圆柱形机器，表面长了三十六个立方体，立方体上附着许多齿轮状的东西，又生出两对麒麟般角形物，噼啪散发绿色电弧光。像是异乡异客呀，不知走了多少路，才来到这里。看上去的确是个女人，仿佛还挺年轻，个子高高的，话语温婉柔美，却老到成熟。她穿着一身连体金色制服，衬出苗条身材。她是瑞典人吗？女人用一种金属般的、缺乏升降调的语音跟剧作家说话，仿佛借助了一台翻译机。剧作家在疑窦狼狈中心潮起伏，听她逐一评点他的作品，听到后来，老眼里泛起浑浊泪花。

剧作家说："现在我相信了。你确是我的忠实粉丝。"

女人说："是的，我是一名戏剧爱好者。在宇宙中，戏剧并没有消亡，确切来说，它复兴了。你欢迎我的到来吗？"

"你是外星人吗？"

"哦，这一切都是认真的……"

女人自我介绍，她来自未来的宇宙。人类后裔建起了银河帝国，辖区内有超过两千五百万个住人的行星，疆域横跨十万光年，人口数兆亿。的确，可以叫外星人了。

"帝国也简称'剧团'。所有成员都是演员。未来的宇宙是一个戏剧化的宇宙。人类已进入戏剧纪元。"女人说。

她说，戏剧曾经是非常古老的艺术，后来被电视取代。电视起源于监视，监视者试图将电视系统发展至全知全能，以控制世界上所有生物的大脑。但这其实是一种无效系统，因为一个人不能一直坐在电视机前监视一个以上的人，要监视一个人，得有五个监视者，且监视者自己也必须被监视，因为在电视纪元，无人可以免除嫌疑，谁知道他们看到的和想到的是不是一回事呢？因此，这个纪元最终崩溃了，人类回到戏剧，算是返璞归真。宇宙中所有的角色都重新由真人扮演。

女人向剧作家介绍了她的机器。这是一台戏剧搜集机，可以在星际间沿着特制的引力轨道行驶，打捞失落在时空中的剧本。

"这台机器是东陶公司的科学家发明的。它的名字叫阿西莫八十一号。"

"东陶公司？"

"银河帝国是属于日本人的。日本人以银河系为基地，统治着整个已知宇宙。"

什么？日本？未来世界仍在人类手中，国家也还没有消亡。但怎么是日本人？他们统治了宇宙？其他国家呢？M国呢？剧作家注意到，女人长着一对猫咪似的眼睛，她的确很像一个画中的日本艺伎。剧作家又一次感到呼吸不过来。他十分困惑，却不好意思问为什么会是这样，只是说："在宇宙中，戏剧是一种普遍现象吗？"

此时，他已把自杀的念头悄悄放下了。

女人说："就我走过的世界来看，大致是这样。"

剧作家有些激动："很奇异。无法理解。"

"刚开始，谁也无法理解。大千世界中，物理定律可能并不一样，甚至连宇宙常数也有所不同，但是，戏剧却无差别。"

"也有情节？"

"有情节。"

"有人物？"

"有人物。"

"有冲突？"

"有冲突。"

"有高潮？"

"有高潮。"

"也源于生活？"

"源于生活……也可以不源于生活。"

"这倒有些奇怪。宇宙怎么会是这样子呢？"

"宇宙跟戏剧很相似。戏剧的特征，是用简单的道具和丰富的想象，来表达复杂的场景及情节，这也是宇宙发生发展的规律。宇宙的演化跟物理学家的描述不一样。物质只是表面现象，根本就不重要。一切存在只具有'似真性'。"

"似真性？"剧作家觉得，这听上去的确像演戏。他精通戏剧理论，却没有研究过宇宙起源学。他不明白，星星、尘埃、辐射、引力、能量、基本粒子和熵，与斯坦尼斯拉夫斯基或者曹禺有什么关系。现在，他意识到，它们可能是一回事。

"正是。有时也称作'假定性'，也就看上去像那么回事。"女人说，"宇宙的运行最终表现为一种戏剧现象，它的一切基于模拟。说到戏剧，那可是一项重要的发明，是顶级的艺术。舞台上明明空荡荡一片，却可以让观众深信它可山可水可人间，可天可地可入仙，这实在了不起。源自一片虚空的宇宙，最终不也是这样一幅画面吗？不要去想为什么，这是这个宇宙的设计和演化法则。很早以前，人们就发现了其中的奥秘。有人把《哈姆雷特》

独白'生存还是毁灭'的词频表作一排序,从图形上一清二楚看到了幂律。针对你的所有戏,我们也进行了同样的词频排序。它也显现了幂律,具体来讲就是齐普夫定律。让猴子在键盘上随意敲击,如果偶然敲到空格键就断词,这样得出的文本同样遵循齐普夫定律。在宇宙中,从生命代谢到星系分布,都遵循这种幂律,它跟戏剧法则完全一样。因此我们说,戏剧揭示了宇宙中最深刻的秘密,也是维系宇宙存在的最基本的律令。如果超级计算机系统里的数千行代码关系到世界的存亡,那么《哈姆雷特》里的数千行字母也可以是这样。它们都是从头脑里产生的,是阻止熵增的创造性结晶,事关演化的有序进行。从前的先辈有时称其为科技,后来的人们称之为艺术,现在我们叫它玩玩。"

"与我又有什么关系?"

"你是最伟大的剧作家呀。你最会讲故事逗人玩了。差点把你错过了。"

"戏剧,对于宇宙,究竟有什么用?"

"有用啊,它是要用来保卫宇宙的。"

来自未来的日本戏剧爱好者说到这里,忽然像真正的人类那样咳嗽一声。她大概是闻到了剧作家裤裆中散发出来的臭味。

女人说,戏剧构成了宇宙的日常形式。日本人做的,就是让自己入戏,参加演出,把想象的现实与既在的现实交融,从似真性中体会到玩耍的乐趣。可以在一段唱词里忽而独白忽而与对手交流,彼此之间转换自如,没有任何断点和不适;台词是如此凝练优美,没有一句废话;唱腔一路高挑或孜孜拖曳,体现出紧拉慢唱的美学内核;明明是威武森严的演剧氛围,却因为一点点轻巧的着墨而变得可爱起来……这份做戏的轻重缓急,是物理学家把持不来的,而只有日本人才能做到。程式化的表演保证了一代代戏子、一出出剧目的准确性和可流传，却不是僵死的，而是鲜活的……

"有意思，是吧。"面对呆若木鸡臭不可闻的剧作家，善解人意的女人忍住恶心，娓娓道来。

她说，戏剧化的宇宙非常神奇。比如有的星云，蔷薇色也好，蜥蜴色也好，本身便通过化学反应，进化成了自主的戏剧搜集器。还有一些尘埃，在智能的作用下，自己就能搭建舞台。戏剧是大千世界复杂性或简单性的反映。在宇宙中，进化到高级阶段的物种都喜爱演戏，就如同低级生命热衷食色和战争。

"可是，在我的那个国家，却没有人看戏了。"剧作家这才明白自己投胎到错误的时代，便着急地向知音般的女人述说委屈。

"没关系，现在，一切都好了。"女人安慰他。

剧作家听了，感动得呜呜哭了，随即大小便又一次失禁。

"乖，不哭，这只是一段剧情。"女人哄道，"为了让大家有戏看，你得活下去。哦，这就是我把你从水中捞起来的原因。你死不了的。只有戏剧才能拯救世界——这不是你说的吗？"

剧作家闻言，沉思一会儿，好像回忆起什么，说："我有些明白了，奇迹的发生，一定是在我真正懂得什么是戏剧的那一天吧。看来布莱希特的理论是正确的。接下来，我该做些什么呢？"

"先洗洗干净，然后，邀请你出席一个活动。你的作品研讨会。"

剧作家明白过来，到了晚年，才要迎来自己的成人仪式。他就要被承认了。他可以进入高级生命的圈子了。唯一遗憾的是，怎么会是日本人，而不是瑞典人。不过，还将就吧。日本自古就是个戏剧大国。

这个夜晚，他既不想自杀，也无法入眠。他要按照女人说的，先回家把身子和裤子洗干净。

剧作家的作品研讨会在鲸鱼座召开，仿照从前的东京时间（这是为了尊重不同时空中的文化多样性），开了整整一天，分为上午半场，下午半场。嘉宾包括来自豺狼座、狮子座和苍蝇座的著名戏剧批评家。

与剧作家所知的任何一个研讨会都不相同，宇宙各地的九万万兆名戏剧爱好者同时进入他的大脑，以纯能量的形式，高高兴兴与他交流。信息量之巨，绝难想象。信息的传输是瞬时的，不受光速限制。就连光速自身，也在经过改造后，成了增强舞台效果的一种道具，可以在不同布景下得到适时应用。

很久，剧作家也无法从震撼中平静下来。

有时，他觉得自己一下空了。他不再是一个人。他就是宇宙。这种感觉很不可思议。不，那不是一种感觉。他确实与所有演员合成一体了。

他激动地想，哦，我已经是宇宙级别的戏剧大师了。诺贝尔文学奖算什么呢？瑞典人，见鬼去吧！这是日本人的舞台。

那么，他该做些什么呢？在这个宇宙中，他看到了以前不曾看到的，具有了从不曾具有的眼界。一切都是戏。宇宙是一出大戏。这让他感知到作为剧作家的沉甸甸责任。他一定要继续写作，而不要再寻短见。他要表述对宇宙的全新感受。研讨会使他产生出信念，那便是，他既是宇宙的整体，又作为人类的个体，他的体验，与这个大千世界中犹如恒河沙数的任何一个生命的体验，在相同中又不同，因而具有宝贵价值。这便是他在被称为地球的小石子上，逃过红衣人迫害，幸存下来的意义。他终于贯通了时空的万花筒。女人看重他，正是因为这个。唯有艺术，才能创造出五花八门、各各不同的世界，这便是剧作家与物理学家、化学家及生物学家的差别。后几种人也很了不起，但他们只能为世界设计一套通用的描述规则，让世界在物质上有形，让它显现力学结构，却不能为它注入灵魂、激情、智慧和美感，也无法让它进化到高级生命才懂的拟真阶段。因此戏剧才是最妙不可言的，无法简单用原子分子去定义。

之后，剧作家的心灵时时都受着强烈的使命感灼烧，他觉得要为宇宙负责。他花更多时间埋头写作（日本女人已经运用咒能术为他做了断肢再生）。由于剧作家久不露面，房客和邻居还以为他自杀了。人们不知道的是，在写作间隙，剧作家也离开地铁，掠越城市，飞出深窟，辞别地球，周游寰宇，去参加各种作品研讨会，激发创作的灵感。他的出行，有时是搭乘银河列车，有时什么也不用，凭靠一个戏剧桥段，就瞬时实现抵达。在一个拟真的宇宙中，脚本是最便捷的交通工具。或者，所有的交通工具，无非都是戏中的道具。旅行源于刹那间的心血来潮。但他的行程也都需要遵循特定的轨道。

漫漫路途中，剧作家饱览宇宙风光，这让人眼花缭乱。太好玩了。看上去，一切都像是假的，那些星星仿佛也是缀上去的，但他很快意识到，假或真，这根本证实不了。他于是明白了女人说的，宇宙为什么跟戏剧是一回事。因为戏剧是假的，但谁要一门心思倾尽毕生精力去证明它的虚假性，那这人不是傻了就是疯了。他一边走一边看，才发现，原来世界真的有很多很多个。它们是星系、星云、恒星、行星……还包括宇宙本身，以及在已知宇宙的基础上衍生出来的平行宇宙、婴儿宇宙，也统统在日本人的管辖下。其中一些世界死了，它们遭遇了末日。本来像戏剧一样生成的世界不会有末日，但现实情况是，宇宙正在迎来它的末日。这威胁到日本人的生存。

女人对剧作家说："世界末日来临时，戏剧便结束了。或者说，戏剧的结束，昭示着世界末日的来临。我们还解决不了这个问题。有一种我们不清楚的力量控制着这一切。我们看不见它。它可能在宇宙的外部。银河帝国已到晚年。根据一台算命机作出的预言，整个已知宇宙要被清除掉，由别的没有我们的宇宙来替代。一个新戏园子将要建立。演员们慌了，撑不住了，一有风吹草动就逃之夭夭，这是一场空前的梨园劫难。我们为此忧心忡忡。然而，按照银河帝国节目单的安排，戏必须演下去。这是明星治下的大千世界。你不一定知道谁是某颗行星的总督，却必然知道梅兰芳和卓别林是何许人氏。他们不属于某一民族，而属于全时空。因此，戏剧一定要继续。没戏，一切都完了。"

她强调："所以我们找到了你。根据那台算命机的测算，你写的戏将决定这个宇宙的生死。"

是的，这就是女人来找剧作家的原因。他的戏剧将为这个将死的世界带来新生。这样一来，银河帝国也好，宇宙也好，日本人也好，就能存在下去了。大家又可以接着玩了。

对此剧作家没有自信。如何才能让宇宙不死？这构成了他创作中的巨大难题。他担心自己无法履行日本人赋予的使命。有时，他产生了放弃的念头。但是女人想方设法帮助老人恢复自信。她鼓励他写下去，把《末日》写完。逻辑似乎是，一旦有了戏剧的《末日》，就能避免宇宙的末日。这是无坚不摧的辩证法。她为他重新搭建舞台，吸引演员归来。这种感觉像做梦一样。为完成任务，剧作家加班加点，连土豆也忘了吃，连房客偷了他箱子里的钱都不知道。他观察宇宙中形形色色的末日，像画家写生一样，把它们临摹下来，加入剧情。有时，他形容死去的世界像桃核。但实际看后才知道，连这也不像。世界死到临头时并不痉挛抽搐，也没有发生热寂，各种东西只是短促闪射一下，泛出一丝幻灭感，剧场里就什么也没有了。但这样写，也不十分靠谱。剧作家便用"简单"来描述诸世界，但他很快发现，它们似乎又很复杂。然而用"复杂"一词来形容，又显得太简单。他很难写出他想表达的究竟是什么。有时，他看到，世界死后，却似乎仍然保存着某种生机，就像迎风而坠的种子，落至大地后还要生发。或者说，生与死并没有截然分离，就像剧本与剧作家不可割裂。

剧作家每写下一个句子、一个标点，都有东陶公司的机器来负责加工。它们根据剧作家创作的脚本，一点一滴编织舞台和布景。遍布宇宙的纳米自动复制机一刻不息地紧张工作，构架出一个拟真世界。就这样，剧作家让垂死的星球重新生机勃勃，甚至使得那些已经死去的星系也复活过来。机器高效编排出生态环境和生物形象，再用净琉璃机打印出来。从时间到空间，从物质到精神，也都按此法编织而成。这些具体的技术细节不用剧作家操心，他唯一做的只是想象，尽可能地想象，不加约束地想象，极尽夸张地想象。只要他动笔写，一个接一个的世界便不断从虚空中咕噜噜涌冒而出，开始进化，就像舞台大幕重新拉开，演绎出新的剧情。他就这样为银河帝国和日本人，也为宇宙续命。剧作家只是偶尔感慨一句："看样子，缪里尔·鲁凯泽说得对，宇宙是由故事而非原子组成的。"

但终于有一天，剧作家写厌倦了。似乎厌倦是文艺生活的常态，也是戏剧化宇宙的常情。这就跟男人对女人的态度一样。剧作家已经创造了无数的行星和恒星，无数的星系，无数的世界和时空，甚至无数的子宇宙及平行宇宙，为演员们提供了足够大的舞台；他创造了无数的生，无数的死，无数的爱与恨，无数的男人与女人，也包括他们无数的子子孙孙，让演员的队伍无限壮大；他创造了无数的战争，无数的和平，无数的爱或不爱、喜悦和忧伤，让戏剧的表现力达到极致……所有的世界都成了他剧本中的情节。人们把他的作品集纳为一本本手册，印行天下，搁放在每个星球的每一座宾馆的客房抽屉里，既为演员们准备好演出的蓝本，也为他们提供精神上的信仰。这里面，包含了万物的由来，生命的目的，进化的使命，以及演员与舞台总监的契约。人们狂热地读它、诵它，同时也满怀激情地演它。剩下的似乎没有什么值得去做了。

这使剧作家再次感到孤独。他觉得这里面少了点儿什么。他是怎么来的？怎么会有他这样一个人？他怎么会为日本人治下的银河帝国写起剧本？尤其后面这个，格外不可理喻。这个宇宙中难道就找不到别的剧作家了吗？真的只有他才能让宇宙重新戏剧化吗？他百思不得其解。他又漫步到 S 市郊的莫愁湖边。他看着水面上自己的倒影，陷入了苦苦的沉思。是的，他这个尘埃一样微不足道的生物，为什么会成为一个剧作家？而他本来是可以成为任何一样其他东西的，比如，南极荒原上的一抹苔藓，火星冰层下的一个细菌，猎户座星云里的一个中微子，甚至什么也不是。只要他所在的这个宇宙中的某个常数差了一点点，就一切不同，甚至连生命都不会产生。做一个剧作家的机会，可以说是微小得根本不足以提起。如果让宇宙回到大爆炸的那一刻，让它把自己的历史重新走一遍，或许根本不会产生任何一个剧作家。那么，为什么他能撞上这样的大运？是谁安排的？宇宙中有无数的生物，有无数的戏剧爱好者，有无数的艺术工作者，为什么是他而不是别人被选中了？这真是咄咄怪事。还有，在创作时，他为什么会有一下变空的感觉？他好像不是由他本人支配的。那么，他会不会是另一位剧作家笔下的一个角色？他不禁想到日本剧作家野泽尚。此人才华横溢，曾获江户川乱步奖。但他是一个相当寂寞的人，对任何人都保持疏离。最终他神秘自杀了。野泽尚在遗书中写有"给各位添了很多麻烦。我还有着各种梦想，但是真的很抱歉"等语句。在他的告别仪式上，按照日本人的宗教信仰，他被取法名为释法尚……僧人？佛教徒？听上去很陌生，似乎暗示了一种更深的玄奥。剧作家又想，难道在如今的银河帝国中，已经没有野泽尚了，因此我才中签了吗？或者，我其实是野尚泽转世？不，或者是谁的替身或马甲？是谁规定宇宙必须戏剧化的？会不会在另外一些宇宙里，或者在宇宙之外的世界里，流行的不是戏剧，而是诗歌、绘画、小说或电影？它们遵守什么样的幂律？那些个世界又是哪个头脑想象出来的？但为什么要诞生在头脑里而不是其他地方，比如马桶中？

这些问题让剧作家十分困惑，并心情不好。为了防止他再次自杀，女人便带他去看了一样东西。

七、剧场那些事儿

女人把剧作家带到天蝎座，但这并不是他记忆中的星座，而是一个颇像走私品仓库的地方，似乎位于某个城市边缘由食腐动物盘踞的旧地铁站台，地面上流淌着许多呕吐物一般的白花花黏稠液体。从这里，利用一面绳环透镜，剧作家看到了一条破破烂烂的铁轨，通向一片环绕着干涸之湖的有限无边花园，瞧那情形已经搁荒倾圮，如同大洪水袭掠后的废墟，大概只适合考古学家漫步探险吧。不过，它也许原本是一个舞台。

女人告诉剧作家，这便是原初宇宙的遗址，确切来讲，是它的戏剧化表达，出于文物古迹保护的目的，它的真实形态已被隔离，不与现存宇宙发生信息交流。在它里面，除了勉强活动着的极少量辐射，已不存在任何年龄段的恒星和行星，连星际尘埃也涤荡一空。与其说这曾是一个宇宙，倒不如说它残留着某些"宇宙性"。

"它是怎么来的？"剧作家愕然。

"这其实是你最早的作品。你忘了吧？"女人说。

"我不记得了。"

"没关系，遗忘是一种常见病。不记得，那才正常。"她安慰老人，"它是你在《末日》之前创作的。它原先的名字不叫宇宙，而叫'符号'。你只是忘记了，或者有人让你忘记了。它是你的处女作。你在创作那些星星、那些生命、那些世界之前，先创作的它——被称作原初宇宙的符号世界，万事万物的本源，所有存在的起点——包括银河帝国及大和民族。如果不是由于你的创作，如今的宇宙中，怎么可能有银河系，有天蝎座，有豺狼座、狮子座和苍蝇座呢？"

"匪夷所思。"

"还以为你早适应了。"

"不。"

"可以称它为样板戏。"

"样板戏，是什么鬼呀。"

"也就是戏中戏。"

"种子戏吧……"剧作家颓丧地随口应道。

"不过，较真说来，原初宇宙也只是一个更早宇宙的山寨版本。但关于那个宇宙，对它的情况，我们一无所知。"

"所以，符号也是模仿出来的，对吧。"剧作家愈发忐忑。

"其实，世界上的事情，无非都是抄来抄去。习惯就好。"

"更早那个宇宙也是吗？"

"应该是的。"

"再早的呢？"

"也不例外吧。"

"最早那个是真的吧。"

"这就不知道了。"女人像是有些不耐烦了，"我不远万里带你来这儿，可不是要回答这个问题。我们只在乎当下的世界。我们只关心能不能把这出戏演下去，来为宇宙和我们自己续命。"

"所以，让我看这个，是要重新唤起我的责任感使命感吗？"剧作家想着自己扮演的角色，脸上流露出乏味的中庸表情。

"也可以这样说吧。正因为你搞出了原初宇宙，以它为样板来进行扩充，所以才有了如今的一切。换言之，如果没有'符号'，多姿多彩的各种世界，那些星系、恒星和行星，那些平行宇宙、黑暗宇宙、婴儿宇宙、附属宇宙和反面宇宙，那些舞台，那些演员，现在都还长眠在黑暗寂无中。"

"那么，我是谁呢？"

"你就是总设计师呀。"

"总设计师。这个名字好难听。"

"不仅仅是难听。"

"我担当不起呀。"

"你用不着谦虚。"

"我又是谁设计的呢？"

"……唔，也许是东陶公司吧。这无关紧要。"女人有些吞吞吐吐。

"荒唐啊……"剧作家心中涌起悲凉。他想，他创作了生机勃勃的宇宙，自己却没有亲人，没有家庭。

"听上去，的确像个悖论。你创造了这一切，而你又被你的创造物创造，你又创造你的创造物……但在一个戏剧化的宇宙中，什么都有可能。"

"有一个问题可以问吗？"

"请问。"

"为什么是我呢？"

"不为什么。正如不必去问：为什么是日本人？"

"是的。"剧作家本来也想问这个问题。

"最开始我们也问这些问题，为此产生了好些哲学家。后来认识到毫无意义，就不再问了。宇宙不需要哲学，它只需要演戏。"

"此事发生在什么时候？"剧作家紧紧盯着"符号"，疑虑地问。

"很久以前，但也可能是未来。时间也只是一个符号，是你在剧本中定义的。"

剧作家在遗址博物馆参观。这里有冗长的关于原初宇宙起源的介绍。根据剧情，山寨宇宙的总部设在 S 市。这是梦游基础设施上最具未来感的城市。在脚本中，它等同于制造万有的工厂。另外也假设了 S 市具有一些特殊性，比如说，这里的公务员上班时习惯于混日子，而他们在业余时间里都有自己的一本万利生意。他们没有精力去维护社会的公平正义。因此这座城市实际上是最自由的。这同时造成此地知识产权保护水平低下，适宜智力犯罪，具有冒险和创新精神的量子黑客可以轻易潜入特殊人群的大脑，从意识中窃取世界的生成密码，盗出宇宙的信息底片，而不用担心受罚。在 S 市，流传着一句话："我们什么都能伪造，包括亲娘。"

那时候，还没有十一维打印机。创造世界的手段还比较原始和粗糙，并且在细节上十分繁琐复杂，有的环节显得多余，但这可能是故意的，目的是为了增加观赏性。为了让蓝图更好地进入实操，又增添了 C 公司，作为具体执行者，同时设立 NASA，来与之竞争，激发智能的创造力，并让中情局为这两个单位提供基本信息，以维持它们的机械运转。接下来又创作出另一角色——《读书》主编助理，由他在全世界一共找到五十三万一千四百四十一人加入该项目。这简称"万人计划"。这些人成了山寨宇宙的主力。他们中有声名显赫的科学家和发明家，有一流的作家、画家和电影导演，也有游走在社会边缘的乞丐、流氓和小偷，还有仿若超然物外的牧师、僧侣和道士，他们是世界上最具才华的艺术家，代表了将要山寨出来的宇宙的基本精神。但他们却不知道自己是这样的人，因为设计者并不想让他们知道，就像一本书中的角色从来不可能知道作者的意图。只有在他们是一心一意把世界当真的情况下，才能保证未来宇宙的先进性和纯洁性。这些人被召唤来，集中在地下洞窟里，载入专门为他们设计的地铁列车。他们的大脑被提取出来，装入实验室中的玻璃瓶，挂在飞奔的地铁上。发令枪响，列车疾驶，逐渐达到光速，乘客们却觉察不到。只有在这个速度上，超越日常经验的特异事件才会发生。而这些人其实已经不再是人，他们的灰白质经过改造，他们的神经组织是人工编织的。他们之所以觉得自己是生命，只是因为他们的大脑回路被设计成了这样，或被描画成了这样。他们是实验品中的极品，或言废品。艺术是无用的。

C公司通过用户幻象发出一组以水的结构为基本方程式的二维信息波，它其实是一种遗传学意义上的光脉冲，激活了这些废品大脑的神经元编码。这种光后来在整个山寨过程中都发挥着核心作用，它控制了神经细胞，制造并唤起记忆。于是，皮层根据安装在列车中的鬼魂程序开始优化，几分钟内走完了亿万年的进化路程。智能以指数级迅速放大。乘客的皮层上第一次产生了真正的"意图"。他们的大脑自动形成了一个松散而有机的体系，云团一样散布到车厢的每一个角落。神经元开始工作，脑区变得活跃，大脑下意识发明出许多新鲜东西——表面看上去各各不同，也十分朴素简单，跟奇迹毫无关系：有的是一幅书法作品，有的是一个电子游戏，有的是一台算命机器，有的是一首动听歌曲，有的是一种行乞方式，有的是一段管理创新，有的是一瞬灵感冲动——可能是大脑想象自己坐在马桶上拉屎时产生的……这些发明实际上是一些莫名其妙的意识片段。这时，技术工人就乘坐在一台碟形处理器上，在乱七八糟的大脑森林中穿梭飞行，放大神经元树丛的精细结构，或进行缩小操作，观察信息在不同皮层区域间流动的情形。经过调配，那些发自灵感的创作最终集纳成让人不知该说什么好的故事。这些故事是可以模拟数学的。它们用经验来表达数字的精髓，并使之饱含气韵，在枯燥的逻辑后面，让情感充沛起来。这一切汇聚之后，就呈现了一加一大于二、大于三、大于四……大于一切的效果，与它们原来的内容及形式相去甚远。

这一切的基础还在于轨道。正是由于地铁在黑暗中以光速运动，乘客的大脑中才产生了新颖独到奇怪可怕的思维火花，该过程才比较接近于未来新宇宙的本性，那便是至少要有一点儿艺术性，否则无法解释奇点的出现。宇宙必须先天带有艺术性。一个土里土气而不具备时尚元素的宇宙，一个大而化之而缺乏细节和雕琢的宇宙，一个板着一副死人面孔而没有活灵活现审美感的宇宙，一个只能老牛拉破车专注实际应用而不能让人赏心悦目的宇宙，等等，是无法被接受的。这是一个涂鸦般的大工程，跟以往的行政指挥下的项目制或课题组方式完全不同。不仅仅是把大脑像烧烤一样连接起来就可以，还要赋予它们天马行空的想象和自由。正像鲍·列·帕斯捷尔纳呼吁的那样："别组织起来。组织是艺术的死亡。唯一重要的是个人的独立。"就是这样。从毕达哥拉斯到哥白尼，从牛顿到爱因斯坦，人类那些最具颠覆性的创举，都源于个别人离经叛道的奇思妙想，而不是普罗大众的群氓梦呓。仅仅在此之后，这些具有艺术性的思想才被戏剧搜集机找出来，置入一个简并空间，按照蜂群思维原理，进行加权并取平均值后，拼出新世界的版图。这才是真正的宇宙。

所以，山寨宇宙的过程其实更相当于创意产业，一开始就决定引入手工作坊模式，任务由民间科学家、工匠和艺人承担。他们的大脑被扫描。伪造者把数据中的相关部分，进一步整合到一个单神经元模型中，并将其克隆，再把十万个白痴暨天才模型连接起来，模拟出一个被称为皮层柱的管状皮层，然后再次进行克隆，得到更多皮层柱。这时，伪造者从皮层柱上看到的东西，不是体育场，不是摩天楼，不是洲际导弹，也不是运载火箭，而是一种完全视觉意义上的直接个人消费品。它们把地铁车厢一下弄得花花绿绿。这就是山寨宇宙的基本材料。除了土木、资金、安全、规范、结构、功能这些因素外，还得有另一种东西。宇宙作为一座山寨出来的大体量建筑，还需要错误和浪费。最伟大的艺术品其实是垃圾。了不起的玩意儿全都建立在废品之上。在地铁车轮白驹过隙的摩擦中，大堆的氢和氦要浪费掉，大量的辐射和能量要浪费掉，大群的生命和思想要浪费掉，大簇的文明和朝代要浪费掉，大批的镜头和赞叹要浪费掉。这一切都发生在神经元的亿万次放电过程中。这是很高水准的艺术要求，一般人根本无法理解，它比魔术表演的要求高出许多，否则，场景效果就出不来。

"场景效果，明白吧。"女人一手叉腰，一手指着"符号"说，"宇宙本身没有数学解和物理解，它们是后来才被附加上去的。之所以要用数学和物理方程式来表达，完全是为了方便。所谓符号，就是把统计数字反向演绎为故事的策略。"

利用这五十三万一千四百四十一人的大脑完成的皮层柱联合体，还仅仅是初级作品，被称为"裸图"，包含着新宇宙的原始剧情，它由 C 公司下属的一个殡仪馆收购，集结在一个货柜车站上，并与谷歌大脑相连。神奇之光又照射过来。这时，用户幻象就化身为更复杂的隧道体系，它用新的轨道密密交织，把信息和物质重新组合，形成一个"命综体"，用一台超级计算机解码，进入编辑程序。它删除了多余的基因、分子、神经元和突触，剪辑出更简单的回路和脑区，提炼出一个十分干净简洁的模型，并为它赋予语言区和自治域，以激发其创造力。这时，能量与时间之间的基底关系才逐步反映出来，演化开始提速。伪造者在初始胚子里看到了一些不可思议的东西。那便是完美真空，所有粒子都处于死与活的叠加态，而且施加在真空上的激发正好就是拓扑激发。但直到这时，一切还不可捉摸。随后，量子黑客进入新生的大脑窃取密码，顺利拿到全息底片。它包含了既有的和重生的一切数据。然后是一系列的再拼合与再编码，再编码与再拼合，反复无数次，就逐步生成了能够进入操作阶段的舞台工程学图形。

随后是有序结构最大化，进入自创生。光照之下，符号衰变成奇点，化作虚无，衍生为时空荒漠。它的体积无限小，质量无限大，密度无限大，时空曲率无限大。伪造者便为它引入量子涨落和自组织行为，使虚无崩溃。临界点抵达。剧变发生。重要时刻来到了。潜藏在笼子里的野兽被释放出来。砰的一声脆响之后，产生宇宙的基本意识被重新置于非生物基础的炉火上熬煮。在光子、电子、轻子和由它们组成的原子的碰撞中，智能的胚种被再一次放大。需要用到的基础运算量其实不大，仅有六十个 G 的字节，这意味着整个宇宙的信息被压缩为高度精简的结构体，被抽象成一些极其简单的规则。这部分数据如果转换成 MP3 格式的音乐，仅可连续播放四十五天。如果用纸张打印出来，只能勉强覆盖 S 市一个中等规模的居民区。但它的确是新宇宙的雏形，一切基于离子通道上的虚拟体验路径。经过真空乐池中的量子起伏，新宇宙的最初场景犹如一个彩色的步兵伪装网，也好像是一架塑料做的儿童玩具，布满密密麻麻、互相连接的横梁，乍看上去颇似伤痕累累的骨头，起伏在一泓赤红色的混浊液体中。伪造者无法在现实空间展现这个一百二十九维的近似对称结构，因为它是一个从液态平面上升起的抽象的似数式艺术概念。但不管怎样，新宇宙就这样在 C 公司的医学拟像实验室中诞生了。它徐徐展开，越来越表现为一幅渐渐复杂起来的幕状构图。

刚开始时它被置于一个普朗克电磁罐，是一套完整的孤立系统，与伪造者所在的介质体系中的类时间流毫不相关，只具有表象意识的觉醒，是认知死灭的世界，是不合情理的世界，是逻辑匮缺的世界，但这正是它的艺术性表现，所以它存在了下来。伪造者把宇宙的诞生时间确定在十二月二十一日，以纪念 S 市国际艺术节的举行。它的基本颜色被设置成绿色，不仅为符合环保理念，更为了象征世界和平。它的性别被定义为阴性或偏中性，这是因为电脑在处理女性图像和男性图像时是有所区别的，它倾向于把女性分视为各个部分而不是一个整体，这样有利于宇宙最后发展出多样性，特别是方便对于某些具有吸引力的特殊局部的辨认。然后它用了一段时间（被设定为行星时间）来逐渐成长（但不是暴胀，因为这回不准备搞耸人听闻的剧情，就取消了大爆炸，那砰的一声假响仅仅是为了让演出逼真——虽然后来伪造者为了让它显得更美观，而制作了一幅微波背景辐射来充当舞台布景），如此才具有了可被观测的实体形态。是的，观测，场景！——这就是视觉创世纪，在那个时代绝对是政治正确，同时也是智能正确和生态正确的，虽然这种经验模式或会在下一次崩溃到来时被摒弃或被修正。

按照生物习惯的透式方程和视觉尺度，这个地铁车厢形状的宇宙占有的空间很小，只有不到五十立方纳米（一纳米等于十亿分之一米，即十的负九次方米）。它被授予的存在时间很短，只有十一阿秒（一阿秒等于百亿亿分之一秒，即十的负十八次方秒），但物质与生命在这个宇宙中同样要经历从创生到演化的复杂漫长过程，宇宙内部的主观时间仍然以万亿年计，在那里，无数的爱恨生死反复发生，绵延不绝，不厌其烦。一代代文明兴亡交替，就像马桶冲水。生物中的佼佼者将习得能源控制术，并乘坐银河列车进行星际航行……这个世界最后被置入 C 公司的一台亚粒子心理哲学投影机中，以维持其在灾难包线之外的存续。伪造者仅用一只老式的单反镜头，就使之坍缩。为了完善世界的结构，并产生出情节，又为它喂入了熵（这是一个后期增设的符号），建立了繁复的力学模型（包括自然力学和社会力学两个基数），这些都是让涂鸦更加鲜艳的调色板。另外，还特意制作了三个与引力有关的时间箭头，其中两个作为副本备用，为的是防止历史生态由于熵制动器故障而意外中断。这是想象世界和实际世界不再二分的宇宙，也是真实世界和虚拟世界不再对立的宇宙，在那里，时空像菲利普剃须刀一样奇妙，自然规律像《尤利西斯》一样深奥——除了宇宙的一切特性和常数仍然是为了生命的存在而设立的，虽然对它们也进行了人工选择，目的是为了伪造出特殊的可进化自动装置，比如说人类（包括某些预先指定的诸如 C 公司总裁这样拥有特权的人类成员），他们的最初意识由事先埋藏在海洋下面的纳米数码机器来提供，一切围绕着使形象变得生动，并有一种湿漉漉的感觉。所以说，这个宇宙支持了生命的机遇，否则它将没有演员。

女人对剧作家说，至此，原初宇宙完成了它的戏剧化过程。它成了现在这个大千世界的母本。从它的诞生时间线看，它是一个戏剧化的宇宙。特别值得一提的是，它是假的，因此成本很低。但这一点谁也看不出来，最后连伪造者本人也无法辨认。因为新宇宙的每一个细节，从引力和电磁力之间的微妙平衡到恒星的稳定燃烧，从爬行动物的漫长进化到宇宙最终有机会认知自己，都做工精致，足以乱真。它是赝品，也是新生事物。有了它，才有了后来的一切，才有了银河帝国，有了日本人。假生真，真生乱，乱生一切。

"竟然是这样的。"剧作家仍然难以置信。

"的确，并不是别的样子。"女人淡然说。

"世界真的是一出戏？"剧作家额头上渗出汗水。

"很认真的一出戏。"

"宇宙就是一个戏园子？"

"不小的一个戏园子。"

"到底是为什么？"

"不是早告诉你了吗？现在再补充一点：万物起源于信息，信息被概括为知识，知识都是可以形式化的，而形式化其实便是戏剧化。"

"的确很戏剧化。"

"宇宙并不是由物质构成的，它只是由简单剧情组成的复杂剧情。"

"哦……你也是我创造的角色吗？"

"不是说过了嘛，这个宇宙中的每一样存在，都是你编出来的。"

"我为什么要做这么一个山寨宇宙呢？就是为了让日本人表演？"

"有时候，原因是由结果决定的。未来与过去是会重合的。但时间也无非是幻觉，讨论因果关系没有意义。"

"那我究竟又是谁？"

女人坏笑一下，伸出美人鱼一样的纤纤素手，擂了擂老头儿干瘪的胸脯："你就是那五十三万一千四百四十一人的化身呀。"

"我活在我山寨的宇宙之中？"

"是的。"

"多么奇怪，不可思议……那些人现在又在哪里呢？"

"他们完活后，就都被埋了。"

女人用下巴指指花园。那儿有好些个万人坑。剧作家听了，晃了晃朽木似的身子，脸一下红了，又白了，把手指头放进嘴里吱吱吸着，说："为什么一定是我？"

"跟问什么是宇宙一样，问题的答案也就那些了。"

"明白了。我大概也只是一个符号吧。"

这时，他从女人的语调中听出了隐含的不踏实。这似乎是一个连女人也不愿去相信的宇宙。这样的宇宙如何通得过验收？但也许是他多虑了或者把持不住了吧。

"唔。"不好意思的是，剧作家又想拉肚子了。

八、咬尾蛇

我在昏厥中，听到剧作家羞羞答答对我说："很惭愧的是，这个山寨宇宙，我并没有造好。"

我在梦中呢喃："我知道这很难。制造假宇宙不容易，在一个假宇宙中，制造另一个假宇宙，这更不容易。"

剧作家的泪水流到我脸上，把我浇醒了，他说："尤其不安的是，我辜负了日本人，是他们让我存在于世……"

我不太能理解这个，便从他的怀中挣出。似乎是由于剧作家的工作，才有了宇宙，才有了银河帝国，也才有了日本人。但同时，剧作家的生命又是日本人救下来的，进一步说，他是东陶公司制造出来的。这是一个很大的矛盾，却也是不争的事实。

这让我想到人类神话中的咬尾蛇。这种蛇的形象在古希腊和古埃及等许多文明中都出现过。它是一条靠吞食自身而活下去的蛇，比喻人从诞生之日起，不断蚕食昨日的自己，死后转生，重新由婴儿开始，重复新的一生。在北欧神话中，它被叫作乌洛波洛斯，是一条头尾相衔、雌雄同体、盘绕整个世界的巨蛇，是创世者的仆从，那奇姿妙态传达出"不死"、"完全"、"无限"、

"世界"、"睿智"等意味，自身却渐渐脱离了客观存在，成为象征之物，喻义"恶性循环"。在荣格派心理学中，乌洛波洛斯指向个性化的自我充足循环，也隐喻自我陶醉。诺智教派则认为它暗示着人类历史没有起点也没有终点。咬尾蛇的身体以阿拉伯数字"8"构成轨道形状，很像莫比乌斯环，在它上面，行进者不再是朝着预设的目标前进。轨道延伸着最后回到出发时的轨道上。这颇像是算命师给我讲过的，宇宙在循环中再生。蛇身的每一个环纹，大概便是一个又一个宇宙了。剧作家以 S 市人名义造出来的假宇宙，它的主人却是日本人；这个假宇宙，有可能是诞生在 M 国人制造的另一个假宇宙中；而 M 国人则或许已经逃到了不知在哪里的又一个假宇宙中……如此下去，有无穷无尽的假宇宙，用闭合轨道串连起来，环环相接，首尾相交，构成了蛇的完形躯体。但在这连环中，是否潜藏着一个不是山寨出来的元宇宙或真宇宙呢？另外，这条蛇又存在于什么地方呢？

"你山寨宇宙，为什么一定要用这种方式？"我问。

"什么方式？"剧作家说。

"呃，这个宇宙，的确很戏剧化。的确，万物源于信息，宇宙是一个剧情，但最后被装扮成这个样子，什么五十三万一千四百四十一人及其化身，还有命综体、步兵伪装网和亚粒子心理哲学投影机，也是很浮夸了。但宇宙不能搞得简单些吗？为什么不直接采用量子关联呢？只需在真空中略微撬动一下就可以了。我想 M 国人制造地心宇宙，不会搞得这样铺张浪费吧。难道一定要如此华而不实才好称作艺术吗？"

"我明白你的意思。"剧作家像是抱歉地说，"宇宙已经简单得不能再复杂了。"

"实在难以想象。"我觉得有股苍白乏力的怒火在心里闷烧。

"戏剧嘛，总有个人风格。我的观众，你还是见得太少。不，还没开始看呢。"

"好吧。也许，形态的确不重要。那么这玩意儿，它到底放置在了何处呢？"

"它不过是某个'大海'里的一粒泡沫。"他含糊其词说。

那个"大海"又是什么呢？是"统一体"吗？"大海"之外呢？我眼中出现了一条在惊涛骇浪中奋力游泳的蛇的形象。而大海又奇异地内置在蛇的身体里。这未免别扭。

说到大海，它自然是由无数水滴和寄生在它里面的生命组成的，不分年月地搅拌着。

这不能不让人想到马桶。

当然了，那个问题还是没有得到回答：为什么统治现在这个宇宙的是日本人？实际上，所有问题都无解，正如问"为什么是我"一样，问来问去又回到原点。也就这样了。

一切便是如此安排的，服从于轨道的"无常律"、"随便律"和"背离律"。但奇怪的是，人们却在貌似活着时做了那么多的事情。玩玩吧。

剧作家说，宇宙一旦产生，就会在内部孕育破坏自身的力量，使其走向设计的反面。这条轨道铁律始终无法违背。宇宙既然是一个舞台工程，就需要良好的施工组织与管理，也需要规范的操作流程，也就是三 C 法则——三项基本控制（control）发挥主导作用：一是彩排原始记录控制，所有原始数据一式两份，记录不能缺页不可涂改，保证原始数据的全面真实性，因为最重要的创新源头其实不是来自剧本，而是彩排记录；二是舞台设计控制，不允许脑子一热就彩排，那样做效率低下，而且"烧钱"无底线，同样一次彩排在另一个宇宙中花一千块，在这个宇宙中可能要花三千块；三是道具控制，所有道具的标准必须宇宙化，比如天狼星的实验室用什么，太阳的实验室就用什么，否则没法进行客观比较。但是，这些最基本的方面都疏忽了。伪造宇宙的过程太急功近利，再加上在那样的环境下，官僚主义猖獗，形式主义盛行，贪污腐败蔓延，都成了很大的问题。另外，在制作初期，有一些关键的大脑材料被实验品偷吃了。仓库和材料堆场应该如何照看，都没有规矩。产品质量存在缺陷。投资缺乏监督。安全生产也被忽视。这些马脚迟早要暴露。各种错误累积起来，就会成为妨碍宇宙运行的大麻烦。因此，原初宇宙山寨出来后，实际上一刻也无法保持稳定。它的皮层有先天毛病。它无法形成正确的认知。它的自我意识常常出现紊乱。它的基本常数不停变来变去。它的电磁场会莫名其妙断掉。它的粒子加速器老是短路。它的光速平衡装置不时跳闸。它的能量守恒节流阀反复发生故障。由于被设计为阴性，它的大脑衰老得更快。这是生理问题，也是技术问题。宇宙一造出来就处于崩溃的边缘。它的诞生之时就是它的终末之日。只好强制对它进行修补，却也无济于事。

于是，日本人提出，干脆让它死掉吧，重新造一个好了！但是，不，没有这么简单。由于一个神经末梢橡皮垫圈的故障，连为宇宙赋予的时间幻象也在消融。没有时间的宇宙，就不会有末日。也就是说，它虽然时刻面临崩溃，却连死也死不了。它只是奄奄一息。它的思想和运动都慢了下来。它只存在某些"宇宙性"。这更像一个阳痿的宇宙。阳痿的宇宙是冻结的宇宙。生不如死成了宇宙常态。这虽不是末日，却是比末日更可怕的末日。太难受了，太不好玩了，没法让大家把戏演下去了。到了此时，宇宙的唯一目的就是尽快自杀，以把这尴尬的一幕结束。但一个没有末日的宇宙是无法合乎逻辑地自杀的。因此，为了恢复它自我毁灭的本能或者死本能，让它能痛痛快快自杀，就需要做另一件事——制造观众。

"观众？"这像是一个意料之外而情理之中的命题，它触及剧情的死结。

"在设计时，考虑到了宇宙的所有特性，唯独把观众这个细节给忘了。"剧作家抱歉地说。这种腼腆的口吻，压低的声音，就如同异教文化中的精华。

"不考虑观众，这的确是很大的问题。"

我的第一感觉，是这不太可能。剧作家提到的上述缺陷，都不太像是"日本制造"应有的品质。但事实明摆在这儿了。认认真真造出一个宇宙，却漏洞百出。

剧作家强调，戏本身无意义。戏的目的就是要给人看。只有当被人看了，戏才成为戏。宇宙也才会真的存在。它存在了，才可以去死。

我咯咯笑了。原来，搞了半天，宇宙并不曾真的存在。没想到，闹出这么大的动静，最后忘记了设计观众。

"理解。宇宙，它也不能自己看自己啊。"我说。

"自己看自己，这种习惯，并不是很好。"他表示同意。

"我记得，《读书》上曾经发表过一篇文章，说给六只猴子几台打印机，在足够充裕的时间内，它们将敲出大英博物馆的所有书籍。"

六只猴子重写莎士比亚所需的"充裕时间"大约是八万年。那么，假设有足够多的猴子和足够多的打字机，它们有可能在更短的时间里敲出莎士比亚全集吗？不久，中情局便设计了一套电脑程序来做这事。经过十三天随机敲打，几百万只程序猴子一字不差"写"出了《暴风雨》《皆大欢喜》和《爱的徒劳》等三十八部莎士比亚杰作。但是，程序猴子却不懂得它们"写"下的是什么。

结论是，只有人活得足够久，并且能忍受这些猴子制造莎士比亚全集过程中所产生的不知多少亿倍的垃圾文字，再从中观察并筛选出有意义的篇章，猴子或者算法结合机器创造出的某个零头，才能成为有价值的内容。否则便是信息之海中又多了一堆无用数据，等待它们的只能是重新格式化，哪怕里面可能真有一整套莎士比亚。

简单来讲就是，再伟大的东西，它只有在被人看到时，才会显现出伟大。庸劣的东西也是这样。没有人看，它就什么也不是。

"自杀，无非也是做给人看的。你要让宇宙感到自杀有意义。"剧作家说。

"因此，就必须山寨出一个观众。"我产生了不好的预感，小心翼翼附和。

于是，有了我。这才是银河帝国的日本女人不顾一切也要把满身粪便的剧作家从湖里面捞起来的原因。他在造出宇宙之后，还要造出观众。否则辛辛苦苦忙了一阵，结果却是生不如死。这真是很不好玩。

"你啊，才是我笔下的关键人物。没有你这个观众，就没有这出戏，就没有一切，也就没有我，也就没有宇宙，没有各方演员粉墨登场，就没有日本人的存在，就不能让这个世界终结，也就无法让这个世界再生。你才是真正的创造者。"剧作家说。

"我觉得很无辜。"我坦白地说。

"我的观众，需要的只是你的如炬目光。你用这双火眼金睛拯救世界。重要的不是记住什么，而是如何去看。"

他说，明明知道这事很难，比制造宇宙还难，但还是要去做。

似乎这解释了我为什么会成为剧作家的房客。我的目光所至，剧作家就猴子一样开始干活。我是他的监工。而我的使命除了督促剧作家编出宇宙这部大戏，就是做他的观众，让戏可以上演。记得住不重要，看到的才重要。我看故我在，我看故一切在。

说到底，这个世界是我用目光创造出来并维持下去的，而我又因此在这个世界上出现并活了下来，接下来我又要让世界在我的目光中湮灭。但问题又在于，我同时是剧作家在剧本中创造的一个角色，他在编剧时却竟会忘掉这么重要的细节，这未免太扯了吧。咬尾蛇又来了。我盯住剧作家的眼睛，想看出他是不是在骗我。这会不会是老头儿为开脱责任而编造的一出剧情呢？我咯咯笑道："所以，我也是一个山寨宇宙？"

"没错。每个人都是一个宇宙。"

"大家做的这一切，是为了让我活下去？"

"是的。要保卫你，不让你死。"

"真是好玩呀。"

"没有办法啊。"

"为什么是目光这玩意儿呢？"

"噢，只是一个随机设定。也可以是其他。"

"怎么就必须弄成这样子呢？"

"有许多事情，不需要解释。"

"感觉我们都是同一条轨道上的角色。"

"一条环轨。我能看见你的背影，你也能看见我的背影。"

"难兄难弟啊。"

我想了想躺在"绿岛咖啡厅"里的乞丐，又差点晕过去。我又记起电视台节目主持人俑哥说的："我们所做的一切都是为了观众。观众，就是上帝！"

我现在也是上帝了。

剧作家垂下眼睑，像是有些害怕看我，面红耳赤地小声说："上帝是唯一的观众。日本人监测到，你来剧场了。节目也是你心血来潮点的。但又注意到，你走进厕所就没出来。于是演员们都在等你，演出的时间一推再推。最后发现你失踪了，再不出现。这样一来，正式演出的时刻便永远不会到来，宇宙就无法终结。大家猜想，你也许是太忙了，你毕竟是世界创造者啊。你日理万机，肯定也有一本难念的经，又得不到理解；你也许是来剧场后，大失所望，觉得场地太寒酸，不配你，于是掉头走了；你也许害有抑郁症，没心情看戏，觉得看后会更伤心；你也许是得了阿尔兹海默症，刚刚点完戏，就把看戏的事忘了；你也许很清楚这个舞台是山寨的，因此兴味索然，不愿来看；也许你想做的，只是令我们白忙活，自己把自己折腾死，不劳你亲自动手，这倒也好……"

"我不会是这样一个人吧。"我讪讪说。

"谁知道呢？究竟为什么你老不出现？我们真的搞不懂。这得问你呐。于是，节目只好发疯般一次又一次彩排下去，等待正式演出的机会，等待你这位贵宾的光临。最后连演员也疯了。大家演不下去了。"

"是不是，你也没有把我造好……"我试图宽慰他，"演不下去了，可以去死嘛。”

"但演员是不能死的！"剧作家冲我瞪了瞪眼，"于是只好报警。中情局推测，你可能死了。你可能是失足掉进粪池，淹死了，又给冲走了。这样就一切完蛋了。但又推测，你大概是自杀的。在宇宙中，只有上帝才有资格、有能力、有办法自杀……但另有线索表明，你可能是被谋杀的。或许有人嫉妒你的权力，或许有人觊觎你的地位，或许有人与你发生了经济纠纷……总之，只要宇宙是一出戏，就什么情况都有可能发生。作为剧场管理者，日本人很着急。中情局的特工此刻正在各大星系追凶，查找杀害你的嫌犯。哦，中情局现在是警视厅下面的一个外勤部门……"

"我没有死啊。"我晃了晃身体，想让剧作家看个清楚。但我立即脸发烧了。我窘迫地想到，之前看到，有个"我"把另一个"我"打死了。大概有监控器记录下了这一幕吧。

这才是一切的起因吗？我杀死了自己？我感到孤独，孤独之中夹杂羞恼，羞恼之余怀有绝望，绝望过后觉得滑稽。我不是个称职的观众，也没有想过要做谁的替身。我一向吊儿郎当，无所事事，得过且过，鉴赏力低下，艺术细胞稀少，还很不专注，没有同情心，缺乏勇气和毅力，更不具备责任感。我连自杀都做不到。并且，我不喜欢看戏。我演不来观众。作为杀人犯，倒是差强人意……

但究竟有多少个"我"及"我"的替身呢？我们彼此嫉妒吗？我们互相竞争吗？我们不停杀害对方吗？"我"之上，是否还有一个"我"或一群"我"，他们可否叫作"超我"？"超我"之上是否还有"超超我"？哪个才是真正的上帝？他便是Captain 吗？

就仿佛这样做，真的比较好玩。

不知道。我感到恐惧。

剧作家见我怵了，就装腔作势道："没关系，无非是自娱自乐。怎么都可以。现在，至少看到你出现在我眼前，就放心了。其实也不必过于认真，慢慢来，把自己装成观众也行啊。自如一些，随便看看，一边观赏演出，一边做些别的事。如果想要泡妞，剧场后台安排了包房。"

他掏出一叠花花绿绿的照片向我展示。一共七个女人，都是大牌，六个我认识：龙角太太，小蛐老师，阿娇，冰儿，K，周孕花。第七人我只闻声未见人，叫阿鲁鲁。

"她们都是为取悦上帝而安排的，获得了圣女的称号。每天有一位专职值班。"剧作家说，"你带钱了吧？"

我委屈地想，我肩负拯救或终结宇宙的使命，为什么还要收我钱？这似乎表明我与那些女人之间只有虚情假意。

"我没带钱。"我不高兴地说。

"但这是剧场的规矩。"剧作家有些忸怩。

"我可以不看吗？"

"你好像没有选择。"

我明白了，不是我，也会是别人。这是随机的，也是既定的。我也知道了，为什么这个宇宙会被做成阴性或偏中性。这是由上帝的性别决定的，而并不因为有"她们"。我顾不上女人了，还是快逃吧。特工在追凶，危险正迫近。我回想一下，确认逃跑一直是我的人生主题。所以，剧场中是找不到我的。我的失踪顺理成章。我没有工夫看戏，也没有心情泡妞。那些圣女不是我的。不是说，我不能去找为我安排的女人，而是她们终究不属于我。事实证明我的轨道到达不了她们的包房。在这个问题上我没有自信。我只是宇宙中最孤僻、最懦弱、最无能的角色。

剧作家体察不到我的心情，仍然喋喋不休："虽然是一个概率问题，但一旦成了宇宙中的过客，哪怕是替身和马甲，每个人也都肩负确定的任务，再别扭、再困难、再不愿，也要去做。我完成编剧的任务，你完成看戏的任务，其他人完成演戏的任务。都要在生命中恪尽其责扮演自己，使得这一切如期发生并维持下去。就像轨道上的螺丝钉嘛。说到底都是程序猴子。活着便是如此。都在创造没有意义的意义。你用眼睛看一看，便在无意义中发现意义了，换言之，哪怕真要自杀，或者被人他杀，也要为此找个理由吧。虽说顶着上帝的名号，也千万别把自己太当回事。这只是一出戏。当然了，有的演员会动辄羞辱欺侮观众，他忘记了自己是被看的东西，不，连个东西也不是。他可能演强势人物演惯了，甚至演着演着就把自己当神了。但这可不是每个人都能演好的。形似神似都很难。以为自己做到了，但根本不是那么一回事。只有观众才配称作上帝。演员什么时候才能懂得孝敬观众呢？虽然说，观众一人给你一毛，钱都能把你埋了，但常常还是做不到。抱歉啊。同理，观众什么时候又能学会尊敬演员呢？你没有吃过演员的苦，不晓得他们是在强颜欢笑。遇到这种情况，一定要适应，要忍耐，要挺住，要多想想未来……"

我叹口气。如果有未来，也只有七天。七天之后，都会忘记，又重新来过。反正都是幻象。宇宙被编排成这样，实在无奈，没有办法。既来之，则安之。好吧，但愿它早些自杀成功。它死了我才能死。

此刻，我更想知道的是，K执行什么任务？她是个有主意、有理想、有追求的女人。我不愿相信她只是为看客提供性服务。但万一就是这样呢？还有很多不明白。由于信息量不够，并且信息随时遭到修改和扭曲，因此不清楚这出戏下一步如何演下去。

我很悲观，却只能听之任之。

"我怎样才能完成任务？"我最后还是决定妥协，怀着矛盾的期待说，压抑住心中的怨恚。

"我不知道。"剧作家显得为难地摊了摊手。

"你编的戏，你不知道？"

"戏剧一旦产生，就有了自己的生命。"

剧作家讲到这里，就幻影一样消失了。我又差点晕了过去。洞窟中静无声息，让人感觉到可怜的"宇宙性"。从产生到消亡，从死灭到再生，都有说不出的别扭。连生命也是假的。它们被制造出来，就是为了完成愚蠢的任务。如果未能完成愚蠢的任务，那只是因为宇宙天生愚蠢。谁该为此负责呢？编剧？演员？观众？我又想了想一路上跟我说话的阿鲁鲁。她到底是谁？她与那名找到并救了剧作家的银河帝国日本女人，其实是一个人吗？而所有的女人，在不同时空中，会不会就是同一位？她们只是轮流出现在我眼前时，乔装打扮改头换面了。就算这样，她们也得不到我，我也得不到她们。为什么不该由女人来为这一切负责呢？

剧作家凭空不见后，我又对执行任务迟疑起来。我憎恶自己的身份，我不愿代表某个我自己也说不清的宇宙。就像出生与活着一样，什么都固定在轨道上，我无从选择。我不想当观众，不愿做上帝。在这个世界上，我看累看厌了，他们也演腻演烦了。从来没有谁与我分享戏里戏外的心得。但我只能看下去，否则他们无法演，我就将不存在，也便无法去死。但问题是我不知道怎样才能死。宇宙中每一个粒子都在阻止我去死。这样我怎能安心看戏呢？在这个连宇宙也无法如愿自杀的世界上，做什么都太难了。

我嗅到新的危险在空气中聚集。我还是先逃吧。

洞口又冒出一个人影，噢，又一个长相似我的乞丐，穿一身眼熟的衣服，戴着那副黑框近视眼镜，朝我走来。我强笑一下，迓迎上前。我想跟他聊聊这出戏的真伪，然后再找机会逃离。我们彼此对视一阵，却仿佛不能相认。没有比这更尴尬的了。我们好像互存于对方的目光中。

"你到底是谁？"我问。

"把你的身份证拿出来！"他喝道。

"我的身份证……"我的手死死捏住衣袋里那张从死人身上捡来的身份证，"掉了。"

他不相信地看着我，恍然大悟一般说："掉了，也没有关系。我记起我是谁了，也记起我为什么要来这个世界了。兄弟，实话告诉你，我是中情局的雇员，是来追凶的。你这个谋杀上帝的罪犯，居然假扮起了上帝的角色！"

说着，他掏出手枪，举起来，对准我的脑门。

恐惧油然而生。

耳边响起阿鲁鲁的话：保命第一。

我想要对他说：兄弟，我不能死。

砰，枪响了。

……

不知过了多久。

我睁开眼，发现自己躺在"果冻"中。"绿岛咖啡厅"、装佛像的洞窟、倒悬的金色宝塔及广场般的无色世界都不见了。

我又没有死成，或者，再度被复活了。但这一切或许原本就没有发生过。K说过，宇宙只是投影出来的。

我摸摸隐隐作痛的脑门，上面有个圆形疤痕，像两个 C 正反着拼合在一起，就如盖了一个印戳。

难堪之中，我又见到了垂挂在星堆里的站台和隧道。"果冻"复变身为银河列车，载我重新驶上轨道。逃亡又开始了，或许是新的旅游？嗯，这还是日本人的那个宇宙吗？

至少，它看上去很逼真。透过车窗，我观察这个漂浮着的世界全貌。兴许是一座巨型中转车站，外观呈碟形，直径难以估量，目测在几万到几百万公里之间，周遭萦绕着营养液般的湿漉雾气，滚滚乱流中偶见金戈铁马似的光焰，飞腾熠耀，又如蛇蝎翻卷。车站本身却一团漆黑，似一个超级黑洞。但它仿佛在漩涡一般缓慢自转，在边缘地带或会产生所谓引力的玩意儿，并释放出 X 射线之类的垃圾。

然而，除了它，时空中没有其他物体。星系均已消散。一切冰冷。万有终结。不再有物质运动。银河帝国不知所终。那些轰轰烈烈的演出，那些粉墨登场的戏子，俱销声匿迹。但是，竟然在这死气沉沉的世界里，有谁造出了这个大碟子。

忽然，这孤独的造物像是打字机般噼啪响了一阵，通体齐刷刷放射出绿光，仿佛一场演出即将重启。是不是长眠的剧场工作人员惊醒了呢？顺手打开了昂贵而光怪陆离的进口照明设备吗？闯入者被发现了吗？但我可是应邀而来的观众啊。难道他们也认为我是罪犯了？

这个仿佛闷骚地存在着的物体刹那间被激活了。它油光闪闪，像一个摊鸡蛋，一只炸开的卵子，一泡子宫乐园，一座荒海孤岛……哦，一具马桶，淫邪湿漉地摇晃着的、浮荡在汪洋大海中的马桶。

黑色而冰冷的时空中有了动静，它以这圆鼓鼓的巨桶为中心，毒伞一样撑开。宇宙空无一物的背景上，慢慢凸现出一些暗红色斑点，极其遥远，却能闻到臭味。

宇宙把它的伞柄生插在浮游车站虚胖黏滑的桶体上。又不知从哪里冒出一些精子似的碟形物，围绕大家伙旋转。

不久，远处又微微闪烁起一粒褐色的东西，好像要与这边的物体呼应。它们像是刚刚诞生的子车站。消散而空寂的宇宙依靠这些新的车站，使断掉的轨道重新连接，仿佛又活了。

临时性的人工力场在暗中拧动，并不均衡。车站也好，轨道也好，变形得厉害，在短暂凝成的一瞬间，它们构作一种特异的关系，把走样的宇宙高挑支起。

——宇宙，一个超级马桶，桶套桶，桶中桶，桶外桶，把一切的生生死死、轮轮回回、迷迷瞪瞪、醒醒睡睡，统摄在它孕妇般膨大、血湿而浑浊的肚子里，混沌地搅拌，好像要再次制造出那名叫"信仰"、让人在挨骗时也不知道被骗的东西。

它被一种莫名的、看不见的力量支配。这力量好像是宇宙自身结构的一部分，却又似乎来自宇宙之外。它使得时空扩散出去，产生更多时空，又孕育更多能量，更多能量又产生更多时空……冰冷，消散，流失，死寂……然后又有一种新的力量介入……似乎是智慧，负责照料这些世界，但实际发生的已经超越了智慧的稀薄边界。

我又一次想到从不曾谋面的母亲。我在脑海里虚构她的模样，却不能清晰固定。她生育了我，才是真正的创造者。这女人一生中养育过多少个宇宙呢？或者，她便是那个"大海"？我回忆自己黏糊糊地从她的阴道中艰难爬出，就像蛆虫从重叠累复的秽物中挣脱……

新世界就是这样龌龊地被诞生的吧。

这又存在于哪个观众的目光中呢？

山寨的或非山寨的，都无妨。它也就是某个我永远无法知道、永远无法接触的存在的排泄物。那家伙拉完后，擦擦屁股就走掉了，却对接下来发生的，一无所知，毫不在意。

我讨厌地向往着，不得不承认这个现实。

从一开始，作为剧情的宇宙就是不自由的。这时，它就又变得像是一片虚幻的影子了。唉，玩玩。

我想到 K 说的："只有到最黑暗的地方去，才能看到最强的光明。只有到绝望的地方去，才能看到最大的希望。"

这时，马桶的底部仿佛真的挤出一滴似有若无的光亮。随后，它慢慢浮升起来，游到我眼前，像一只萤火虫，静静观察我，目光中溢淌出似若智性的色彩。我不好意思地低下头。过了一会儿，它倏然飞走，瞬间掠过整个宇宙，从时空的尽头消失了。

车窗外又黑暗了。我怅然若失。

哦，马桶。它的外体上，印着一个大 C 字。却不是平假名或片假名。用 M 国人的话——哦，用创造者的语言说，Closestool。又一个辉煌的 C。Cosmos！

我搭乘的银河列车在空寂而丰沛的马桶体腔中，沿着曲折而漫长的管道，鞭毛虫一样浮游，穿过不停泛起又破灭的泡沫，一往无前，继续逃往我不知道的所在。

列车上的时钟还在走。我凑近了，想看看上面映出的我的脸，试图再一次辨识我究竟是何人。但我的目光所至，这回却并没有任何事物呈现。

我意识到一个更诡异的现实：也许，不存在的，是我的目光。

女人的话音又响起，好似远古回声，用的是我熟悉的语言："临近八点，铁道网的一、三、五、六、七号线均开始出现黄色拥挤节点，同时，一号线的莘庄、彭浦新村，三号线的长江南路至宝山路沿线，六号线的东靖路至博兴路沿线各站，正在采取限流措施，请要前往上述站点及区段的乘客留意了……"

广播声也传来："S市，我爱你，就像老鼠爱上C！"

我以为列车会驶向另外一些中转车站。我盼望见到与我完全不同的新生物。他们不再是观众或演员。他们已有能力创造而不是山寨出真正的新世界，并在那儿搭建新轨道，按照自己的意愿，自由自在地生活。他们能够借此游历到宇宙之外的那个"大海"去。但我的想法却是一厢情愿。列车正朝相反的方向行驶。

我想，它大概是要带我回"家"——这岂不是开玩笑。不，我不回去！我不做俄底修斯！我不要去见守寡的老女人！我不要跟她结婚！我不要回到她的子宫中！

但是，下腹发出肠鸣。要拉屎了。这才是最令男人尴尬的事情。幸好那女人不再与我说道。她一定以为我死了吧。

正万般情急，列车减速了。哦，瞬间刹那，跨越了时空之河、死生之堑、醒睡之障、阴阳之别、屎尿之分。最后，连马桶什么的，都消失了。

我努力回想这一趟的收获，却不知生生世世已这样走了多少遭。我就又咯咯笑了。

我回到了出发点，却好像是目的地。有一种既熟悉又陌生的东西在这里等我。但我的眼睛还没有准备好。意识再次丧失之前，我看到虚空中浮出一条笔直的黑线。

这线路像是手绘的，世界分割在它两端。许多面目模糊的生物，纸人纸马一般，吵吵嚷嚷拥向一架银色的飞行器。

——哦，又开始了。

倒计时七天至零

九、结束即开始

座位上坐得满满的，乘客都用绳子把自己绑着，互不相识，却俱像是前世的故交。

每个人都在沉睡，脖子上像绞索一样套着十字形的饰物。

夜深人静时，只有我一人醒了过来。这是最可怕的行为。

我不敢看人，就观望窗外。黑暗。萤火虫般的星星。我记得自己原本待在酸雨漫浸的地底，一座废墟累叠的城市。不知为什么离开了。

我这是在飞吗？天空像一块银幕。

耳边响起咔咔、咔咔、咔咔……的声音。窗外交织起伏着水管似的轨道。

我憋得难忍，就去上厕所。

厕所里有一个电子钟，它上面的时间在一分一秒减少。正进行着七天倒计时。

排泄完后，我获得了一种逃亡的快感，我在逃出我的记忆。但很快就要结束了。这回的目的地呢？我忘了带旅行手册。

我回到座位，从椅背口袋中取出一本机上读物。它是一个印有苹果图案的平板电脑。我或许是要从中查找答案的线索吧。

我伸手点击屏幕，上面喷出大堆蓝色雪花，显出不稳定的图像，仿佛一颗颗大脑在融化。

渐渐清晰了。画面上，漫天飞着翼龙，人头鸟身，像芭蕾舞演员扮演的木乃伊。响起了女人梦呓般的解说：

"生活在两亿三千万年到六千五百万年前的动物，聪明过头，为使自己进化，比鸟类还要早七千万年，就急不可耐飞上天空，以为这样就能逃脱 K - T 之灾，蠢哪，蠢哪……喂，喂，大地像什么？大海像什么？"

重复。好像在哪儿听到过，却忘记了……屏幕黑了又亮，反复无穷。布景置换。翼龙变了模样——就是我此刻搭乘的交通工具。大海里的鲸鱼群般，无以尽数，沉默不语，在灰暗的黏稠液体中埋头赶路。

"像是经过亿万年的不歇气飞行，环绕宇宙整整一大圈哪。"边上一个乘客被吵醒，原本不动的眼珠飞快回转，扫射着我手中的平板电脑说。

"也许是列车。但又有什么区别？可能还是海盗船呐。"我说。

"叫什么不重要……哦，这回要到哪里去？"

他像是明知故问。这也无妨。早习惯了。在确定的轨道上，乘客们一遍又一遍被发送出去。

"喂，你是日本人吗？"没等我回答，他又问。

"日本人……"我苦笑。

"你要去找什么？"他滑稽地抽动眉毛。

答案。似乎……我看了一眼男人胸前晃荡的十字形饰物，闻到一股浓郁的厕所味。他会不会是 M 国人？

我想告诉他，观众，上帝，或创造者，被不明身份的犯罪嫌疑人，一枪打死了。不过，也有可能是假的吧，所以没有必要讲，否则会被动。再说，这家伙之前说不定也打死过创造他的人呢。但谁是下一个候选者呢？

"这是宇宙吗？"我瞅瞅窗外，躲在黑暗中的星光像鱼儿一样在轨道的空隙间乱跳。

"说不定，是一个山寨宇宙吧。"那人无耻地笑道。

"还是在逃跑吗？"

"逃什么？谁在逃？"

"……你是怎么弄到票的？"

"什么票？车票？船票？机票？戏票？"

"都无妨。"

"抢到的。你呢？"

我大概是混上来的吧。我想起一些生命过客般的女人，她们面容模糊，浑身是血。我悄悄把手伸进裤裆。那儿还藏着一本纸质杂志，作为珍稀的违禁品，是我偷偷带上来的。它名叫《读书》。

"搞不好，都是从世界末日中幸存下来的呀。"那乘客往过道上吐了一口痰。

"唉，都过去了。"我想说，大家没有分别，皆是杀人者后裔。这多少世也改变不了。

"幕间休息。"他说，"外面真黑。说是一块幕布，但跟隧道似的，也像海底……湿漉漉，子宫、阴道、马桶。大概，本就如此。哈，哈。"

我又看窗外。向后滚滚飞驰的不知是大地还是天空。

"你听说过圣女战士吗？"他冲我挤挤眼。

我沉默。

"一共七名。她们受封的名号，分别为智勇、炽烈、百变、伶锐、姣静、正纯和孤傲。据说很听话哦，你要她们做什么，她们便做什么。"

客舱后部传来呻吟。有乘客在奸污乘务员。乘客们均好奇地竖起耳朵，进而跃跃欲试。我想去看，却被身边的旅伴拉住。我们毫无默契地对视一眼，勉为其难地笑了笑。

这人像是觉得无聊，很快呼呼大睡过去。

我起身往后走去。全舱的乘客又都睡了。厕所旁躺着一名女乘务员，还没死，在微微喘息。我好像以前见过她，却又认不出。她穿的蓝色制服被剥开了，露出撕破的红内衣，像一只火炬。

我把她拖进厕所，把杂志垫在下面，俯下身，趴在她的肉体上。我心里默念：女娲，精卫。我告诉自己：没什么，她只是一个投影……

干完了。我汗流浃背，却像若无其事。我抬头看看马桶上方挂的时钟。

这才顿然意识到，这似乎是我人生中的第一次。我作为男人终于证明自己了。

无尽的轮回里面，总有一次机缘吧。只要不死，便能赶上。

我走出厕所，看到一群乘客聚在门口，咬牙切齿往里看。但一见我出来，他们就背过脸去，低头走回自己座位，又都睡去了。

我也慢慢吞吞走回座位。

杂志上沾着女人的血。我把它重新塞入湿淋淋的裤裆。我又去看平板电脑。它开始播放一部动画片。

屏幕上投射出一座孤零零的巨塔，矗立在鲜花盛开的浮岛上。花海中有许多人形和非人形的生物在蠢动着死去。萤火虫在孩子们苍白的面额上飘飞，带来光明。

嗯，一定正在驶向光明，所有黑暗的故乡。我心想。

光明不过是烈火，自天而降，罪恶的城市顿遭焚毁。只有一家人逃出来。女人不舍，扭头回看，化为盐柱。

电影叫《末日》，剧情乏味，制作粗糙，导演低劣，演员做作。我这唯一醒着的人，也被催眠了。

我似乎做起梦来。但我怀疑，这其实是另一个现实或幻境。在梦中，我看到，我所在的乘具就是唯一的宇宙，也便是"大海"本身，或"统一体"，从无到有，从有到无，一切在它里面滋生流转，除此之外，没有别的世界和事件……

不知过了多久，我被广播吵醒："……三十分钟后，我们将到达 S 市，请系好安全带，收起小桌板……"

重复……

倒计时半小时。又回到了 S 市。这又是哪个 S 市呢？我呼吸加快，就好像要在生命的尽头着陆。乘客们醒来，眼睛瞪得跟梗住的心脏似的。

我想，你们那不叫醒了，你们那叫死了。不然不会在黑暗中一动不动把眼睛睁这么大。

乘客们忽然从座位上蹦起，伸手去取行李。客舱中一下乱套了。婴儿的尸体从行李架上接二连三坠落。

乘务员走过来，一共七名，形若蟠桃会上受辱的仙女，衣装凌乱，遍体伤痕，污血顺着大腿上的丝袜往下淌，却仍然笑吟吟的，专业地履行着职责。

我在后舱强奸的那个女人，就在她们中间。

她说："请大家回到原位坐好。"

我觉得她的作派可笑，却对她心生敬意。她的目光挨个扫视乘客，在我脸上停了两秒。

乘客们树丛般摆动手臂，激动地冲女人喊："索多玛！索多

玛！索多玛！"

"要自杀了。"边上的乘客悄声说。那口吻就像一个不怀好意的乞丐。只有他的眼睛没有睁开。

……

不知过了多久——说是千年也有人相信。

坐在窗边的乘客惊叫："看外面啊！"

又有人说："还是逃不掉啊！"

我让自己坐稳了，心里默念："哦，终于可以死了。"

……

我再看平板电脑。屏幕上的图像已变成游戏，是"蜀山外传之再造帝国"，却与老版本不同。

光明再次浮现。黑潮泛涌的天幕上，有一个闪烁的光点，朝我的方向飞来，像一颗安装了发动机的星星。

渐渐看清，它不是人类世界的飞行器，而是一个有着金属质感的圆盘，耀射出艳淫的绿光。这玩意儿，很久以前，我似乎见过。它具有确定而牢靠的三维透视感，一点儿也不假。

"是他吗？"边上的乘客呱叽拍手，"是来阻止我们自杀的吧。"

我心中重新升起对世界末日的向往。我汗涔涔的手中紧紧捏住藏在裤裆里的杂志，就好像那是我最后的自卫武器。

飞碟高速逼近。若不紧急规避，就要相撞。这似乎不是游戏。

"喂，你这辈子见过世界末日吗？"边上的乘客开玩笑似的说，像是为了缓解戒心和焦灼。

是说信仰吗？"哦，玩玩……"

他睁开眼，奇怪地瞅了瞅我，发出奸笑，就像地窟中饿死的儿童。他的眼睛好似吸食尸液的萤火虫。

恐惧。

我伸手去触碰电脑屏幕。一道电光。嚓。于是，即将碰撞之际，飞碟忽然直角上升，从视野中消失了。

我腹中重新积满排泄的压力。我看到身边的乘客变得像是一张摄影负片，正在飞快蜷缩起来。客舱里所有东西泛出针一样的绵密绿光。

电脑中传来断气一般的歌声：

末日快来呀，末日快来呀……

末日来了，就可以回家啦。

周围的一切开始剧烈震动。

电脑从手中掉下，滑向客舱后部。

边上的乘客从座位中脱出，坠向地板。他的身体在发生变化……噢！

氧气面罩自动落下——原来是避孕套。乘客伸手去捕捉，身体却飘飞向顶棚。

一切在黑暗下来，伸手不见五指。好像是永恒的、连时空也凝固了的黑暗。

连歌声也停歇了……

不知过了多久，在黑暗中，渐渐有了光。

它最初只有一滴，但慢慢变大，成了一注火辣辣的绿焰，源源不绝浸入客舱。

终于看清楚了，这光芒是由无数块飘浮在漆黑空间中的液晶显示屏发出来的。

这些屏幕，辍连成没有尽头的环轨，焰火灼焯，明靡照人。

它们又聚缩成一只只眼睛，飘游过来，紧贴舷窗，往里窥视。每个舷窗上，都贴上了一只绿荧荧的眼睛。

它们好像是为了取代乘客们的眼睛而来的，令大家再也看不到外面的世界。眼睛本身成了世界，瞳孔里布满亿万星辰……漠无表情的绿眼把亘古未有的光明哗啦啦倾泻入客舱——浩瀚而崭新的光明，大爆炸一般，充斥座椅和通道，在人们腋下股间游动，像是汹涌澎湃的大江大河。

耳边响起女人的声音："只有到最黑暗的地方去，才能看到最强的光明。只有到最绝望的地方去，才能看到最大的希望。"

就这样了。我欠身去抚摸舷窗上的眼睛，却被一股强大的力量按压在座位上，动弹不得。

绿光柔和地抚摩一遍后，乘客们都变了形。

乘务员还在尽着职责。她们电影慢镜头一般，从乘客前面悠然飘过。女人脖子上挂着十字形饰物，腰上别着手枪。我试图躲到座椅下，却情不自禁背诵起一首诗，那似乎是我上学时读过、毕业后即已忘却得一干二净的诗句。我记不得它的名字和作者，它却挽幛一样从我浓雾弥漫的心海里升出。是的，是诗，真正的诗，我未能为 K 写下的诗：

> 我们碰上一个寒冷的清晨，
> 恰恰在一年中最糟的月份，
> 作一次旅程，如此漫长的旅程；
> 路途深邃，气候严峻，
> 冬日一片死气沉沉。
> ……

我使尽力气，大声念诗，似要以此抑制排泄的冲动。

像是有人在喊："Captain！Captain！"这把我的念诵打断。我泪流满面。

乘具像骨架一样，一节节断裂开来。没有驾驶员。只有一个像是人工智能的东西，在竭力保持水平，向不知在哪儿的调度指挥中心呼叫……就在驾驶室前方的挡风玻璃上，也贴着一只大大的明媚绿眼。到最后，人工智能不再努力。它乞告：

"上帝，阿弥陀佛，保佑我们！"

……

乘务员慢慢都人俑一样不动了，双目圆睁，无神地齐齐看定一个方向，只剩一个，在绿幽幽的光明之海中飘行，像表演单人舞，机械念叨："请戴上氧气面罩，把头埋在两膝间以减缓冲击……"

她的同伴都变形了，好像回到了她们的真身状态。她们就是这样设计的。只余她一人还没有变回去，舍不得、放不下，使出吃奶之力，维持着这具人似的肉体。

我终于藏身到了座椅下，一声不吭。腹中压力越来越大。我害怕她认出我这个强奸犯。但我却渴望与她在一起。

光焰更强了，不能直视。客舱在浓汤般的绿光中沉没，火焰、鲜花或海浪一样的东西，一层层无限地涌上来，里面蠕动着密密麻麻、形象丑陋的生物，类似身体肿胀的蜘蛛。

天国就是这种样子吧。

不要……

阿鲁鲁！

噢，快些演完吧。

女乘务员四处寻找，却丢失了我。她脸红了，像猴子屁股。

她的两手下意识环抱在自己的肚皮上。我才发现那地方胀大了，像一只鼓。她蹒跚而行的模样，就好像怀孕的母鼠在黑暗潮湿的地铁隧道中游荡。我听见她呢喃："我不要看，我不要光明。"

但这由不得她了。光明是要强迫人接受的。

不过她还是有办法。她飘了一阵，把双手举起，摘下胸前的十字形饰物，用它把两眼抠了出来。一张美丽的脸蛋被喷涌的污血覆盖，抹去了面部细节的精华。

她把十字形饰物扎进咽喉。她没有用枪爆头。这让我有些失望。

我对自己说：没什么，这些都是假的。

我夹紧双腿，但再也忍不住了。我开始排泄……

马桶在哪里？

我又念起来：

> 我们被领着走了那一段路程
>
> 为了新生活或是死亡？当然，有一个人诞生，
>
> 我们有着证据，毫无疑问。我以前也曾目睹过诞生和死亡，
>
> 但总以为它们截然不同；那个诞生对我们
>
> 是艰难和剧烈的痛苦，就像死亡，我们的死亡。
>
> 我们回到我们原先的地方，这些王国，
>
> 但在旧时的律法中这里再也不得安宁，
>
> 一群为同的人民抓紧他们的众神。
>
> 我本应对另一次死亡感到高兴。

一顶顶避孕套做成的降落伞，从裂开的客舱中挤出，粪便般播撒而下，小火箭如尿液吱吱地往四面八方攒射。重峦叠嶂的火

山正在尽情喷发，好像它们的节日来临了。亿万座造像从大地和海面轰隆隆升出……

群聚着围绕那些绿色眼睛，无数的萤火虫又飞舞了。

在没有破绽的光海中，女人尸体上的蓝色制服连同红色内衣，哗啦啦茧似的剥开来。绿幽幽的眼光毫不迟疑，犹如利刃径直落在她白生生的蛴螬般腹部，在肚脐下方一寸处划出一个标准的十字。瞬间，生冷板结的子宫中有了动静，时间不再以年月日时而是以秒来作计算单位。在乘具的形态彻底变回它的本相之前，那像是具有智慧的光线小心翼翼把女人的肚皮剖开，取出了里面血糊糊的小孩。

他长得跟我一模一样。

恐惧……

我不敢看。我从女人身上摘下手枪。但我犹豫一下，像是记起什么，把它扔在一旁。

我从两腿之间取出杂志，撕下一页，用它的锋利纸边，割开自己的喉咙。对不起，不好意思，我本是要用它来揩屁股的。就这样了。

我和女人的涓涓污血，汇入一个无际的大海。

咯咯的笑声，仿佛超新星爆发，传遍所有时空。眼睛们得意地眨动了。

黑暗重新降临。

一切都消失了。

……

剧作家开始了新的创作。在他的下一部也是最后一部作品中，他决定首次在戏剧中创作一个自己。

一个剧作家。

这要比创作宇宙的难度大一些，怕是不能简单粗暴地喝叫一声"要有光"就可以了。

但是，必须要有光。

否则，观众看不见。

随便吧。

……

后记

未来难以改变

　　后来被称作"轨道三部曲"的第一部《地铁》在二〇一〇年出版，到今年刚好十年。当时的科幻出版不太容易。《地铁》一开始被一家知名出版社拒绝了。后来历尽艰辛才由上海的世纪文景公司和上海人民出版社出版，这是得到了责编杨越江的力挺，以及果壳姬十三等人的支持，又由飞氘、姬少亭担任特约编辑，布兔绘制封面和插画。这套书中的第三部《轨道》也是在上海出版的，得力于上海科学普及出版社编辑李重民的仗义支持。没有他，这部书就出版不了。以上两部，主要是写地铁，包括写到了北京和上海的地铁。中间一部《高铁》是由北京的新星出版社出版的，责任编辑是陈曦，当时是为了参加一个中日文学交流的项目而约的稿。那是二〇一二年。但由于钓鱼岛事件，签证都办好了，也没能去到日本参加活动。这很遗憾。日本是高铁的发源国，在一九六四年，开通新干线。中国是奥运年的二〇〇八年从京津城际开始有了高铁。同年京沪高铁动工。现在新星出版社也成了中国科幻出版的重要基地。

以上三部书能以"轨道三部曲"的名义，首次集合起来出版，是上海文艺出版社编辑于晨的提议，而把它们称作"轨道三部曲"，则是宋明炜教授的首倡。我要向她和宋老师表达由衷感谢。宋老师还专门写了点评"轨道"的学术文章。另外吴岩、贾立元、杨庆祥、张定浩、黄灿、李元等多位老师均有专文论及"轨道"，对我此次的修订，有很大帮助。需要提到的是，在此之前，于晨还编辑出版了我的"医院三部曲"以及短篇选集《独唱者》。这些书都是很难编也很难出的。我还记得，二〇一一年十一月二十四日晚，她邀请我和另一位作者在北京王府井的新东安商场吃晚饭，兴致勃勃谈论文学的未来。转眼九年过去了。要是没有于晨和上海文艺出版社及其他方方面面老师朋友的支持鼓励，我很难坚持创作下去。对此我满怀感激。

这十年中，多次有媒体采访我，问为什么写交通主题，而且是地球上人皆能坐的普通交通工具，却不是科幻常备的道具比如宇宙飞船。这太熟悉了，一点科幻的陌生感都没有。我只是大致讲，轨道交通对我们的生活影响太大了，可以看作这个国家快速工业化和城市化的缩影。我一九八九年第一次来北京时，全国只有这座城市有地铁，而且仅有一号线二号线，从火车站出来，就上地铁，我永远难忘那一瞬间的感受：我被排山倒海的人流哗地从车门一侧推拥到车厢另一侧，像纸一样紧紧贴着，丝毫动弹不得。现在北京地铁已是纵横交错四通八达。上海也如此。中国的大多数省会城市也都开通了地铁和轻轨，我故乡重庆的轻轨还成了网红景点。这些，还不够科幻吗？中国的现实已经超过科幻了。

火车这种由英国人发明的交通工具，最早在清朝末年进入中国，那也是鸦片战争后输入古老中华文明的诸种道具之一，包括科幻。当时修铁路，害怕惊动皇陵中的祖宗，不敢走直线，而要绕行。我第一次坐火车，是上世纪七十年代初，五六岁时，父母带着，从重庆菜园坝火车站坐到九龙坡站，留存的印象是车窗外的滚滚黑烟和灰渣。后来到武汉上学，回家要坐二十四小时火车，全程硬座。后来，经历了火车从蒸汽机到电力机，又有几次提速。但直到《高铁》出版前，我仅坐过京津高铁，那种飞一样的感觉难以忘怀。为写高铁题材的科幻，我买下了能找到的几乎所有高铁方面的技术出版物。这让我惊叹中国已进入一个高铁时代。后来就有了各种线路的高铁。现在中国高铁里程已是世界第一。二○一八年，我到长春的中国高铁制造基地北车长客参观，爬上流水线上正在组装的列车，才真正体会到"重器"的震撼。那地方更像一个宇宙飞船的制造车间。

火车、地铁和高铁，成了一个多世纪来深刻改变中国人生活和精神的新物质力量。在我看来，科幻本质上是一种现实主义文学，应该描写这样的一种发生在身边的时代剧变。交通工具的演进，折射着国家的变化。从两千多年前的秦代起，车同轨，修驰道，便是统一的象征。现在，新的路网和交通工具，再次深刻影响了亿万人的衣食住行，促进了经济变迁，再造着政治和社会版图，也重塑了人们的思想观念。通过科幻，我看到了历史、现实和未来的脉络。另外，则是中国与世界的关系也发生了很大变化。在写作"轨道三部曲"之前，我出国机会很少。但是二○一〇年后，我几乎每年都去一些国家旅行。在那里，也搭乘了当地的轨道交通工具。我在美国、英国、德国、日本、俄罗斯、挪威、瑞士、芬兰、埃及都坐过地铁或火车，这里面，英国是火车和地铁的发源国。我看到了越来越多的中国人在国外乘坐异邦的交通工具旅行，到处是汉语。我得以把中国的轨道交通，与外国的进行比较，从中也唤起了新的科幻趣味。这时中国的科幻也大量出海了。

在地铁和高铁的拓展过程中，中国成了世界第二大经济体，制造业产值超过美国，城市人口超过农村人口，几百种产品数量达到世界第一。这些都是划时代的事件，从数据和观感上，把当代中国跟几千年来的中国区分开来。这种情形下，文学题材是会有变的。科幻便是这方面的一个代表吧。它毕竟是反映科技和未来的文学。如今，科技和未来对现实构成了双重入侵，让人眼花缭乱，并一定程度上正在创造出新的人性。我们都要尽力适应这样一种变化，并找到新的表现方式。作为工业文明和信息文明的载体，科幻可以在更多方面多施展它的魔法，从而在传统题材之外再造一点奇观，为读者带来一些新的神思。

但科幻并不尽是讴歌现代技术文明的。"轨道三部曲"其实也是灾难文学。这与世界上大部分科幻的主题相一致。它是要为未来预警的，反映车轮滚滚高歌猛进中暗藏的危险。这里有个小插曲：在我对《高铁》进行修改的某天晚上，忽然传来了甬温线动车出轨倾覆造成重大伤亡的新闻。而这部书的首章，正是以列车事故开头的。我们仍然生活在一个危机四伏的世界。很多东西是不友好的，平时潜伏着，却可能忽然爆发，大难临头。但这种预警也不能说它就是科幻的内在功能。科幻本身并没有调研报告或未来学文献的作用。它作为小说，仍然是作者情绪及观感的表现和宣泄，反映个体面对时代快速变化带来的不确定性时，所激发的勇气或恐慌。

科幻是变的文学，也是不变的文学。一八一八年的《弗兰肯斯坦》今天还在再版，一九三一年的《美丽新世界》正被翻拍成电影。今天的现实，跟十年前相比，变化很大，但本质上又没有太大变化，甚至跟百年前一些情形比起来，也没有根本改变。本来，"轨道三部曲"再版时，我是想做较大内容修改的，但后来放弃了，而仅仅在文字上进行主要的修订。第三部《轨道》修改稍多一些。对它倒是做了较多删节，不过在今年春节过后将交稿时，我忽然感觉到并不是那么一回事，便又在体量和结构上复原了，乃至保留了原来的大标题和小标题。因为，我看到，今天发生的，正符合我十年前想象的。而今后大抵也会如此。未来已然注定，很难加以改变。

韩松

二〇二〇年六月一日

图书在版编目（CIP）数据

轨道 / 韩松著. -- 上海：上海文艺出版社,2020
ISBN 978-7-5321-7618-2

Ⅰ.①轨… Ⅱ.①韩… Ⅲ.①幻想小说－中国－当代

Ⅳ.①I247.5

中国版本图书馆CIP数据核字 (2020)第068348号

发 行 人：毕　胜
责任编辑：于　晨
装帧设计：韦　枫

书　　名：轨　道
作　　者：韩　松
出　　版：上海世纪出版集团　上海文艺出版社
地　　址：上海市绍兴路7号　200020
发　　行：上海文艺出版社发行中心
　　　　　上海市绍兴路50号　200020　www.ewen.co
印　　刷：苏州市越洋印刷有限公司
开　　本：889×1194 1/32
印　　张：12.375
插　　页：2
字　　数：288,000
印　　次：2020年7月第1版 2020年7月第1次印刷
I S B N：978-7-5321-7618-2/I.6063
定　　价：48.00元
告　读　者：如发现本书有质量问题请与印刷厂质量科联系　T:0512-68180628